상상된 루쉰과 현대중국

한국에서 루쉰이라는 물음

저자

최진호(崔珍豪, Choi, Jin-Ho)
성균관대학교 동아시아학술원 박사. 서울과학기술대학교 강사. 부산대학교 점필재연구소 전임연구원. 주요
논문 「냉전기 중국 이해와 루쉰 수용 연구」(2015), 「아Q의 죽음과 부활―1930년대 정내동의 루쉰 연구」
(2016). machine201@naver.com.

상상된 루쉰과 현대중국 한국에서 루쉰이라는 물음

초판 인쇄 2019년 8월 14일 **초판 발행** 2019년 8월 26일
지은이 최진호 **펴낸이** 박성모 **펴낸곳** 소명출판
출판등록 제13-522호 **주소** 서울시 서초구 서초중앙로6길 15, 1층
전화 02-585-7840 **팩스** 02-585-7848
전자우편 somyungbooks@daum.net **홈페이지** www.somyong.co.kr

값 22,000원
ISBN 979-11-5905-411-2 93820
ⓒ 최신호, 2019

한국연구원
동 아 시 아
심 포 지 아
3
EAS 003

최진호

상상된 루쉰과 현대중국

한국에서 루쉰이라는 물음

Imagined Lu-xun and Modern china in korea

소명출판

책머리에

이 책에서 나는 한국 루쉰 수용의 흐름을 추적했다. 한국인들이 상상한 루쉰의 모습을 찾아가는 과정에서 「유산과 단종」이라는 루쉰의 글이 계속 떠올랐다. 이 글은 「아Q정전」나 「광인일기」처럼 잘 알려져 있지 않지만, 한국의 루쉰 수용과 관련해 흥미로운 관점을 제공한다고 생각한다. 루쉰은 이 글에서 젊은 세대의 창작과 구세대의 비평을 대조하며 후자를 신랄하게 반박한 바 있다. 이 반박은 1920년대 초 중국의 기성의 비평가들이 젊은 세대의 창작을 '유산流産'된 작품이라고 비판한 사건에서 유래했다. '고매하고 원대한' 기성의 지식으로 가득 찬 비평가들이 새로운 세대의 창작을 아이들의 작품처럼 유치하다고 비판한 것이다. 루쉰은 이들의 비평에 맞서 걸음마를 막 배운 아이의 첫걸음은, 어른이 보기에는 유치하고 위험하며 서툴고 우스꽝스럽지만, 이 첫걸음이 없다면 아이는 걸을 수 없을 것이라고 말한다. 그는 이런 '유산된 글'이 오히려 '고매하고 원대'한 사상을 품었지만 결코 쓰이지 않은 비평가들의 글보다 더 희망적이라고 보았다. 왜냐하면 유산은 생산의 실패이지만, 이 실패는 무언가를 생산할 수 있음을 증명하기 때문이다.

한국에서의 루쉰 수용 역시 루쉰과 그의 젊은 세대가 처한 상황과 유사한 점이 많다. 1920년대부터 루쉰은 한국에 소개되고 알려졌지만, 전면적으로 번역되거나 연구되지 못했다. 식민과 냉전의 영향으로 중국문학가 루쉰은 '파편적'으로만 한국 사회에서 유통된다. 루쉰과 사회주의와의 관련성은 은폐된 채, 계몽주의자 루쉰만이 이야기되었다. 그러나 루쉰이 한국 사회의 지적풍토를 바꿀 정도로 소개되지는 않았다 하더라도, 한국 사회의 루쉰에 대한 관심을 간과할 수 없다. 루쉰은 20세기 한국 사회에서 단편적이지만 지속적으로 번역되고 수용된 것도 사실이다. 마오쩌둥이 루쉰을 중국 혁명의 상징으로 호명한 냉전 시기에도 마찬가지였다. 즉 한국에서 루쉰은 '유산'된 형태로 수용되었지만, 이 지속된 '유산'은 루쉰에 대한 한국 사회의 관심과 루쉰의 영향을 역설적으로 드러낸다. 이 책을 통해 이 '유산'이 갖는 생산성이 무엇이었는가를 추적했다. 이는 루쉰과 루쉰을 수용하는 한국의 역사적·정치적 맥락을 연결하는 과정이었다. 식민과 냉전을 거치는 동안 우리에게 자명해진 것처럼 보이는 루쉰상, 즉 근대중국문학의 대표자로서의 루쉰상 역시 그 호명의 시공간이 해방기인지, 냉전기인지에 따라 그 의미가 달라지곤 했다.

그렇지만 애초 한국 사상도, 중국문학에 대한 이해도 깊지 않았던 탓에 이 두 흐름의 교차점에 위치한 루쉰의 위상을 싶게 파악할 수 없었다. 2년여 동안 이 작업을 함께 고민 해준 사람들의 힘이 없었더라면 이 허름한 책도 끝마치지 못했을지 모르겠다. 몇몇 선배들은 예전에 함께 공부했다는 명목으로 그들 앞에 내미는 논문을 꼼꼼히 함께 읽어주었고, 몇몇 친구들은 고민을 함께 해 주었다. 이러한 인연 덕분에 루쉰이 번역되고 수용되는 맥락들을 짚어나갈 수 있었다.

이 책은 박사 논문인 「한국의 루쉰 수용과 현대중국의 상상」을 토대로 삼고 있다. 식민과 냉전을 거친 한국에서 루쉰의 위치를 찾아가는 연구를 진행하면서, 나는 루쉰을 「아Q정전」의 작가라든가, 현대중국문학의 상징적 작가라는 자명한 위상으로 설정하지 않았다. 애초 이러한 자명함을 루쉰 수용과 해석 근거가 아니라 결과로 보았기 때문이다. 식민과 냉전이라는 역사를 기반으로 루쉰 수용의 다양한 계열들이 오늘날의 루쉰상을 만들었다고 본다. 이는 루쉰 수용과 번역이 일회적 사건이 아니라 지속성을 갖는 작업임을 상기시킨다. 즉 번역을 한 언어에서 다른 언어로의 전환이 아니라 다른 언어들이 시간의 흐름 속에서 함께 공통의 무언가를 만들어가는 작업이라고 생각한다.

새로운 문학과 사상의 번역을 일생동안 고민한 루쉰이 자신의 번역을 '지도 찾기'라고 말한 것도 이와 연관된다. 애초 이 말은 루쉰의 번역 기법에 대한 량스추의 폄훼의 말이었다. 량스추는 루쉰의 축자적이고 딱딱한 번역 즉 '경역硬譯'이 읽는 이로 하여금 지도를 보듯이 손가락으로 짚어 가며 구문의 앞뒤를 찾아가게 하는 번역이라고 조롱했다. 그런데 루쉰은 이 조롱의 말이 당대 중국의 번역의 윤리성을 보여주고 있다고 생각한다. 원문에 대응하는 사상이 부재하고 새로운 것이 낯설 때, 독자도 중국어 번역물을 '손가락으로 짚어' 가며 이해하는 것이 당연하다는 것이다. 루쉰은 이러한 불편한 경험 속에서 중국에 새로운 사상의 가능성이 열릴 수 있다고 믿었다. 매끄러운 번역이라든가 원문이 훼손되지 않은 번역이 불가능한 조건 속에서, 경역을 통해 중국 사회에 새로운 사유의 출구를 찾고자 한 것이다. 기존의 매끄러운 번역들이 사유의 한계를 드러내는 것이 아니라 중국인들의 통념을 확대하고 강화하는 방식이라고 루쉰은 보았다. 매끄러운 번역은 사람들에게 '중국의 국경'을 넘어서서 사고하게 하는 것이 아니라 오히려 '중국'의 경계를 가리는 역할을 수행한다. 그 결과로 중국이 직면해야 할 '경계'를 사고할 수 없게 한다는 것이다. 루쉰에게 번역이란 생각의 끝을 대면하는 문제였다. 낯선 것을 낯설게 받아들일 태도의 형성을 번역가의 과제로 삼았던 것이다

번역은 내용의 전달과 함께 이런 태도를 형성해가는 과정이다. 두 개의 사고의 끝이 만나며 이루어진 상호 변용 속에, 의미의 번역에 부가되는 의미가 있다. 새로운 지도 제작자로, 사고의 경계를 사유했던 번역가들이 번역어로 담아내지 못한 그 무엇, 혹은 그들이 의도와 별개로 새로운 것을 만난 이들이 형성해간 그 무엇. 이 책은 '상상'과 '현대중국'을 키워드 삼아 이 문제에 접근하고자 했다.

앞에서 말한 것처럼 책을 쓰는 내내 많은 분들의 도움을 받았다. 함께 글을 읽어준 선배들, 공부방에서 함께 한 친구들에게 고마움을 드린다. 그리고 듬성듬성한 글을 꼼꼼하게 읽어주신 한기형 선생님, 권보드래 선생님, 이정훈 선생님, 임우경 선생님, 이혜령 선생님께도 감사의 인사를 드린다. 공부는 늘 혼자 하는 것이 아니라고 배우고 말해왔는데, 이 책을 쓰는 과정에서 그 말을 실감했다. 함께 해준 분들 덕분에 이 책이 조금 덜 미흡하게 되었다. 물론 이 책에서 엿보이는 불완전함과 미숙함은 온전히 필자의 몫이다. 끝으로 책을 끝내는 동안 많은 것을 빚진 가족에게 고마움을 전한다.

차례

제1장
서론

―――――――――

1. 연구 동기

2018년 한국 최초로 『루쉰전집』이 완간되었다. 물론 『루쉰전집』이
전에도 '선집'과 '단행본'의 형태라든가, 일본어 중역본의 형태로 루쉰
의 글들이 출판되었지만, 중국어판 『루쉰전집魯迅全集』의 번역은 이 전
집이 최초이다. 이 전집은 근대 중국문학가 작품집 중 한국어로 번역된
유일한 전집이다. 한국의 세계문학에 대한 관심이 주로 서구 문학에 치
중되어 있었다는 사실을 고려할 때, '루쉰'에 대한 지속적인 번역은 예
외적으로까지 보인다. 이것은 루쉰이 한국에서 근대 중국과 동아시아
를 대표하는 문학가이자 사상가라는 위상을 만들어 온 역사를 반영하

고 있다. 루쉰은 한국인들이 알고 있는 가장 익숙한 근대 중국인의 한 사람으로, '현대 중국문학의 상징'이며, 그의 작품은 '인류의 고전'으로 호명되곤 한다.

그런데 우리 시대의 익숙하고 자명한 루쉰의 형상이 20세기 한국에서 유통된 루쉰의 일관된 모습일까? 루쉰 수용의 시간축을 하나로 쭉 펼쳤을 때, 루쉰을 둘러싼 복잡다단한 형상들이 나타난다. 루쉰이 처음 한국에 소개되었을 때, 루쉰은 '중국의 사상혁명'과 '문학혁명'에 참여한 '백화파白話派'의 한 사람이었을 뿐이다.[1] 1920년대 중국의 문학과 사상을 이끌어가는 핵심인물로 후스胡適와 천두슈陳獨秀, 특히 후스를 주목했지, 루쉰을 주목하지 않았다. 오히려 후스에 비해 루쉰은 '중국 사상혁명'의 부차적인 인물로 그려졌다. 그러나 식민지와 냉전, 탈냉전으로 이어지는 20세기를 거치며 후스와 루쉰의 한국 내 위상이 판연하게 달라진다. 후스가 1920년대 이후 문학이 아니라 중국 사상 연구로 방향을 전환한 사실을 고려할 때조차도, 두 사람이 갖는 위상차는 확연하다. 루쉰 작품을 읽지 않은 사람들도 「아Q정전」이나 「광인일기」를 떠올릴 만큼, 루쉰은 '근대중국'을 대표하는 작가로 자리매김했다. 20세기 한국을 둘러싼 역사적·정치적 변화 속에서 루쉰은 현대중국을 대표하는 작가라는 지위를 획득한 것이다.

이러한 루쉰의 형상들 속에는 한국 사회에서 루쉰이 갖는 시대적 흔적들이 각인되어 있다. 루쉰 수용에는 수용자들이 발 딛고 선 현실과 그들이 대면했던 역사의 양상들이 드러나기 때문이다. 이런 의미에서

---

1 「중국의 사상혁명과 문화혁명(13)」, 『동아일보』, 1922.9.24, 1면.

한국의 루쉰이 수용되는 흔적을 찾아가는 작업은 번역사를 고증하는 작업만이 아니라 한국의 지식 담론 속에서 루쉰을 둘러싼 의미망을 드러내는 작업이다. 시계열축의 계보 속에서 루쉰은 의미가 지속적으로 재규정될 문제적 작가일 것이다. 루쉰이 갖는 의미를 분절해 내고 이를 재규정함으로써 루쉰이 한국에서 갖는 의미를 분절해 내고 재규정하는 것은 식민지와 냉전을 경험한 한국 근대에서 루쉰, 그리고 루쉰을 낳은 '현대중국'의 의미를 가늠해 보는 작업이다. 그리고 루쉰을 '정전화된 작가'가 아니라 그 위상과 의미가 규명되어야 하는 '논쟁적 작가'로 되살려내는 작업이기도 하다.

실제로 한국에서 루쉰은 '문학가'로만 알려져 있지만, 그는 당대 중국에서 '잡문'을 통해 사람들을 자극한 논쟁적 작가였다. 문단 활동 시기 그가 지속적으로 생산한 글들은 항상 논쟁의 대상이 되었기 때문이다. 루쉰은 이러한 글쓰기 형식을 통해서 전통과 근대의 모순, 자본과 국가의 억압, 그리고 노예화된 지식인과 민중의 욕망을 지속적으로 비판했다. 사실상 루쉰의 문단 생활의 대부분이 이러한 논쟁과 비판의 연속이었다. 그는 상대를 비판하는 동시에 상대로부터 가혹하게 비판 받았다. 특히 중국의 젊은 세대는 한편에서 열렬한 지지와 또 다른 한편에서 날선 비판을 전개했다.[2] 루쉰은 이런 논쟁의 과정 속에서 자신이 갖고 있던 편견과 무지를 상대화했다. 문단 생활의 대부분을 논쟁으로 소모한 루쉰은 사후에도 중국에서 가장 논쟁적인 지식인으로 남게 된다. 따라서 루쉰을 연구한다는 것은 루쉰에 대한 해석이 아니라 '현재'

---

2   竹內好, 한무희 역, 「노신의 논쟁태도」, 『魯迅文集』 VI, 일월서각, 1987.

라는 논쟁적·역사적 조건 속에서 루쉰의 위상을 문제화하는 것이다.

그런데 동아시아 인접국인 한국과 중국·일본은 비슷한 시기에 루쉰을 받아들였음에도 불구하고, 각 국가별로 루쉰이 차지하는 위상은 다르다. 중국의 경우, 사회주의 혁명의 지도자 마오쩌둥이 「신민주주의론」이나 「옌안문예강화」 등을 통해서 루쉰을 혁명의 주장이자 위대한 문학가·사상가·혁명가로 규정한 이후 루쉰은 중국 사회 변동과 혁명의 모델로 규정되었다.[3] 중화인민공화국 성립 이후에 중국이 미·소와 대립하는 과정에서 루쉰은 외부의 압력에 굴하지 않는 강인한 지식인으로 형상화되곤 했다.[4] 이러한 루쉰의 활용은 마오쩌둥의 시대가 종결되고 '개혁개방'이 시작된 이후에도 마찬가지였다. '신시기' 문학 연구로 불렸던 개혁개방 시기의 루쉰 연구는 문학의 영역에 국한되는 것이 아니라 중국의 개혁개방의 방향성과 중국의 미래의 방향성에 대한 탐색의 일환이었다.[5] 중국 사회에서 루쉰의 수용과 해석은 중국 사회를 어떻게 형성할 것인가, 그리고 어떻게 변화시켜 갈 것인가라는 질문과 깊이 관련되어 있었던 것이다.

일본의 경우 루쉰은 일본 정신사를 끊임없이 새롭게 구성하는 힘으로 사람들에게 각인된다.[6] 냉전 시기 일본에서 루쉰은 전체주의로 기울어져 버린 일본 근대에 대한 비판을 의미했다. 루쉰과 그의 문학을 일

3　毛澤東, 김승일 역, 「신민주주의론」, 『모택동선집』 2, 을유문화사, 2002.

4　錢理群, 「我與魯迅－『心靈的探尋』後記」, 『拒絶遺亡』, 中國大百科全書出版社, 2009.

5　汪暉, 이욱연 외역, 『새로운 아시아를 상상한다』, 창비, 2003

6　일본 루쉰 연구사와 관련해서 서광덕, 「동아시아의 근대성과 노신」, 연세대 박사논문, 2003. 참조; 丸山昇, 「日本的魯迅研究」, 『魯迅研究月刊』, 2000.11; 藤井省三, 「魯迅文學永遠活在日本人心底」, 『中國社會科學報』 224기; 伊藤虎丸, 「『魯迅と終末論』再說」, 『東京女子大學校研究所紀要』, 62.

본 근대와 대척점에 서 있는 중국 근대의 상징으로 이해한 것이다. 일본의 근대를 자신을 주인으로 착각한 노예의 근대, 즉 무저항적 근대로 설정한 반면, 이런 노예성을 자각하고 저항하는 동시에 이 노예성을 받아들일 수밖에 없었던 것이 중국의 근대라고 설정한다.[7] 일본이 중국과 근대를, 더 나아가 아시아를 어떻게 이해했고 이해하려 했던가가 루쉰 수용과 강하게 결부되어 있던 것이다.

한국의 루쉰 수용은 중국이나 일본에 비해 제약이 많았다. 특히 한국 루쉰 수용의 양과 폭을 결정했던 것은 한국과 '현대중국'과의 관계였다. 가령 냉전의 반공 이데올로기 속에서 '루쉰'과 '사회주의'의 연관성은 금기의 대상이었다. 이것은 아시아 냉전 체제 속에서 한국과 중국이 적대적 관계였기 때문이다. 한국 전쟁과 함께 냉전체제가 공고화되면서 루쉰의 좌파적 이미지는 공론장에서 배제된다. 한국 사회에서 반공을 이념으로 하는 국가체제가 형성되면서 루쉰은 마르크시즘과 분리되어 개인적 자유와 자아의 해방에 집중한 문학자로 형상화된 것이다.[8] '중국'을 '중공'으로 이해했던 냉전 시기의 한국 사회는 루쉰을 전면적으로 수용할 수 없었다. 결과적으로 「광인일기」나 「아Q정전」, 「고향」과 같은 몇 편의 소설과 일부의 잡문만이 냉전시기 한국에서 번역되었을 뿐이다. 말하자면 루쉰은 한국의 지적 상황을 근본적으로 바꿀 정도로 연구와 검토의 대상이 되지 못했다.

그러나 한국에서 루쉰이 대중적이고 전면적인 관심의 대상은 아니었지만, 1920년대부터 최근까지 한국의 지식인들의 지속적인 참조항이었

---

7 竹內好, 서광덕・백지운 역, 「근대란 무엇인가」, 『일본과 아시아』, 소명출판, 2004.
8 정종현, 「루쉰의 초상」, 『사이間SAI』 14, 국제한국문학문화학회, 2013.

다. 외적 조건의 한계에도 불구하고 루쉰이 지속적으로 수용되었다는 사실은 루쉰 수용을 양적인 차원으로만 환원할 수 없게 한다. 비록 부분적으로 수용되었지만 그 밑바탕에는 루쉰과 루쉰을 낳은 현대중국에 대한 관심과 영향이 자리잡고 있기 때문이다. 이런 점에서 볼 때 한국 근대성 형성에 있어 루쉰과 현대중국이 갖는 의미를 재구할 필요가 있다.

한국에서 루쉰의 위상과 의미를 밝히기 위해서 루쉰 자체가 아니라 루쉰과 계열화되는 앎의 조건들, 즉 현대중국에 대한 이해와의 관련성에 주목하고 싶다. 이를 통해 식민과 냉전을 경험한 한국 근대의 저류에 흐르고 있는 '현대중국'의 의미에 접근할 수 있다고 본다. 이는 한국 근대성의 문제를 서구와 일본이라는 수직적 '외인外因'이 아니라 현대중국이라는 수평적 참조항을 통해 접근하는 것이다. 루쉰 수용과 '현대중국에 대한 상상'의 변화를 추적함으로써 한국 근대에서 중국의 의미를 보다 선명하게 드러낼 수 있다. 즉 루쉰 수용을 둘러싼 역사적 조건을 분석함으로써 한국의 근대성 형성의 문제를 보다 포괄적으로 접근하고 싶다.

2. 연구사 검토 및 연구 방법

중국의 근대는 급격한 변혁과 혁명의 시대였다. 서양의 충격 속에서 과거의 제국은 해체되었고, 그 해체 속에서 등장한 공화국 역시 '혁명과 반혁명, 비혁명'의 소용돌이에 빠져들어 갔다. 이 시기를 살아간 루쉰에게 중국 '근대'는 해방과 억압이 뒤엉킨 모순덩어리이다. 그는 근대를 '유토피아의 황금세계'가 아니라 어두운 해방으로 이해했다. 물론 이 어둠은 모든 빛이 사라진 어둠이 아니었다. 그 어둠에 눈을 적응시키면 희미하게나마 무언가가 보이는 그런 상태의 어둠이었다. 루쉰은 이 어둠 앞에서 침묵의 힘을 응축시켜 외치고 방황하는 속에서 더듬더듬 길을 찾아 나섰다. 그는 그 자신이 중국 사회의 어둠을 만들어내는 유산의 일부분임을 부정하지 않았다. 자신이 부정되어야 할 전통의 일부임을 인정하고 오히려 그 역사적 조건을 해체하면서 자신에게 들어있는 어둠을 고민했다. 전통과 반전통의 이중체라는 모순의 힘을 자양분 삼아 자신과 자신의 옆에서 중국인들의 삶의 가능성을 살폈던 것이다. 이때 그는 밖을 해부할 때보다 자기 자신을 더 해부하는 윤리성을 응축해 그 비판의 힘을 다시 밖으로 향하게 했다. 이러한 루쉰이 사유한 근대의 문제를 어떻게 받아들일 수 있을까? 루쉰이 어떻게 사고하고 방황했을까, 그리고 그 속에서 어떻게 길을 찾고자 분투했을까? 루쉰이 고민한 길들을 찾아가는 것은 간단한 작업이 아니다.

'중국사회과학원 문학연구소 루쉰 연구실'에서 1913년부터 1983년까지 루쉰에 관한 주요 연구 논문을 모아 『1913~1983 루쉰연구학술

론저자료회편魯迅硏究學術論著資料汇編』을 출판했다. 이 자료집에 첨부된 「루쉰연구학술사개술魯迅硏究學術史槪述」에 의하면 중국에서의 루쉰의 연구는 문학영역에 한정되지 않는다. 장멍양張夢陽은 루쉰을 중국 근대의 '위대한 천재'로 규정하고 그의 글과 사상이 윤리학, 철학, 역사학, 문학, 사회 각 분야에 걸쳐 광범위하게 영향을 미치고 있다고 말한다.[9] 그러나 이 책의 분류에서도 루쉰의 수용사와 관련해 주목할 만한 논문은 그다지 많지 않다. 수용사는 연구대상에 대한 일정 시간 연구의 축적을 필요로 한 사정을 반영하고 있다. 중국에서 조차 루쉰 수용사 혹은 연구사는 1980년부터 본격적으로 시작된 것을 살펴볼 수 있다.[10] 문혁이 끝난 이후 1980년대에 종합적 연구서로서는 위엔량준袁良駿의『루쉰연구사魯迅硏究史』(陝西人民出版社, 1986)가 있는데,[11] 이 책은 1913년부터 1948년까지 루쉰 연구사를 개괄하면서 각 시기를 구분하고 시기별 특징과 유파를 구분한다. 위엔량준은 루쉰 연구를 기원기(1913~1927), 우회기(1928~1929), 비상기(1930~1936), 개척기(1937~1948)로 나누고, 1949년 즉 중화인민공화국 성립 이전 루쉰 연구의 흥기와 굴절을 보여주고 있다. 특히 루쉰연구 관련 마르크스주의 학파의 출현, 형성, 발전의 역사적 과정을 정리한다.[12] 1949년 이후의 루쉰 연구와 관련해 문혁과 개혁개방

---

9 中國社會科學院 文學硏究所魯迅硏究室 編,『1913~1983 魯迅硏究學術論著資料匯編』, 中國文聯出版公司, 1990.

10 朱文華,「魯迅硏究史的六個階段」,『江漢論壇』1982.1기, 1982; 易竹賢,「六十年來魯迅硏究工作評介」,『江漢論壇』1981.3기, 1981; 陳金淦,『魯迅硏究的歷史與現狀』, 江蘇敎育出版社, 1986.6.

11 張夢陽,『中國魯迅學通史－宏觀反思卷』, 廣東敎育出版社, 2001, 584면.

12 이외에도 위엔량준은 루쉰에 대한 실사구시적 평가 즉 리장즈 등의 연구를 재평가하는 동시에 루쉰 연구 전체상을 다시 묘사했다. 위엔량준은 루쉰 소설 종합연구, 루쉰 잡문연구,『들풀』연구 및 루쉰 사실연구와 전기 등으로 루쉰 연구를 분류했다. 위의 책, 584

의 평가는 확연히 구분된다. 개혁개방 이전의 루쉰 연구는 루쉰을 혁명의 성인으로 명명한 마오쩌둥의 규정을 따라 중국 사회주의 혁명의 상징으로 루쉰을 연구해 왔다. 그러나 문혁종결 이후 개혁개방이 본격화된 1980년대의 왕후이汪暉와 왕푸런王富仁, 첸리췬錢理群등은 기존의 연구를 정치이데올로기에 종속된 루쉰 이해라고 비판하기 시작한다. 마오쩌둥에 의한 루쉰 규정이 결국 루쉰에 대한 신화로 귀결되었다는 것이다. 그리고 이들 1980년대의 연구자들은 이데올로기화환 루쉰 연구, 즉 정치화된 루쉰 연구를 벗어나 루쉰의 내면세계로부터 루쉰 이해의 필요성을 제기한다.[13] 이들은 중화인민 공화국 건국 이래 변하지 않았던 이데올로기화된 루쉰 연구에서 벗어나 내면의 모순을 간직한 루쉰을 형상화한다.[14]

제2차 세계대전 종전 이후 일본 루쉰 연구는 다케우치 요시미竹內好를 중심으로 이루어진다. 그는 '정치와 문학'과 '일의적 문학가 루쉰'이라는 테제를 제시한다. 다케우치 요시미 이후의 연구자인 마루야마 노부루丸山昇, 이토 토라마루伊藤虎丸등은 다케우치의 문제의식을 계승하는 동시에 그와 대결하면서 새로운 루쉰상을 제기하고자 했다. 즉 이들이 제시한 혁명가 루쉰, 실존주의적 루쉰은 다케우치 요시미에 대한 응답이었다.[15] 그런데 이들의 루쉰에 대한 해석과 이해의 차이에도 불구하

~586면; 袁良駿, 『魯迅硏究史』, 陝西人民出版社, 1986.

13 汪暉, 송인재 역, 「루쉰 연구사 비판」, 『절망에 반항하라』, 글항아리, 2014; 王富人, 김현정 역, 『중국의 노신 연구』, 세종출판사, 1997.

14 皇甫積慶, 「情結・文本與魯迅的意識特征」, 『魯迅硏究月刊』1996년 12기.

15 丸山昇, 「日本的魯迅硏究」, 『魯迅硏究月刊』, 2000.11; 丸山昇, 「回想-中國, 魯迅 50年」, 『中國-社會と文化』16, 中國社會文化學會, 2001.6; 藤井省三, 「魯迅文學永遠活在日本人心底」, 『中國社會科學學報』224기; 伊藤虎丸, 「『魯迅と終末論』再說」, 『東京女子大學

고 이들이 공유한 조건이 있었다. 그것은 제2차 세계대전 종전 이후 1980년대 이전까지의 일본 루쉰 연구자들이 루쉰 관련 1차 자료를 손쉽게 획득할 수 없었다는 점이다. 이들은 자료의 부족을 자신들의 독자적 사고와 상상력을 통해서 보충할 수밖에 없었다.[16] 자료의 제한성은 냉전의 해체 즉 1972년 중일수교와 1978년 중일 평화우호조약 체결 이후 해소된다. 중국과 일본의 직접적인 교류가 확대되면서 중국을 직접 경험하고 루쉰과 관련된 자료들을 직접 독해하고 해석함으로써 루쉰에 대한 새로운 이해들이 등장하기 시작한다. 중국의 루쉰 연구가 이데올로기화된 루쉰 신화를 넘어서는 문제였다면, 일본의 루쉰 연구는 신화화된 다케우치의 루쉰 이해를 넘어서는 문제였다. 다케우치가 제기했던 '이상화된 중국'과 그 상징으로서 루쉰에 대한 생각이 실제의 중국 체험 속에서 해체되고 중국과 루쉰에 대한 중국과 루쉰에 대한 다른 상상력이 전면화되기 시작했다.[17]

한국에서도 루쉰에 대한 번역과 비평은 비교적 이른 시기부터 시작되었다. 그렇지만 식민지와 냉전의 영향으로 루쉰은 제한적으로 유통될 수밖에 없었다. 단편적이고 간헐적 수용의 영향으로 루쉰 수용 과정 역시 본격적인 연구의 대상이 될 수 없었다. 냉전의 영향에 약화되기 시작한 1980년대 중반부터 비로소 루쉰에 대한 연구가 활성화되는데, 이 과정에서 루쉰 수용을 돌아보는 움직임이 나타난다. 이는 한국의 근대성 형성에서 '중국'이 갖는 의미망을 복원하는 작업이었다. 한국의

校研究所紀要』 62; 서광덕, 앞의 글; 임명신, 「일본의 중국현대문학 최근 경향 20년 — 루쉰 연구를 중심으로」, 『중국현대문학』 37, 한국중국현대문학회, 2006.

16 丸川哲史, 『魯迅と毛澤東 — 中國革命とモダニティ』, 以文社, 2010.

17 藤井省三, 백계문 역, 『루쉰 — 동아시아에 살아있는 문학』, 한울, 2014.

루쉰 수용 문제를 처음으로 문제화한 것은 김시준과 김하림, 박재우 등의 중국문학 연구자들이었다. 김하림은 루쉰 수용사 전반을, 김시준은 광복 이전을 다룬다면, 박재우는 해방기 이후 루쉰 수용사를 개괄적으로 다루었다. 이들은 루쉰 저작의 국내 번역 상황과 루쉰 문학에 대한 작가와 지식인의 수용의 양상을 통사적으로 정리함으로써 루쉰과 중국의 근대가 한국에서 갖는 의미망을 복원하고자 한다.[18]

이러한 통사적 연구를 토대로, 이들이 주목했던 시기별 루쉰 수용이 갖는 의미망을 복원하는 작업이 최근 이루어졌다. 시기별로는 식민지 시기의 연구가 다수를 이룬다. 류수인이나 이육사, 김광주, 정내동, 가라시마 다케시辛島驍 등의 식민지시기 지식인들은 루쉰에 대한 번역과 평론을 통해 처음으로 루쉰을 한국에 소개한 제1세대 연구자들이다. 이들이 루쉰 소설의 번역과 비평을 동시적으로 진행했다는 점에서 이들에 대한 연구는 번역사와 연구에 대한 연구가 겹치는 지점에 있다. 홍석표는 식민지 시기 루쉰 관련한 1차 자료를 중심으로 식민지 한국의 지식인들과 루쉰 사이의 학술적 교류양상을 분석한다.[19] 그는 한국과 중국, 그리고 동아시아를 인식 단위로 삼고서 그 속에서 발생하는 정치와 문화, 학문의 상호 교류의 양상을 세밀한 자료 분석을 통해 재

---

18 김시준, 「光復 以前 韓國에서의 魯迅 文學과 魯迅」, 『중국문학』 29, 한국중국어문학회, 1997; 김하림, 「韓國에서의 魯迅文學 受容樣相」, 『중국인문과학』 12, 중국인문학회, 1993; 박재우, 「解放後魯迅研究在韓國(1945~1996)」, 『중국현대문학』 11, 한국중국현대문학학회, 1996.

19 홍석표, 「시인 이육사와 중국현대문학」, 『중국현대문학』 55, 한국중국현대문학학회, 2010; 「루쉰과 신언준, 가라시마 다케시」, 『중국문학』 69, 한국중국어문학회, 2011; 「김태준의 학문 연구」, 『중국현대문학』 63, 한국중국현대문학학회, 2012; 「류수인과 루쉰-「광인일기」 번역과 사상적 연대」, 『중국문학』 77, 한국중국어문학회, 2013; 「김광주의 현대 중국문예 비평과 루쉰 소설의 번역」, 『중국문학』 87, 한국중국어문학회, 2016.

구성한다. 임명신 역시 루쉰이 창조해낸 '아Q'라는 인물상을 중심으로, 시민지 시기 한국 지식인들에게 있어 '아Q'가 어떻게 재구성되는가를 밝힌 바 있는데, 이를 통해 동아시아의 맥락에서 근대 문학 형성 과정을 다룬다.[20] 백지운의 경우는 루쉰과 한국 연구자들의 영향 관계와 해석의 이면을 문제화한다. 이것은 한국 근대에서 루쉰이 갖는 사상적 의미를 밝히려는 시도다. 즉 루쉰 연구자였던 정내동과 이명선이 중국현대 문학을 바라보는 태도를 비교함으로써 '순문학 지향자'와 '혁명 문학 지향자'에 의한 루쉰 수용의 양상을 다룬다.[21] 이 연구는 루쉰을 경유해 형성된 한국 근대성의 두 흐름이 드러낸다. 두 흐름과 관련해 정종현은 해방 이후의 한국 루쉰 수용을 다루면서 루쉰 수용의 정치성의 문제를 결합한다. 그는 한국의 루쉰은 냉전 체제로 인해 붉은 루쉰이 은폐된 상태로 루쉰 수용이 이루어졌다고 지적한다. 냉전의 심화와 사상의 폐색 속에서 루쉰은 그 이념성과 정치성이 제거된 채 한국에서 수용된다. 냉전 체제에서 루쉰의 정치성을 드러내는 작업은 냉전 체제에 대한 비판이자 저항이었다고 말한다. 앞선 백지운의 글이 루쉰 연구에 대한 연구라고 한다면, 정종현은 루쉰 작품 수용에 초점을 맞추어 루쉰이 한국 근대에서 갖는 의미를 추적했다.

냉전 체제의 약화 속에서 1980년대 초중반 이후 이루어진 루쉰 수용사와 관련해 유중하의 연구가 있다. 유중하의 연구는 루쉰에 대한 소개가 제약된 상황에서 루쉰의 번역 자체가 지성사의 의미를 지녔던 한국

---

20 임명신, 「한국 근대정신사 속의 魯迅-이광수, 김사량 그리고 魯迅」, 『중국현대문학』 30, 한국중국현대문학회, 2004.
21 백지운, 「한국의 제1세대 중국문학 연구의 두 얼굴」, 『대동문화연구』 68, 대동문화연구원, 2009.

의 상황을 반추하고 있는데,[22] 이 반추 자체가 한국 루쉰 수용이 갖는 특성을 드러낸다. 1990년대 새로운 지적 담론의 모색 속에서 루쉰이 수용되고 수용 그 자체가 서구적 근대와 다른 근대의 모색의 일환이 되는 상황을 보여준다고 생각한다.

다른 한편 루쉰과 관련한 비교 연구의 흐름은 통시적 비교보다 공시적 비교가 많다. 특히 해당 사회의 대표적인 지식인과 루쉰의 동보성과 공통성을 찾아낸다든가, 그들이 함께 영향을 받은 사상에 대한 수용의 태도 등을 비교한다. 이런 흐름은 90년대 중반부터 등장하기 시작한다. 한국 작가와의 비교 연구는 상호적 영향관계에 주목하기 보다는 근대를 수용하는 데 있어 보이는 태도의 동일성과 차이에 주목한 연구들이다. 반면 러시아와 일본 작가들의 경우 그들이 루쉰에게 끼친 영향에 초점이 맞추어져 있다.[23] 비교연구가 취한 시대적 공통성이나 사상의 영향관계와는 별도로 태도의 공통성에 기반 한 비교 연구 흐름이 존재

---

22 유중하, 「우리가 '끌어다 쓴' 루쉰상(像)에 대한 점묘」, 『문학과 사회』 11, 문학과지성사, 1998.

23 김하림, 「노신과 신채호에 있어서 사회진화론의 영향 연구」, 『외국문화연구』 20, 외국문화연구소, 1997; 엄영욱, 「春園과 魯迅의 歷史小說比較研究―역사의식을 중심으로」, 『중국학보』 47, 한국중국학회, 2003; 엄영욱, 「魯迅과 春園에 있어 日本과 西歐 受容樣相 比較」, 『중국학보』 48, 한국중국학회, 2003; 권혁율, 「춘원과 노신 소설의 계몽적 성격」, 『인하어문연구』 5, 인하어문연구회, 2001; 유세종, 「한용운(韓龍雲)과 루쉰(魯迅)의 저항적 민족주의와 '초민족적' 전망」, 『중국현대문학』 32, 한국중국현대문학학회, 2005; 유세종, 「한용운 시 읽기의 한 방법론―루쉰(魯迅)과의 비교를 통한 동아시아적 의미 읽기」, 『중국현대문학』 26, 한국중국현대문학학회, 2003; 유세종, 「루쉰(魯迅)과 한용운(韓龍雲) 혁명의 현재적 가치」, 『중국현대문학』 22, 한국중국현대문학학회, 2002; 노종상, 「동아시아 초기 근대소설의 민족주의 양상―이광수·하일수석·노신 소설 비교연구」, 고려대 박사논문, 2003; 김성희, 「'고향'의 상징성과 리얼리티 예술의 형상화―현진건과 노신의 단편소설 「고향」 비교 연구」, 『한중인문학연구』 26, 한중인문학회, 2009; 김형준, 「세 개의 「고향」―치리코프, 노신, 현진건」, 『중국문학』 34, 한국중국어문학회, 2000.

한다. 이것은 1990년대 동아시아 담론이 한국 지식 사회에서 대안 담론으로 등장한 것과 연관되어 있다. 이는 서구적 근대라는 기준을 의문시하면서 텍스트의 지평을 확대하려는 움직임으로 나타났다. 유중하가 김수영과 루쉰 비교 연구를 통해 '동아시아적' 관점을 제시한 것도 이 시기다.[24] 1990년대 중후반부터 2000년대 초반까지 당대의 동아시아를 근대 추구와 근대 극복의 동시성이라는 문제가 중첩되어 있다고 진단하면서 루쉰 소설이 그 중첩된 지평에서 재해석될 때, 동아시아 문학에서도 여전히 살아 있는 존재로 작용할 수 있다고 본다. 이때 루쉰은 서구적 근대에 의해 만들어진 동양적 근대의 피동성을 넘어서기 위해 노예적 근대를 수용하는 작가로 그려진다. 이때 루쉰은 비서구적 근대의 가능성을 고민하는 지성인으로 이해된다.[25]

앞서 거론했던 홍석표, 백지운 등의 연구는 루쉰과 한국의 지식인들의 교류 양상을 실증적으로 분석함으로써, 동아시아를 인식 단위로 삼고 이루어진 학술형성의 경로를 드러 내려는 시도다. 루쉰과 한국의 지식인들이 교류한 구체적인 현장을 복원함으로써 한국 근대성 형성에 있어 루쉰과 중국이 가졌던 의미를 드러내려는 시도였다.[26]

---

24 유중하, 「魯迅과 김수영(1) – 작가란 어떤 존재인가」, 『중국현대문학』 9, 한국중국현대
   문학학회, 1995; 「金洙暎과 魯迅 (2) – '리얼리즘적'인 것을 찾아서」, 『중국현대문학』
   13, 한국중국현대문학학회, 1997; 「金洙暎과 魯迅(3) – '方法'으로서의 東아시아'」, 『중
   국현대문학』 16, 한국중국현대문학학회, 1999; 「김수영과 4 · 19 – 사랑을 만드는 기
   술」, 『당대비평』 10, 생각의 나무, 2000; 「革命의 다이나미즘 혹은 이미지즘 – 金洙暎과
   魯迅」, 『중국현대문학』 27, 한국중국현대문학학회, 2003.
25 竹內好, 서광덕 역, 『루쉰』, 문학과지성사, 2003; 竹內好, 서광덕 · 백지운 역, 『일본과
   아시아』, 소명출판, 2004; 孫歌, 윤여일 역, 『다케우치 요시미라는 물음』, 그린비,
   2007.
26 이러한 연구 흐름은 식민지 한국의 지식인들의 사상 형성 과정에서 '중국'이 갖는 함의
   를 구체적으로 드러내려는 일련의 연구들과 관련되어 있다. 한국 지성의 계보에 있어

이러한 동아시아적 관점은 기존 연구에 대한 비판을 내포하고 있다. 기존 연구에서 비교사적 관점의 경우 루쉰을 하나의 공통의 텍스트로 두고 서로 다른 지역의 연구 성과를 공유함으로서 해석의 다양성을 더하는 방식에 집중했다. 그러나 루쉰이라는 텍스트의 배후에 존재하는 문제성이 완전히 드러나지는 않았다. 이것은 루쉰이 대응하고자 했던 근대의 근원적 대결 과제가 유효하게 문제화되지 않았기 때문이다. 루쉰을 수용한다는 것은 루쉰 수용이 해당 지역이나 시대의 어떤 요구와 맞물려 전개되었는지에 주목하여 루쉰 연구를 분과화된 한계에서 탈맥락화하는 작업과 연동된다. 이것은 당대의 사회사상이나 지식담론과의 관련 속에서 재맥락화하는 작업을 의미한다.

본 연구에서 한국의 루쉰 수용의 과정에서 어떤 사회적 조건 속에서 발화되고 수용되는지를 검토할 것이다. 루쉰은 한국 사회에서 근대 중국의 문학과 사상의 상징으로 이해된다. 한국과 중국의 외적 관계라는 정치적 조건 속에서 루쉰은 수용되고 발화되었다. 따라서 본 연구에서는 한국의 현대중국에 대한 상상의 변주와 함께 루쉰이 갖는 의미를 다룬다.

이를 위해 본 연구에서는 20세기 한국 지식인들의 루쉰에 대한 평론과 평가를 연구의 대상으로 삼았다. 그런데 냉전 체제의 영향으로

중국이라는 참조항이 갖는 중요성은 일본에 비해 상대적으로 등한시되었다. 그러나 식민지 시기 한국의 지식인들이 다른 대안을 모색하는 과정에서 중국과 중국 지식인들의 문학적·학적 실천은 중요한 참조항이 되었다. 홍석표, 『근대 한중교류의 기원』, 이화여대 출판문화원, 2015; 천진, 「식민지 조선의 지나문학과의 운명」, 『중국현대문학연구』 54, 한국중국현대문학학회, 2010; 왕닝, 「식민지시기 중국현대문학 번역자 양백화, 정내동의 역할 및 위상」, 연세대 석사논문, 2013; 이용범, 「김태준과 郭沫若」, 성균관대 석사논문, 2014.

1980년대 중반 이전 한국에서 루쉰을 체계적으로 연구하기가 어려웠다. 한국의 정치적·사회적 조건 속에서 루쉰은 중국과 중국문학에 관심을 가진 일부의 지식인들에 의해 '단편적'으로 연구될 수밖에 없었기 때문이다. 그러나 이런 양적인 문제로 루쉰 수용이 갖는 함의를 간과할 수 없다. 제도적 합리성에 포섭되지 않는 근대성이라는 형태로 루쉰과 현대중국이 존재했다. 따라서 이 편린들이 지닌 의미를 드러내기 위해 이 편린들이 놓여 있는 정치적·사회적 의미망을 드러내고 그 의미를 규정할 것이다.

지식사회학적 관점에 의하면 지식은 이 지식이 생산되고 유통되는 사회적 맥락 속에서 존재한다.[27] 이는 가치관이나 사고구조, 사상 내용 등을 사회적 환경과의 관련 속에서 고찰할 때 유용하다. 이러한 지식사회학적 방법론은 사회나 정치와 같은 거시적 요인으로 모든 지식을 수렴시키는 것이 아니라 해당 지식이 지니는 실제적인 수행성에 주목하는 것이다. 즉 하나의 의미가 발화자에 의해 규정되는 생각이 소박한 것만큼, 모든 의미가 외적 요인으로 소급하는 것도 1차원적이다. 뒤르켐은 하나은 지식을 만들어내는 무의식적 구조에 주목해 이를 '집합표상représentation collective'이라고 표현한 바 있다.[28] 이는 개인이 좌우할 수 없는 인식의 조건이자 그 안에 포섭된 개인들의 사고와 의식을 규정하는 무의식적 지반이다. 개인의 차원을 넘어서 사회적 사실로서 존재하는 무의식적 표상체계를 통해 개인의 행위나 사고를 규명할 수 있다.

본 연구에서도 루쉰의 수용자나 사회적 조건을 다루는 대신 그들의

---

27 전태국, 『지식사회학』, 한울 아카데미, 2013, 14~17면.
28 김종엽, 『연대와 열광』, 창비, 1998, 325~329면.

인식론적 배치를 다루고자 한다. '말할 수 있는 것'과 '말할 수 없는 것'은 물론이고 '볼 수 있는 것'과 '볼 수 없는 것'은 대상을 특정한 방식으로 재단하고 분절하는 분절의 방식에 의해서 결정된다.[29] 특정하게 의미를 분절해 내는 법칙에 따라 구성되는 담론 속에서 대상이 정의되고 표상되는 것이다. 이런 의미에서 담론은 대상을 정의하고 설명하게 하는 규칙의 체계다. 루쉰의 수용사는 시대감각에 맞는 이미지는 수용되고 그렇지 않은 것은 배제하는 체계를 다룬다. 루쉰의 소설과 잡문을 둘러싸고 이루어진 해석의 차이를 다루기보다는, 역사적 조건에 따라 포함되거나 혹은 배제되는 루쉰상을 다루고자 한다. 즉 "시대감각에 맞는 것은 포함하고 그렇지 않은 것은 배제하는, 말하자면 언표와 언표 사이의 교묘한 분절의 차이"에 접근하고자 한다.

루쉰에 대한 일관되고 계보학적 연구가 부재하는 상황에서 본 연구는 루쉰과 관련한 개별 연구들을 포괄할 수 있는 방향과 경계를 모색해야 했다. 즉 산발적으로 분산되어 있는 루쉰 연구들이 보여주는 다양성을 하나의 인식일반 안에 포섭하는 것이 필요했다. 이를 위해 푸코가 제기한 에피스테메épistémè 개념을 차용했다. 푸코가 말하는 에피스테메는 한 시대를 살아가는 모든 의식을 규율하는 인식론적 배치[30]로서 이때 배치는 일종의 장기지속적 특성을 지닌다. 즉 루쉰의 수용사를 인식일반의 틀로 다루기에 시간 범주가 짧다. 그럼에도 불구하고 한국의 역사적·정치적 조건은 특정한 루쉰상만을 유통가능하게 만들었다. 이러한 경계는 정치의 영역에 의해 지지되면서 루쉰의 해석에 침투해, 그

---

29 M. Foucault, 홍성민 역, 『임상의학의 탄생』, 인간사랑, 1996, 20면.
30 M. Foucault, 이광래 역, 『말과 사물』, 민음사, 1996, 19~21면.

시기 루쉰 연구자들의 사고 방향을 정했던 것이다. 루쉰이 유통되기 위해서는 이러한 최소한의 범주를 따라야 했다. 냉전 체제하에서 붉은 루쉰과 루쉰의 잡문이 은폐된 채 소설가이자 계몽가 루쉰만이 유통될 수 있었다. 그러나 이 시기 '자유중국'으로 호명되었던 타이완에서 루쉰이 금기의 대상이었던 것에 비교할 때 한국의 루쉰 수용을 냉전의 영향으로만 단순화할 수 없다.

식민지기와 해방기, 그리고 냉전체제를 거쳐 루쉰의 상은 변화되었다. 그 역사적·정치적 조건을 대리하거나 혹은 비판하는 것에 이르기까지 다양한 루쉰상이 존재한다. 그러나 서로 대립되는 루쉰상에도 불구하고, 각 시기마다 동일한 지향성을 찾을 수 있다. 식민지 시기 사회주의를 루쉰에게서 분리하려던 정내동의 루쉰관은 루쉰을 제한적으로 이해한 것이기도 했지만, 이 계몽주의적 접근 전통으로 인해 냉전기 루쉰이 한국 사회에서 지속적으로 수용되기도 했다. 다른 한편 해방기 현대중국과 루쉰에 대한 이해가 냉전의 해체가 진행되던 1980년대 재등장하기도 했던 것이다. 이러한 계보를 통해 루쉰을 둘러싼 다른 계열화의 양상을 파악할 수 있으며 이 속에서 한국의 루쉰 수용이 갖는 특수성에 접근할 수 있다고 본다.

한국에서 루쉰 수용의 특수성은 한국과 동일한 시기에 루쉰이 유통되고 수용되었던 중국이나 일본을 포함한 동아시아 루쉰 수용과 비교할 때 잘 드러날 수 있다. 한중일이 보인 루쉰에 대한 관심은 루쉰이 대응하고자 한 것이 동아시아적 근대의 근원적 대결 과제라는 사실과 연관된다. 루쉰은 '서구적 근대'라는 이념형이 동아시아의 미래적 비전일 수 없음을 자각한 바 있다. 그는 '서구의 모방을 통한 근대화'라는 전망을 거부할 때 생기는 비전의 부재, 길 없는 길 혹은 아포리아를 인정하고 그 어둠 속에서 길을 찾고자 했다. 그는 문제를 해결할 수 있는 초월적 관점과 입장을 설정하지 않고, '현장'의 딜레마를 드러내고 그 속에서 고민한다. 이런 의미에서 루쉰을 통해 드러나는 동아시아적 시점은 동아시아의 공통적인 것에 대한 탐구가 아니라 '동아시아'를 상정하는 순간 제기되는 '딜레마'의 문제화이다. 가령 중국에서 루쉰이 비판적 지식인의 형상으로 그려질 때, 일본에서는 비서구적 지식인의 형상으로 그려진다. 즉 루쉰을 경과한 일본과 중국의 만남은 서로의 차이에 대한 대면이다. 따라서 공통의 장으로서 '동아시아'는 성립하지는 않지만 동시에 상호간의 차이를 문제화할 수 있다.

국민 국가라는 세계 체제 성립 이후, 국민국가는 세계를 해석하고 현재를 구성해 가는 명확화하면서 현실적인 인식 단위임에도 불구하고 국민 국가적 상상력을 견지하는 한 '동아시아'의 모습은 사라져 버린다. 그러나 동시에 동아시아를 근대 국민국가를 넘어선 대립물로 설정한다면 아시아론에 내재한 어떤 위험성을 가려버릴 수 있다.[31] 따라서 동아시아를 '방법'[32]이나 '지적실험',[33] '상상'[34]으로 사유하고자 했던 것도 동아시아가 갖는 딜레마에 대한 고민의 흔적이다. 국민 국가라는 역사적이고 정치적인 틀은 세계 질서를 조우하고 현재를 구성하는 실

---

31 가령 일본의 아시아론이 갖고 있던 침략적 성격을 고려할 때, 동아시아를 국민국가와 대립하는 위치에 놓을 때 아시아론이 갖고 있는 위험성을 가려버릴 수 있다. 이와 관련해서 孫歌, 윤여일 역, 「아시아를 말한다는 딜레마」, 『사상이 살아가는 법』, 돌베개, 2014.

32 竹內好, 서광덕·백지운 역, 「방법으로서 아시아」, 『일본과 아시아』, 소명출판, 2004.

33 백영서, 『동아시아의 귀환』, 창작과비평사, 2000.

34 汪暉, 이욱연 외역, 『새로운 아시아를 상상한다』, 창비, 2003.

질적인 단위이기도 하지만 '동아시아'라는 문제의식을 와해시키는 현실적 단위가 되며 동시에 국민국가 문제를 고민하지 않는 한 '동아시아'가 갖는 폭력적 성격을 간과하게 된다.

쑨거는 이 동아시아를 상상할 때 발생하는 애매함이 동아시아론의 불가결한 전제일지 모른다고 지적한다.[35] 동아시아가 이야기될 때 드러나는 다양한 '감정기억'과 오해가 역설적으로 동아시아를 상상하게 만들어낸다고 보고 있다. 즉 쑨거는 기성의 관념과 형식에 제한받지 않는 동시에 이론과 현실을 분리시키지 않는 감각의 유지를 유동적 사고라고 이야기하면서 상황에 따른 사고를 통해 경계에서 사고하는 것이 가능할 것이라고 말한다. 초월적인 구원이나 해결 가능성을 상정하지 않고, 어떻게 문제적 상황을 만들어낼 것인가를 문제화하는 것이 동아시아라는 장이라고 말한다. 하나의 현상을 둘러싸고 벌어지는 오해의 양상들을 드러내고 그 오해를 만들어내는 내적 근거를 질문하고 이를 통해 다시 문제 상황을 대면하는 것이다. 익숙한 통념에 대한 거부와 성찰의 공간이 동아시아라는 사유공간이다. 말하자면 한국·중국·일본은 루쉰을 거의 동시적으로 수용했지만 각각의 역사적·정치적 조건 속에서 다른 대응방식을 다양하게 보여주고 있다. 이 다양한 폭을 일별해서 루쉰을 둘러싼 동아시아적 시점을 다 드러낼 수 있을지 모른다. 그러나 이 논문에서는 동아시아에서 루쉰이 갖는 위상을 본격적으로 다룰 수 없었다. 대신 유사한 시기에 루쉰의 금지와 허용의 양상들을 통해 루쉰의 위상의 차이를 거칠게나마 살펴봄으로써 한국 루쉰 수용

---

35 孫歌, 윤여일 역, 「왜 '포스트 동아시아'인가」, 『사상이 살아가는 법』, 돌베개, 2014.

이 갖는 특수성에 접근하고자 했다. 즉 한국의 루쉰 수용을 중심으로 하지만 이런 관점들이 연동하는 것을 보기 위해 개괄적이나마 중국과 대만, 일본의 수용 양상을 각 절 마다 개괄했다.

논문은 식민-해방기, 냉전기, 탈냉전기로 나뉜다. 각 시기별 루쉰 연구를 연구 대상으로 삼아 루쉰 연구의 지적 계보를 서술했다. 시기 구분은 루쉰 관련한 1차 자료의 수용 가능 여부를 기준으로 설정했다. 냉전은 한국의 루쉰 수용에 있어 중요한 단절점이었기 때문이다. 냉전 체제하에서 '중화인민공화국'과 적대적 관계가 형성되면서, 루쉰은 제약적으로 번역되고 수용될 수밖에 없었다. 이는 중국과 타이완, 일본의 루쉰 수용에서도 중요한 분절점이다. 이 책에서 식민-해방기를 하나의 범주로 설정할 수 있었던 것은 이 시기는 냉전 시기에 비해 중국과의 소통이 비교적 자유로웠고 루쉰에 대한 자료들을 직접 수용 가능했기 때문이다. 식민지 시기의 경우 5·4와 사회주의를 둘러싸고 형성되었던 루쉰의 위상을 다룬다. 루쉰은 1920년대 중반 정내동, 김광주 등에 의해 소개되는데, 좌련 가입 후의 루쉰을 어떻게 평가할 것인가가 중요한 문제로 부각되었다. 정내동이 중국의 루쉰 수용을 전유하는 방식을 통해 한국의 루쉰 수용의 원점을 살펴본다. 동시에 루쉰의 문학적 태도에 접근함으로써 이데올로기에 갇히지 않은 루쉰 수용의 계보를 찾는다. 해방기는 현대중국에 대한 관심 속에서 혁명좌파 루쉰과, 인도주의적 계몽가 루쉰이 공존하던 시기였다. 이념적 차이에도 불구하고 신문화 운동과 오사운동의 역사적 실천을 한국 현대사의 현장으로 불러들여 새로운 현실감각을 획득하려 한 양자의 공통 감각을 다룬다. 동시에 좌우의 이념 대립 속에서 루쉰상의 분열을 다룬다.

두 번째 장에서는 냉전기 루쉰 수용을 다룬다. 냉전의 도래와 함께 동아시아 각국은 루쉰에 대한 상이한 금지와 허용의 양상을 보인다. 이데올로기적 편향성으로 인해 한국에서도 루쉰은 제한적으로 수용되었다. 그러나 제한성에도 불구하고 루쉰의 비판성에 주목해 이데올로기적 편향성을 넘어서는 흐름 또한 존재했다. 즉 루쉰을 비판적으로 수용함으로써 '냉전 이데올로기'의 예속을 자각하고 넘어설 힘을 발견했던 것이다.

세 번째 장은 탈 냉전기 루쉰의 수용이다. 시기는 1980년대와 1990년대 중국과 관련된 루쉰 수용을 다룰 것이다. 1980년 다른 체제를 지향했던 진보적 상상과 함께 중국붐이 일어났다. 그러나 중국을 '중공'으로 호명하는 것에 대한 문제의식의 확산의 이면에 한국 사회의 정치권력은 여전히 냉전 이데올로기에 의존하고 있었다. 냉전 체제의 한계에 직면하고 이를 넘어서려는 운동 과정 중에서, '현대중국'의 변동은 한국 사회 변동의 계기로 상상되었다. 이 책에서는 이 흐름 속에서 1980년대 루쉰이 차지하는 위상을 문제화할 것이다. 마지막으로 한국 사회의 민주화 진전, 냉전의 해체에 따른 세계체제의 변동 속에서 동아시아적 지식인 루쉰의 비판성이 어떻게 문제화되었는가를 고찰할 것이다.

제2장
식민-해방기, 루쉰 수용의 원점

---

1. 1920년대 루쉰 수용과 '현대중국'

1) '현대중국'과 루쉰의 위상

1920년대 일본 식민 권력의 통치와 억압에 직면해 식민지 한국 사회는 중국 사회의 변화에 다시 주목하게 된다. 중화체제 해체를 전후한 1900년대와 1910년대의 한국의 지식 담론 속에서 중국은 반개화半開化이자 지체의 상징이었다. 문명 담론의 체계 속에서 중국적인 것은 탐구와 참조 보다는 무시와 배제의 대상이었다. 그러나 이러한 배제의 앞의 체제는 중국 사회의 변화, 즉 신해혁명에서 문학혁명, 5·4운동, 국공합작과 재분열, 그리고 대장정에 이르는 변화 속에서 다시 재편된다.

'일본제국과 식민지'라는 힘의 비대칭성을 고민하던 한국인들은 중국 사회의 변화를 새로운 참조틀로 이해하기 시작한다. 그 결과 혁명과 사건, 변화의 장소로 '신중국'이 1920년대 이후 신문이나 잡지의 기행문이나 회고문, 논설의 중요한 주제로 자리잡는다. 그리고 식민지 조선의 운명과 중국 사회의 변화를 연동시켜서 이해하고자 시도한다. 가령 이동곡은 베이징에 체류하면서 중국 관련 기사를 『개벽』에 게재했다. 그는 식민지 한국의 미래가 중국혁명과 밀접하게 관련되어 있다는 관점에서 '신중국'과 '중국혁명'을 소개한다. 그에 따르면 중국을 둘러싼 문제는 중국에 국한된 문제가 아니라 한국과 일본을 포함한 동아시아적 문제로, 중국의 변화는 '세계사적' 의미를 지니고 있다. 즉 "중국의 문제는 세계적 중심의 문제이다".[1] 중국의 이권을 둘러싸고 세계적 차원의 분쟁이 필연적으로 발생할 것이고, 미국과 소비에트 러시아가 중국을 위해 일본과 대립할 것이며 이것이 다시 동아시아의 근본적 관계 변화를 초래할 것이라고 진단한다. 중국의 변화는 일본과 조선을 포함한 동아시아의 공동의 변화를 내포하고 있다고 전망한다.[2] 중국혁명의 동아시아적 파급성에 대한 정세 분석 속에서 중국의 체제변화가 조선의 해방의 계기를 내포하고 있다는 인식이다. 식민지 한국에서 '현대중국' 혹은 '신중국'이 새로운 인식의 대상으로 환기된 것이다. 이때 '현대중국'은 과거의 기억 즉 문화적 경험이나 기억을 통해서 이해할 수 있는 대상이기보다는 새로운 관점과 시점을 통해 과거의 기억과 단절해야만

---

1   李東谷, 「朝鮮對中國之今後關係觀」, 『개벽』 28, 1922.10, 46면.
2   한기형, 「근대 초기 한국인의 동아시아 인식」, 『대동문화연구』 50, 성균관대 대동문화 연구원, 2005, 191~193면.

비로소 보이는 공간으로 등장한다. 식민지 한국인들은 중국을 식민지적 현실을 변화시킬 수 있는 타자로 이해하게 된 것이다. 식민지 한국에서 중국은 그 변화를 예리하게 관측하고 평가해야 할 탐구의 대상이자 변화의 참조체계였다.

한국 사회가 가진 중국의 신문화 운동에 대한 관심 즉 중국의 사상혁명과 문학혁명에 대한 관심은 두 공간이 공유한 변혁의 가능성에 기인한다.[3] 식민지 한국인들은 중국의 변화를 자신의 변화를 위한 참조점으로 삼고자 했다. 그것이 신중국의 운명이나 청년의 혁명운동에 대해 동정과 관심으로 표명된다. 이 과정에서 쑨원孫文, 후스胡適, 천두슈陳獨秀 등의 논문이 소개되고 중국의 신문화 운동의 성격이 분석된다.[4]

중국의 신인이 거의 정치를 담코자 하지 아니 하고 목하의 중국을 문예 부흥시대로 관하여 가장 확실한 무보를 취하려 하는 것은 진지한 태도라 할 것이다. 이는 일견 정치혁명에 비하야 遲遠한 도정을 취하는 것 같으나 그 實意 外에 近徑이될는지도 未知이다. 연즉 중국을 비관하는 자는 孫文과 張作霖等의 군대의 거동 진퇴 출입에만 착목하여 비관하지 말고 진실로 비관하려할진대 문예부흥시대로서 현중국에 루-테루가 存하는가 룻소가 존하는가 춘추전국시대로서 제자백가의 소한 자라도 존하는가 하는 것을 강구하야보고 비관

---

3 「中國의 思想革命과 文學革命(1)」, 『동아일보』, 1922.8.22. "중국이 어느 점으로 관찰하면 우리 조선과 사정이 비등하다. 그 사상에 재하여 도덕에 재하여 사회조직과 정치조직에 재하여 더욱이 계몽시대에 처한 것과 혁명의 기운이 온양하는 점에 재하여 그러하나. 신중국이 선설되는 과성이 신조선이 건설되는 과정과 비등 대등할 것이오 또 구중국의 파괴되는 것이 亦 구조선이 파괴되는 것과 동일한 운명을 경과할 것이다."

4 李東谷, 「현중국의 구사상, 구문예의 개혁으로부터 신동양문화의 수립에」, 『개벽』 30, 1922.12.

함이 可할 것이다.[5]

이 '문화혁명'은 새로운 문자나 사상의 도입만이 아니었다. 그것은 거대한 정치혁명의 토대가 되는 근원적인 혁명의 일부였다. 문학과 정치는 처음부터 분리되어서 이해되지 않았다. '문예부흥운동'은 신중국의 정치혁명의 성공과 불가분의 관계를 이루고 있으며 중국의 근본적인 변화는 정치혁명에 앞선 주체의 근원적인 자각에 기반하고 있다고 분석된다. 이러한 자각은 사상과 문학혁명을 통해서 수행된다고 이해된다. 이 자각이 부재하는 곳에서 정치적 변혁은 불가능하다는 것이 신해혁명에서 배운 교훈이었다. 중국의 새로운 인물들이 보여주는 것은 문학혁명과 사상혁명을 통한 실천이다. 더 나아가 문학혁명은 정치혁명보다 더 근본적이고 효과적이라고 표명된다. 즉 정치혁명에도 불구하고 미진한 상태에 처한 중국사회를 변화시킬 수 있는 것은 '문예부흥'이라는 것이다. 이 글은 신해혁명에서 시작된 중국의 실질적 변화가 '사상혁명'과 '문학혁명'을 통해서 완수될 수 있다고 진단한다.

그런데 '문학혁명'에 대한 한국 사회의 관심에도 불구하고 1920년대 초 루쉰은 단편적으로만 소개된다. 루쉰은 '백화파白話派'의 일원으로서 중국의 사상혁명을 위해 새로운 글쓰기를 시도하는 이론가이자 선구자로만 알려진다. '백화'라는 새로운 글쓰기가 '애국愛國'이나 '문화'라는 '새로운 사상'과 결합해 중국 사회를 변화시키고 있는 상황에서 루쉰은 이 변화를 추동하는 '백화파'의 일원으로만 거론되었을 뿐이

---

5 「中國의 思想革命과 文學革命(2)」, 『동아일보』, 1922.8.23.

다. 중국 사회의 변화를 새로운 글쓰기와의 연관성 속에서 이해하려는 시도 속에서 루쉰이 이름이 가시화되지만, 한국에 알려진 중국 신문화운동의 중심인물은 '후스'와 '천두슈'였지 루쉰이 아니었다. 한국에서 중국의 문학혁명을 최초로 소개한 글로 알려진 양건식의 글[6]이나, 북여동곡北旅東谷이 신동양문화의 수립을 위해 참조점으로 중국의 문학혁명을 제시한 글[7]의 경우 후스의 「文學改良芻議」와 천두슈의 「文學革命論」을 중국의 문학혁명을 이해하는 핵심 논거로 삼고 있다. 특히 후스에 대한 관심이 높아서 개벽사의 경우 1920년 12월 후스에게 신년호 축사를 요청해 그의 축사를 받을 정도였다. 이윤재도 1923년 『동명』 2권 16호부터 19호에 후스의 「建設的文學革命論」을 『동명』에 번역 게재한다.[89] 1920년대 초 후스는 중국의 새로운 문학혁명의 상징으로서 "陳腐舊悖의 死文學을 더욱이 숭상하는 우리 조선 사람에게 가장 심각한 자

6 梁白華, 「胡適氏를 중심으로한 중국의 문학혁명」, 『개벽』 5~8, 1920.11~1921.2. 양백화의 이 글은 일본의 중국문학 연구자 아오키 마사루(靑木正兒)가 1920년 8월 교토에서 발간되는 『支那學』에 연재한 「胡適を中心に渦いている文學革命」의 번역이다. 서경민, 「양백화의 중국현대문학 수용과 번역에 관한 연구—현대소설 번역을 중심으로」, 영남대 석사논문, 2014, 40면.

7 北旅東谷, 「현중국의 구사상, 구문예의 개혁으로부터 신동양문화의 수립에 타산의 석으로 현중국의 신문학건설운동을 이야기함」, 『개벽』 30, 1922.10.

8 송인재, 「1920, 30년대 한국 지식인의 중국 신문화운동 수용」, 『동아시아문화연구』 63, 한양대 동아시아문화연구소, 2015, 76면.

9 후스는 「建設的文學革命論」을 1918년 『新青年』 4월에 발표한다. 이에 앞서 1917년 후스가 『신청년』에 「문학개량추이」를 발표하는데 이후 천두슈가 다시 후스를 성원하기 위해 「문학혁명론」을 발표한다 이 글에서 천두슈는 '문학혁명군'의 '3대주의'를 발표한다. 백화문으로 문언문의 전환을 자명하게 여겼던 천두슈는 국민문학·사실문학·사회문학의 수립을 제창한 것이다. 후스의 「문학개량추이」에서 촉발된 문학혁명에 대한 논의는 천두슈의 「문학혁명론」을 서지녀서 사람들의 수복을 더욱 끌게 된다. 그리고 다시 후스는 「문학혁명론」의 뒤를 이어 「건설적 문학혁명론」을 발표해 '국어의 문학, 문학의 국어'를 제기하고 문학을 통한 표준국어의 확립과 표준 국어로 된 문학의 확립을 역설한다.

극"을 줄 수 있는 대표적인 중국지식인이었다.[10] 반면 1920년대 식민지 한국에서 루쉰은 중국 신문화운동 과정에서 최초의 백화 소설 창작가였을 뿐이다. 앞서 언급한 양건식의 「후스씨를 중심으로 한 중국의 문학혁명」의 마지막에서 루쉰의 「광인일기」를 "一迫害狂의 驚怖的 환각을 묘사하여 至于今 중국 소설가의 未到한 경지에 足을 入하였다"[11]라고 평가하지만, 이것은 양건식의 독자적인 평가가 아니라 이 글의 원저자인 아오키 마사루青木正兒의 견해의 번역에 불과하다.

중국에서도 루쉰을 이해하고 받아들이는 데 일정한 시간을 필요로 했다. 루쉰의 글과 작품이 등장한 이후 이에 대한 비평이나 평가는 소수였다. 가령 첫 번째 비평은 1919년 2월 『新潮』의 기자가 쓴 「『新靑年』雜誌」였다. 『신청년』의 활동을 소개하면서, 후스와 저우쭤런 등을 소개한 이후 '탕스唐俟'라는 루쉰의 필명을 거론한다. 루쉰의 「광인일기」를 뛰어난 백화문 소설로 분류하고, 청년들에게 지식이나 식견을 제공하는 동시에 청년들을 앞으로 나가는 생활을 촉구할 수 있다고 개략적으로 평가한다.[12] 멍전孟眞은 「一段瘋話」에서 자신의 말을 '광인의 말'로 치환한 후 중국 사회의 비인도주의를 비판하는데, 그는 '광인'을 자신의 활동과 판단의 모델이자 스승으로 삼았다고 말한다.[13] 그러나 그의 글은 「광인일기」를 비유삼아 자신의 생각을 전하려는 것이었지,

---

10 胡適, 이윤재 초역, 「胡適씨의 건설적 문학혁명론」, 『동명』 2(16), 1923.4.15.

11 梁白華, 「胡適氏를 중심으로한 중국의 문학혁명」, 『개벽』 8, 1921.2.

12 記者, 「『新靑年』雜誌」, 『新潮』 1(1), 1919, 中國社會科學院 文學硏究所魯迅硏究室 編, 『魯迅硏究學術論著匯編』, 中國文聯出版公司, 1985, 8면.

13 "우리들이 가장 존경하는 것은 광인이며, 가장 사랑하는 것은 아이이다. 광인은 우리들의 스승이요, 아이는 우리들의 친구다. 우리들은 데리고 광인을 따라가자. 광명으로 가자." 孟眞, 「一段瘋話」, 『新潮』 1(4), 1919, 10면.

「광인일기」에 대한 본격적인 해설이나 소개는 아니었다. 즉 1920년대 초반까지 중국에서도 루쉰과 그의 글에 대한 비평이 많지 않았다. 이것은 양과 질 모두에 해당한다.

실제로 『吶喊』이 출판된 1923년 이후와 1918~1922년 사이의 루쉰에 대한 관심은 판이하게 달랐다. 루쉰에 대한 찬사는 그가 작품 활동을 시작하고 5년 이후의 일이었다. 이 5년의 시간 즉 『吶喊』 출간 이전까지 루쉰에 대한 글은 11편뿐이었다.[14] 그러나 1923년 이후 『吶喊』에 대한 인터뷰, 분석 등이 증가하기 시작한다. 루쉰이 만들어낸 인물들이 독자들에게 공통의 이야기 대상이 되고 루쉰의 중국을 그들 자신의 중국으로 이야기할 수 있게 되기까지 일정한 시간이 필요했던 것이다. 루쉰을 오랫동안 알아 왔거나 교류했던 친구들만이 아니라, 대중들의 관심과 이해의 대상이 되기 위해서, 루쉰의 기괴한 작품을 이해하고 받아들이기 위해 새로운 사유들이 도입되어야만 했다.[15] 예를 들어 『소설월보』에서 활동했던 마오둔矛盾 역시 「광인일기」를 처음 읽었을 때 그 의미를 명확하게 이해하지 못했다고 고백한다. 그 역시 「광인일기」를 이해하기 위해 5, 6차례 읽어야 할 정도였다고 한다.[16] 루쉰이 소설이 가졌던 낯섦은 외부의 문학사조에 대한 번역을 통해서 해소된다. 『新潮』 등의 잡지에서 서구의 'Symbolism'이나 'Impressionnism'을 특집으

---

14 1985년 '中國社會科學院 文學研究所 魯迅研究室'에서 출판한 『魯迅研究學術論著匯編』에 따르면, 1919년 6편, 1921년 1편, 1922년 4편, 1923년 4편, 1924년 17편, 1925년 26편의 루쉰 관련 평론이나 인터뷰가 발표되었다. 위의 책, 1~3면.

15 Eva Shan Chou, "The learning to read Luxun, 1918~1923, The Emergence of a Leadership", *The China Quarterly*, Cambridge Press, 2002.

16 雁氷, 「讀『吶喊』」(『學灯』 91, 1923), 中國社會科學院文學研究所魯迅研究室 編, 앞의 책, 34면.

로 다루면서 루쉰에게 접근할 수 있는 통로가 형성된 것이다.[17]

일본에서 루쉰의 이름은 비교적 이른 시기부터 신문매체에 등장한다. 루쉰의 일본 유학 마지막 해인 1909년 메이지 중기의 대표적인 언론인인 미야케 세쓰레이三宅雪嶺가 주필을 맡고 있던 반월간지 『日本及日本人』의 5월 1일호 「문예잡사文藝雜事」 코너에 '『역외소설집』이라는 번역서를 낸 지나인 저우씨 형제'로 소개된다.[18] 그러나 작가로서도, 그리고 루쉰이라는 필명으로도 소개된 것은 아니다. 중국의 '문학혁명'과 관련해 처음으로 루쉰을 언급한 사람은 앞선 언급한 아오키 마사루青木正兒다. 그는 1920년 『지나학支那學』 1권 1호부터 3호에 걸쳐 「胡適を中心に渦いている文學革命」을 연재하면서 결론 부분에서 루쉰을 소개한다. 「광인일기」가 "피해 망상증을 앓고 있는 환자의 공포와 환상을 묘사"한 작품이며 이 작품을 쓴 "루쉰은 전도유망한 작가"라고 지적한다.[19] 1920년까지 루쉰이 「광인일기」, 「쿵이지」, 「내일」, 「작은 사건」만을 발표했었다는 점을 고려할 때, 아오키 마사루가 루쉰에 대한 '독자적인 혜안'은 갖고 있었다고 할 수 있다. 그러나 당시 지나학은 한학漢學처럼 고전중국문학을 연구의 중심으로 삼고 있었다. 따라서 일본에서도 현대 중국문학에 대한 연구가 본격적으로 시작되지 않았다고 할 수 있다.[20]

루쉰 소설의 첫 번째 일본어 번역은 중국에서 이루어진다. 베이징의

---

17 위의 글.
18 藤井三省, 백계문 역, 『루쉰―동아시아에 살아 있는 문학』, 한울, 2014, 181면.
19 丸山昇, 「日本における魯迅」, 伊藤虎丸 외, 『近代文學における中國と日本』, 汲古書院, 1986.
20 위의 글.

일본어 잡지 『北京週報』 19호(1922.6.4)에 '저우씨 형제'가 루쉰의 소설을 번역 게재한다. 즉 저우쭈어런周作人이 「쿵이지」를 일본어로, 루쉰 역시 「토끼와 고양이」 전체와 『중국소설사략』 전반부를 『北京週報』에 직접 번역 게재했다. 일본에서의 첫 번째 번역은 1927년 무샤노코지 사네아쓰武者小路實篤가 편집하던 『大調和』에 게재된 「고향」이다. 「고향」은 궈모뤄의 『革命與文學』과 함께 실린다. 루쉰의 약력과 함께 "민국 제일류의 단편소설 작가"로 간단하게 소개된다. 1928년 전후로 「오리의 희극」, 「흰 빛」, 「쿵이지」가 일본에서 번역된다.

그리고 1928년 상하이 일본 신문 『上海日日新聞』에 이노우에 코바이가 번역한 「아Q정전」이 게재된다. 이노우에의 번역은 1929년에 당시 "색정, 변태, 황당한 이야기" 등이 발표되던 『奇譚』에 「中國革命奇人傳」이라는 제목으로 다시 실린다. 그는 루쉰의 "「아Q정전」은 중국문예부흥시기의 대표작"이며 "혁명에 희생된 불쌍한 농민의 이야기"라고 평론하면서, "기인(=아Q)이라는 것이 실은 진정한 자연인"이라고 소개한다. 이후 1930년을 전후로 「아Q정전」의 번역이 세 차례 더 이루어진다. 나가에 요우長江陽은 1931년 1월부터 다리엔의 '중일문화협회中日文化協會'에서 간행하던 『滿蒙』에, 마쯔무라 게이조松浦圭三는 1931년 9월 『支那プロレタリア小説集』 1집에, 야마가미 마사요시山上正義는 1931년 10월 『國際プロレタリア叢書』로 「아Q정전」을 소개했다.[21] 1930년 초반까지 일본에서도 루쉰은 "중국과 관련된 출판물에 국한"되어 유통되었다.

---

21 홍석표, 「역술의 번역관습과 근대적 번역관습의 충돌」, 『중국현대문학』 77, 한국중국현대문학회, 2015, 11~13면.

일본에서 루쉰에 대한 본격적인 호응은 1932년 1월 작가 사토 하루오佐藤春夫가 종합잡지 『中央公論』에 「고향」을 번역 게재하면서부터였다.[22] 사토 하루오는 1918년 「田園の憂鬱」이 포함된 『病める薔薇』으로 다이쇼 문단에 데뷔했고, 소설 「女誡扇綺譚」 등을 통해 일본 식민지에 대한 비판과 식민지에 대한 공감을 토로한 작가였다. 그는 1935년에는 마스다 와타루와 『魯迅選集』(岩波文庫)을 공역・출판하였고, 루쉰 사후인 1937년 '改造社'에서 『魯迅全集』 전 7권을 간행한다.

식민지 조선에서 루쉰에 대한 번역이나 소개 역시 1920년대 후반부부터 본격화된다. 1927년 류수인柳樹人이 「광인일기」(『동광』)를 번역 게재한 후, 1929년 『중국단편소설집』(『개벽사』)에 루쉰의 「두발 이야기」가 14편의 중국 소설과 함께 번역된다. 그리고 1930년 1월 4일부터 2월 16일까지 양건식이 『조선일보』에 「아Q정전」을 번역한다. 이때 양건식의 번역은 이노우에 코바이의 「중국혁명기인전中國革命奇人傳」의 중역이었다.

양건식이 번역한 「아Q정전」에는 다수의 오역이 존재했다.[23] 이노우에 코바이의 번역에 오역이 많았을 뿐만 아니라, 양건식 역시 당대 중국어에 능통하지 못한 영향이 컸다. 가령 양건식은 '그의 아내'라는 중국어 '他的老婆'를 '그의 조모祖母'라고 번역했는데 이는 이노우에의 일본어 번역 '彼の祖母'를 중역했기 때문이다. 이런 양건식의 번역에 대해 정내동은 「「아Q정전」을 읽고」를 통해[24] 양건식이 '백화만 알고 일상

---

22 丸山昇, 앞의 글.
23 루쉰 역시 이노누에 코바이의 번역을 신뢰하지 않았다. 루쉰은 와스다 마타루에 보낸 편지에서 이노우에 번역의 부정확성을 비판한 바 있다.
24 정내동, 「「아Q정전」을 읽고(1)~(4)」, 『조선일보』, 1930.4.9~12, 4면.

중국어'를 모르는 사람이라고 비판한다.[25] 정내동의 양백화 비판은 외국문학 수입에 있어, 기존의 '역술譯述'의 관습이 직접적인 원본 텍스트 번역으로 전환되는 상황을 배경으로 하고 있었다.[26] 더 나아가 정내동의 양백화 비판은 중국문학 번역에 새로운 세대의 등장과 연관된다. 1920년대 중국 유학생의 증가와 제국대학의 '지나학' 연구자의 등장 속에서 중국어에 능통한 번역자들이 생겨났고, 이들이 루쉰의 번역에 관심을 갖기 시작한다. 즉 정내동,[27] 이육사,[28] 김광주[29]처럼 중국 체험과 학술 제도를 통해 현대 중국어와 중국문학에 대한 지식을 쌓은 세대가 루쉰의 작품에 대한 번역에 착수했던 것이다.[30] 루쉰을 포함한 중국 신문학에 대한 비평글도 이 시기를 전후해 한국에서 본격적으로 유통된다. 이 속에서 한국 사회에서 루쉰상이 본격적으로 형상화된다.

루쉰에 대한 수용은 중국을 어떻게 이해하고 받아들일 것인가라는 문제의식이나 중국과 어떤 관계를 맺어야 하는가라는 고민이 들어 있다. 즉 식민지 한국에서 루쉰이 한 사람의 문학가이자 현대중국을 상징하는 인물로 표상된다. 이는 중국에 대한 앎, 문학, 지식인의 자기규정 속에서 이루어진다. 특히 1920년 중후반 중국의 프롤레타리아 문학가들과의 논쟁 과정 속에서 루쉰이 위상이 구체화되었다.

---

25 정내동, 「『아Q정전』을 읽고(1)」, 『조선일보』, 1930.4.9, 4면.

26 홍석표, 앞의 글.

27 정내동은 1930년 3월 27일부터 4월 10일까지 『중외일보』에 「애인의 죽음」(11회)을, 1932년 9월 『삼천리』에 「과객」을 연재한다.

28 1936년 12월 『조광』에 이육사는 「고향」을 번역하고 연재한다.

29 김광주는 1933년 1월 『세일선』에 「새루투상(在酒樓上)」을, 1933년 1월 29일부터 2월 5일까지 『조선일보』에 「행복된 가정」(6회)을 번역·연재한다.

30 박진영, 「중근 근대문학 번역의 계보와 역사적 성격」, 『민족문학사연구』 55, 민족문학사학회, 2014.

2) 문학혁명과 혁명문학의 사이

근대 중국을 상징하는 단어의 하나가 '혁명'이다. 새로운 네이션의 형성을 '혁명'이라는 수단을 통해서 추구하려 했던 것이 중국적 모더니티의 특징이었다.[31] 1차 세계대전의 종결과 함께 '명목상' 승전국의 지위를 차지했지만 일본에 의해 「21개조 요구안」을 강요받았을 때 형성된 중국 사회 내부의 반제국주의적 움직임도 이러한 혁명의 일환이었다. 신문화 운동의 영향하에 1919년 5월 4일 천안문 광장에서 시작된 대중적 움직임은 서양적 근대화의 틀인 '과학'이나 '민주'라는 개념을 제기하고 이를 제도화하려는 활동과 결합한다. 그리고 정치적 슬로건으로 '반제국주의'와 '반봉건주의'가 개념화된다. 이때 '반제反帝'란 제국주의 세력에 의해 강제된 치외법권, 관세자주권의 결여로 상징되는 노예상태로부터 벗어나는 것이었고, '반봉건反封建'이란 오래된 권력과 일체화된 도덕이나 가치관을 해체하는 한편, 이런 구습을 존속시키려는 '군벌 지배'에 대한 저항이었다. 루쉰이 중국사회 특히 향촌을 중심으로 하는 전통사회의 발견을 통해서 문제화한 것도 이런 움직임의 자장 속이었다.

1920년대 신흥중국의 '반제'와 '반봉건'의 흐름은 1917년 레닌을 중심으로 이루어진 러시아의 10월혁명과 계열화된다. 그 결과 1921년 중국 공산당의 성립과 1923년 '쑨원-요페 공동성명'으로 이어진다. 그리고 이 움직임은 다음해인 1924년 제1차 국공합작의 기반이 된다. 이

---

31 성근제, 「5·4와 문혁」, 『중국현대문학』 57, 한국중국현대문학회, 2015, 37~40면.

후 쑨원을 중심으로 한 본격적인 '중국 통일 전쟁' 즉 '북벌'이 전개되기 시작했다. 후발적 근대의 조건 속에서 중국은 러시아를 새로운 모더니티 형성의 참조틀로 삼았다. 이 시기는 중국 사회에서 마르크스주의의 영향력이 지식인들과 도시 노동자를 중심으로 확대된 시기였다. '당대 중국'에서 어떤 일이 벌어지고 있으며 중국 사회의 변화를 어떤 방향으로 이끌어가야 할 것인지에 대한 성찰 속에서 중국의 청년들은 중국과 자신의 특수한 입장을 이해하기 위한 새로운 사유의 틀을 탐구하기 시작했던 것이다.

그러나 1925년 쑨원 사망 이후, 1927년 4월 장제스를 중심으로 하는 국민당 우파의 반공 쿠데타가 발생하고 상하이 등지에서 활동하던 사회주의자가 대규모로 학살된다. 1926년 베이징 군벌의 탄압을 피해 시아먼과 광저우로 향했던 루쉰이 '혁명'의 도시에서 마주했던 것은 이러한 새로운 살육의 현장이었다. '국민혁명'의 이름으로 이루어졌던 새로운 연대는 쿠데타 속에서 분열하고 해체되었다. 중국 사회의 지체를 비판하면서 신문화 운동의 기수로 떠올랐던 루쉰이 반공 쿠데타 이후 좌경화된 젊은 지식인과 문학가들로부터 시대의 지체로 비판되기 시작한 것도 바로 이 시기에 해당된다.

말하자면 장제스의 국민당 우파에 의한 '4·12쿠데타'(1927) 이후 제1차 국공합작은 해체되고 중국 사회는 급격한 형세의 변화에 직면한다. 이 속에서 '창조사'와 '태양사'의 문인들은 빠르게 혁명문학으로 방향을 전환한다. 1920년대 중반 5·30운동 등을 거치면서 '무산계급'이나 노동자가 혁명문학파의 주요 개념이 되었다. 그리고 제1차 국공합작 실패와 혁명의 좌절 속에서, '혁명문학가'들은 1928년 루쉰을 중요한

공격 대상으로 삼고 혁명문학논쟁을 전개한다. 이 시기 혁명문학파는
'혁명문학'을 구호로 제시하면서 루쉰을 그들의 주된 논적으로 삼아 루
쉰에 대한 신랄한 비판 작업을 진행했다.[32] 혁명문학파의 주축이었던
'창조사'는 루쉰을 '무산자계급의식'을 획득할 수 없는 몰락한 계급이
라고 비판한다. 그들은 루쉰을 "어둠컴컴한 술집의 다락 머리에서 취한
눈으로 멍청히 창밖의 인생을 바라보고" 있는 "사회변혁기간 중의 낙오
자"[33]이거나 "취미문학"에 빠져 있는 유한계급 혹은 소자산계급의 작가
라고 간주했다.[34] 창조사의 경우 중국 혁명문학의 주체로 인텔리겐차를
호명한다. 당시 무산자계급 출신의 작가가 부재하는 상황에서, 무산계
급을 혁명적 작가로 양성하는 것보다 '방향전환'한 혁명적 인텔리겐차
를 혁명 문학의 주체로 수립하는 것이 더 요긴하다고 판단했기 때문이
다.[35] 창조사가 루쉰을 비판했던 것은 루쉰에게서 이런 전환의 가능성
을 찾을 수 없었다는 데 있다. 동시에 '혁명문학가'들은 루쉰으로 상징
되는 5・4 전통과의 거리두기를 통해 문예계의 주도권을 장악하고자
했다.[36] 태양사 동인이었던 첸싱춘錢杏邨은 보다 노골적으로 루쉰 세대
와의 결별을 선언한다. 첸싱춘은 '중국혁명'과 루쉰을 둘러싼 시대적
조건을 '죽어버린 아Q의 시대'로 규정한다.[37] 「아Q정전」은 5・4 시기

---

32 박자영, 「혁명, 노동, 지식―1920년대 상하이의 혁명문학 논쟁 재론」, 『사이閒SAI』 16,
    국제한국문학문화학회, 2014. 박자영에 의하면 이 시기 창조사는 혁명에 대한 위기감
    속에서, 태양사는 혁명의 전진에 대한 희망 속에서 혁명문학론을 전개했다고 한다.

33 馮乃超, 「藝術與社會生活」(『文化批判』 창간호, 1928.1), 中國社會科學院文學研究所魯迅
    研究室 編, 앞의 책, 312면.

34 李初梨, 「怎麼樣地建設革命文學」(『文化批判』 2, 1928.2), 위의 책, 319면.

35 박자영, 앞의 글, 62~64면.

36 김시준, 「중국현대문학에서의 혁명문예논쟁연구」, 『중국문학』 15, 한국중국어문학회,
    1987, 18~19면.

의 시대적 가치를 대변했지만, 10년이 지나버린 당대의 조건을 반영하지 못하고 있다고 비판했다. 즉 정체된 루쉰은 낡아버렸고, 시대의 변화에 뒤처져 그 존재 가치를 상실했다고 폄훼한다. "막다른 끝"에 이른 채 근본적으로 시대의 변화를 인식하지 못하고 있다. 첸싱춘은 "계급적 인식도 없고, 혁명적 정서"도 갖추지 못한 루쉰의 죽음을 선언하며 루쉰에게 새로운 전환을 촉구한다. 그는 루쉰이 죽음과 신생의 갈림길에 처해 있다고 진단한 것이다.[38]

루쉰 역시 이런 비판에 대해 「醉眼中的朦胧」, 「文學的階級性」, 「我的態度氣量和年紀」 등을 작성한다. 루쉰은 창조사나 태양사의 혁명 문학가들이 인민이 살해되는 중국의 현실을 간과한 채 추상적인 이데올로기만을 강조한다고 반격했다. 1년여 동안 진행된 논쟁은 결국 공산당 중앙의 개입으로 종결된다. 이들의 논쟁에 대해 공산당은 창조사와 태양사가 '분파주의적'이고 '협소한 집단주의'라는 비판을 전개하는 동시에, 이들과 논쟁했던 루쉰 문학의 가치를 재평가한다. 그리고 양자의 결합을 촉구한다. 결과적으로 이 논쟁은 '중국좌익작가연맹中國左翼作家聯盟'의 탄생으로 귀결되었다.[39]

루쉰과 혁명문학의 논쟁과 관련해 리허린李何林은 1929년 『中國文藝論戰』(中國書店)을 출간한다. 그는 '창조사'와 '어사파'의 '혁명문학논쟁'을 축으로 삼아, 『소설월보』와 『신월』, 그리고 『현대문화』에서 혁명문

37　錢杏邨, 「死去了阿Q的時代」(『太陽月刊』 3월 호, 1928.3), 中國社會科學院 文學研究所魯迅研究室 編, 앞의 책, 330~331면.

38　錢杏邨, 「死去了的魯迅」(『現代中國文學作家』 1, 泰東圖書局, 1928), 中國社會科學院 文學研究所魯迅研究室 編, 위의 책, 361~363면.

39　위의 글.

학과 관련해서 입장을 밝힌 글들을 모았다.[40] 혁명문학 논쟁을 중국 신문학 운동 발생 이후, 즉 '백화문' 논쟁 이후 이루어진 두 번째 논쟁으로 규정하면서, '화스畵室' 즉 펑쉐펑馮雪峰의 「革命與知識階級」의 입장에서 '혁명문학논쟁'을 정리한다.[41] 이것은 창조사나 태양사의 논의를 협소한 분파주의로 규정하고, 루쉰으로 상징되는 5·4 전통을 새로운 문예운동으로 견인하려는 입장을 옹호한 것이다. 이러한 입장은 1930년에 출판된 『魯迅論』(北新書局)에서 반복된다. 리허린은 '문학혁명부터 혁명문학까지'의 루쉰 관련 비평서들을 편집하면서, 5·4 이후의 문학전통을 새로운 혁명문학 전통에 포섭하려고 시도했다.[42] 그리고 이의 구체적인 표현이 루쉰의 '좌련' 가입 즉 루쉰의 전변이었다.

루쉰의 전변과 관련해 1931년 리옌광黎炎光이 편한 『轉變後的魯迅』(東方書店)이 있다. 이 책은 '좌련' 성립 기념 연설 등이 포함된 혁명문학 관련 루쉰의 글, 그리고 첸싱춘, 궈모뤄, 펑쉐펑 등 혁명문학진영의 루쉰 전변에 대한 평가, 그리고 량스추梁實秋 등의 루쉰 반대파反魯派의 비판으로 구성되어 있다. 그는 루쉰의 전변을 중국을 통치하는 부패한 구세력을 피압박 프로계급이 대체하는 상징적인 사건으로 이해한다. 즉 전변 이전 루쉰은 구세력을 옹호하지는 않았지만 프롤레타리아 계급에 대해 풍자하고 냉소했다. 그러나 시대의 새로운 추이 속에서 루쉰은 과거와 결별하고, 시대의 맨 앞에 서서 많은 프롤레타리아 대중과 함께 자본과

---

40 『中國文藝論戰』의 큰 목차는 다음과 같다. 「序言」, 「語絲派及其他」, 「創造社及其他」, 「『小說月報』及其他」, 「『新月』」, 「『現代文化』及其他」.

41 李何林, 「『中國文藝論戰』序言」, 中國社會科學院 文學硏究所魯迅硏究室編, 앞의 책, 495~496면.

42 리허린의 『魯迅論』에 대한 보다 자세한 논의는 다음 장에서 다루기로 한다.

제국주의와 싸우고 있다고 고평한다.[43]

1920년대 후반부터 1930년대 초반, 중국 사회의 정치적 변화와 호응해 루쉰과 혁명문학가는 혁명문학의 가능성과 한계에 대해 논쟁한다. 중국 내에서 루쉰의 위상으로 인해 혁명문학논쟁은 당대 중국 사회의 변화를 파악하기 위한 가장 중요한 논쟁으로 자리매김한다. 루쉰은 '5 · 4의 역사적 유물'에 머무는 대신, 새로운 세대와의 논쟁을 통해 '혁명문학'을 학습하고 수용해 간다. 루쉰의 전변은 그의 사회적 · 문화적 위상과 맞물려 당대 중국문학계와 사상계의 중요한 의제로 부상한다.

앞서 말한 것처럼 일본에서 루쉰이 대중적으로 알려진 것은 1932년 1월 사토 하루오가 『中央公論』에 「고향」을 번역 게재하면서부터였다. 그 이전에 루쉰은 중국문학 관련자들 사이에서 제한적으로만 알려져 있어서 일본인들 사이에서 루쉰에 대한 이해와 평가는 깊지 못했다. 이 것은 1920년대 후반부터 1930년대 초반까지 '혁명문학논쟁'과 루쉰 전변에 대한 이해에서도 드러난다. 일본의 무산계급 운동가들 사이에서 혁명문학논쟁에 대한 관심이 존재했지만, 이들의 네트워크는 중국의 혁명 문학가들에 국한되어 있었다. 가령 일본의 무산계급 운동가였던 후지에타 다케오藤枝丈夫는 1928년 7월 『戰旗』에 청파우와 궈모뤄와의 회견기를 올리는데, 공산당의 문예 정책의 잡지에 대한 영향력을 논하는 것과 함께, 루쉰과 장즈핑張資平 등이 혁명문학가들로부터 신랄한 비판을 받고 있다고 전한다.[44]

---

43 黎炎光, 「編者的話」, 『轉變後的魯迅』, 東方書店, 1931, 中國社會科學院 文學硏究所魯迅硏究室編, 앞의 책, 614면.

44 丸山昇, 앞의 글.

루쉰에 대한 비판적 태도는 '만철'의 연구자들에게서도 나타난다. 1931년 1월 호『滿蒙』에 오오구치 타카오大內隆雄의 「魯迅とその時代」가 실리는데, 그는 첸싱춘의『現代中國文學作家』즉 「死去了阿Q的時代」를 근거로 루쉰을 논한다.[45] 루쉰이 소자산계급의 특성을 벗어나지 못하고 있다고 말하면서 결국 루쉰은 "단지 과거와 현재를 말할 뿐"이며 그에게 "장래가 없다"고 혹평한다.[46] 스즈에 겐이치鈴江言一 역시 이와 유사한 태도를 보인다. 그는 중국의 혁명문학의 기원을 5·4를 전후로 한 문예부흥과 연결하면서도, 루쉰은 계급적 의식이 부재하는 자유주의 전통 속에서 활동했다고 평가했다. '아Q시대'의 상징 루쉰은 사회와 사상의 변화 속에서 몰락하고 있다고 본다.[47]

그러나 루쉰과 관련해 첸싱춘의 이론적 관점만이 주목되었던 것은 아니다. 1931년 5월 호『滿蒙』에 실린 겐야 소이치로原野昌一郎의 「中國新文藝運動と魯迅」에서는 루쉰을 '향토예술가'로 이해한다. 이 글에서 저자는 팡비方璧의 「魯迅論」과 샹웨尙鉞의 「魯迅先生」, 첸싱춘의 「死去了的阿Q時代」, 청팡우의 「『吶喊』的評論」 등을 통해서 루쉰론을 전개한다.[48] 그는 첸싱춘의 입장 대신 1924년『창조』에 게재되었던 청팡우의 견해를 수용한다. 이때 청팡우는 '혁명문학론'을 전개하기 이전으로, 루쉰을 '현실을 있는 그대로 그리는 자연주의 작가'로 규정한 바 있다.

---

45 이 책은『現代中國文學作家 第1卷』이다. 출판사는 상하이에 있던 타이동도서국(泰東圖書局)으로 「死去了阿Q的時代」, 「詩人郭沫若」, 「『郁達夫代表作』後序」, 「蔣光慈與革命文學」이 수록되어 있다.
46 大內隆雄(山口愼一), 「魯迅とその時代」, 『滿蒙』 12(1), 1931; 丸山昇, 앞의 글에서 재인용.
47 鈴江言一, 「中國無産階級運動史」, 『滿鐵調査資料』 109, 1929; 위의 글에서 재인용.
48 이 글에서 인용된 루쉰 비평서들은 리허린의 『魯迅論』에 실려 있는 작품들이다. 작가가 리허린의 책을 통해 루쉰에 대한 기본적인 시점을 확보했던 것으로 보인다.

따라서 겐야 소이치로 역시 루쉰을 당시 고통을 겪고 있는 '중국 농민의 아픔을 그리는 향토작가'라고 말한다.

1930년대 초반 루쉰의 전변을 둘러싼 당대 일본의 루쉰 이해는 제한적이었다. 매체 역시 『만몽滿蒙』이라는 다리엔 지역의 전문지라든가, 『국제문화國際文化』와 같은 일본 사회주의자들의 잡지에 국한된다. 이것은 루쉰이 『조선일보』나 『동아일보』, 『매일신보』와 같은 대중지와 『동광』이나 종합잡지를 통해 식민지 조선에서 중국 근대의 대표적인 작가로 자리매김한 것과 대조적이었다. 한국에서는 1936년 루쉰이 타계할 때까지 10여 년에 걸쳐 루쉰의 단편소설 일곱 편과 희곡 한편이 번역된다. 「아Q정전」을 번역한 양백화를 제외하고, 번역자인 류기석(「광인일기」), 정내동(「애인의 죽음」, 「과객」), 김광주(「재루상에서」, 「행복된 가정」), 이육사(「고향」)는 모두 중국유학과 중국체험을 바탕으로 루쉰을 식민지시기 한국 사회에 소개했다. 한국에서는 번역과 함께 중국문학이나 현지 중국의 상황에 대한 비평적 소개를 거의 동시적으로 진행된다. 그리고 이 과정에서 가라시마 다케시와 김태준을 위시한 경성제대의 지식인들과, 정내동과 김광주 등의 중국 유학생들, 그리고 이육사와 같은 비판적 지식인들은 루쉰의 '현재적 가치'를 제기한다.

2. 5 · 4 전통과 사회주의 그리고 루쉰의 위치

중국 현대사에 남긴 루쉰魯迅의 업적은 헤아릴 수 없을 정도다. 소설가, 평론가, 번역가로부터 사상의 번역자, 목판화의 선구자, 교육자, 혁명가 등등, 1910~1930년대 혼돈과 질서, 혁명과 반혁명이 중첩되어 있던 중국 사회를 대표하는 실천적 지식인으로 루쉰은 기억되고 있다. 그러나 '중국'을 '중공'으로 이해했던 냉전 체제하의 한국 사회 루쉰의 수용은 제한적일 수밖에 없었다. '적'과 '아'를 구분하는 권력으로부터 끊임없이 수긍을 요구 받았던 체제 안에서, 루쉰은 위험을 수반하는, '통념'의 외부를 상상하는 문제와 결부되어 있었기 때문이다.

그런데 '공산독소의 제거'에 열중했던 한국에서 루쉰은 냉전 기간 동안 담론의 공간에서 계속 살아남았다. 냉전 시기에 이르러 "문자 그대로 중국 현대문학의 시조이며 인생을 위한 문학을 철두철미하게 실천한 작가"이자 "중국 사회와 중국 사람을 위하여 누구보다 분개하고 동정한 계몽작가"라는 위상이 일반화되었다.[49] 루쉰의 좌파적 형상은 은폐되고 우파적 형상, 즉 휴머니스트이자 계몽주의자의 형상이 정형화되었다. 더 나아가 냉전 시기 '중공'이 정상적인 근대화의 과정에서 이탈한 상태이자 일종의 어둠의 공간으로 상상되었기에, 루쉰은 진정한 자유를 위해 '중공'과 투쟁하는 관계에 놓이게 된다.[50] 이때 루쉰은 '자유의 투사'로서 본토에서 밀려났지만, 진정한 근대화의 길을 걷고

---

49 박노태, 「魯迅과 郁達夫의 世界」, 『신태양』 8(5), 신태양사, 1959.5, 199면.

50 장기근, 「中共의 아Q」, 『世代』 1(6), 세대사, 1963.11, 179면.

있는 '자유중국'의 일원으로 계열화된다. 가령 냉전 시기 미국에 거주하면서 '반중공 친대만'적 성격을 보인 '린위탕'이나, 중화인민공화국 성립 이후 타이완으로 떠난 '후스' 등과 함께 근대중국과 '자유중국'을 연결하는 하나의 계열을 형성하게 된 것이다.[51] 즉 냉전기 한국 사회는 마르크스주의와 분리된 루쉰을 수용한다. 이러한 루쉰 이해가 제한성에도 루쉰은 이 시기 중국과 중국의 근대성을 상상하고 대면하는 사상 자원으로 존속했다.[52]

루쉰에게서 정치의 문제를 제거함으로써 '정치화'하고자 한 흐름과 체제와 불화하는 루쉰의 비판성을 급진화하는 흐름의 원점에 식민지 시기 루쉰 수용이 자리잡고 있다. '중국현대문학 연구 1세대'인 정내동[53]은 식민지 시기 루쉰을 가장 활발하게 소개하고 평가했던 인물이었다. 정내동은 루쉰을 '현실을 있는 그대로' 드러내려는 순수 문학가이자 휴머니스트로 규정한다. 그는 '혁명문학논쟁', 루쉰의 좌련 가입이라는 사건을 대면하고, '루쉰 전변'을 루쉰 정신의 본원에서 루쉰이 이탈하는 것으로 보았다. 정내동은 1930년대의 루쉰은 중국사회를 설명할 수 있는 가능성을 상실했다고 파악한다. 역설적으로 정내동은 루쉰과 사회주의의 연결고리를 해체함으로써 '죽어버린 아Q'를 다시 부활시키고자 한다.

정내동이 루쉰과 정치를 분리하고자 했다면 이육사는 루쉰의 문학을 자신의 활동을 비춰보고 참조점 혹은 이상적 모델로 삼았다. 즉 그

---

51 김광주, 「인테리에 고함」, 『경향신문』, 1952.5.4, 2면.
52 최진호, 「냉전기 중국 이해와 루쉰 수용 연구」, 『한국학연구』 39, 한국학연구소, 2015.
53 백지운, 「한국의 1세대 중국문학 연구의 두 얼굴」, 『대동문화연구』 68, 성균관대 대동문화연구원, 2009.

는 루쉰의 문학을 사회적 실천의 차원에서 받아들였다.[54] 루쉰에 대해 이데올로기적 접근 이전에 루쉰의 문학과 실천에 대한 태도 혹은 '모럴'에 주목함으로써 이러한 문제의식으로 나간다. 이 시기 한국 사회는 루쉰을 계몽과 사회주의 혁명 사이에서 의제화했다. 이런 문제의식은 중국에 체류하면서 루쉰을 소개한 이경손[55]이나 김광주,[56] 식민지 한국의 경성제대의 지식인인 가라시마 다케시辛島驍,[57] 김태준[58] 등 모두가 공유했던 지점이다.

이들 식민지 시기 지식인들은 루쉰과 동시대적 감각 속에서 중국을 사유하고자 한다. 루쉰이 호흡했던 시공간과의 거리 속에서 사후적 평가를 하는 것이 아니라 루쉰과 공유했던 시공간과의 대결 속에서 자신들의 루쉰론을 구성했다. 이에 이들의 루쉰 이해의 문법이 어떤 조건 속에서 만들어졌는지를 분석함으로써 한국의 루쉰과 중국지 형성을 이해하는 경로를 살펴보고자 한다.

1) 경성제대와 루쉰 수용

'아Q시대'의 종말과 부활, 그리고 루쉰 전변의 문제는 1930년대 식

---

54 홍석표, 「시인 이육사와 중국 현대문학」, 『중국현대문학』 55, 한국중국현대문학학회, 2010, 106~107면.

55 이경손, 「그 後의 魯迅(상)(하)」, 『조선일보』, 1931.2.27~28, 5면.

56 김광주, 「중국문단의 회고(1)~(5)」, 『조선일보』, 1931.3.28~4.1, 4면; 김광주, 「중국 푸로문예운동의 과거와 현재(1)~(4)」, 『조선일보』, 1931.8.4~7, 4면.

57 辛島驍, 「支那の新しい文藝に就て(一)」, 『朝鮮及滿洲』 266, 1930.1.

58 天台山人, 「文學革命後의 中國文藝觀(1)~(18)」, 『동아일보』, 1930.11.16~12.8, 4면.

민지기 한국 루쉰 연구자들이 가졌던 공통의 문제계였다. 이는 중국유학생들뿐만 아니라, 도쿄 제국대학 지나 문학과 출신으로 1929년 경성제국대학 지나어문학과 교수로 부임한 가라시마 다케시辛島驍도 공유했던 문제의식이다. 가라시마는 식민지 시기 한국에서 루쉰과 가장 빈번하게 교류했던 지식인의 한 사람이었다. 그는 일제 말기 대표적인 식민주의자로 알려져 있다.[59] 그러나 경성제국대학에서 '현대중국'과 관련한 강의를 개설하고 연구한 연구자이기도 했다. 즉 그는 경성제국 대학에 부임한 이후 '당대 중국학' 즉 당대 지나문학 강좌를 개설했다. "G박사라고 하는 칠십 노인을 스승으로 모시고 다시 시경, 당송시문 등을 배웠으나 별로 신기한 것도 없"던 상황에서 가라시마는 '당대 지나문학' 이라는 새로운 커리큘럼으로 지나 문학과를 만들어 갔다.[60] 다케우치 요시미와 다케다 다이준 등이 '중국문학연구회'를 만들어 『중국문학월보』를 창간하는 등 현대중국의 문학을 통해 기존 지나학에 대한 반감을 드러냈던 것과 유사하다.[61]

가라시마는 루쉰을 자기의 스승으로 언급할 정도로 루쉰에게 호의

---

59 한국과 중국에서 가라시마에 대한 평가는 상대적이다. 한국에서 가라시마는 대표적인 '식민주의자'로 알려져 있다. 실제로 가라시마는 일제 말기 '조선문인보국회' 이사장을 역임했으며 1943년 6월부터 연희전문 교장으로 있으면서 학병동원을 추진한 인물이었다. 그러나 다른 한편 중국에서는 루쉰과의 교류를 긍정하면서 '중일 문화 교류사의 아름다운 일화의 하나'라고 소개된다.

60 김태준, 「외국문학 전공의 변」, 『동아일보』, 1939.11.10.

61 천진, 「식민지 조선의 지나문학과의 운명」, 『중국현대문학연구』 54, 한국중국현대문학학회, 2010. 천진은 이 논문에서 가라시마의 고전 지나에서 현대 지나에 대한 관심을 다케우치 요시미와의 유사성 속에서 다루고 있다. 지나학이 일부의 사람들만이 공유할 수 있는 폐쇄적 환경에서 벗어나기 위해 가라시마는 현대 지나라는 현실의 문제를 학문의 장으로 끌어들인다. 그리고 지금 지나 문학에 대한 관심은 재조 일본인으로써 단지 경성 제국대학 지나문학에만 머무는 것이 아니라 '대동아 문학 건설'이라는 방향으로 나아갔다고 지적한다.

를 표하는 동시에 그와 빈번히 교류한다.[62] 그는 1926년부터 1933년에 걸쳐 루쉰을 세 차례 방문했으며 서신 또한 자주 교환했다.[63] 가라시마 다케시가 두 번째 루쉰 방문을 마치고 귀국한 후, 1930년 1월 재조일본인 잡지『조선급만주朝鮮及滿洲』266호에「支那の新しい文藝に就て」를 발표한다. 그에 따르면 루쉰은 "현재 살아있는 존재이며, 이 시대 속에서 가장 활발하게 활동"하는 작가지만, 「아Q정전」과 「광인일기」 등을 통해 "세상의 환대와 숭배"를 받았던 베이징을 떠난 이후 새로운 상황에 놓여 있다. 루쉰은 "샤먼과 광둥 등지로 유랑하며 사무치는 적막함을 느끼고 상하이로 돌아가게 되고, 이어 신흥좌익파의 청년들로부터 지탄받"고 있다는 것이다.[64] 가라시마는 혁명문학가들이 루쉰을 과거의 유물로 비판하는 상황에서 루쉰과 교류했다. 그는 루쉰이 처한 상황을 '적막'이라고 표현한다. 물론 가라시마가 표현한 '루쉰의 적막'이 희망을 의탁했던 청년들에 대한 루쉰 자신의 절망에 대한 깊은 공감에 나온 것인지는 알 수 없다. 즉 광둥에서 청년들이 서로 다른 청년들을 국민당에 고발해 죽게 한다든지, 그 자신의 글이 오히려 권력자들이 청년들을 압살하는 데 인용될 수 있다는 자각 등에 연유한 루쉰의 고민을

---

62 辛島驍,「回憶魯迅」, 陳夢熊, 『『魯迅全集』中的人和事－魯迅佚文佚事考釋』, 上海社會科學院出版社, 2004, 297면. 이 글의 원문은 辛島驍,「魯迅追憶」,『桃源』4(3), 1949.6.

63 가라시마와 루쉰의 첫 만남은 1926년 동경제국대학 재학시절 스승이었던 시오노야 온(鹽谷溫)의 소개를 통해서였다.『內閣文庫書目』과『薄才書目』,『斯文』세 권의 책을 들고 가라시마는 베이징 대학 교수로 알고 있던 루쉰을 방문했다. 두 번째는 1929년 경성제국대학 교수로 부임한 후 여름방학을 이용해 상하이에 있던 루쉰을 방문한다. 이 시기가 바로 루쉰은 혁명문학논쟁의 와중에 있었다. 이때 무산계급 문제를 고민하던 루쉰을 만나게 된다. 세 번째는 1933년이다. 이와 관련해서 辛島驍, 위의 글; 井山泰山,「增田涉と辛島驍」,『關西大東西學術研究所紀要』, 2012, 42면.

64 辛島驍,「支那の新しい文藝に就て(一)」,『朝鮮及滿洲』266, 1930.1, 70면.

가라시마가 얼마나 절실하게 느꼈는가는 알 수 없다. 그러나 가라시마는 사회주의 혁명의 대두라는 당대 중국 사회의 변화 속에서 루쉰이 변화하는 시점에 처해 있다고 본다.

가라시마는 '아Q와 루쉰'의 종말을 선언하는 첸싱춘錢杏邨 입장을 소개하면서 그것이 첸싱춘 1인의 의견이 아니라 '다음 세대가 루쉰을 향해 한 선고'였다고 지적한다. 물론 가라시마는 루쉰의 서가에서 프롤레타리아와 관련된 책들을 발견하면서 루쉰의 전향 가능성을 살피기도 한다. 그러나 1920년대 후반의 가라시마는 루쉰의 전향에 대해 유보적이었다.[65] 그는 아Q의 죽음과 루쉰의 종말이 선언되는 과정에서 루쉰이 전변轉變할 가능성을 확신하지 못한다. 그는 '죽어버린 아Q의 시대'에 루쉰이 어떤 전망을 제시해 줄 수 있을가를 자문한다.

루쉰의 변화에 대한 가라시마의 판단은 루쉰과의 세 번째 만남에서 분명해진다. 1933년 가라시마가 루쉰을 만났을 때, "루쉰은 이미 좌익 작가 연맹의 중심인물이 되어 있었다".[66] 그는 루쉰이 "민족의 고뇌를 자신의 고뇌"로 생각하고 있다고 말한다. 그리고 그 자신도 루쉰을 "전 중국 피압박 대중, 아니, 전세계 인류의 고뇌를 모두 그 작은 목덜미와 바른 어깨 위에 짊어"진 존재로 표상한다.[67] 그런데 1933년 이후 루쉰과 가라시마 다케시의 관계는 갑작스럽게 단절된다. 1933년 이후 루쉰의 기록에서 가라시마 다케시의 이름은 보이지 않는다.[68] 이러한 갑작

---

65 "나는 당신의 책장에서 신흥문학전집의 한 권을 발견했을 때 당신의 순수하고 참된 노고를 느끼면서 한편으로는 과연?이라는 의구심을 갖지 않을 수 없었다." 위의 글, 71면.

66 辛島驍, 「回憶魯迅」, 295면.

67 위의 글, 296~297면.

68 1933년 2월 14일 가라시마 다케시가 자신의 아들 하이잉에게 주는 장난감 및 어란을 선물 받았다는 기록이 가라시마에 대한 루쉰의 마지막 기록이다. 홍석표, 「루쉰, 신언

스러운 관계의 단절은 가라시마가 루쉰을 자신의 스승으로 생각한 것과 별개로 그가 루쉰과 서로 깊은 공감을 나누었가를 생각하게 한다.[69] 그럼에도 여전히 가라시마 역시 혁명문학가들과 루쉰의 논쟁, 그리고 좌련 가입이라는 상황 속에서 루쉰의 의미를 설정했다.

'아Q시대의 종말'과 '루쉰 전변'을 중심으로 루쉰을 이해하는 태도는 경성제대 출신의 김태준의 루쉰 평가에서도 드러난다. 김태준은 1930년 11월 12일부터 12월 8일 총 18회에 걸쳐 『동아일보』에 「文學革命後의 中國文藝觀」을 연재한 바 있다. 김태준은 1930년 첫 번째 베이징 여행을 떠나는데 이 여행은 김태준의 세계관에 커다란 변화를 초래한다. 그는 당시 중국의 반봉건, 반제국 운동에 깊은 감명을 받는다.[70] 즉 거리의 아이들이나 인력거꾼마저도 중국의 혁명을 이야기하고 참여하는 것은 그에게 강한 충격이었던 것이다.[71] 이 충격 속에서 "문학혁명 후 중국문예관"에 관심을 갖고 살핀 뒤, 귀국 후 「문학혁명 후의 중국문예관」을 발표한 것이다. 이 글은 문학혁명 이전의 선구자들, 문학혁명의 제창과 성공, 중국의 번역계, 문학연구회와 창조사, 그리고

준, 그리고 카라시마 타케시」, 『중국문학』 69, 한국중국어문학회, 2011, 149면.

69 가라시마 다케시 자신이 얼마나 루쉰의 고뇌에 접근해 들어갔는지는 미지수이다. 제2차 세계대전 식민지기 가라시마는 '조선문인보국회' 이사장을 역임했던 대표적인 식민주의자였다. 홍석표는 루쉰에 대한 공감을 표시했던 가라시마가 1930년대 후반 제국의 이데올로그로 활동하는 과정을 실증적으로 보여준다. 가라시마는 수탈 받는 민중에 대한 공감을 표시하는 척했지만 본질은 반동가였다는 것이다. 윤대석은 가라시마의 문학에 대한 태도 즉 중국을 투명하기 인식하는 수단으로서 문학을 설정하고 태도 속에서 가라시마에게 내재된 식민지성을 읽어낸다. 이와 관련해 위의 글: 윤대석, 「가라시마 다케시의 중국현대문학 연구와 조선」, 『구보학보』 13, 구보학회, 2015.

70 박희병, 「천태산인(天台山人)의 국문학연구(상)」, 『민족문학사연구』 3(1), 민족문학사학회, 1993.

71 天台山人, 「文學革命後의 中國文藝觀(1)」, 『동아일보』, 1930.11.12, 4면.

혁명문학에서 프로문학으로 전환해 가는 과정을 서술하고 있다. 중국의 근대 문학이 문학혁명에서 혁명문학을 거쳐, 다시 프로문학으로 나가고 있다고 본다. 김태준은 당시 1926년 이후 반제, 반군벌을 표방한 혁명문학을 '소부르주아'와 '프롤레타리아'의 혼합 문학이라고 지적한 뒤, 1927년에 이르러 비로소 창조사와 태양사에 의해 진정한 혁명문학 즉 프로문학이 제창되었다고 말한다. 김태준은 프로문학이 가장 뛰어난 문학이라는 인식을 드러낸다.[72][73] 김태준은 당시 중국의 프로문학 운동과 대립하고 있던 루쉰과 위다푸郁達夫를 프로문학에 대한 '위협'이라고 지적한다.[74] 그는 1927년 창조사와 태양상로 대표되는 혁명문학가들의 입장에서 루쉰의 입장을 바라본 것이다.

이 글에서 김태준은 루쉰의 「아Q정전」을 문학혁명을 대표하는 작품으로 소개하면서,[75] 아Q를 매개로 루쉰 시대의 소멸을 주장한다. 이때 김태준이 참고로 삼은 책은 리허린의 『中國文藝論戰』과 첸싱춘의 『中國現代作家卷一』[76]이었다. 특히 『태양』에 실린 첸싱춘의 「死去了阿Q的時代」의 입장을 전폭적으로 수용한다. 즉 아Q는 신해혁명 시기 중국 민중의 사상을 반영하고 있지만 신해혁명 이후의 중국 민중의 놀라운 각성을 반영하고 있지 못하다고 진단한다. 즉 김태준 역시 루쉰의 작품이

---

72 天台山人, 「文學革命後의 中國文藝觀(10)」, 『동아일보』, 1930.11.28, 4면.

73 이 시기 김태준의 유물론적 태도의 형성과 관련해 중국의 지식인 특히 궈모뤄(郭沫若)의 영향이 컸다. 김태준 초기 인식론적 태도와 중국 학술계의 영향 관계와 관련해 이용범, 「김태준과 郭沫若」, 성균관대 석사논문, 2014.

74 天台山人, 「文學革命後의 中國文藝觀(10)」, 『농아일보』, 1930.11.28, 4면.

75 天台山人, 「文學革命後의 中國文藝觀(4)」, 『동아일보』, 1930.11.16, 4면.

76 출판사는 상하이에 있던 타이동도서국(泰東圖書局)으로 이 책에는 「死去了阿Q的時代」, 「詩人郭沫若」, 「『郁達夫代表作』後序」, 「蔣光慈與革命文學」이 수록되어 있다.

이미 현대적 의의를 상실했다고 이해한다. 루쉰을 "'소부르'의 최후 외침과 할 수 없어서 들풀의 기로에서 방황"하는 작가로 그려내면서 "魯迅의 작품에 현대적 의미가 없다"고 바라본다.[77]

김태준의 이러한 태도는 1931년 1월 1일부터 24일까지 총 16회에 걸쳐 『매일신보』에 연재된 「新興中國文壇에 活躍하는 重要作家」에서도 반복된다.[78] 리허린의 『中國文藝論戰』을 참조 삼아 당시 루쉰이 "醉眼朦朧한 魯迅"이라고 비판받고 있다고 말한다.[79] 김태준은 이 글에서 루쉰을 "문학혁명 이후의 중국문단의 가장 거인"으로 평가한 뒤, 「아Q정전」의 내용을 간략하게 소개한다. 그는 「아Q정전」을 "유머를 다분히 潛藏한 신사실주의적 작품"이라 평한 후, 중국 사회에서 '아Q시대의 종언'을 둘러싼 논쟁을 간단히 설명한다.[80] 이 글은 첸싱춘의 "『國現代文學作家』를 초역"[81]에 근거한다. 즉 김태준은 기본적으로 '태양사의 혁명문학가'의 입장에서 루쉰을 평가한다.

해방 후 루쉰 번역을 통해 루쉰의 좌파적 이미지를 확산하는데 중요한 역할을 했던 경성제국 대학 출신 이명선 역시 「아Q정전」을 쓸 시기의 루쉰에 대해 비슷한 평가를 내린다. 이명선은 루쉰을 막연한 인도주의적 계몽가로 이해한다. 이명선은 루쉰이 '문학을 위한 문학'이 아니라 '인생을 위한 문학, 사회를 위한 문학'에서 출발하고 있다고 본다.

---

77 天台山人, 「文學革命後의 中國文藝觀(14)」, 『동아일보』, 1930.12.4, 4면.
78 天台山人, 「新興中國文壇에 活躍하는 重要作家(4) (5)」, 『매일신보』, 1931.1.7~10.
79 "주수인은 절강 소흥 사람이다. 그가 「술名産地」인 소흥에서 났다고 하여 색채다른 문인에게 「醉眼朦朧한 魯迅」이라는 악평을 받은 일도 있다." 天台山人, 「新興中國文壇에 活躍하는 重要作家(4)」, 『매일신보』, 1931.1.7.
80 天台山人, 「新興中國文壇에 活躍하는 重要作家(5)」, 『매일신보』, 1931.1.10.
81 天台山人, 「新興中國文壇에 活躍하는 重要作家(2)」, 『매일신보』, 1931.1.3.

즉 루쉰이 인도주의적 입장에서 사회개량의 수단으로 문학을 선택한 것으로 파악한다. 사회개량은 이전의 부패를 지적하는 것에서 출발할 수밖에 없으며 루쉰의 소설작품들은 이에 해당한다고 지적한다. 그러나 『외침』의 생생함에 비해 두 번째 소설집인 『방황』에서는 루쉰 소설의 생생함이 사라져 버렸다고 비판한다. 즉 이명선은 루쉰의 『방황』을 "제재를 일반 대중에서 지식계급에 돌리고 우울과 침체에 빠져 신생한 생활감정이 말할 수 없이 희박"하다고 혹평했으며 『들풀野草』을 "기로를 헤매는 피로한 발을 멈추고 아무 이상도 희망도 없이 과거를 회고"할 뿐이라고 비판한다.[82] 그는 루쉰이 더 이상 새로운 출구를 찾지 못한 상태라고 보았던 것이다. 이명선 역시 "아Q의 시대는 이미 지났다"는 '창조파'나 '태양사'의 루쉰 비판에 동조한 것이다. 이명선의 루쉰에 대한 진단은 그의 스승이었던 가라시마 다케시辛島驍, 잡지 『만몽滿蒙』의 오오구치 타카오大內隆雄, 오오타케 겐大高嚴, 그리고 김태준의 평가에 근거하고 있다.[83] 이명선은 5·4의 전통과 사회주의라는 테두리 안에서 루쉰은 5·4시대의 유물에 불과하다고 규정한다.

그러나 이명선은 「魯迅에 대하여」 발표 1년 뒤인 1940년 1월 『비판』에 「魯迅의 未成作品」을 다시 발표해, 루쉰이 기획했지만 끝내 쓰지

---

82 이명선, 「魯迅에 對하여」(『조선일보』, 1938.12.5), 『李明善全集』 2, 보고사, 2007.
83 이명선이 「魯迅에 대하여」를 쓸 시기, 그가 중국현대문학과 관련해 참조한 서적은 다음과 같다. 李人傑, 「中國無産階級及びその運動の特質」, 改造, 1926; 郭沫若, 「支那文學革命と我等イディオロギ」, 『滿蒙』, 1930; 大高嚴, 「中國新興プロレタリア文藝運動の展望」, 『滿蒙』, 1930; 天台山人, 「文學革命 以後의 中國文藝觀」, 『東亞日報』, 1930; 大內隆雄, 「魯迅とその時代」, 『滿蒙』, 1931; 辛島驍, 「中國普羅列搭利亞文學の一瞥」, 『斯文』, 1932; 「支那の笑話集」, 『朝鮮及滿洲』, 1932; 大高嚴, 「支那新文學運動の展望」, 1935; 增田涉, 「支那文學史 現代」, 『世界文藝大辭典』7. 이 자료는 김주현, 「길과 희망, 이명선의 삶과 학문세계」, 『이명선전집』 4, 보고사, 2007, 505~506면 참조.

못했던 잡문과 세 편의 장편소설을 소개한다. 그가 주목한 작품의 하나
가 「홍군서정기紅軍西征記」이다. 이명선이 이 갖고 있던 루쉰에 대한 생
각이 변화되고 있음을 보여주는 사례이다. 루쉰이 "직접 현지에 가서
조사도 하고 기다의 재료를 수집"했다고 지적하면서 중국 사회주의 혁
명의 지지자로서 루쉰을 포착해 내려고 시도했다.[84] 이명선은 루쉰으로
상징되는 5·4운동의 정신과 중국의 무산자 혁명을 단절이 아니라 연
속으로 파악하고 이를 통해 루쉰이 가졌던 사상사적 의미를 재구성하
고자 시도한다.[85] 이러한 시도는 해방 후 이명선의 문필 활동을 통해서
보다 구체적으로 표현되었다.

---

84 이명선, 「魯迅의 未成作品」, 『李明善全集』 2, 보고사, 2007.

85 이명선이 루쉰과 중국현대문학을 이해하기 위해 활용했을 경성제국 대학 소장 중국문
학 관련 서적은 다음과 같다. 이 자료들은 서울대 중앙도서관 송지형님의 도움으로 '중
국현대문학', '魯迅', '郭沫若', '成仿吾', '李何林'을 검색한 결과다.

① 중국현대문학 : 小說彙刊 (葉紹鈞等, 1926) / 文學與革命 (張天化, 1928) / 革命文學論
(丁丁, 1928) / 文學論集 (胡適, 郁達夫, 1929) / 白話文學史上 (胡適, 1929) / 中國近代文
學之變遷 (陳子展, 1929) / 現代中國文學作家 (錢杏邨, 1930) / 刺的文學 (朋其, 1930)
/ 偉大的十年間文學 (沈端先, 1930) / 現代文學雜論 (趙景深, 1930) / 怎樣研究新興文學
(錢謙吾, 1930) / 文學的紀律 (梁實秋, 1931) / 中華現代文學選 (王梅痕, 1935) / 文學叢
刊 (文化生活出版社, 1935-40) / 文學青年 (文學大衆社, 1936) / 文學短論 (胡懷探,
1936) / 文學研究會創作叢書 (文學研究會, 1936) / 中國新文學大系 (趙家壁, 1936-40)
/ 支那現代文學叢刊 (中國文學研究會, 1939) / 現代作家選集 (三通書局, 1941).

② 魯迅 : 文藝政策 (1930) / 創作的經驗 (1933) / 一天的工作 (1933-34) / 豎琴
(1933-34) / 花邊文學 (1936) / 准風月談 (1936) / 魯迅全集單行本 (魯迅先生紀念委員
會) / 魯迅書簡 (許廣平, 1937) / 大魯迅全集 (井上紅梅等, 1937) / 大魯迅全集 (鹿地亘等,
1937).

③ 郭沫若 : 星空 (1924) / 塔 (1928) / 我的幼年 (1929) / 三個叛逆的女性 (1929) / 女神
(1930) / 後悔 (1931, 1934) / 劃時代的轉變 (1931) / 文藝論集續集 (1931) / 創造十年
(1932) / 孤鴻 (1933) / 一隻手 (1933) / 文藝論集 (1926) / 沫若詩集 (1929) / 沫若小說戲
曲集 (1932) / 沫若書信集 (1933) / 郭沫若選集 (1940) / 郭沫若論·黃人影 編 (1931).

④ 錢杏邨 : 麥穗集 (1928) / 義塚 (1928) / 一條鞭痕 (1928) / 力的文藝 (1929) / 現代中
國文學作家 (1930) / 白烟 (1930).

⑤ 成仿吾 : 使命 (1927) / 流浪 (1930) / 新興文藝論集 (1930).

⑥ 李何林 : 없음.

2) 중국발 아카데미즘과 루쉰 수용-정내동을 중심으로

(1) 정내동의 중국체험과 루쉰 수용의 참조체계

한국의 '중국현대문학 연구 1세대'로 식민지기 루쉰을 가장 활발하게 소개하고 평가했던 정내동은 1903년 전남 곡성에서 태어나 어렸을 때 한학적 소양을 쌓다가 1917~1923년까지 일본에서 유학한다. 그리고 1924년 중국 베이징으로 유학길에 오른다. 1925년 9월 민궈대학民國大學 예과 제2학년에, 다음해에 영문과에 입학한다. 학교에서는 영문학을, 개인적으로는 중국문학을 연구했다. 1930년 민궈대학 졸업 이후 "사년간 중국문학을 전공하기로 작정"하고 3년간 중국에 체류한 후 1932년 국내로 귀국, 『동아일보』에서 활동했다. 물론 그는 베이징 체류 시절부터 국내의 잡지와 일간지 등에 현대중국과 중국 신문학 운동을 소개했다.[86]

특히 정내동은 루쉰 소설에 대한 번역과 비평을 거의 동시적으로 진행한 드문 경우에 해당된다.[87] 그러나 정내동은 루쉰을 직접 만나지 못했다. 그가 베이징에 체류하던 시절 루쉰을 방문할 기회가 있었지만, "중어를 유창히 하여서 자기 의사를 충분히 발표하기 전에는 어떠한 중국 명류도 사사로이 배방하지 않겠"다는 결심 때문에 루쉰을 만나지 못했다. 그가 중국어에 능숙하게 되었을 때 루쉰은 이미 상하이에서 활동

---

86 정내동, 「저작연보」, 『丁來東全集』 I, 금성출판사, 1971, 421~428면.
87 박진영, 「중근 근대문학 번역의 계보와 역사적 성격」, 『민족문학사연구』 55, 민족문학사학회, 2014, 132~134면.

중이었다. 직접적인 만남이나 교류가 없었음에도 불구하고 정내동은 루쉰의 글로부터 강한 촉발을 받았다고 고백한다.[88] 그는 루쉰의 「상서傷逝」(『중외일보』 1930.3.27~4.10), 「과객過客」(『삼천리』, 1932.9)을 번역 했으며, 1931년 1월 4일부터 1월 30일 총 20회에 걸쳐 『조선일보』에 「중국 단편소설가 魯迅과 그의 작품」을 통해 루쉰에 대한 본격적인 평론을 전개했다. 게다가 「「아Q정전」을 읽고」(『조선일보』, 1930.4.9~12), 「중국현문단개관」(『조선일보』 1929.7.26~8.11), 「중국문인인상기」(『동아일보』 1935.5.1~8) 등에서 보이듯, 중국 사회의 변화와 중국 신문학의 변동을 식민지기 한국에 번역, 소개할 때, 루쉰을 그의 중요한 전거로 삼았다.[89] 정내동은 루쉰을 중국 농촌의 모습을 '과학적'으로 묘사하는 '자연주의자'이자, 중국 전통의 억압과 인습에 맞서 싸운 자유로운 반항 정신의 소유자로 이해했다.[90] 혁명이나 이념에 종속되지 않은, 혹은 종속되어서는 안 되는 휴머니스트이자 순문학가로 루쉰을 규정했던 것이다.

특히 그가 1931년 『조선일보』에 연재한 「중국 단편소설가 魯迅과 그의 작품」은 루쉰의 작품을 전체적으로 비평한 대표적인 글이다. 정내동의 '루쉰론'은 주로 1920년대 이루어진 루쉰의 문학적 성취와 중

---

88 정내동, 「중국문인인상기」, 『동아일보』, 1935.5.3, 3면.

89 주로 어떤 작가를 연구해 왔느냐는 질문에 대한 답변이 다음과 같았다. "우에서 말한 바와 같이 어학을 중심하여 연구한 만큼 소설, 희곡, 민간문학, 고시, 현재작가의 작을 주로 연구하였습니다. 그 중에서도 周作人, 魯迅의 것을 많이 읽었습니다. 그리고 홍루몽을 追句하여서 배워 본 일이 있습니다. 송사를 보는 중 朱淑眞의 詞도 정독한 일이 있습니다." 정내동, 「외국문학 전공의 변(10)」, 『동아일보』, 1939.11.16, 3면.

90 정내동, 「아Q정전과 광인일기」, 김광주·이용규 역, 『魯迅短篇小說集』 II, 서울출판사, 1946, 6면.

국 내 위상을 다루고 있는데, 이는 1930년대 한국에서 이루어진 가장 포괄적이고 상세한 루쉰론이었다. 정내동은 중국과 중국문단에 대한 직접적인 체험을 기반으로 루쉰의 작품과 사상에 포괄적으로 접근할 수 있었다. 즉 그는 문학혁명에서 혁명문학으로 변화하는 시기 중국문인들과 직접 교류하면서 중국문학과 루쉰에 대한 자신의 견해를 형성해 갔다.

이는 「魯迅과 그의 작품」을 저술할 때 활용한 자료에서도 드러난다. 「中國短篇小說家 魯迅과 그의 作品」의 경우 전체 8장으로 구성되어 있는데,[91] 주로 루쉰의 '문학작품'을 요약 소개하면서, 그 속에서 루쉰 문학의 특질을 도출해 내고 있다. 이때 각주 및 참고문헌의 형태로 루쉰의 당대적 의미를 드러내기 위해 정내동이 참고자료로 제시한 논문들은 다음과 같다.

① 魯迅, 「自敍傳略」

② 成仿吾, 「吶喊의 평론」

③ 錢杏邨, 『現代中國文學家 제1집』

④ R.B. Bartlett, 「魯迅會見記」

⑤ 趙景深, 「魯迅과 체홉」

⑥ 정내동, 「中國新詩概觀」

⑦ 정내동, 「中國文壇概觀」

⑧ 『滿蒙』

---

91 목차는 1. 緒言 / 2. 魯迅 自敍傳略 / 3. 「吶喊」 / 4. 「彷徨」 / 5. 「彷徨」과 「吶喊」 / 6. 「野草」 / 7. 魯迅의 用語 / 8. 結論으로 구성되어 있다.

정내동의 ⑥, ⑦번 논문과, ⑧번 논문을 제외하고는 모두 중국어 논문이다. 내용에 있어서도 ⑥, ⑦번 논문은 구체적인 참고 문헌이기 보다는 그 자신이 「야초」를 다루었던 사실을 상기시키는 문헌으로 활용된다.[92] ⑧ 월간 『만몽滿蒙』은 1923년 4월부터 '만주문화협회滿洲文化協會'가 다리엔大連에서 발간한 일본어 잡지다. 이 잡지는 1920년 9월에서 창간된 『滿洲之文化』에서 시작되었으며 1943년 10월까지 281호, 23년에 걸쳐 간행된 잡지였다. 처음에는 식민지 국책 조사부인 만철의 성과를 게재했지만, 이후 문학・언어・종족・고고학 등을 다루는 종합 잡지로 개편된다.[93] 정내동은 1930년 11월 호를 통해 루쉰의 좌련 참가 후의 상황을 파악하게 되었다고 말했지만, 구체적으로 어떤 글을 통해서 정보를 파악했는지 정확하게 기록하고 있지 않다.[94]

①~⑤번 논문은 정내동의 논문에서 비교적 비중 있게 활용되고 있다. 먼저 ① 즉 「魯迅 自敍略傳」은 1925년 6월 『語絲』에 실린 「俄文譯本 「阿Q正傳」序及著者自敍傳略」의 후반부 번역이다. 러시아인 바실리예프 B.A Vassiliev가 번역한 「아Q정전」의 서문을 쓰면서 루쉰 자신의 생애를 덧붙이고 있다. 정내동은 이 후반부를 번역해 글의 두 번째 장을 구성했다.

②는 청팡우가 1924년 1월 계간 『창조創造』에 발표한 「『吶喊』的評論」이다. 청팡우는 이 글에서 『납함』의 전체 15편[95]을 전기 9편(「狂人日記」, 「孔乙

92 "「야초」에 관하여서는 언젠가 필자가 「中國文壇概觀」과 「中國新詩槪觀」에서 다소 언급한 바 있었거니와……" 정내동, 「魯迅과 그의 작품(16)」, 『조선일보』, 1931.1.25, 4면.
93 홍종욱, 「東京大學 明治新聞雜誌文庫 소장 한국자료조사-별첨2-a」, 『일본소재한국사 자료 조사보고』 III, 2007.
94 정내동, 「魯迅과 그의 작품(14)」, 『조선일보』, 1931.1.20, 4면.
95 애초에 『吶喊』이 출판되었을 때, 「不周山」을 포함해 15편이었다. 이후 루쉰은 『吶喊

己」, 「藥」, 「明天」, 「一件小事」, 「頭髮的故事」, 「風波」, 「故鄕」, 「阿Q正傳」)과 후기 5편 (「端午節」, 「白光」, 「兎和猫」, 「鴨的喜劇」, 「社戲」, 「不周山」)으로 나누고, 전기는 재현 적이고 후자는 표현적이라고 분류한다. 청팡우는 루쉰의 전기 작품들은 대상을 기술description함으로서 '전형성'을 구축해낸다고 지적한다. 그는 이를 루쉰이 일본 유학 시기에 받은 자연주의의 영향으로 보았다.[96] 청파우 는 「광인일기」와 「아Q정전」을 중시했던 당대의 비평과 달리 「풍파」와 「고향」을 가장 진귀한 작품으로 평가했다. 루쉰이 농촌을 묘사함으로써 도시와 농촌 사이의 교량을 놓은 점을 높이 평가한 것이다.

정내동은 현실을 있는 그대로 묘사하는 '자연주의자'로서 루쉰을 소 개할 때, 청팡우의 견해를 활용한다.[97] '루쉰＝자연주의 작가'라는 규정 은 정내동이 루쉰을 이해하는 일관된 태도로써 해방 이후에도 이 견해 는 지속된다.[98]

13판 인쇄부터 「不周山」으로 『故事新編』에 게재한다. 『故事新編』에서는 「補天」으로 수 록된다. 흥미롭게도 이 논문에서 청파우는 루쉰 작품 중에서 「不周山」이 가장 뛰어나다 고 말한다.

[96] "우리들은 비록 자연주의의 주장에 찬성할 수 없다. 그러나 우리는 공편한 심판관이 되 길 바란다면, 우리는 당연히 자연주의에 상당한 지위를 부여해야 한다. (…중략…) 작 자는 일본에서 유학했다. 그때 일본의 문예계는 바로 자연주의가 성행했다. 우리의 작 자는 그때부터 자연주의의 영향을 받았다. (…중략…) 그러므로 그가 현재 많은 자연파 작품을 내고 있다. 우리 문예 진화 단계의 빈 틈을 메꾸었을 뿐만 아니라 작자 자신도 역시 매우 자연적이다." 成仿吾, 「『吶喊』的評論」(『創造』2(2)), 中國社會科學院文學硏究 所魯迅硏究室 編, 『1913~1983 魯迅硏究學術論著資料匯編 第一卷』, 1985, 46면.

[97] "「아Q정전」에 나타난 魯迅의 공로는 과학적 태도로 중국 신해혁명 당시의 사회를 관찰 하였고 해부하였으며 지적하여, 당시 중국 국민성의 일면을 잘 표현하였다. 곧 문예상 의 술어를 쓴다면, 중국 문단에 自然主義를 수입한 것이었다. 이것은 成仿吾가 「吶喊의 評論」에서 말한 바아 같이 (중략…)" 정내동, 「魯迅과 그의 작품(6)」, 『조선일보』, 1931.1.18, 4면.

[98] 정내동, 「아Q정전과 광인일기」, 김광주・이용규 역, 『魯迅短篇小說集』 II, 서울출판사, 1946, 6면.

③『現代中國文學家』제1집은 첸싱춘이 1928년 7월에 출판한『現代中國文學作家』제1권이다. 출판사는 상하이에 있던 타이동도서국泰東圖書局으로 이 책에는「死去了阿Q的時代」,「詩人郭沫若」,「『郁達夫代表作』後序」,「蔣光慈與革命文學」이 수록되어 있다. 정내동이 그의 논문에서 인용한 글은「死去了阿Q的時代」로 볼 수 있다. 이 글은 1928년 3월 1일『太陽月刊』3월 호에 게재되는데 루쉰에 대한 가장 격렬한 비판으로 알려져 있다.

첸싱춘은 '5·4' 신문화 운동과 '5·30' 운동이라는 시대적 배경 하에 루쉰의 소설 창작 동기, 루쉰의 기질적 특질 등 루쉰과 그의 창작에 대한 비판적 분석을 시도했다. 첸싱춘이 주목한 것은 5·4 신문화 운동부터 5·30운동을 거친 10연년간의 중국사회와 문화의 변화였다. 즉 5·4운동이 청년의 개인으로서의 자각을 촉발하는 정치적 자극이었다면 5·30은 청년의 민족적·계급적 각성을 촉발한 사건이었다. 그런데 루쉰의 창작은 중국의 20년대의 변화를 반영하지 못하고 있다고 지적한다.「광인일기」가 예교에 대한 의심을,「행복한 가정」이 청년의 활력을,「고독자」와「풍파」가 당대의 시대적 배경을 표현하고 있지만 루쉰의 대부분의 창작에는 현대적 의미가 없다고 말했다.[99] 흥미로운 것은 루쉰이 5·4를 상징하는 '문학혁명'의 대표자로 알려진 것과는 달리 첸싱춘은 루쉰은 5·4 정신조차 대변할 수 없다고 비판했다.

---

99 "「광인일기」에서 예교에 대한 의심을 표현한 것을 제외하고,「행복한 가정」에서 청년의 활성화를 표현한 것을 제외하고,「고독자」와「풍파」에서 한 시대적 배경을 드러낸 것을 제외하고 대다수 현대적 의미가 없다! 시대의 사상 아래 만들어진 소설도 없을 뿐만 아니라 시대를 대표할 수 있는 인물도 없다!" 錢杏邨, 死去了阿Q的時代(『太陽月刊』3월, 1928), 中國社會科學院文學研究所魯迅研究室 編, 앞의 책, 326면.

루쉰의 창작은 청말과 신해혁명 사이의 시대적 풍조를 대변할 뿐이지 5·4운동 이후의 시대성을 대표할 수 없다고 보았던 것이다. 결국 루쉰의 창작은 정체되어 있다고 진단했다. 즉 첸싱춘은 루쉰은 먼 과거에 속해 있지 변화하는 현재에 속해 있지 않다고 말했다. 더욱이 5·30운동 이후 '혁명적 정세' 속에서 루쉰의 작중 인물들은 사람들에게 활력을 주는 대신 인생의 고통과 병태, 불건전한 것을 보여줄 뿐이라는 지적된다. 그리고 글의 세 번째 장에서 첸싱춘은 드디어 '아Q시대의 죽음'을 선언한다.[100] 「아Q정전」이 많은 장점을 지닌 작품이지만 10년동안의 중국 농민의 변화를 반영하지 못하기 때문이다. 중국의 농민은 아Q시대의 농민처럼 유치하지 않으며, 그들 스스로 혁명적인 존재로 변모해 있다는 것이다. "「아Q정전」은 확실히 자체적인 장점과 위치를 가지고 있지만, 그것이 현대를 대표할 가능성은 없"으며 "아Q시대는 벌써 죽어버린 것이다".[101]

정내동은 「死去了阿Q的時代」의 두 번째 장의 첫 부분을 번역하면서 루쉰이 1920년대 중반 이후 "一變遷期" 혹은 "沈滯常態"에 빠져 있다는 데 동의한다. 그러나 첸싱춘의 평가와 달리 정내동은 5·4 '문학혁명' 시기의 루쉰을 '중국문학혁명의 실행자'로 규정하고 "신흥중국에게 자성과 자이인식"[102]을 가능하게 했다고 평가한다. 첸싱춘은 루쉰이 혁명문학 혹은 무산계급문학의 정신을 담지하지 못했다고 비판했다. 반면 정내동은 '문학혁명' 시기의 업적은 인정했으나 시대의 변화에 따른 루

---

100 마지막 장에만 '死去了阿Q的時代'라는 제목이 붙어 있다.
101 錢杏邨, 앞의 글.
102 정내동, 「魯迅과 그의 작품(1)」, 『조선일보』, 1931.1.4, 4면.

쉰의 위상 변화, 즉 '혁명문학가'와의 논쟁 속에서, 루쉰이 이들에게 근접해 가는 것을 비판했다. 정내동은 루쉰의 시대적 지체를 인정했지만, 좌련 가입이라는 루쉰의 대응을 초창기 문학 정신의 포기로 생각했던 것이다.

④에서 정내동은 R. M. Bartlett과 루쉰의 대담을 「魯迅會見記」라고 했지만, 이것이 정확한 제목은 아니다. 미국 잡지 *Current History*에 실린 글이 1927년 10월 『當代』 제1권 제1집에 스푸石孚의 번역으로 게재될 때의 제목은 「新中國的思想界領袖魯迅」이었다. 정내동은 1927년 10월에 「커렌트 히스토리」에 실린 글이라고 했는데, 그 시기는 『당대』에 번역 게재된 시기에 해당한다. 1926년 루쉰이 베이징을 떠나기 직전의 인터뷰를 토대로 작성되었다. 루쉰은 이 인터뷰에서 러시아 문학에 대한 관심을 표명하며 그가 가장 좋아하는 작가로 체홉을 거론했다. 바틀렛은 루쉰을 도스토예프스키나 고리키처럼 향촌과 농민을 다룬 사실주의 작가, 현실에 대해 두려움 없이 비평하는 진보적 작가이자 풍자가라고 소개한다. 정내동은 이 인터뷰 마지막에 소개된 루쉰의 말을 번역한다. 즉 루쉰은 인터뷰에서 "중국의 최대의 병근은 타태"이지만 "노력만 할 것 같으면 내전은 곧 정지"할 수 있고, "그 때에 중국은 강성해질" 것이라고 전망했다. 정내동은 루쉰이 드물게 중국에 대한 희망을 표현하고 있다고 받아들이고 있다.[103]

⑤는 자오징선이 푸단대학에서 한 강연의 원고이다. 「魯迅與柴霍甫」가 원래 제목으로 1929년 『文學周報』 6월 호에 게재되었다. 자오징선

---

[103] 정내동, 「魯迅과 그의 작품(20)」, 『조선일보』, 1931.1.30, 4면.

은 바틀렛의 루쉰 회견을 언급하면서 루쉰과 체홉의 공통성을 "생활, 제재, 사상, 작풍"의 네 가지 측면으로 나누어 강연하고 있다. 생활상으로 루쉰과 체홉은 모두 의학을 버리고 문학을 선택했으며, 제재상으로 향촌을 묘사하는 데 있어 능숙했다. 그리고 이들은 미래에 대한 희망을 추구하지만 "희망은 있다고도 말할 수 없고, 없다고도 말할 수 없다"고 루쉰의 말처럼 근본적인 비관성을 노출한다. 작풍은 유머스럽고 풍자적이다. 정내동 역시 자오징션의 마지막 결론을 언급하면서 루쉰의 영향과 둘 사이의 공통점을 비교하고 있다.

①에서 ⑤에 이르는 개별 논문들은 시기나 실린 매체가 각기 다르다. 그러나 자오징션의 ⑤번 논문을 제외한 ①~④번 논문은 하나의 공통지점을 공유하고 있다. 그것은 정내동이 자신의 논문 앞부분에 인용한 루쉰 관련 서적에 있다. 정내동은 타이징농臺靜農이 1926년 『카이밍 서점開明書店』에서 출판한 『關于魯迅及其著作』과 리허린李何林이 1930년 상하이의 베이신서국北新書局에서 출판한 『魯迅論』을 루쉰 비평 관련 중요 연구서들로 언급했다.[104] 두 책의 목차는 다음과 같다.

> 『關于魯迅及其著作』의 목차: 「魯迅自敍傳略」, 「訪魯迅先生」(曙天女士), 「魯迅先生」(張定橫), 「魯迅先生」(尙鉞), 「致志摩」(陳源), 「初次見魯迅先生」(馬珏), 「讀『吶喊』」(雁氷), 「讀『吶喊』」(Y生), 「『吶喊』的評論」(成仿吾), 「『吶喊』」(馮文炳), 「魯迅的『吶喊』」(玉狼), 「『吶喊』」(天用), 「我所見于『示衆』者」(孫福熙), 「魯迅先生選擇書錄」(景宋), 「魯迅一九一六年畫像」(陶元慶), 「魯迅先

---

104 정내동, 「魯迅과 그의 작품(2)」, 『조선일보』, 1931.1.5, 4면.

生打叭儿狗圖」(林語堂原本),「魯迅一九0三年照像(在日本東京)」,「于一九一
二年照像(在紹興)」.

『魯迅論』의 목차:「一九0三年日本東京照像」,「一九一二年照像照像」,「魯迅一九二
六年畫像」(陶元慶),「序」(編者),「魯迅論」(方璧),「魯迅」(錢杏邨),「革命與知識階級」(畫
室),「死去了阿Q的時代」(錢杏邨),「阿Q時代沒有死」(青見),「致志摩」(陳源),「魯迅先
生」(張定橫),「新中國思想界領袖魯迅」(R.M Bartlett),「魯迅」(林語堂),「魯迅先生」(黎
錦明),「魯迅先生」(尙鉞),「第三樣世界的創造」(一聲),「魯迅先生往哪些地方躲」(景宋),
讀『吶喊』」(雁氷),「讀『吶喊』」(Y生),「吶喊」(西諦),「附一阿Q正傳的成因」(魯迅(略)),
「『吶喊』」(馮文炳),「魯迅的『吶喊』」(玉狼),「『吶喊』」(天用),「『吶喊』的評論」(成仿吾),
「魯迅的『彷徨』」(任叔),「我所見于『示衆』者」(孫福熙),「魯迅先生選擇書錄」(景宋).

목차를 통해 확인할 수 있는 것처럼, 리허린은 1926년 이전 즉 문학
혁명 시기 루쉰 관련 비평집이었던 타이징농의 『關于魯迅及其著作』에
혁명문학 시기의 루쉰 관련 비평들을 첨가해 책을 구성했다. 이런 점에
서 리허린의 책은 타이징농의 책을 포괄하고 있다고 할 수 있다. 실제
로 리허린의 『魯迅論』에 게재된 첫 번째 논문인 팡비方璧(마오둔)의 「魯
迅論」은 『關于魯迅及其著作』의 실린 저작들을 요약하고 정리하는 방식
으로 구성되었다는 점에서 리허린 저작이 가진 포괄성을 상징적으로
보여주고 있다.[105] 리허린의 텍스트는 '혁명문학' 출현 이후 루쉰과 그
저작에 대한 새로운 관점에서 비평문을 취합한 책이다. 수록된 글들은

---

105 方璧,「魯迅論」(『小說月報』18(11), 1927), 中國社會科學院文學研究所魯迅研究室 編,
앞의 책.

1923년부터 30년까지 7년에 걸쳐 '어사파', '신월파', '창조사'와 '문학연구회'에 관련된 잡지에 발표된 글들로, 비교적 '이전'의 것들은 『文學週報』, 『語絲』, 『學灯』, 『創造季刊』 및 『現代評論』에서, 최근의 것들은 『小說月報』, 『北新』, 『當代』, 『太陽月刊』 등을 참고로 했다. 흥미로운 것은 이 책의 발간 시기이다. 1930년 4월에 초판이 발간되었는데, 이 시기는 루쉰과 혁명문학작가들의 논쟁이 종식되고 그 논쟁의 결과로 '중국좌익작가연맹中國左翼作家聯盟'이 결성된 시점이었다.

장제스를 위시한 국민당 우파에 의한 '4·12쿠데타'(1927) 이후 국민당 우파들은 공산당과 노동자에 대한 대대적인 탄압을 자행한다. 그리고 정치적 몰락 속에서 '창조사'와 '태양사' 동인 등은 혁명문학으로 문학의 방향을 전환한다. 이들은 1928년 전후로 루쉰을 중요한 공격 대상으로 삼아 '혁명문학논쟁'을 전개한다. 문학혁명에서 '혁명문학'으로의 전환을 선언하며 루쉰을 그들의 주된 논적으로 삼아 신랄한 비판 작업을 진행한 것이다.[106] 청팡우의 「從文學革命到革命文學」, 리추리의 「怎麼樣地建設革命文學」, 첸싱춘의 「死去了阿Q的時代」 등의 비판에 맞서 루쉰 역시 「醉眼中的朦朧」, 「文藝與革命」, 「我的態度氣量和年紀」 등을 작성했다. 루쉰은 혁명문학가들의 중국 현실에 대한 간과와 이데올로기라는 추상성에의 안주를, 혁명문학가들은 루쉰의 문학·사상의 지체와 그에 따른 실효성의 상실을 비판한다. 결과적으로 혁명문학논쟁은 공산당이 문예계에 개입으로 빠르게 종식되고, 이후 '좌련'의 결성으로 결실을 맺게 된다.[107]

---

106 박자영, 앞의 글.
107 김시준, 「중국현대문학에서의 혁명문예논쟁연구」, 『중국문학』 15, 한국중국어문학회,

실제로 리허린이 두 번째로 편한 첸싱춘의 「魯迅」은 그의 입장 변화를 상징적으로 보여준다. 「魯迅」은 좌련이 성립되기 1개월 전인 1930년 2월 10일 『拓荒者』에 발표된 글인데, 이 글에서 그는 그가 죽어버렸다고 평가했던 아Q를 다시 되살리고 있다. 즉 그는 "루쉰의 반反봉건적 사상, 전통 정신문명에 대한 공격, 봉건세력의 지배 하에서 '나는 모르겠다'라는 소위 '우민'의 성격이 「아Q정전」 속에서 가장 구체적으로 표현되었다"고 지적했다.[108] 루쉰이 '청말과 신해혁명' 이전의 사상을 대변할 뿐이라는 입장에서 벗어나 아Q가 신해혁명 이후의 봉건세력의 농촌 지배 상을 표현해내고 있다고 말했다. 즉 루쉰의 창작을 혁명문학과 대립시키기 보다는 그를 혁명문학의 일원으로 포섭할 수 있는 방향을 모색했던 것이다.

이를 보다 선명하게 드러내는 것이 화스畵室 즉 펑쉐펑馮雪峰의 「革命與知識階級」이다. 이 글은 1928년 9월 『無軌列車』에 발표된 글인데, 펑쉐펑은 5·4 시기에서 가장 공적인 큰 인물로 루쉰을 거론했다. 비록 루쉰이 사회주의자는 아니지만 봉건세력과 싸워왔다고 옹호한다. 그리고 루쉰과 같은 인도주의자와 공산당의 연대는 중국 사회의 변화를 위해 필수적이라고 지적한다. 오히려 루쉰을 비평했던 혁명문학가들이 분파주의와 협소한 집단주의에 빠져 있다고 반박한다. 펑쉐펑은 혁명문학가들의 주장을 비판하면서 이들과 루쉰의 대립을 종식시키고 문학가들의 새로운 연대의 가능성을 추구했던 것이다. 실제로 펑쉐펑은 루

1987.

108 錢杏邨, 「魯迅」, 『拓荒者』 1(2)(1930.2), 中國社會科學院文學硏究所魯迅硏究室 編, 앞의 책, 529면.

쉰을 설득해 좌련에 가입시키는데 중요한 역할을 담당했다.[109]

말하자면 리허린은 첸싱춘이나 펑쉐펑 등을 전편에 배치함으로써 혁명문학가와 루쉰의 대립의 종결을 상징적으로 보여주고 있다. 혁명문학가들 역시 루쉰 시대의 종언을 선언하기 보다는 루쉰에게서 반봉건적 특성을 읽어냄으로써 루쉰과의 사상적 연대의 가능성을 모색하기 시작했던 것이다. 이는 넓게는 '오사운동'과 사회주의 혁명의 연속성을 획정하려는 시도의 일환이었다.

정내동이 인용한 대부분의 논문이 리허린의 『魯迅論』에 포함되어 있는데, 정내동 역시 이 책을 통해 1927년 후반부터 1930년 좌련 결성에 이르는 정황을 파악했다고 추론할 수 있다.[110]

정내동은 1927년 이후 '루쉰 시대의 종말'을 수용했지만, 루쉰과 마르크스주의와의 접근에 대해서는 부정적 입장을 피력한 바 있다. 정내동은 리허린의 책을 중요한 참고 텍스트로 삼았지만, '마르크스주의화한 루쉰'은 루쉰의 본령에서 어긋나 있다고 보았다. 정내동은 '무산계급 독재'는 역시 새로운 독재의 모습일 수 있다고 파악했는데 루쉰의 '전변轉變'은 '자유'를 주장하던 이전 사상의 포기라고 보았다. 따라서 혁명문학의 입장에서 루쉰을 포섭하는 방식을 보여주는 리허린의 책과 달리 정내동은 '루쉰'에게서 '마르크스주의'를 분리해냄으로써 진정한 루쉰의 모습을 구성하려고 시도했다.

---

109 畫室, 「革命與知識階級」(『無軌列車』 1928.9), 위의 책.
110 정내동이 거주했던 베이핑에서는 양메이주샛길(北平楊梅竹斜街)에 있던 『베이신서국』 분점에서 '六角半'에 판매했다. 위의 책, 541면.

(2) 루쉰 전변의 부정과 계몽가 루쉰의 긍정

1920년대 중반 '국민혁명'을 이름으로 이루어졌던 제1차 국공합작은 장제스의 쿠데타에 의해 분열되고 해체되었다. 루쉰이 사회주의화한 젊은 지식인들에게 '죽어버린 시대' 혹은 과거의 유물이라고 비판되었던 것도 이 시기였다. 즉 정내동이 본격적인 루쉰론을 전개하던 1920년대 후반과 1930년대 초반, 루쉰에 대한 견해들이 분기하기 시작한다. "전 중국의 문학청년의 시선을 일신에 받고 있던 魯迅이 근 2·3년에 와서는 일부 청년 간에 그 전 『납함』 시대와 같이 환영을 받지 못하고 또한 시대의 정신에 앞선 무슨 창작을 발표치 않고 거의 침체"상태였다. 중국 청년들은 "세계사조의 변천과 중국의 변혁에 영향"을 받아서 루쉰의 "정신과 사상에 만족할" 수 없게 되어 버렸다.[111] 정내동에 의하면 귀모뤄郭沫若이나 청팡우成仿吾, 그리고 첸싱춘錢杏邨 등의 '혁명문학가'들에 의해 루쉰은 '소부르주아' 혹은 '아트 포 아트'를 말하는 취미파라고 비판된다.[112] 루쉰은 "시종 一條의 출로를 찾지 못하고 시종 呐喊하고 시종 彷徨하고" 있어서 "루쉰의 창작에서 얻어 볼 수 있는 것은 다만 과거가 있을 뿐이고, 양대로 채워 본대야 기껏 현재를 말한 데 그치고 장래가 없다"고 정내동은 말한다.[113] 이 시기 첸싱춘 등은 '아Q 시대의 종언'과 함께 루쉰의 시대의 종언을 선언했던 것이다.

'혁명문학가'들의 입장에 따르면 루쉰에게는 현재만 있을 뿐, 장래

---

111 정내동, 「魯迅과 그의 작품(1)」, 『조선일보』, 1931.1.4, 4면.
112 정내동, 「중국현문단개관(2)」, 『조선일보』, 1929.7.28.
113 錢杏邨, 「死去了阿Q的時代」(『太陽月刊』 3월 호), 中國社會科學院文學研究所魯迅硏究室 編, 앞의 책, 327면.

의 전망이 부재한다. 혁명문학가들에 의해 루쉰은 '지체'의 상징으로 표명된다. 정내동 역시 1920년대 중후반 이후 루쉰이 '침체상태'에 빠져 있다는 사실에는 동의한다. 그러나 이 과정에서 혁명문학으로의 루쉰의 전변에 대해 1930년대 초반의 정내동은 유보적 입장을 보인다. 그것은 루쉰을 현실을 있는 그대로 그려내는 작가이자 '무사상' 작가로 보는 것과 관련된다.[114] 정내동은 루쉰을 '중국이 어디로 나가야 하는가'를 말하는 것이 아니라 중국과 중국인은 이러하다는 것을 보여주는 작가로 본 것이다.

루쉰에 대한 정내동과 '혁명문학가'들의 해석의 차이는 「고향」 비평에서 보다 선명하게 드러난다. 소설의 화자인 '나'는 고향집을 처분하기 위해 귀향하게 되는데, 변해 버린 고향에서 어릴 적 친구인 '룬투'와 '두붓집 미녀'였던 양씨 아주머니를 만나게 된다. 주인공은 사용하지 않게 된 물건들을 처분하는데, 룬투가 가져가기로 한 '재' 속에서 다기와 촛대가 숨겨져 있는 것이 발견된다. 양씨 아주머니가 범인이 룬투라고 추론하게 된 것을 고향을 떠나는 배 위에서 어머니로부터 듣게 된다. 주인공은 적막감 속에서 "나는 생각했다. 희망이란 것은 본래 있다고도 할 수 없고, 없다고도 할 수 없다. 그것은 마치 땅 위의 길과 같은 것이다. 본래 땅 위에는 길이 없었다. 걸어가는 사람이 많아지면 그게 곧 길이 되는 것이다"라는 희망의 논리 속에서 글을 끝맺는다.[115]

---

114 "작년 봄에 소식에 의하면, 魯迅이 「중국 좌익작가연맹」에 참가하였다는데, 이와 같이 無思想하였으므로, 결국 계급문학파에게 투항을 하였는지 의아스럽지마는, 또한 그 후로 역품 밖에는 아무 창작도 없으므로, 그가 어떻게 변하였는지 알 수 없다." 정내동, 「魯迅과 그의 작품(15)」, 『조선일보』, 1931.1.24, 4면.

115 魯迅, 김시준 역, 「고향」, 『루쉰소설전집』, 서울대 출판부, 2005.

「고향」은 루쉰이 1921년 1월에 쓴 소설로 그 해 5월 『신청년』에 발표되었고, 발표 2년 후 『납함』에 수록되어 커다란 방향을 일으킨다. 특히 「고향」은 중학교 국어 교과서에 수록되어 새로운 청년들의 정념과 윤리를 배양하는 교재로 활용된다. 가령 1921년 후난성 창사에서 후난 제1 사범학교 부속으로 '성인보습반'을 만들어 청년들을 지도했던 마오쩌둥은 학생들에게 「고향」을 암송하고 필사하게 했다. 중국 사회의 '반봉건 반식민지' 상황을 타개해 새로운 중화민국을 건설하려는 과정 속에서 「고향」은 청년들에게 새로운 감성과 윤리를 말하는 소설로 이해되었던 것이다.[116] 「고향」에서 형상화된 대도시와 향촌 사이의 단절감이나 거리감, 지식인과 농민의 단절에 대한 인식 속에서 지식인들은 '신중국' 건설의 단초를 찾아내고자 했다. 더 나아가 중화인민공화국 성립 이후에도 「고향」은 사회주의 건설을 위한 이데올로기로 활용되었다. 즉 중화민국과 중화인민공화국 모두에 있어 「고향」은 '국가건설'이라는 문제를 다룬 이데올로기 소설로 읽혔던 것이다.[117]

후지이 쇼조는 20년대부터 시작된 「고향」의 독서사를 '정서의 문학'과 '사실의 문학'이라는 틀로 설명한다. 「고향」은 5·4 시기 신흥지식계급의 불안과 절망을 토로하는 정서의 문학 혹은 지식계급과 농민의 단절을 묘사한 '사실의 문학'으로 이해되었다. 1921년 8월 『小說月報』의 「文藝時評」에 실린 글에는 이 두 가지 태도가 모두 결합되어 있다.[118] 랑순郎損 즉 션옌빙沈雁冰(마오둔)은 「고향」에서 루쉰이 현실의 계

---

116 藤井省三, 『魯迅 "故鄕"の讀書史－近代中國の文學空間』, 創文社, 1997, 60~61면.
117 藤井省三, 「魯迅의 소설 "故鄕"의 讀書史와 中華民國 公共圈의 성숙」, 『대동문화연구』 33, 성균관대 대동문화연구원, 1998, 316면.
118 "나는 이 「고향」의 중심이 된 생각이란 인간과 인간 사이의 몰이와 단절이라고 생각한

급차이로 인해 발생하는 몰이해와 단절을 묘사하는 동시에 단절 속에서 만들어진 근본적인 절망감을 이야기했다고 말한다. 랑순은 화자를 루쉰 자신이라고 설정하면서 이 소설이 인간과 인간 사이의 몰이해와 단절감을 표현하고 있다고 말한다. 그리고 이런 단절은 계급관념에서 기인하고 있다고 지적한다. 말하자면 현실을 그린 문학과 정서를 담은 문학이라는 계보가 중국 사회에서 형성되었다고 할 수 있다. 그런데 1920년대 후반 공산당 계열 지식계급의 반체제화가 가속되면서 '사실의 문학'이라는 견해가 우세해지기 시작했다. 후지이 쇼조에 따르면 1920년 후반 중국의 지식인들은 「고향」을 '기분의 문학'으로 읽기 보다는 자본주의 침투로 인해 봉건 체제하의 농촌경제의 붕괴를 묘사하는 '사실의 문학'으로 파악하고자 했다. 가령 첸싱춘은 「고향」이 자본주의가 농촌에 진입한 이후, 중국 봉건제도의 동요와 농촌의 해체를 상징적으로 보여주는 작품으로 읽어낸다.[119] 그는 종래의 '기분의 문학'

다. 이 몰이해가 가능했던 원인은 역사적으로 유전된 계급관념일 것이다. …그러나 작가의 본의는 태어날 때는 한가지였다가 살아갈수록 점점 더 단절과 거리를 만들어가는 것이 인생이라는 근본관념을 표현한 것이다. 비록 현재에 대해서는 실망을 하고 있지만 작가는 미래에 대해 절망한 적이 없다. (…중략…) 이 신생활의 이상이 이루어지기를 바란다. '다니는 사람이 많아지면 그게 곧 길이 되는 것'처럼 말이다." 郎損, 「評四五六月的創作」(『小說月報』 12(8), 1921), 中國社會科學院文學硏究所魯迅硏究室 編, 앞의 책, 21면.

119 "루쉰의 작품에 있어 반봉건제도를 표현하는 것으로는 우리들은 그의 제3의 방식을 상론할 필요가 있다. 그것은 짙은 감상주의의 정서로 쓰여진 봉건제도붕괴 필연론에 관한 창작이다. 그것에 대해서 농민을 묘사대상으로 한 「고향」(1921), 지식계급을 주인공으로 한 「주루에서」(1924)와 「고독자」(1925)를 들 수 있다. 이 3편의 소설에서 우리들은 봉건제도 붕괴 개시기의 지식인의 몰락과 센티멘털한 감정, 그리고 붕괴필연의 예언을 간파할 수 있으며, 게다가 「고향」은 자본주의가 농촌에 진입한 후, 봉건제도가 근본부터 동요한 것만이 아니라 농촌도 필연적으로 파산에 빠지고, 봉건제도는 자본주의 제도의 발전에 따라 붕괴하는 것에 대해서, 여기에서는 강력한 증명을 제시하고 있다." 錢杏邨, 「魯迅」(『拓荒者』 1(2), 1930), 위의 책, 529면.

을 부정적 의미에서 감상주의라고 평가하면서 봉건제도로부터 자본주의로의 이행에 따른 농촌 파산의 이야기라고 해석했다.

정내동 역시 '사실의 문학'으로 「고향」을 파악하려는 관점을 이해하고 있었다. 즉 정내동도 「고향」이 자본주의의 농촌 유입에 따른 중국 농촌의 몰락을 반영한다는 해석을 알고 있었지만 그 자신은 루쉰과 「고향」을 무산계급문학과 연결시키지 않았다. 오히려 루쉰이 중국 농촌의 황폐화를 다룬 것은 부차적인 문제라고 보았다. '화자=루쉰'이 농촌의 몰락을 다룬 것은 '사실을 사실대로 표현하려는 태도'로부터 만들어진 것이지, 루쉰의 맑스주의적 경향성을 반영하는 것은 아니라고 말한다. 가령 「고향」과 관련해 맑스주의자들은, '룬투'가 가져가기로 한 잿 속에 다기와 촛대 등을 숨겼는지의 여부를 둘러싼 이야기를 비중 있게 다루었지만, 정내동은 내용 요약에서 이 사건을 전혀 언급하지 않았다. 그는 변해버린 룬투와 화자 사이의 거리감이나 단절을 중심으로 요약할 뿐이었다.

정내동은 「고향」을 "회억의 작품 중 대표작"으로 이해했다. "자연의 묘사랄지 농촌인민의 성격 및 생활을 가장 아름답고 자연스럽게" 그려내어서 "한 서사시라고 하여도 좋을" 작품으로 평가했다. 그런데 정내동은 루쉰의 '회억'이 단지 도시 지식인의 '단절감'이나 단순한 개인주의의 반영은 아니라고 본다. 루쉰이 '무사상' 하거나 '허무주의적'이라고 보이는 것은 "순전한 객관적 태도에서 인류를 관찰"한 것과 연관되어 있기 때문이다.[120] 따라서 '기분의 문학'을 드러내는 희망의 논리 즉

---

120 정내동, 「魯迅과 그의 작품(14)」, 『조선일보』, 1931.1.20, 4면.

"희망은 있다고도 할 수도 없고, 없다고도 할 수 없다. 이것은 다만 지상의 길과 같이 그 실은 본래 길이 없는 것이다. 다니는 사람이 많으면 길이 된다"는 일절 역시 어떤 '인류의 대목적'을 드러내는 것이 아니라 "객관적 태도에서 '다니는 사람이 많으면 길(희망)이 되고 만다'"는 것을 지적한 것일 뿐이다. 길은 가는 사람이 많으면 생긴다는 자연스러운 사실을 표현한 것일 뿐이지 전망을 표현한 것은 아니라고 본 것이다.

정내동은 루쉰을 중국 사회가 도달해야 할 어떤 이상세계를 제시하는 작가가 아니라, 중국의 모습을 그대로 전달하려는 작가로 이해했다. 1930년대 초반까지 정내동이 루쉰의 전변에 의문과 문제를 제기했던 것도 이와 관련된다. 정내동은 1920년대의 "魯迅은 철두철미 문예는 혁명에 인연이 가장 먼 것으로 생각하고 아무리 문학자가 '혁명 혁명' 하고 떠들어도 제3선의 전사에 불과하다고 주장"[121]하는 작가였다. 따라서 정내동은 1930년 좌련 가입으로 상징되는 루쉰의 전변에 대해 회의적인 시선을 던진다. "자유와 해방을 부르짖던 그로써 어떻게 당 혹은 단체의 명령에 복종하며, 최대권력·최대세력의 집중을 요구하고 그 주의로써 자유와 해방을 어떻게 연결하며 그들의 국가 소멸설 등을 잘 신봉하고 있는지 의문"[122]일 수 밖에 없기 때문이다.

정내동은 『조선일보』에 1931년 11월 8일부터 12월 1일에 거쳐 「움직이는 중국문단의 최근상」을 연재하는데 이 글에서 그는 '중국의 변화'와 문단의 변동을 연동시킨다. 그는 1930년대 중국사회를 국민당의 독재체제로 이해하는데 그가 국민당의 독재를 비난한 것은 공산주의의

---

121 정내동, 「魯迅과 그의 작품(19)」, 『조선일보』, 1931.1.29, 4면.
122 정내동, 「魯迅과 그의 작품(20)」, 『조선일보』, 1931.1.30, 4면.

무산계급 독재를 비난한 것과 동일한 이유에서였다. 즉 삼민주의를 벗어난 모든 것들을 반동사상으로, 삼민주의 이외의 사회운동가를 반혁명자라고 규정하는 국민당은 러시아와 같은 독재정치의 체제라는 것이다.[123] 두 체제는 외형상 달라 보이지만 '독재'라는 차원에서는 동형적이라고 보았다. 즉 중국에서는 마르크스 문학이 반혁명적이라고 배척되는 반면, 소련에서는 마르크스 문학 이외 것이 반혁명이라고 배척된다. 중국에서도, 러시아에서도 일체의 '반혁명적' 간행물들은 검열되고 제약을 받는다. 이런 의미에서 공산당이 지지하는 마르크스 문학이라든가, 국민당이 지지하는 '민족주의문학'은 독재정치 하의 어용문학에 불과한 것이다. 이것은 중국문학을 바라보는 태도에서 동형적으로 표현되었다.[124]

정내동은 이미 1920년대 후반 본격화되기 시작했던 중국의 마르크스주의 문학에 비판적 태도를 드러낸다. 1929년 7월 26일부터 8월 11일까지 『조선일보』에 연재한 「중국현문단개관」에서 이런 태도가 드러난다. 이 기고문에서 정내동은 아나키즘의 시선을 빌려 혁명문학이 문예를 일종의 선전의 도구로 삼으려고 하며 마르크스주의가 무산계급의 독재를 통해 오히려 새로운 권력을 만들어내고 있다고 비판했다.[125] 즉 정내동은 창조사를 중심으로 한 마르크스주의 문학은 사람들의 각성을 촉구할 수 있는 문학의 자율성을 보장하지 않으며 혁명 후의 사회 역시 권위에 대한 무조건적 순종을 요구하게 된다고 보고 있다. 혁명에 대한

---

123 정내동, 「움직이는 중국문단의 최근상(3)」, 『조선일보』, 1931.11.17.
124 정내동, 「움직이는 중국문단의 최근상(4)」, 『조선일보』, 1931.11.19.
125 정내동, 「중국현문단개관(5)~(7)」, 『조선일보』, 1929.8.1~3, 3면.

자발적 복종이 아니라 혁명을 강요하는 순간, 사람들은 더 이상 각자의 능력을 자율적으로 사유할 수 없게 되어 버린다는 것이다. "사람을 자유의지를 가진 창작자"로 간주하는 대신 "사람을 기계시"하는 것이 마르크스주의이며[126] 도구가 되어 버린 예술은 사람들을 촉발할 수도 자극할 수 없다고 보았다. 이 때 예술은 단지 선전의 도구로 전락하게 되기 때문이다.

정내동에 의하면 1930년 '전변 이후' 루쉰의 행보는 이상 실현을 위한 쉬운 해결책에 지나지 않는다. 국민당의 정책을 통해서 자신의 이상을 실현시킬 수 없다고 생각한 결과 가장 쉬운 방법을 선택했다는 것이다.[127] 정내동은 루쉰의 전변이 공산주의에 대한 완전한 수용을 뜻하는 것은 아니지만 그럼에도 불구하고 무산자 독재와 타협한 것이라고 비판한다. 정내동은 사상이나 문학은 '통일할 수 없는 것임에도 통일하려는 것'[128]이라고 지적했다. 즉 루쉰은 그가 5·4 시기에 드러냈던 사상을 포기하고 독재와 타협했다고 비판받는다. 따라서 정내동은 1930년대의 루쉰은 진정한 루쉰이 아니라고 보았다. 그는 마르스크주의화한 루쉰과 이전의 루쉰을 분리함으로써 '죽어버린 루쉰'을 되살리고자 시도했다. 그리고 1930년대라는 시대적 조건 속에서 꿋꿋하게 싸우는 '루쉰'을 '바진'에게서 찾았던 것이다.

126 정내동, 「魯迅과 그의 작품(20)」, 『조선일보』, 1931.1.30, 4면.
127 정내동, 「중국문인인상기(3)」, 『동아일보』, 1935.5.3, 3면.
128 정내동, 「중국 국민당을 비평한 『인권논집』」, 『동아일보』, 1932.2.20, 4면.

3) 좌파·혁명가의 루쉰 수용–이육사를 중심으로

정내동은 1930년 '좌련' 가입 후 좌익으로 전변한 루쉰으로부터 1920년대 문학가 루쉰을 분리해 휴머니스트 순수문학가로 자리매김했다. 루쉰에게서 사회주의라는 이데올로기를 분리해냄으로써, '정치'에서 분리된 문학가 루쉰을 구성해낸다. 정내동은 첸싱춘과 같은 혁명문학가들처럼 루쉰 시대의 종언을 선언했는데, 첸싱춘 등이 중국의 사회주의 혁명으로 루쉰을 재통합하려했던 것과 달리 사회주의와 루쉰을 분리하는 방향으로 나갔다. '진정한 루쉰'과 '전변한 루쉰' 혹은 정치와 문학을 대립시킴으로써 루쉰을 수용했던 것이다.

이처럼 정내동은 1920년대 루쉰의 창작과 사회주의를 분리했지만, 다른 일각에서는 오히려 이를 통해 문학과 정치의 새로운 관계 설정으로 나가려는 흐름도 존재했다. 이육사의 경우 문학적 실천과 '모랄'을 중심으로 루쉰을 문제화했다.

이육사는 1926년 가을부터 1927년까지 베이징의 중궈대학中國大學에서 유학했다. 그리고 1932년 10월부터 이듬해 4월까지 6개월간 난징 근교의 '조선혁명군사간부학교'에서 군사 교육을 받은 바 있다.[129] 이육사의 중국 체류 경험은 루쉰과 일정 정도 연관성을 갖고 있다. 이육사가 유학했던 베이징 중궈대학은 루쉰이 1925년 9월부터 1926년 5월까지 겸임 교수로서 강의를 했었던 곳이다. 그를 담당했던 교수는 동경에서 문학을 전공했고 「贋作」이라는 작품을 쓴 'Y' 교수 였는데, Y

---

129 김희곤, 『새로 쓰는 이육사 평전』, 지영사, 2000.

로부터 당대 중국의 문단상황을 배우면서 자연스럽게 루쉰도 알게 되었던 것으로 보인다.[130] 실제로 '조선혁명군사간부학교'를 마치고 조선으로 귀국하기 직전인 1933년 6월 20일 루쉰을 직접 만나게 된다.[131] 1933년 6월 18일 중국 사회과학원 부실장로 루쉰과 함께 '중국민권보장동맹'을 이끌던 양싱포楊杏佛가 남의사에 의해서 암살당하는데, 그를 위한 추모식장에서 이육사는 "연회색 두루막에 검은 '馬掛兒'를 입은 중년 늙은이, 생화에 쌓인 관을 붙들고 통곡을 하든"[132] 루쉰과 조우했던 것이다. 식민화된 조국의 해방을 위해 한국으로 들어가기 직전, 1933년 5월 『조선일보』의 소설 현상 모집에 응모하기 위해 장편소설 「무화과無花果」를 쓰고 있던 문학가 이육사는 루쉰으로부터 문학과 실천과 관련한 강한 촉발을 받았던 것으로 보인다.[133] 실제로 이육사의 지우였던 신석초의 회고에 의하면 루쉰은 이육사가 열렬하게 즐겨 말하던 중국의 작가 중의 한 사람이었다.[134] 그리고 루쉰 사후 작성한 「魯迅追悼文」(『조선일보』1936.10.23~29)에는 이육사가 주목했던 루쉰의 형상이 표현되어 있다.

「魯迅追悼文」속의 이육사는 루쉰의 문학적 탐구를 '저항의 형식'으로 이해한다. 즉 루쉰은 '현대 중국문학의 아버지'로서 중국의 수많은

---

130 이육사, 김용직·손병희 편저, 「계절의 오행」, 『이육사전집』, 깊은샘, 2004, 156~158면.
131 "그때 노신은 R씨로부터 내가 조선 청년이란 것과 늘 한번 대면의 기회를 가지려고 했드란 말을 듣고, 외국의 선배 앞이며 처소가 처소인만치 다만 근신과 공손할 뿐인 나의 손을 한번 잡아 줄 때는 그는 매우 익숙하고 친절한 친구이었다." 이육사, 「魯迅追悼文 (1)」, 『조선일보』, 1936.10.23, 5면.
132 위의 글.
133 홍석표, 「시인 이육사와 중국 현대문학」, 『중국현대문학』55, 한국중국현대문학학회, 2010, 106~107면.
134 신석초, 「이육사의 추억」, 『현대문학』96, 현대문학, 1962.12, 238면.

아Q들에게 자신의 길을 가도록 만들어 냈다.[135] 가령 루쉰의 '어린이를 구하자'라는 표현은 당대 중국의 봉건적 가족 제도와 사회제도를 문제화하는 동시에 새로운 시대 건설의 책임자로서 젊은 세대를 호명하는 슬로건이었다. 이육사는 루쉰이 세세한 행동까지 관리하고 통제하면서 복종을 요구하는 시대를 문제화하고 있다고 생각한다. 그리고 이러한 루쉰의 문학적 실천이 새로운 세대의 사상에 "폭탄선언 이상 충격"을 주었다고 본다.[136]

이육사에 따르면 루쉰은 신해혁명 전후의 변화가 사람들에게 어떤 영향을 주었는가를 "디테일"하고 "레알"하게 묘사하고 있다.

> 이러한 대작은 모두 신해혁명 전후의 봉건사회를 그린 것으로, 어떻게 필연적으로 붕괴하지 않으면 안 될 특징을 가졌는가를 묘사하고, 어떻게 새로운 사회를 살아갈까를 암시하고 있다. 뿐만 아니라 당시의 혁명과 혁명적인 사조가 민중의 심리와 생활의 디테일스에 어떻게 표현되는가를 가장 레알하게 묘사한 것이다. 더구나 그는 농민작가라 할만치 농민생활을 그리는데 교묘하다는 것도 한 가지 조건이 되겠지마는, 그의 소설에는 주장이 개념에 흐른다거나 조금도 무리가 없는 것은 그의 작가적 수완이 탁월하다는 것을 말하지 않을 수 없다.[137]

이육사는 루쉰이 봉건 체제의 지배를 반대하기 이전에 봉건적 삶이

---

135 이육사, 「魯迅追悼文(2)」, 『조선일보』, 1936.10.24, 5면.
136 위의 글.
137 이육사, 「魯迅追悼文(3)」, 『조선일보』, 1936.10.25, 5면.

어떻게 구성되어 있는지, 어떤 삶의 방식이 봉건적 삶을 계속 재생산하는지, 그리고 이런 지배를 받지 않기 위해서는 어떻게 해야 할 것인가에 주목했다고 생각했다. 이를 중국의 인민들의 예속된 상태를 세세하게 그려내는 것으로 표현한다. 루쉰이 그려내는 세세함과 리얼함은 '봉건제'를 거부하자는 막연한 구호 이전에 실제로 지배가 어떻게 이루어지는가에 대한 면밀한 검토를 의미했던 것이다. 이것이 중국의 젊은 세대를 각성시키는 동시에 이들에게 새로운 방향을 나가도록 촉구했다고 본다.

사회주의자였던 이육사는 루쉰이 '농민소설가'라는 지적을 받아들인다. 물론 이육사는 '루쉰이 비계급적이다'라는 첸싱춘의 지적을 이해하고 있었다.[138] 그러나 이육사는 첸싱춘처럼 '아Q시대는 죽어버렸다'라든가 '루쉰에게 장래가 없다'고 말하지 않는다. 이념을 통해 루쉰을 제단하기에 앞서 루쉰이 세밀하게 중국 농촌을 묘사했으며 이것이 젊은 세대에게 '폭탄' 같은 충격을 주었음에 주목한다. 통념적인 계몽 enlightment이 미래적 비전의 제시 혹은 밝은 곳에서 어두운 곳으로 빛을 쪼임과 연동되어 있다면, 루쉰은 그런 미래적 비전을 제시하는 작가는 아니었다. 이육사는 루쉰이 젊은 세대에게 충격을 준 것은 미래적 비전보다는 젊은 세대 속에 일으킨 자각의 가능성이라고 본다. 앞에서 루쉰을 봉건제라는 과거의 유물을 세밀하고 "레알"하게 묘사하는 작가로 파악한 것과 연동되어 있다. 이육사에 따르면 루쉰은 봉건제나 군벌로

---

138 "1928년경 武漢을 쫓겨와서 上海에서 태양사를 조직한 청년 비평가 錢杏村이 때마침 푸로문학론이 드셀 때이만큼 魯迅을 대담하게 공격을 시작해 보았다. 그 소론에 의하면 魯迅의 작품은 비계급적이다. 아Q에게 어떤 계급성이 있느냐는 것이다." 이육사, 「魯迅追悼文(4)」, 『조선일보』, 1936.10.27, 5면.

상징되는 기존 체제가 제시했던 앎과 윤리에 대해 젊은 세대가 스스로 문제 삼을 가능성을 만들어냈다. 이러한 자각에 촉발되어 청년세대는 5·4운동과 5·30 사건, 그리고 국민혁명의 최전선에 서게 되었다.[139] 루쉰의 문학적 실천이 '중국혁명'의 과정에서 젊은 세대에게 자발적 불복종과 성찰을 촉구했고, 이것이 새로운 운동으로 연결되었다고 이육사는 파악했다. 말하자면 이육사는 루쉰의 문학적 실천은 정치와 무관하지 않다고 보았다.

정내동은 '정치'를 문학에서 분리하는 '문학의 정치' 속에서 루쉰을 규정한 반면, 이육사는 루쉰에게서 정치와 문학을 분리하지 않았다.[140] 1920년대 루쉰의 문학을 정치적 실천으로 이해했다. 그러나 이육사가 루쉰에게서 본 정치는 정내동이 규정했던 '이념'에 국한되지 않았다. 따라서 이육사는 첸싱춘의 아Q시대의 종언이나 루쉰의 죽음을 수용하면서도 루쉰의 시대적 지체를 그에 대한 폄훼의 이유로 받아들이지 않았다. 즉 루쉰의 문학 속에 프롤레타리아적 특성이 보이지 않는 것은 "그 시대적 배경을 고려하지 않을 수 없"[141]다는 것이다. 루쉰이 작품활

---

139 "우에 말한 「광인일기」의 '어린이를 구하자'는 말도 순결한 청년들에 의하여 새로운 중국을 건설하자는 그의 이상을 단적으로 고백한 것으로서 **이 말은 당시 일반 청년들에게 무거운 책임감을 깨닫게 한 것은** 물론 이래 기천년 동안의 봉건사회로부터 청년을 해방하려는 슬로-간으로 널리 쓰여 졌고 사실 그 뒤의 중국 청년학생들도 모든 대중적 사회운동의 최전선에서 활발 과감한 지도와 조직을 하였으며, 그 유명한 5·4운동이나 五洲(卅의 오식)운동이나 국민혁명까지도 늘 최전선에 서서 대중을 지도한 것은 이들 청년학생이었다." 이육사, 「魯迅追悼文(3)」, 『조선일보』, 1936.10.25, 5면.

140 "魯迅에 있어서는 예술은 정치의 노예가 아닐 뿐 아니라 적어도 예술이 정치의 선구자인 동시에 혼동도 분립도 아닌, 즉 우수한 작품, 진보적인 작품을 산출하는 데만 문호 노신의 위치는 높아갔고, 아Q도 여기서 비로소 탄생하였으며, 일세의 비평가들도 감히 그에게는 함부로 머리를 들지 못하였다." 위의 글.

141 이육사, 「魯迅追悼文(4)」, 『조선일보』, 1936.10.27, 5면.

동을 하던 시대는 프롤레타리아라는 개념이 존재하지 않았다고 말한다. 이에 이육사는 문학적 '태도'를 '이념 이전'의 것으로 설정했다. 그는 이념에 선행하는 어떤 비판적 움직임에 주목했다. 루쉰 작품의 비계급성은 시대적 한계 이상의 의미는 없다. 루쉰이 사회주의적 작품을 쓰지 않았다고 하더라도, 그는 충분히 비판적이며 유의미하다고 보았던 것이다.

그렇다면 이육사는 루쉰으로부터 무엇을 실어내고자 했을까? 이육사는 '魯迅의 창작에 대한 모랄'을 말한 바 있다.[142] 이육사는 이 '모랄'을 설명하기 위해 『이심집二心集』에 실린 「上海文藝之一瞥」을 인용한다. 루쉰은 이 글을 1931년 7월 20일 사회과학연구회에서 한 강연으로 『문예신문文藝新聞』에 발표되었는데, 1930년대 초반 상하이 문예계를 일별하면서 통념화된 '혁명문학'의 '혁명'에 대한 오해를 비판하고 '도래할 문예'의 가능성을 모색하고자 했다. '소위 좌익작가들'에 대한 루쉰의 비판 속에서 이육사는 루쉰의 '모랄'을 읽어낸다. 이 글 속에서 루쉰은 현재의 좌익작가들 역시 프롤레타리아 문학을 쓸 수 없다고 말한다. '창조사'의 지식 청년들이 주장하듯 지식계급이 '혁명적 인텔리겐차'로 전환하고 이들이 '혁명문학'을 쓰고, 혁명을 이끌 수 있다고 생각하지 않았다. 물론 작가가 자신이 경험한 것만을 써야 하는 것은 아니며, 심지어 '추찰推察'도 가능하지만 이것은 "작가가 구사회 속에서 생장"했을 때에만 타당하다고 지적했다. 그러나 '당대'는 새로운 사회가 도래하고 있어서 '추찰'을 통해 글을 쓴다면 오히려 새로운 사회와 인

---

142 이육사, 「魯迅追悼文(5)」, 『조선일보』, 1936.10.29, 5면.

물에 대해 그릇되게 묘사하게 될 것이라고 루쉰은 말한다. "구사회를 조그만치 공격하는 작품일지라도 만약 그 결점을 분명히 모르고 그 병근을 투철히 파악치 못하면" 그것은 유해할 뿐이라는 것이다.[143]

그렇다면 혁명문학이 불가능한 조건 속에서 어떤 문학적 태도를 취해야 하는가? 이육사는 루쉰의 말과 글 속에서 하나의 태도를 추출해 낸다. 그것은 논적에 대한 태도였다.[144] '전투적 작가'는 자신이 갖고 있는 편견이나 익숙한 정서가 아니라 적을 면밀하게 해부하는 존재다. 이 것은 자신을 문제의 외부에 두는 것이 아니라 상황 속에 내재화하는 문제와 연관되어 있다. 따라서 "옛 것을 분명히 알고 새로운 것에 눈을 돌리고 과거를 이해하는 것", 즉 문학적 실천을 지식과 인식의 한계를 대면하는 문제로 파악했던 것이다. 이러한 태도가 루쉰 자신이 갖고 있던 문학적 태도이자, 이육사가 루쉰에게서 강하게 공명했던 문학적 실천이었다. 이육사는 루쉰이 '혁명문학'이라는 시대적 명제를 수용하는 대신 번역과 논쟁을 통해 사회주의가 무엇인가를 인식했으며, 그 이후에 사회주의로 나가게 되었다고 지적한다. 이육사에 의해 발굴된 루쉰은 자신의 근거를 문제화하는 작가이다. 루쉰이 광저우에서 청년들이 청년을 살해하는 현장을 목격한 이후 '침묵으로 응대'했던 것은 폭력에

---

143 이육사, 「魯迅追悼文(4)~(5)」, 『조선일보』, 1936.10.27~29, 5면.
144 "물론 우리는 서적을 볼 때 상대자의 것을 보는 것은 同派의 것을 보는 안심과 유쾌와 유익한 데 미치지 못하는 것은 사실이다. 그러나 만약 일개 전투자라면, 나는 생각건대 현실과 상대자를 이해하는 편의상 보다 많은 당면의 상대자에 대한 해부를 필요로 하지 않으면 안 될 것이다. 옛것을 분명히 알고 새로운 것에 看到하고 과거를 了解하야 장래를 추단하는 데서만 우리들의 문학적 발전은 희망이 있다. 생각건대 이것만은 현재와 같은 환경에 있는 작가들은 부단히 노력할 것이고, 그래야만 참된 작품이 나오는 것이다." 이육사, 「魯迅追悼文(5)」, 『조선일보』, 1936.10.29, 5면.

대한 공포가 아니라 "진화론자였던 그 자신의 사상적 입장을 앙기하고 새로운 성장의 일단계"[145]로 해석하고 있다. 이육사는 루쉰 스스로 "푸로문학이란 어떤 것인가 또는 어떠해야 될 것인가"를 고민하면서 "푸레하노프, 루나찰스키의 문학론과 소비에트의 문예정책을 번역"했다고 지적했다. 이육사는 루쉰의 번역을 자신의 지식과 그 한계를 인식함으로써 과거에 예속을 거부하는 문학적 실천으로 설정했다. 결국 이러한 문학적 실천으로 인해 루쉰은 그 자신을 비판했던 후속세대 보다 더 큰 생명력을 갖게 되었다고 이육사는 이해했던 것이다.[146]

요컨대 식민지 시기 이육사는 루쉰의 이념이 아니라 루쉰의 문학적 태도와 실천을 문제화했다. 그는 이것을 루쉰의 '창작의 모랄'이라고 말한다. 루쉰은 권력이나 혹은 외부의 주의로부터 자신에게 주어진 것을 문제화함으로써 예속으로부터 벗어나는 길을 보여주었다. 이육사는 루쉰의 '모랄'과 공명하면서 이념에 잡히지 않는 문학가 루쉰을 형상화했던 것이다.

---

[145] 위의 글.

[146] "(루쉰이 번역 등의 활동을 통해) 중국 푸로문학을 건설하고 있는 동안에 '魯迅을 타도치 않으면 중국에 푸로문학은 생기지 못한다'는 문학소아병자들은 그 자신들이 먼저 너머지고 이제 그가 마저 가고 말았다. 이 위대한 중국문학가의 靈아래 고요히 머리를 숙이면서 나의 개인적으로 곤란한 정형에 의하여 문호 魯迅의 **를 뚜렷히 그리지 못함을 참괴히 알며 붓을 놓기로 한다." 위의 글.

3. 해방기 한중문화와 혁명중국

1) 중국의 운명과 신민주주의

1945년 8월 15일 일본의 패전과 함께 한국 사회는 '해방'되었다. 해방 이후 '하나의 세계'라든가 '독립국가'가 존재하지 않은 상황에서 사회 각 분야의 제반세력이 계급과 민족을 둘러싸고 첨예하고 대립하고 분화되어 갔다. 정치적·문화적 헤게모니를 둘러싼 대립과 투쟁, 즉 억압되어 있던 각종의 정치적·사회적 욕망의 분출은 이 시기가 하나의 '해방'이었음을 보여주는 지표일 것이다. 이러한 욕망의 분출은 새로운 대안적 삶의 모색과 연관된다. 식민과 수탈의 경험을 넘어서는 원리로 반제와 반봉건을 의제화하는 동시에 과거의 정치·문화적 지체를 해소하는 과정에서 다른 세계에 대한 지적 욕망이 계층과 세대를 넘어서 확산된다. 가령 미국과 소련의 대립 대신 '하나의 세계'가 유행어로 자리 잡고 그것이 한국 사회의 방향을 탐색하는 주요한 지침이 되었던 것도 이런 조건과 연관되어 있다.[147]

이때 '다른' 세계의 의미는 단일하지 않다. 모방하고 참조해야 할 '대타자'로서의 다른 세계도 존재했지만, 해방된 한국과 공통성을 드러내는 다른 세계도 존재했다. 정치와 문화적 해방 속에서 정치적·역사적 경험을 공유한 동아시아 연대가 그것이다. 이명선이 『중국현대단편소

---

147 권보드래, 「중립의 꿈 1945~1948」, 『상허학보』 34, 상허학회, 2012, 272~282면.

설집』 첫 장에 "실상은 땅 우에 본래부터 길이 있는 것이 아니라 단기는 사람이 많으면 자연 길이 되는 것이다"[148]라는 루쉰의 「고향」을 인용한 것은, 중국과 한국이 유사한 조건 속에 놓여 있으며, 중국에서 발견할 '희망'이 한국의 '희망'이 될 수 있으리라는 판단과 관련되어 있다. 한국과 중국의 장래가 연동되어 있다는 생각은 20세기 제국주의에 의한 식민과 과분을 경험했던 한중의 지식인들에게 그렇게 낯설지 않았다.[149] 한국과 중국의 장래가 서로 연동되어 있기에 해방기의 정치·문화적 목표를 달성하기 위해 "어느 나라보다도 중국을 이해하고 중국"을 배워야 할 필요성이 부각되었다.[150] 해방된 한국 사회의 '하나의 세계'에 대한 지향은 중간파뿐만 아니라 좌파와 우파 모두에게 공유된 명제였는데 국공의 분열과 연대라는 중국의 정치적 변화 양상은 한국 사회에서 중요한 참조점으로 이해되었던 것이다.

이러한 흐름은 해방직후부터 1950년대 전반까지 출판되었던 해방기의 대표적 종합잡지 『신천지』(1946.2~1954.10)에서도 드러난다. 해방기 "정신사의 흐름을 입체화하여 보여줄 수 있는 유일한 자료"[151]로 평가되는 『신천지』는 1946년부터 1954년 10월까지 거의 9년 동안 꾸준히 발간된 잡지로, 해방과 정부수립, 전향, 한국전쟁을 겪으면서 당대의 시대정신을 '망라'해서 보여준다. 특히 『신천지』 창간호부터 실질적 책

---

148 이명선, 『중국단편소설선』, 청년사, 1947.
149 일제 강점 하 『개벽』의 필자인 이동곡은 중국혁명이 일제 강점하 조선의 해방의 시발점이 될 수 있다고 파악했다. 이와 관련해 한기형, 「근대 초기 한국인의 동아시아 인식」, 『대동문화연구』 50, 성균관대 대동문화인구원, 2005.
150 정진석, 「조선과 중국관계의 장래」, 『신천지』 1(6), 1946.7, 11면.
151 이봉범, 「잡지 『신천지』의 매체 전략과 문학」, 『한국문학연구』 39, 동국대 한국문화연구소, 2010, 210면.

임편집자였던 정현웅이 관장하던 1949년 중반기까지 『신천지』는 "국내외를 막론한 정치, 경제, 사회, 학술, 문예 등 각 방면을" 포괄하고 있다. 특히 냉전 체제하 해방기 한국의 좌표를 모색하는 담론들을 주로 다루면서 한반도를 둘러싼 미국과 소련, 중국, 일본, 희랍, 태평양, 인도, 동남아시아 등을 포괄하는 세계사적 안목을 보여준다.[152] 중국과 관련해 두 차례의 「중국특집」(1권 6호, 4권 7호)을 기획한 것 이외에도 4권 1호(1949.1)와 4권 3호(1949.3)에는 중국관련 기사를 집중적으로 배치하고 있다. 『신천지』의 편집구성은 해방기 한국 사회에서 중국을 이해하는 사상적 흐름을 파악할 수 있는 중요한 자료의 하나이다.

이중에서도 1946년 7월 호 『신천지』의 「중국특집」은 해방기 한국의 중국 이해의 전체적인 흐름을 드러난다.[153] 이 특집기사의 방향성은 『신천지』의 권두언에 해당하는 7월 호 「삼면불」에서 나타난다. 『신천지』의 대표적 필진이었던 오기영은 이 글에서 한국 사회의 극렬한 이데올로기 대립을 비판한다.[154] 이 대립은 「중국특집」이 제국주의와 파시즘의 붕괴 이후 "정치적 자유, 국제적 평화, 문화적 전통의 옹호자로서 민주주의 건설"을 새로운 지향처로 제시한 것과 연관되어 있다고 지적한다.[155] 즉 해방 후 한국 사회는 '과분된 중국'이나 '고전의 중국'이

---

152 위의 글, 219~220면.
153 1946년 7월 『신천지』의 『중국특집』에 실린 기사는 다음과 같다. 「조선과 중국관계의 장래」(정진석) / 「중국국민당과 국민정부의 성장과정」(이진영) / 「세계정세와 중국문제」(배성룡) / 「중국인의 연령」(林語堂) / 「장주석 승리경축방송연설 전문」/ 「中國之命運」(蔣介石, 신재돈 역) / 「현대사」(魯迅, 배호 역) / 「혁명시대의 문학 - 黃浦軍官學校에서의 강연」(魯迅, 배호 역) / 「중국의 신문화운동 - 사상계와 학생운동을 중심으로」(정내동) / 「삼민주의의 인식」(胡漢民, 윤영춘 역) / 「모택동론」(에드가 스노우, 김동환 역) / 「중국인의 순응성」.
154 오기영, 「삼면불」, 『신천지』 1(6), 1947.7, 7면.

아니라 '신중국'을 대면하고 있으며 '신중국'을 한국 사회에 대한 새로운 전망과 비전의 하나로 이해했다. 왜냐하면 '신생중국'은 "조선과 유사한 환경에서 싸워온 민족해방의 과감한 투쟁의 기록"을 보유하고 있는 동시에 "일찍이 우리의 무수한 혁명정객을 보호한 나라요, 혁명세력을 양성해준 국가"이기 때문이다.[156]

정내동은 당대 "현대중국 사상계의 주류"를 '삼민주의와 공산주의'라고 규정하며[157]『특집』에서 두 흐름을 대표하는 인물로 '장제스蔣介石'와 '마오쩌둥毛澤東'을 거론했다. 해방 이전에도 '국민혁명의 지도자'이자 '국민당의 영수'로서 장제스는 한국 사회에 비교적 일찍부터 소개된 인물이었던 반면, 마오쩌둥은 상대적으로 인지도가 높지 않았다. 그러나 해방 후 상대적으로 알려져 있지 않았던 마오쩌둥이 한국사회에 본격적으로 소개되기 시작한다.『특집』의 경우 에드가 스노의『중국의 붉은 별 Red Star Over China』3부 첫 장 "Soviet Strongman"을 김동환金東煥이「모택동론」으로 번역 소개한다. '특집'의 전체 기조로 두 사람을 대표하는 사상으로서 '중국지명운中國之命運'과 '신민주주의론'을 거론한다. 장제스의「中國之命運」은 신재도의 번역으로 소개된 반면 마오쩌둥의「신민주주의론」은「조선과 중국관계의 장래」(정진석)이나「중공과 국민당의 장래」(최희범)의 글을 통해 간접적으로 언급되었다.

「신민주주의론」은 1940년에 마오쩌둥에 의해,『중국지명운』은 2년 뒤인 1942년 장제스에 의해 발표되는데, 장제스의 글은 마오쩌둥의「신

---

155 정진석, 앞의 글, 9~11면

156 위의 글, 15면.

157 정내동,「중국의 신문화운동─사상계와 학생운동을 중심으로」,『신천지』1(6), 1947.7, 76면.

민주주의론』에 대한 반론의 성격을 띠고 있다.『중국지명운』은 송지영에 의해『중국의 운명』(신세대사, 1946)으로 번역 출판되었으며,『신민주주의론』은 1946년 1월에 김일출에 의해, 1946년 2월『毛澤東朱德選集』의 1권[158]으로 '좌익서적출판협회회원'에 의해 번역 출판된다. 이후 '진리사眞理社' 역으로 1949년 '우리서원출판부'에 의해 다시 등장한다.[159]

『중국지명운』에서 장제스는 중국혁명의 적통이자 정통으로서 자신의 위상을 설정한다. 1943년 연합국의 승리가 예상되던 시기 국민당과 국민정부의 위상을 제고하는 동시에 전후 신중국 건설 의지와 구상을 제시하고자 한다.[160] 이 글에서 장제스는 자신을 민족주의자라고 호명하고 자유주의와 공산주의에 대한 극단적인 배타성을 드러낸다. 그는 자유주의나 공산주의는 '중국적인 것'이 아니라 '외부'에서 유입된 사상이며 이러한 사상에 대한 신봉은 곧 주체성의 상실이라고 비판한다.[161] 5·4의 정신이라든가, 중국의 사회주의가 전통과의 단절 속에서 새로운 중국의 방향을 모색했다면 장제스는 전통의 계승자로 자신을 자리매김한다. 장제스가 자신의 사상의 원류로 삼은 '국부' 쑨원의 5·4 이후의 행위, 즉 1차 국공합작 속에서 진행된 국민혁명의 문제를 생략한 것도 이런 의식과 관련되어 있다. 왕조시기와 국민당 정권의 정통성을 계열화함으로써 정권의 권위주의적 성격을 옹호하고자 했다. 장제스는『중국지명운』을 통해 국민당의 '현대적 기원'을 은폐하는 동시

---

158 『毛澤東朱德選集』으로 편찬된 책은『신민주주의론』(1946.2),『문예정책론』(1946.3), 『연합정부론』(1946.4),『지구전론』(1946.9)으로 모두 마오쩌둥의 저서이다.

159 오영식 편저,『해방기 간행도서 총목록 1945~1950』, 소명출판, 2009.

160 김창규,「蔣介石의『中國之命運』과 중국공산당」,『중국근현대사연구』22, 중국근현대사학회, 37~43면.

161 송지영, 앞의 책, 47면.

에 공산주의와의 대결을 노골적으로 표명한 것이다.

마오쩌둥은 「신민주주의론」을 1940년에 발표했는데, 이 글에서 그는 당대 중국을 반식민半植民, 반봉건半封建 사회라고 규정하고 중국 사회의 당면 목표를 사회주의나 공산주의가 아니라 완전한 민주주의 실현이라고 주장한다.[162] 중국적 민주주의는 서구적 코스가 아니라 중국식 연대를 통해서 달성될 수 있다고 주장한다.[163] 장제스와 비교할 때 흥미로운 것은 쑨원의 '삼민주의'를 전유하는 방식이다. 마오쩌둥은 '중국국민당 제1차 전국대표대회 선언' 즉 제1차 국공합작 성립을 기점으로 삼민주의를 '구삼민주의'와 '신삼민주의'로 분할한다. 쑨원이 국공합작과 관련해 "러시아, 공산당과 연합하고 노동을 부조하는 3대 정책"을 제시했는데 마오쩌둥은 중국 공산당이 이러한 쑨원의 유지를 잇고 있다고 규정했다. '구삼민주의'가 지나간 시기의의 혁명적 구호로 과거의 역사적 특성을 반영하는 반면, 새로운 시기는 러시아, 공산당, 노동자·농민과의 연대라는 새로운 흐름을 반영하고 있다고 선언했다. 이런 선언을 통해 마오쩌둥은 쑨원의 후계자로서 자신의 위상을 설정했던 것이다.

이 두 글의 사이에서 배호가 번역한 「혁명시대의 문학─黃浦軍官學校에서의 강연」이 놓여 있다. 배호는 1938년 경성제국대학 지나문학과 졸업 이후 『인문평론』과 『춘추』 등에 중국 관련 글을 쓰던 중국문학 전공자로 해방 이후 '조선문학건설본부의 외국문학 위원', '조선문학가동맹 서울시지부 결성준비위원'으로 그리고 잡지 『상아탑』의 주요 필

---

162 毛澤東, 김승일 역, 「신민주주의론」, 『모택동선집』 2, 범우사, 2002, 375면.
163 佐野學, 「毛澤東의 신민주주의론」, 『민성』 12, 1946.12.

자로 활동하고 있었다. 「혁명시대의 문학—黃浦軍官學校에서의 강연」은 배호 번역 이전, 일제 강점 시기에 정내동의 「중국현문단개관」에서 요약적으로 소개된 바 있다.[164] 이 글에서 정내동은 혁명과 문학을 대립시키면서 루쉰을 순문학가적 입장을 견지한 인물로 다루고 있다. 그러나 이 텍스트가 놓인 배치는 그렇게 단층적이지 않다.

먼저 황푸군관학교는 제1차 국공합작을 만들어낸 쑨원-요페 회담의 산물이었다. 1922년 광둥 봉기 실패 후 상하이로 도피했던 쑨원은 공산당원인 천두슈와 리다자오와 간담한 후 소련정부대표 요페와 만나 국공합작의 길로 들어서는데 그 첫 번째 결실이 황푸군관학교였던 것이다. 가령 군대 내 사상을 관리하는 정치공작원이라는 제도는 소련식 군사 제도의 반영이었다. 실제로 황푸군관학교는 국민당과 공산당 그리고 소련의 연대의 상징으로 이해되었다. 그러나 이러한 연대는 1927년 4월 12일 장제스의 쿠데타에 의해서 종결된다.

루쉰은 장제스의 쿠데타 발발 직전인 4월 8일 황푸군관학교에서 학생들을 대상으로 '문학'과 '정치'의 문제를 연설한다. 즉 혁명의 '외침'에서 혁명의 '혼란'으로 전환하는 시대의 분기점에서 루쉰은 문학과 혁명의 관계에 대한 입장을 표명했다. 그는 혁명에 대한 문학의 무력함을 표명한다. 동시에, 문학의 무력함을 자각함으로써 문학의 '진정한 가능성'을 모색하고자 한다.[165] 이 강연은 중국 사회에 대한 국민당의 내적 통제가 강화되는 분기점에 위치한다. 이후 문학계에서는 오히려 문학과 혁명을 둘러싼 혁명문학논쟁이 활성화되었고, 정치적으로 마오쩌둥

---

164 정내동, 「중국현문단개관(7)~(8)」, 『조선일보』, 1929.8.3~4, 3면.
165 竹內好, 서광덕 역, 『루쉰』, 문학과지성사, 2003, 164~165면.

은 소비에트 건설을 본격화하기 시작한다. 배호가 번역했던 이 강연은 중국혁명의 가능성과 한계를 중층적으로 연결하고 있다. 다케우치 요시미의 『魯迅』에 의거해 「魯迅의 일생—문학과 행동」을 썼던 배호는 루쉰을 통해 해방기 한국에서 정치와 문학의 관계를 재설정하고자 했던 것으로 보인다.[166]

요컨대 『신천지』의 '중국' 담론에는 해방기 한국에서 중국혁명과 루쉰을 어떻게 전유할 것인가라는 문제의식이 반영되어 있다. 예를 들면 한국 사회가 좌우의 분열과 단정수립으로 향해가고, 중국은 중국공산당의 승리가 보다 분명해지는 1940년대 후반부 글들도 마찬가지였다. 1949년 1월과 3월 중국관련 기사가 집중적으로 배치되는데 7월 호에는 『중국특집』을 편성해 중국공산당이 가져온 세계체제와 중국 사회의 변화를 다룬다. 장제스를 위시한 국민당의 패배를 수용하고 그 원인을 국민당 정부의 부패와 연동시키기는 글들이 등장하기 시작한다. 즉 국민정부는 중국의 독점자본과 결합하는데, 결국 이로 인한 부패로 몰락하게 되었으며 그 상징적인 사건이 장제스의 하야라는 것이다.[167] 반면 마오쩌둥의 '신민주주의론'에 대한 일정한 기대를 반영하는 글들도 게재된다. 농촌사회에 신민주주의적 개혁이 진행됨에 따라 농민의 삶이 향상되었다거나,[168] 실제로 중국공산당이 중국을 장악하더라도 급진적

---

166 루쉰과 중국을 전유하는 배호의 루쉰 수용과 관련해 『상아탑』 창간호(1945.12)에 실린 배호의 「魯迅의 일생—문학과 행동」 등을 통해 뒤에서 좀 더 상세하게 논하겠다. 배호는 이 글에서 자신의 글이 다케우치 요시미의 『魯迅』에 의거한 바가 많다고 밝히고 있나.

167 김용장 역, 「蔣介石과 중국」, 『신천지』 4(1), 1949.1; 에드가 스노우, 서준석 역, 「두 개의 중국」, 신천지 4(1), 1949.1; 「신기언, 「蔣介石 총통은 과연 引退했나?」, 『신천지』 4(3), 1949.3; 길엄생 역, 「蔣介石은 왜 하야하였나?」, 『신천지』 4(6), 1949.7.

인 공산화가 아니라 '신민주주의' 단계를 밟게 될 것이라는 우호적 전망이 부정적 전망보다 자주 등장했다.[169] 즉 해방기 한국 사회에서 중국 사회의 변화와 관련한 지적 탐구 대상으로 마오쩌둥이 부각되기 시작한 것은 바로 이 시기였다. 이는 1949년 중반까지 중국 공산당의 중국 통치 전략, 즉 '신민주주의론'에 대한 수용으로 나타난다. 동시에 마오쩌둥에 의해 '중국문화혁명의 역사적 특질'을 구유한 중국 혁명의 위대한 기수이자 위대한 문학가, 사상가로 호명된[170] '전변'한 루쉰에 호의적 시선이 이 시기까지 함께 공존했던 것으로 보인다. 그러나 1949년 5월 『서울신문』 정간, 『신천지』의 편집진 교체(출판부장 김진섭) 이후 『신천지』는 격하게 반공주의로 흐르게 되고 '마오쩌둥'과 '중공'에 대한 적대의 선을 보다 선명하게 그리게 된다.

2) 해방기 중국서적 출판과 번역된 루쉰

해방기 한국 사회에서 현대 혹은 당대 중국 사회에 대한 관심과 열기는 비교적 높았다. 그러나 출판시장으로 눈을 돌릴 때, 사회과학이나 이념서적에서 중국서적이 차지하는 비중은 그다지 높지 않다.

출판된 서적은 사회주의나 정치관련 서적이 대부분이었다. 특히 마오쩌둥 관련 서적이 집중적으로 출판되었다. 쑨원과 장제스 관련해 각

---

168 로버트. P. 마틴, 丁沐 역, 「중공지구농촌의 민주주의」, 『신천지』 4(3), 1949.3.
169 에드가 스노우, 서준석 역, 「두 개의 중국」, 『신천지』 4(1), 1949.1; 신기언, 「毛澤東과 중국의 장래」, 『신천지』 4(6), 1949.7.
170 毛澤東. 진리사 역, 『신민주주의론』, 우리서원출판부, 1949, 56면.

〈표 1〉 해방기 간행도서 중 중국 관련 도서 목록[171]

원저자	저자 / 번역자	책명	출판사	출판연도
문학				
禺	김광주	뇌우	선문사	1946.4.30
	이명선	중국현대단편소설집	선문사	1946.6.30
	이명선	맨발	선문사	1946.6.30
迅	김광주·이용규	노신단편소설집 제1집	서울출판사	1946.8.20.
迅	김광주·이용규	노신단편소설집 제2집	서울출판사	1946.11.15
	윤영춘	현대 중국시서	청년사	1947.7.29
	박태원	중국소설선 1	정음사	1948.2.10
	박태원	중국소설선 2	정음사	1948.3.20
	김상훈	역대중국시선	정음사	1948
愛玲外	최장학	천재몽	문진문학사	1949.6.20
沫若	윤영춘	소련기행	을유문화사	1949.5.10
	윤영춘	현대 중국문학사	계림사	1949.12.16
金	이하윤	혁명가의 생애	애미사	1949
	박태원	수호전 권3	정음사	1950.1.15
	박태원	수호전 권2	정음사	1950.2.15
	박태원	삼국지 권1	정음사	1950.3.15
어학				
	문세영	중국어속성강의론	근홍인서관	1946
	김태식	중국어기초독본	대조출판문화사	1948.1
	윤병희	중국어교편	을유문화사	1948.7
	윤영춘	신편중국어교본	동화출판사	1949
역사				
	채희순	동양문화사	민중서관	1948.3.15
	김상기	중국고대사강요	정음사	1948.4.30
	신기석	근세동양외교사	동방문화사	1948.9.30
	채희순	동양사	박문출판사	1948
	채희순	농양사개론	조양사출판부	1949.2.15

171 이 목록은 『해방기 간행도서 총목록 1945~1950』을 토대로 작성되었다. 목록 역시 책
   의 분류를 따랐다. 중국 관련 도서 중 교과서와 참고서는 생략했다.

		전기		
孫文	손중산	삼민주의	덕흥인서관	1945
	김환	장개석론	조선신론사	1946.4.25
孫文	성인기	삼민주의	대성출판사	1947.3.25
		중국정치		
毛澤東	모택동	중국혁명과 중국공산당	신장각	1946.4
	심향학인	현대 중국혁명사	전진사	1946.4.15
蔣介石	송지영	중국의 운명	서울타임스출판국	1946.7.5
孫文	최봉만	중국혁명운동사	제일출판사	1947.1.5
陶希聖	김일출	중국봉건사회사	정음사	1948.3.5
	이진영	중국민족해방사서설	을유문화사	1949.5.10
	최영식	고민하는 중국	제일출판사	1949.5.25
	김석찬	동란중의 중국과 한국	중앙도서출판사	1949.7.15
陳高傭	민태식	중국의 문화운동	을유문화사	1949.12.10
章丙炎	허우성	공산당 치하의 중국	대한민국공보처	1949.12.15
	우성	동란의 중국	삼일출판사	1949
	이상정	중국유기	청구출판사	1950.2.15
	김병도	신문기자가 본 중국	서울문화사	1950.3.25
		국제관계		
	해외사정연구소	전후 아세아 각국의 최근 정세	광성서점	1947
		사회주의, 공산주의		
	조선산업노동조사소	중국공산당과 민족통일전선	우리문화사	1945.12
毛澤東	김일출	신민주주의론	신문화연구소	1946.1.30
	조선맑스엥겔스 연구소	중국혁명의 전망	동무사	1946.2
毛澤東	스탈린학회	연합정부론	사회과학총서간행회	1946.2.20
毛澤東	신여근	연합정부론	우리서원출판부	1946.3.1
毛澤東朱德	신인사	신민주주의론	신인사	1946.2
毛澤東朱德	신인사	문예정책론	신인사	1946.3
毛澤東朱德	신인사	연합정부론	신인사	1946.4
毛澤東朱德	신인사	지구전론	신인사	1946.9

毛澤東	신장각	중국혁명과 중국공산당	신장각	1946.4.15
	조선좌익서적출판협의회번역부	중국공산당 최근의 동향	우리서원출판부	1946.4.28
劉少奇	신인사	혁명가의 수양	신인사	1946.6.25
에드가 스노	왕명	민주주의의 승리	수문당	1946.6.30
에드가 스노	인정식·김병겸	신민주주의의 건설-홍군종군기	동심사	1946.6.30
에드가 스노	문전택	중국소비에트 시찰기	고려선봉사	1946.11
劉少奇	심율암	당원의 수양	문우인서관	1947
毛澤東	진리사	신민주주의론	우리서원출판부	1949
행정				
葉劍英	권준	유격전강요	권준장군병서출판후원회	1949.8.1
법률				
	법무부조사국	중국상법전 외	법무부조사국	1949.7

각 두 종의 책만이 출판되었던 것과 비교해 중국의 사회주의 혁명 지도
자인 마오쩌둥에 대한 관심을 확인할 수 있다. 에드가 스노의『중국의
붉은 별』이 각기 다른 이름으로 세 종이나 번역된 것도 이런 관심의 반
영으로 보인다. 마오쩌둥의 저서 중에서『신민주주의론』이나『연합정
부론』,『지구전론』,『문예정책론』이 거의 동시에 번역된 것도 눈에 뜨
인다. 특히 세 종이나 번역된『신민주주의론』이나 두 종이 번역된『연
합정부론』은 중국 사회의 방향 탐색 속에서 한국 사회 변화의 방향을
탐색하려는 번역자들의 의도가 엿보인다.[172] 전반적으로 중국 사회에
대한 포괄적 이해보다는 중국 혁명과 관련된 제한된 범위의 책 출판이
엿보인다. 이것은 당시 한국 사회가 중국의 '당대' 혹은 '현대'에 대한

---

[172] 毛澤東, 진리사 역, 「역자 서」,『신민주주의론』, 우리서원출판부, 1~2면. "毛澤東씨의
신민주주의론은 국내 국외의 반동세력과 장구간난한 무력항쟁을 해온 중국혁명의 경
험의 요약이며 동시에 그 진로에 대한 지침이지만 그것은 또한 상술한 의미로서 일반적
으로 피압박민족해방의 길을 지시한 조선혁명에도 위대한 교훈 주는 명제이다."

다양한 관심을 가졌던 것과 연관되어 있다.

그러나 중국 근현대 문학작품의 소개는 그다지 활발하지 않았다. 박태원의 『중국소설사』 1, 2는 박태원이 1939년에 출판한 『지나소설집』(인문사)을 두 권으로 나누어 재판한 책으로, 명청 시기 단편 소설 10편을 엮은 소설집이었다. 이 10편 중 두 편을 빼고 『중국소설사』 1, 2에 네 편씩 나누어 출판했다.[173] 『소련기행』은 궈모뤄가 쓴 여행기이며 『혁명가의 생애』는 바진의 산문이다. 최장학이 번역한 『천재몽』은 중국잡지 『서풍』 1940년 4월 호에 발표된 현상문예의 당선작의 번역으로, 최장학은 장아이링의 「천재몽」을 표지 제목으로 삼아 이를 번역했다. 윤영춘의 『현대 중국시선』[174]은 문학혁명부터 항전 시기의 시인들의 시이며 『현대 중국문학사』 역시 문학사 책이라는 점에서 중국 현대 소설은 주로 루쉰 소설만이 번역되었다는 것을 알 수 있다.

정종현에 따르면 해방기 루쉰 소설의 독법은 중국 사회주의 문학의 선구자이자 혁명가로 루쉰을 읽어내는 맥락과 그 반대편에서 반봉건 계몽주의자이자 중국 민족주의자 더 나아가 반反사회주의자로 루쉰을 독해하려는 흐름이 공존했다.[175] 이와 관련해 김광주와 이용규 공역의 『魯迅短篇小說集』 1, 2권에 주목할 필요가 있다. 김광주와 이용규는 이

---

[173] 『중국소설선』 1권에는 「賣油郞」, 「五羊皮」, 「杜十娘」, 「亡國調」, 『중국소설선』 2에는 『黃柑子』, 『芙蓉屛』, 「羊角哀」, 「洞庭紅」가 각각 실려 있다. 『지사소설집』에 실려 있던 「鬼谷子」와 「床下土」가 누락되어 있다.

[174] 윤영춘의 『현대 중국시선』의 목차는 다음과 같다. I. 현대 중국시단 일별―문학혁명으로부터 금일에 이르까지 / II. 현대 중국시인편모 / III. 현대 중국시선 / IV. 전쟁시가. 이 중 현대 중국시선에는 胡適, 朱子淸, 徐玉諾, 兪平伯, 郭沫若, 朱湘, 郭紹虞, 葉紹鈞, 劉廷陵, 鄭振鐸, 謝永心, 徐志摩, 王獨淸, 汪靜之, 劉大白, 趙景深의 시가 번역되어 있다.

[175] 정종현, 「루쉰의 초상」, 『사이間SAI』 14, 국제한국문학문화학회, 2013, 58면.

책의 서문을 김광주의 '존경받는 선배'인 정내동에게 쓰게 하는데 이 서문을 통해 남한에서의 루쉰 수용의 중요한 계보를 엿볼 수 있다. 김광주와 이용규는 애초 베이징 베이신서국판北京北新書局版 『吶喊』과 『彷徨』에 수록된 단편을 전체 3권으로 나누어 번역할 계획을 세웠지만,[176] 실제로 출판된 것은 1, 2집 두 권이다.[177]

1집에는 「행복한 가정」, 「고향」, 「孔乙己」, 「풍파」, 「高老夫子」, 「단오절」, 「고독자」가, 2집에는 「광인일기」와 「비누」, 「아Q정전」이 실려 있다. 각각의 책에는 「魯迅과 중국문학」, 「아Q정전과 광인일기」라는 정내동의 해설이 서문처럼 실려 있다. 1권의 서문에서 정내동은 문학과 당대 중국의 상황을 연결시키면서 "창작을 통하여 중국을 정당하게 이해하여야 할 것은 현하 시국에 비추어 화급한 문제"로서 "우리가 중국을 요해하는 데는 창작을 통한 이상이 없고, 구미의 창작보다 인접한 중국의 창작을 통하여 중국을 정당하게 이해하여야 할 것"을 제안했다. 즉 그는 루쉰 소설의 목적이 현대중국의 이해와 연동되어 있음을 지적한다. 중국은 해방기 한국 사회에서 가장 먼저 연구해야 할 대상이며 이는 루쉰의 창작을 통해서 가능하다고 본 것이다.

중국을 이해하는 데 있어 정내동은 일종의 객관주의적 태도를 제시하는 데 이런 시선을 루쉰을 통해 확보할 수 있다고 말한다. 그는 중국 이해에 있어 삼민주의와 공산주의를 나누어 지나치게 과대 신봉하는 경향성을 비판하면서 중국을 "현실 있는 그대로 인식하고 소개하여 정

---

176 김광주, 「魯迅短篇小說集을 내면서」, 김광주·이용규 역, 『魯迅短篇小說集』 1, 서울출판사, 1946, 6면.
177 김광주, 「第二輯을 내면서」, 김광주·이용규 역, 『魯迅短篇小說集』 2, 서울출판사, 1946, 9면.

당하게 비판"할 것을 제안한다. 현상에 대한 이데올로기적이거나 '국부적' 비판 대신 루쉰의 작품을 통해 중국의 내정, 중국인의 성격, 중국의 정체를 파악할 수 있다고 말한다.[178] 정내동은 팡비方璧 즉 마오둔矛盾의 「魯迅論」과 청팡우의 「『吶喊』的評論」을 활용해 루쉰을 어둠에 저항하는 반항정신의 소유자이자 사실을 있는 그대로 그리려는 "자연주의 수법"의 작가로 표상한다. "노중국의 독창"에 대해 "참다못하여 칼을 들고 전부를 세정도 모르듯이 모조리 자기로써 찌르는" 것으로 루쉰의 창작을 평가한다.

김광주 역시 「魯迅과 그의 작품」에서 루쉰을 "모든 인간생활의 위선과 비굴과 타락과 싸워서 손톱만한 타협도 패배로 갖기를 싫어한" 문학정신의 소유자로 평가한다. 이를 통해 "신중국의 형식을 떠나서 내용적으로 충실히 파고자 하는 고민으로 일생을 일관"하며 "인간성과 국민성의 진실을 추구하기" 위해 싸운 "위대한 인간"이라고 말한다.[179] 루쉰이 사회의 어둠을 폭로한 것은 사실이지만 이것은 어디까지나 합리적 태도로 인간과 사회를 해부하는 방법이었을 뿐이라는 것이다. 정내동–김광주의 계보 속에서 루쉰은 마르크스주의와 분리되고 개인적 자유와 자아 해방에 집중한 문학주의자로 형상화되었다.

경성제국 대학 출신으로 해방 직후 서울대 조교수로 활동하던 이명선은 『중국현대단편소설선집』을 1946년에 출판한다.[180] 이 책에는 현대중국 작가의 여섯 명의 일곱 편의 소설이 번역되어 있었다. 소설집은

---

178 정내동, 「魯迅과 중국문학」, 김광주 · 이용규 역, 『魯迅短篇小說集』 1, 앞의 책, 5~6면.
179 김광주, 「魯迅과 그의 作品」, 『白民』 4(1), 白民文化社, 1948.1.
180 이명선, 『中國現代短篇小說選集』, 선문사, 1946.

2부로 나뉘는데 1부에는 '중국 작가로서 조선을 주제로 한 소설' 세 편을, 2부에는 중국 문단을 대표할 만한 네 명의 작가의 작품을 배치한다.[181] 루쉰의 「고향」은 2부에 게재된다. 루쉰의 「고향」과 함께, 라오서老舍의 「개시대길開市大吉」, 바진巴金의 「복수」, 예성타오葉聖陶의 「맨발」이 함께 실린다. 이명선은 비록 루쉰이 중일전쟁 발발 직전에 죽었지만 그가 살아 있다면 이들 작가들을 이끌고 선두에 서서 투쟁했을 것이라고 지적하면서 루쉰을 전투적 작가로 규정한다. 이 소설집의 첫머리는 "실상은 땅 우에 본래부터 길이 있는 것이 아니라 단기는 사람이 많으면 자연 길이 되는 것이다"라는 루쉰의 「故鄕」의 마지막 부분에서 출발한다. 이명선은 「고향」을 「아Q정전」과 함께 루쉰의 대표작이라고 설정하면서도 이를 사회 비판적 작품보다는 일종의 서정적 작품으로 읽어낸다.[182] 즉 루쉰을 "국민당의 야만적 탄압 속에 은연히 버티어 중일전쟁 발발 직전에 죽을 때까지 그는 중국문단의 양심을 혼자서 대표"한 작가로 그려낸다. 그러나 「고향」만은 냉철한 풍자가 루쉰이 쓴 서정적 소설이자, 루쉰의 인간성을 드러내는 작품으로 설정한다.

이명선은 해방 이후 곧바로 루쉰 소설을 번역했지만 그가 보다 주목한 것은 루쉰의 잡문이다. 이명선에 의하면 루쉰은 '창작가'이지 비평가는 아니다. 그러나 루쉰에게 잡문은 그의 문학의 다른 이면이기도 했다. 루쉰이 '사회비평' 소위 '잡문'을 쓰지 않을 수밖에 없던 이유가 있

---

181 이명선의 『中國現代短篇小說選集』의 목차는 다음과 같다. 제1부 鴨綠江上(蔣光慈), 牧羊哀話(郭末若), 닭(郭末若) / 제2부 故鄕(魯迅) 開市大吉(老舍) 復讐(巴金) 맨발(葉紹鈞).
182 그런데 루쉰의 「故鄕」은 일제 강점 하에서는 이육사에, 그리고 해방 이후에는 배호에 의해서 번역(『상아탑』 5, 1946.4)되었다. 이육사와 배호는 마르크스주의 혹은 사회 변혁을 지향하는 문학 연구자라는 위상을 공유하고 있는데, 이들은 「고향」의 희망 속에서 사회 변혁에 대한 희망을 보았던 것은 아닐까?

던 것이다. 즉 루쉰은 '위정자'가 어떤 만행도 자행할 수 있는 중세 이상의 무법 천지에 생존했다. 이러한 곳에서는 소설보다도 잡문이 더 필요하고 더 편리한 '전투의 무기'이기 때문이다. 이런 '열화' 속에서 루쉰의 문학관이 단련되고 만들어진 것이다.[183]

취추바이瞿秋白는 루쉰이 잡문을 쓰게 된 이유를 사회적 상황과 연동시켜서 설명한다. 사회에서 격렬하고 급박하게 전개되는 투쟁이 이루어질 때 작가는 "자신의 사상과 정감을 작품 속에 녹여서 구체적 형상과 전형을 통해 표현할 여유"가 허락되지 않는다. 동시에 "잔혹한 정치적 폭압은 작가의 메시지가 통상적인 예술 형식을 통해 표현되는 것을 불가능"하게 만든다. 만약 작가에게 유머 혹은 풍자의 재능이 있다면 이를 통해 자신의 정치적 입장과 사회에 대한 관찰, 투쟁에 대한 열렬한 공감을 표현해 내야 한다고 말한다. 그리고 이러한 사정이 고스란히 반영되어 있는 것이 루쉰이 내 놓은 '예술성을 띤 논문'인 잡문이다. 이것은 "직접적이고도 신속하게 사회의 일상적인 사건에 대응할 수 있도록 해주는 유효한 수단"이다.[184] 말하자면 루쉰에게 잡감문은 꽉 막혀 있는 중국의 어둠을 뚫어내는 날카로운 '투창'과 '비수'인 셈이었다.

이명선은 서울대학교에서 해임된 이후 루쉰의 잡문 선집의 출판[185]

---

183 이명선, 「魯迅의 文學觀－文藝批評에 대하여」, 『文學』 8, 조선 문학가 동맹 중앙위원회 서기국, 1948.7.

184 瞿秋白, 전형준 역, 「『루쉰잡감선집』 서언」, 『루쉰』, 문학과지성사, 1997.

185 이명선의 미출판 잡감문 선집의 목록은 다음과 같다. 1918~1924년 : 폭군의 신민(『열풍』), 小로써 大를 안다(『열풍』), 1925년~ : 개의 반박(『野草』), 立論(『野草』), 등하만필(『墳』), 청년의 필독의 서(『華蓋集』), 전사와 파리(『華蓋集』), 1926년~ : 한가지 비유(『華蓋集續篇』), 꽃 없는 장미 二(『華蓋集續篇』), 1927년~ : 소잡감(『而已集』), 루쏘와 脾胃(『而已集』), 1931년~ : 중학생 잡지의 질문에 답함(『二心集』), 1933년~ : 偶成(『南腔北調集』), 항공구국의 三願(『위자유서』), 광명이 이르는 곳에……(『위자유

을 준비했는데 그 역시 취추바이처럼 루쉰의 잡문을 급변하는 시대에 대한 대응물로 이해했다. 그의 잡문은 "현실 사회에 대한 적극적인 관심과 전두적戰斗的인 정신"에 있다.[186] 해방 이전에 루쉰의 초기 소설에 주목했던 것에 비해 해방 이후의 이명선은 잡문에서 혁명의 가능성을 찾았다.

만년의 노신은 왜 잡감문을 쓰지 않으면 안 되었나? 이것은 문학자 노신의 개인 연구에서도 물론 중대한 문제나, 중국과 같은 사회-국내적으로는 장개석 정부의 공포정치가 실시되고, 국제적으로는 일제를 위시하여 열강의 파렴치한 침략주의가 자행되는 사회에 있어서의 문학은 어떠한 문학이어야 하느냐 하는 문제와도 직접 연관되는 것이다. 총칼 앞에서 문학이 얼마나 무력하다는 것을 노신처럼 강조한 사람은 없다. 문학자의 아무리 커다란 호함(呼喊) 소리도 도살자의 총구녕을 막을 수는 없으며 그들은 귀에 아무 소리도 들려오지 않는 것처럼 그저 방아쇠만 잡아당기는 것이다. 이 절대 절명의 경지에서 노신이 택한 것이 잡감문 이며 따라서 그것은 철두철미 무기로서의 문학이었다.[187]

이명선 역시 무기로서의 문학의 문제를 고민했다. 문학의 무력함을

서』), 中獨保粹의 우열론(『准風月談』), 남자의 진화(『准風月談』), 印象을 무릅(『准風月談』), 1934년~ : 거꾸로 매단다(『花邊文學』), 매아미의 세계(『花邊文學』), 안빈의 도를 즐기는 법(『花邊文學』), 怪奇(『花邊文學』), 중국의 왕도에 대하여(『且介亭雜文』), 1935년~ : 현대중국에 있어서의 공자님(『且介亭雜文二集』), 1936년~ : 하나의 통화(『且介亭雜文末編』), 죽엄(『且介亭雜文末編』)

186 이명선, 「魯迅雜感文選集」, 『李明善全集』 1, 보고사, 2007, 309면.
187 위의 글, 309~310면.

자각하는 동시에 문학이 무엇을 할 수 있을까라는 실천의 문제화 속에서 루쉰을 형상화한다. 그에게 루쉰은 현실에 타협하지 않는 혁명가이자 투사였다. 진실을 향한 용기, 진리를 위한 투쟁심 속에 루쉰을 계열화시킨다. 이를 통해 루쉰은 "만년에도 여전히 중국문단의 주동력이 되고, 그의 일거일동一舉一動이 언제나 결정적인 의의"[188]를 갖게 되었던 것이다. 말하자면 루쉰은 '잡감문'을 통해 현실 권력 싸움과 끝없는 싸움에 자신을 투신했다. '살기등등'한 문학, 그리고 싸움에 '전신전령全身全靈'을 기울이는 '생명의 문학'을 통해 중국의 혁명의 '주동력'이 되었던 것이다. 이명선은 잡문을 번역함으로써 한국 사회에 루쉰의 강인한 전투정신을 번역해내고자 했던 것이다.

3) 한중문화협회와 두 중국의 이해

식민지 말기 일본 식민당국에 의해 금서 목록에 올랐던 '루쉰'과 그의 작품들은, 해방 이후 다시 공개적으로 조명되기 시작한다. 루쉰에 대한 관심은 비교적 다양한 매체와 단체에서 이루어졌다. 그 사례의 하나가 1946년 루쉰 10주기를 기념한 '고대극예술연구회'의 연극 공연이었다. '고대극예술연구회'는 1946년 12월 15일부터 19일까지 '중앙극장'에서 「아Q정전」을 공연한다.[189] '서울신문사', '예술신문', '한중문화협회'가 후원을 맡았다. 안영일安英一 연출, 김일영金一影장치 그리

---

188 위의 글, 310면.
189 「고대 극예술연구회 「아Q정전」」, 『경향신문』, 1946.12.14, 2면.

고 윤세중尹世重이 번역을 담당했다.[190] 희곡작가는 광고에 드러나지 않았는데, 이 연극의 등장인물들을 통해 원작자를 추론할 수 있다.[191] 기사에 따르면, '老공(붉은 코)'·'單四嫂', '七斤'·'七斤嫂', '공을기', '룬투'와 같은 등장인물을 확인할 수 있는데 '老공(붉은 코)'·'단사수'는 「明川」에서, '칠근'·'칠근수'는 「풍파」에서 취한 인물들이다. 게다가 '공을기'는 「공을기」의, '룬투'는 「고향」의 주요인물들이다. 즉 루쉰의 『납함』에 등장하는 인물들이 이 연극의 주요 등장인물이었다. 루쉰은 소설의 등장인물을 자신의 고향이나 그 주변 인물로부터 추출했다고 하는데, 이런 의미에서 이들은 동일한 사회적, 문화적 지반을 공유하고 있다. 따라서 「아Q정전」에 이런 인물들이 첨가되어도 극의 일관성을 유지하는 데 방해가 되지 않았다.

그런데 『예술신문』에 실린 등장인물들을 더 살펴보다 보면 '吳之光', '劉子貴', '陣菊生'처럼 루쉰의 『납함』에 등장하지 않은 인물들이 등장한다. 이들은 톈한田漢이 1937년 쓴 「아Q정전」의 극본에 등장시켰던 인물들이다. 톈한은 제5막으로 구성된 「아Q정전」의 마지막 부분에 옥중인물로 '오지광'을 등장시켰다. 그는 광인으로서 '전작농佃作農'의 딸을 사랑하지만 형의 반대에 의해 사랑이 좌절되고 또 그 형이 그 여자를 욕보이고 자살케 만드는 것에 격분해 밤중에 불을 질러 형을 죽이려

---

190 「학생운동의 신봉화—魯迅선생 「아Q정전」 상연」, 『예술신문사』, 1946.12.7, 2면.
191 박진영은 고대극예술연극회가 무대에 올린 「아Q정전」이 1938년 극단 화랑원 창립 공연작으로 기획되었던 「아Q정전」과 동일한 극이었을 것으로 추정한 바 있다. 화랑원에서 상연하려 했던 극은 톈한이 1937년 루쉰 1구기를 맞아 5막으로 각색한 극이었다. 박진영, 「중국 근대문학 번역의 계보와 역사적 성격」, 『민족문학사연구』 55, 민족문학사학회, 2014, 137면. 상연된 극본이 저자를 확인하기 위해 1946년 상연 당시 등장인물과 톈한의 극본의 등장인물을 비교했다.

했다가 감옥에 잡혀 들어온 인물로 설정되어 있다. 실제로 톈한은『납함』의 주요 인물들을 극본에 대거 등장시켜 '혁명전후'의 중국 사회의 면모를 드러냈다.[192] 상연된 연극과 톈한의 극본의 차이라면 상연된 연극은 톈한의 5막극을 4막극으로 재편성해 무대에 올린 것뿐이다.[193]

연극이 상연된 다음 해인 1947년 10월 18일에는 루쉰 서거 11주년 기념일을 맞아 서울대학교 문리과대학 '중국문학연구회'에서 개최한 기념강연회와 음악회가 개최된다. 『동아일보』(1947.10.17일), 『조선일보』(1947.10.18), 『우리신문』(1947.10.17), 『민중일보』(1948.10.19) 등에 이 강연회 소식이 실린다. 이날 강연자와 강연주제는 다음과 같았다.

▲ 魯迅의 一生 : 宿中國領事 ▲ 魯迅과 中國現代短篇小說 : 姜鏞訖 ▲ 魯迅의 교훈 : 李相善 ▲ 魯迅과 中國文學 : 宋志英. 「魯迅의 일생」

「魯迅의 일생」을 강연한 중국영사는 수명공宿夢公이며 두 번째 강연의 강사는 『초당』의 작가로 미국에서 국내로 돌아온 강용흘이었다. 그리고 네 번째는 『중국지명운中國之命運』의 번역자이자 중국문학 연구자 그리고 『한성일보漢城日報』 편집자로 활동했던 송지영이다. 세 번째 강연자인 이상선李相善은 구체적으로 누구인지 확인되지 않는다. 이들이 강연에서 '루쉰'과 그의 문학에 대해 어떤 입장을 취했는가를 구체적으로 확인할 수는 없었다. 발표자들의 루쉰과 문학 관련 기고와 글을 통

---

192 오창화, 「劇으로 본 『阿Q正傳』」, 『중국어문학논집』 4, 중국어문학연구회, 1992, 10~17면.
193 「학생운동의 신봉화―魯迅선생 「아Q정전」 상연」, 『예술신문사』, 1946.12.7, 2면.

해 내용을 추측할 뿐이다.

먼저 1931년 미국에서 발표한 *The Grass Roof*(초당)의 작가로 '영문학의 거벽'이었던 강용흘은 여론국 미국공보원 자격으로 1946년 8월 15일 한국에 돌아온 상태였다.[194] 그가 강연회에서 루쉰의 단편소설에 대해 어떤 말을 했는지 확인할 수는 없다. 그러나 그가 귀국 기념 강연회에서 해방된 고국의 '국민의식의 마비'를 지적하면서도 루쉰의 「희망」을 통해 희망을 역설했다는 사실에서 강용흘이 루쉰에 대해 갖고 있던 관심의 일면에 접근할 수 있다.[195] 그가 문학이란 "어디까지나 과학적이고 객관적이고 또 정정당당한" 것이어야 하며 이러한 문학이어야만 "세계적 무대에 활동"할 수 있다고 보았던 것을 통해[196] 강용흘의 서울대 강연 내용을 간접적으로 추론할 수 있다. 즉 강용흘은 루쉰과 중국 현대 단편소설을 과학성-객관성-보편성의 범주로 다루었을 것이다.

반면 「魯迅과 중국문학」을 강연한 송지영의 강연 내용은 보다 더 직접적으로 파악할 수 있다. 강연 다음 날인 10월 19일 송지영은 「魯迅과 중국-그의 11주기를 기념하여」를 『한성일보』에 게재했기 때문이다. 송지영은 이 글에서 '노대중국'과 '청년중국'을 대비시키면서 루쉰을 청년중국의 등탑이라고 규정했다. 청년중국의 빛으로서 루쉰을 '정의', '진리', '자유', '행복'이라는 단어와 계열화시킨다. 이를 통해 도덕적 존재로서 루쉰을 그려냈다. "인류의 자유와 행복을 위해 투쟁하는 중국 문단의 도사導師"[197]라는 말에서 보이듯 루쉰을 일종의 선각자라고 파악

---

194 「영문학의 巨擘 강용흘씨-28년만에 감격의 환국」, 『한성일보』, 1946.8.20, 2면.
195 「실망은 금물」, 『동아일보』, 1946.8.20, 3면.
196 「객관적인 문학의 독창을 강용흘」, 『경향신문』, 1947.1.1, 4면.
197 송지영, 「魯迅과 중국-그의 11주기를 기념하여」, 『한성일보』, 1947.10.19, 2면.

한 것이다. 송지영은 인간적 고귀함과 강인함에 초점을 맞추어 루쉰에게서 이상적 인간상을 보았던 것이다.

서울대 중문과 교수로 이 강연회에서 중요한 역할을 했을 것으로 추정되는 정내동도 사정은 유사했다. 정내동은 이명선에 이어 1946년 서울대 중문학과 교수로 초빙되었는데 강연회를 기념해 당시 극우지로 평가받던 『동아일보』에 「위대한 중국작가 魯迅의 회억」을 이틀에 걸쳐 게재한다.[198] 당연히 정내동은 루쉰의 '좌익작가'로의 전변에 아쉬움을 토로한다. 그리고 루쉰 문학의 핵심을 '문학혁명'시기의 역할, 즉 현실을 있는 그대로 인식하고 소개하여 정당하게 비판하는 '자연주의' 작가에서 찾아낸다.[199] 이를 통해 중국 사회의 모순을 정시하는 인물로 형상화했다. "씨의 창작생활은 거개가 그 전에 있었으며 씨의 목적은 중국 사회의 부패 면을 제거한데 있었던 것을 씨의 전 작품을 통하여 엿볼 수 있다"는 것이다.[200]

그런데 이 강연의 참석자들은 고려대학교 극예술 연구회의 「아Q정전」의 후원 단체였던 '한중문화협회' 관련이 깊다. 1946년 11월 15일에 성립된 한중문화협회의 구성원들은 다음과 같다.[201]

한국 ▲ 이사장 이시영 ▲ 부이사장 정인보, 서세충 ▲ 상무이사 이상은 윤석오 송지영 ▲ 이사 조성환(已故) 이범석 변영태 장자일 **정내동** 윤석오 **이상**

---

198 정내동, 「위대한 중국작가 魯迅의 회억(상)(하)」, 『동아일보』, 1947.10.21~22. 2면.
199 정내동, 「아Q정전과 광인일기」, 김광주 · 이용규 역, 『魯迅短篇小說集』Ⅱ, 서울출판사, 1946, 6면.
200 정내동, 「위대한 중국작가 魯迅의 회억(하)」, 『동아일보』, 1947.10.22, 2면.
201 「한중문화협회의 성립과 경과」, 『한중문화』 창간호, 1949.3.

은 송지영 김광주 김상덕 안우생 안미생 ▲ 감사 고희동, 노수현, 유각경

중국 ▲ 고문 劉馭萬 司徒德 許紹昌 ▲ 부이사장 宿夢公 ▲ 이사 李恒連 王俊三 王善芝 陳慶選 鄭維芬

한중문화협회 관련자들은 이승만 정부(이시영, 정인보, 윤석오, 유각경 등)나 김구(이범석, 안우생, 안미생, 김광주 등)등과 관련되어 있는 우익계열 인물들로 구성되어 있다. 이런 의미에서 정내동의 기획 하에 한중문화협회를 중심으로 이루어진 루쉰 서거 11주년 기념 강연회는 루쉰을 중국 민족주의자이자 계몽 지식인으로 계열화하려는 시도와 연관되어 있다.

그런데 한중문화협회 탄생에는 해방 후 한국 사회의 방향 탐색과 관련된 연대와 대립의 흔적이 새겨져 있다. 애초 한중문화협회의 탄생의 모태가 되었던 것은 해방 직후 만들어진 '중국유학생회'였다. 해방 후 '우후죽순'처럼 만들어진 집단 중의 하나였던 중국 유학생회는 "조선과 중국의 정치, 경제, 문화관계"를 모색하는 것을 목표로 했는데, 중국에 대한 대중적 관심이 확산되면서 "기구의 변경, 확대를 요청" 받는다. 그 결과 중국 유학생이 아닌 이들을 포괄할 수 있는 단체를 구상하는 과정에서 한중문화협회의 발족을 준비하게 된다. 최초의 발의자는 정인보, 장자일, 정내동, 이상은, 배호, 최진순崔溍淳 등으로 1945년 12월 5일에 국립도서관식당에서 모임을 가졌다. 이념적으로 대칭적 위치에 있는 정내동과 배호가 함께 협회 발족을 준비했던 것이다. 초기 참석자 명단에도 이러한 연합과 합작의 노력이 드러나 있다.

참석자 : 정인보 서세충 장자일 이상은 정내동 윤석오 배호 최진순 김일출

조용욱 김*준 남용기 김광주 송지영 정석해 이용규 민영창 이명선 차상원 김선기 이숙 정위교 정명섭 이상옥 송석하 양홍석 양준석 (27일)

창립 소집위원 : 장자일 정내동 이상은 김선기 배호 조용욱 최진순

즉 한중문화협회 이사진과 달리 초기 모임에는 중국문학 연구자였던 배호와 이명선 등 좌파 노선을 걷고 있던 인물들도 포함되어 있었다. 초기 한중문화협회는 해방 직후 모색되었던 좌우의 연대와 합작이라는 이념 지형을 반영하고 있음을 알 수 있다. 정치적 입장과 이질성에도 불구하고 건국 이후 중국과 관련해 지적, 문화적 열망이 강력했다고 말해도 좋다. 이를 루쉰 수용의 두 입장으로 확대할 경우, 해방 전후 루쉰 수용에 있어 이질성보다는 공동의 탐구의 가능성이 존재했던 것으로 보인다.

그러나 초기 창립 모임에서 창립일 사이의 1년여 동안 상황이 극적으로 변모한다. 즉 한중문화협회 역시 당시 한국 사회를 덮쳤던 극심한 이념의 대립을 피할 수 없었던 것이다. 1946년 모스크바 3상회의에서 신탁통치와 관련해 좌우의 대립과 분열이 격화되면서 한중문화협회의 창립자 내부에서 "이념의 상이相異"로 인한 분열이 나타났던 것이다. "미소공위의 결렬"처럼 한중문화협회의 내부의 분화가 이루어졌으며 이것은 배호와 이명선 등의 좌파들의 이탈로 나타났다. 그리고 한중문화협회는 "당초의 취지에서 이탈"하지 않은 우파적 성격의 인물들을 중심으로 발족하게 된다.[202]

---

202 위의 글, 93~96면.

특히 한중문화협회의 기관지인『한중문화』는 협회 발족 이후 2년이 조금 지난 1949년 3월에 출판된다. 오남기를 주간으로 정내동, 이상은, 송지영, 김광주, 이하유가 편집위원을 구성했다.[203] 권두언 다음 이 승만이 송메이링宋美齡에게 보내는 친선의 휘호로 시작했다. 즉 이것은 1949년 중국공산당의 승리가 확실시 되어 가는 시점에서, 냉전 이후 만들어져 갈 한국과 '자유중국'의 결속을 상징적으로 보여준다.

4) 문학의 정치성과 계급성

저우쭤어런은 1936년 11월 16일『宇宙風』에 루쉰의 죽음을 추도하며「關于魯迅」을 게재한다. 이 글의 초역抄譯 본이「魯迅回顧」(郭文秀 역)라는 번역으로 1949년 1월 13일부터 1월 19일까지 6회에 걸쳐『조선일보』에 실린다. 루쉰 문학의 특성과 관련해 저우쭤어런은 다음과 같은 말을 남긴다.

> 魯迅의 소설, 산문은 타인이 기급(企及)치 못한 특징이 있다. 그것은 다른 게 아니라 중국민족에 대한 심각한 관찰이다. 아마 현대문인 중 중국민족에 대하여서 그렇게 암흑한 비관을 가진 자는 또 보지 못할 것이다.[204]

루쉰이 보았던 것은 중국인들에게 각인된 암흑이며 이런 암흑에 대

---

203 「월간지『한중문화』」,『경향신문』, 1948.11.30, 3면.
204 周作人, 곽문수 역, 「魯迅回想(6)」,『조선일보』, 1949.1.19, 2면.

한 자각이 루쉰의 문학을 가능하게 했다고 저어쭈어런은 말한다. 물론 루쉰이 본 암흑은 루쉰 자신의 어둠으로써 그의 문학에 대한 관찰은 '중국인으로서 자기반성이자 자기비판'[205]이었다. 자기비판 속에서 일체의 권위와 싸우는 루쉰, 그리고 이러한 루쉰이 오사 문화운동의 정신을 상징한다는 해석은 해방기 한국의 상이한 루쉰 연구자들이 공유했던 지점이었다. 그들은 공통적으로 루쉰의 문학 속에서 정치성을 읽어내고자 했다. 루쉰에 대한 해석의 차이는 정치와 관련해 문학을 어떻게 설정하느냐로 드러났다.

윤영춘은 해방기 대표적인 중국문학 연구자의 한 사람이었다. 그는 민등소학교와 숭실전문학교를 거쳐 1930년대 후반 메이지학원明治學院과 니혼대학日本大學에서 영문학을 전공했다. 일본에서 강사생활을 하다 해방 뒤 귀국, 이후 중국과 중국문학에 대한 글들을 발표했다.[206] 그리고 『현대 중국시선』(1947), 『소련기행』(1949), 『현대 중국문학사』(1949)를 잇달아 출판한다. 특히 『현대 중국문학사』는 식민지 시기부터 해방기까지 출판된 유일한 '현대 중국문학사'였다. 대학에서 강의하던 노트를 토대로 하고 있으면 연구 시기는 '민국' 이후부터 '중일전쟁'까지 이다.[207]

---

205 정내동, 「중국문학상의 魯迅과 巴金」, 『건설』 1(2), 1945.12, 10면.
206 윤영춘이 『신천지』, 『대조』, 『백민』, 『협동』 등에 발표하거나 번역한 중국문학과 중국 관련 글은 대략 다음과 같다.
    1946년 : 「삼민주의 인식(胡漢民)」(신천지), 「郭沫若論」(백민)
    1947년 : 「소련기행(郭沫若)」, 「중국의 항전시」(신천지)
    1948년 : 「魯迅과 林語堂」(대조), 「외국문학 수입의 일고」(백민), 「중국여류작가 廬隱論」(백민)
    1949년 : 「현대 중국작가론(1)~(3)」(협동)
    1950년 : 「현대 중국시단」(백민)
207 『현대 중국문학사』의 목차는 다음과 같다. 서문 / 1. 신문학의 개관 / 2. 신문학의 시대적 배경 A. 사상혁명 B. 과학발달 C. 여권확장운동 D. 국어통일운동 / 3. 신문학혁명의

1954년 한국전쟁 휴전 이후, 오사 이후의 중국문학의 전통을 '자유중국문학'과 계열화시켜 증보판을 출간했다.[208]

윤영춘은 루쉰을 "중국의 병태적 국민성을 표현"하고 "구제도와 구도덕에 반항"한 자연주의 작가로 평가했다.[209] 그는 루쉰의 문학사적 위치를 오사운동 이후의 사실주의나 프로문학의 신사실주의 보다 '이전 시기'에 위치시킨다. 그러나 정내동 등이 루쉰의 문학적 가치를 좌련 전향 이전에 설정한 것에 비해, 루쉰의 인도주의는 좌련 전향 이후인 1930년대도 매우 유의미하다고 본다.[210] 루쉰의 인도주의는 '백색공포'라는 억압적 권력을 비판하고 대립한다는 점에서였다. 윤영춘에 따르면 루쉰은 '혁명문학가'는 아니지만 이들과도 대립하지도 않았던 것이다. 더 나아가 오사운동 이후의 중국문학의 흐름, 즉 '인생을 위한 예술'과 '예술을 위한 예술'이 결국 '인본주의'에 근거하고 있다고 본다.[211] 그는 현대 중국문학의 휴머니즘적 특성의 근저에 루쉰을 위치시킨다.

魯迅선생은 현실을 똑바로 인식한 불세출의 智者요 봉건적이며 퇴폐적인
특권계급 또는 관료적인 것에 대해서는 고투해 왔으며 한 편으론 비과학적이

승리적 투쟁 / 4. 신시의 발족 A. 초창기의 계몽시인 B. 無韻詩 시기의 시인 C. 낭만파시
와 단시 D. 서양율체시의 전성기 / 5. 소설문학 A. 魯迅과 아Q정전 B. 자연주의 작가군
C. 낭만주의 작가군 D. 사실주의 문학의 조감도 / 6. 대중문학의 혼란기 / 7. 혁명문학
과 계급성의 논란 A. 신사실주의문학 B. 혁명문학의 작가론 / 8. 수필문학 / 9. 극예술

208 1954년에 증보판에서 첨가된 장은 다음과 같다. 10. 중국의 문학전통 / 11. 오사 이래
의 중국문학 / 12. 자유중국문학의 개관.

209 윤영춘, 『현대 중국문학론』, 계림사, 1949, 100면.

210 위의 책, 101~102면.

211 윤영춘, 「중국의 항전시」, 『신천지』 2(8), 1947.9, 128면.

요 아주 무능한 중화민족이 무지를 통탄하여 써낸 것이 대걸작 「아Q정전」이었다. 항전 중국의 문단은 전반적으로 예술을 위한 예술이라기보다 중국민족을 위한 예술이었으며 순간 위기에 부닥치는 현실에 전력을 치중하여 전선주의에로 달리지 않을 수 없었음을 더 말할 필요도 없다.[212]

루쉰 사후 항전문학의 전통과 루쉰이 계열화되는데 있어, 루쉰의 인도주의 정신이 중요한 근거가 된다. 항전 시기 문학가들이 "무식한 하졸병"을 교육하는 계몽가로 현장에 개입한 것도 루쉰 사상의 연장으로 보았다. 예를 들어 중국문학가들의 '전선복무단'이나 '선전단'은 전선에서 공연과 선전을 통해 대중들을 교화하고 각성시키는 역할을 담당했다. 마오쩌둥이 '정풍整風운동'을 통해 지식인들에게 농민과 농민출신 홍군으로부터 배울 것을 촉구한 반면, 윤영춘은 이들을 보고 들은 것을 '있는 그대로' 드러내는 문학가로 규정하며 루쉰을 이러한 활동의 상징으로 호명한다. 즉 윤영춘은 루쉰의 인도주의가 문학가의 현실 참여로 나타난다고 보았다.

이러한 현실 참여 속에서 루쉰은 중국인들이 존중하는 고매한 인격의 소유자로서 재현 가능해진다.[213] 해방기 루쉰이 개인, 자유, 자아 해방 그리고 문학가로 계열화되는 순간, 루쉰은 맑스주의와 대립되는 위상을 부여받게 된다. 가령 윤영춘과 함께 '월남작가 클럽'의 발기인의 한 사람이기도 했던 김광주[214]는 소련군의 폭력성을 비판하면서 그 근

---

212 위의 글, 128~129면.
213 송지영, 「魯迅과 H君 그의 死後十年忌를 當하야」, 『경향신문』, 1946.10.17, 4면.
214 「월남작가 클럽 결성」, 『경향신문』, 1949.11.24, 2면. 기사에 따르면 월남작가 클럽은 12월 3일 시민관에서 결성식을 가질 예정인데(실제로는 12월 2일 시청회의실에서 개

거로 루쉰을 설정한다.[215] 즉 '붉은 군대'의 폭력성에 대한 '진보적' 인사들의 무비판성은 루쉰이 말한 노예적 근성의 표현일 뿐이다. 그리고 진정한 생명의 길로 나가기 위해서 진부한 편견 즉 '마르크스주의=진보'라는 편견에서 벗어날 것을 촉구했다. 사회주의화는 유토피아가 아니라 디스토피아이다. 이 공간에서는 개인의 자유와 해방이 억압될 뿐이다. 이 억압은 문학가 루쉰이 철저하게 대결한 것이다.

중국의 국민성, 인간의 근본성에 입각하여 부패와 폐습으로 인한 결함을 지적·폭로하는 지식인이 바로 루쉰이다. 이때 루쉰은 중국인만이 아니라 인간의 본성을 다루는 '순수문학가'로 '근대 세계문학'[216] 즉 앙드레 지드나 버나드 쇼, 예츠, 레이몬드 등과 함께 세계문학의 일원이 된다. 이것은 정내동이 본래적 루쉰을 1920년대 작품 활동에서 찾는 것에서도 드러난다. 정내동은 중국을 있는 그대로 그려내는 작가로서 루쉰을 설정하고 1930년대의 루쉰과 1920년대의 루쉰을 분리한다. 그리고 1930년대 루쉰 정신의 계승자로 바진을 설정한다.[217] 즉 1929년 바진이 『소설월보』에 연재한 「멸망」과 같은 작품들은 생경한 주의 이론을 작품에 이식한 것도, 마르크스주의 문학처럼 한 체제를 이행하기 위해 현실을 천편일률적으로 해결하려는 태도를 보이지도 않는다고

최됨) 참가자들은 김동명, 최독견, 안수길, 김진수, **양운한**, 구상, 계용묵, 오영진, 김영진, 염상섭, 박화목, 윤고종, 박연희, 정비석, 조영암, 임옥인, 박계주, 김도성, 박영준, 전양택, 최태응, 공중인, 장용학, **윤영춘**, 황순원, **김광주**, 허윤석이다.

215 김광주, 「새로운 것」, 『동아일보』, 1947.1.7, 4면.

216 김광섭, 「世界文學私觀」, 『경향신문』, 1947.10.26, 4면. "근대 사회가 다양하고 착잡하고 명암상반한 것과 마찬가지로 그 이루어진 문학노 혹은 瞑想하며 혹은 투쟁하며 혹은 반역하며 혹은 비판하며 때로는 침묵하기도 하나 그 기본적인 성격은 어디까지나 이지적이요 과학적인 동시에 그 근저에는 일관된 휴머니즘이 흘러 있다."

217 정내동, 「중국문학상의 魯迅과 巴金」, 『건설』, 1945.12.15, 10~11면.

본다.[218] 정내동은 바진을 무정부주의자[219]로 소개하면서 장제스의 국민당 독재와 공산당의 무산자 독재라는 '신구의 압박'에 고통스러워하는 중국 민중의 감정을 대변하고 있다고 말한다.[220] 5·4 시기 즉 '문학혁명' 시기 루쉰이 사람들을 각성하게 만든 존재였던 것처럼, 바진의 문학적 활동이 1930년대 중국인들에게 억압에 대한 '반항'의 사상을 자각시켰다고 지적한다. 이때 정내동은 1920년대 루쉰과 1930년대 바진을 연결하는 끈으로 이념에 종속되지 않은 문학을 설정한다. 정내동은 5·4 시기의 루쉰 문학과 사상을 중국사상과 문학의 본령으로 이해한다. 이것은 '혁명문학'으로 상징되는 '운동'과의 분리 속에서 탐색된다. 해방기 한국의 일련의 지식인들은 루쉰을 봉건적 습속에 맞서 개인적 자유와 자아의 해방을 통해 인간의 본연의 모습을 탐구한 작가로 이해하려 했다. 루쉰은 민족의 문제와 인간의 보편적 해방을 고민했는데, 그것은 순수 문학가로의 입장에 기반한다고 이해한 것이다. 이런 의미에서 윤영춘이나 정내동 등이 루쉰의 잡문을 소설에 비해 소홀히 다루었던 이유를 유추할 수 있다. 1920년대 후반 루쉰은 현실에 개입하기

---

218 정내동, 「巴金의 창작태도」, 『조선일보』, 1933.2.28, 3면.

219 아나키스트 바진은 정내동이 베이징에서 교류했던 한국 아나키스트들과 지속적으로 교류한 바 있다. 정내동이 함께 활동했던 심여추(沈茹秋), 유서(柳絮)등과도 1925년 베이징에서 조우했다. 당시 심여추는 『國風日報』 부간 『學滙』의 편집을 맡고 있었고 유서는 자오양대학(朝陽大學) 학생이었다. 바진은 베이징에 머무는 기간 동안 심여추와 유서 특히 유서로부터 '고려혁명당'과 일본 식민자들의 치열한 투쟁의 이야기를 들었다고 회상했다. 유서와 심여추는 이후 고려청년사를 조직하고 1926년 3월 27일 중국어 주간신문 『高麗靑年』을 간행하는데 바진은 이 잡지에 「一封公開的信」을 게재해 조선인 아나키스트들에 대한 연대와 지지를 표명했다. 이와 관련해 박난영, 「巴金과 한국인 아나키스트」, 『중국어문논총』 25, 중국어문연구회, 2003; 박난영, 「巴金의 항전삼부작 『불』과 한국인」, 『중국어문학지』 14, 중국어문학회, 2003, 368~369면.

220 정내동, 「움직이는 중국문단의 최근상(7)」, 『조선일보』, 1931.11.25, 3면.

위한 매개로 잡문을 활용했는데, 잡문의 내용이 마르크스주의에 호의적이었기 때문이다. 정내동 등에게 정치성을 띤 루쉰의 잡문 저술은 문학적 행위로 파악되지 않았던 것이다.

그러나 해방 후 곧바로 김동성, 김철수와 함께『상아탑』을 창간하고 글을 썼던 배호는 루쉰과 관련해 다른 가능성에 주목한다. 배호는 다케우치 요시미竹內好의『魯迅』에 의거해 루쉰의 '문학과 행동'을 문제화했다.[221] 배호에 의하면 루쉰은 중국문학의 변천 과정, 즉 문학혁명에서 혁명문학 그리고 무산자문학을 거쳐 민족주의 통일전선에 이르는 기간 동안 단 한 번도 "조류에 영합"한 일이 없다. "胡適, 徐志摩, 章士釗, 林語堂, 成仿吾"를 조소하면서 이들과 "대극적 처지에서 논쟁"했던 것이 루쉰이다. 루쉰이 1920년대 중반까지만 소설을 창작했음에도 불구하고 그는 "중국현대 제일의 문학자의 지위를 획득"했다.[222] 그런데 루쉰의 잡문을 통한 현실 비판도 배호는 문학자의 행위로 이해한다. 루쉰이 지속적으로 논쟁을 할 수 있었던 것은 그가 '문학자'였기 때문이라는 것이다. 이때 루쉰의 문학 행위를 가능하게 했던 것은 "현실에 대해서 절망"하고 다시 "절망에서 허망됨"을 발견했기 때문으로 이것이 일생동안 루쉰이 가진 일관된 태도였다고 말한다.[223] 배호는 희망의 허망함과 절망의 허망함에 대한 자각 속에서 루쉰이 '문학가'가 되었다는 다케우치 요시미의 견해를 참조했다. 다케우치 요시미는 루쉰이 후스, 쉬즈

---

221 배호,「魯迅의 일생-문학과 행동」,『상아탑』창간호, 1945.12. 배호의 글은 다케우치 요시미의『魯迅』을 한국에서 처초로 언급한 문헌이다. "부기 본고의 인용은 竹內好 著『魯迅』에 의거한 바 많다(1945.11.15)."
222 위의 글, 5면.
223 위의 글, 6면.

모, 장스자오, 린위탕, 청파우 등을 비판했던 것은 그들이 절망해야 하는 순간에 절망하지 않았기 때문이며, 그들에 대한 절망은 자신에 대한 절망이었다고 보았다. 그리고 절망의 대상(그 자신)과 싸움으로써 새로운 가능성을 찾았다고 말한다. 루쉰은 절망의 허망함을 자각함으로써 절망에 갇히지 않고 현실 속으로 들어가게 된다. 루쉰의 이러한 자각이 문학적 태도이며 이것이 문학가 루쉰을 가능하게 했다고 다케우치 요시미는 말한다. 이 경우 문학가는 근대 문학제도와 연관된 '문학가'가 아니라 통념으로서의 '문학'에 반함으로써 현실 세계에 문학의 의미를 새롭게 구성해가는 존재이다.[224]

이명선이 루쉰에게서 길러낸 '교훈' 역시 이와 연동되어 있다. 이명선에 따르면 '5·4 시기' 후스는 「문학개량추이」를 발표함으로써 대표적인 문학 작가로 등장했다. 그러나 그가 주창했던 백화문 운동은 '고문'을 근대적 서면어로 대체한 것으로 "문언의 문자와 숙어를 뒤섞여 일종의 읽을 수 없는 백화"를 만들었을 뿐이다.[225] 이명선은 취추바이가 제창한 '신문학 운동'과 루쉰의 견해를 연동시켰다. 루쉰은 '백화운동'은 대중어와 대중적 글의 창출이기보다 신지식인층을 위한 '서면어'의 창출에 그쳐 버렸고 대중화 문제는 고민되지 않았다고 보았다. 결국 대중어는 라틴화환 새로운 표기 체제를 통해서 이루어질 것이며 새로운 언어와 문학 창작의 주체는 지식인이 아니라 중국의 신흥계급 즉 "현대화한 공장"의 노동자·농민에게 있다고 보았다. 대중 차원의 언어 문제가 질문됨으로써 대중은 계몽이나 지도의 대상이 아니라 새로

---

224 竹內好, 서광덕 역, 『루쉰』, 문학과지성사, 2003.
225 이명선, 「중국의 신문학혁명의 교훈」, 『문학』 창간호, 1946.7, 170면.

운 문학과 정치세계의 가치 원천으로 발견되었다. 이것이 이명선이 루쉰과 취추바이 계열의 '신문학운동'에 관심을 기울였던 이유였다. 문학가—계몽가의 도식이 아니라 '문학'의 언어조차 대중 속에서 새롭게 발견되어야 한다는 것이다. 물론 이는 통념화된 '백화문'에 대한 논쟁을 통해서 였다.

이명선이 1936년 『문예』에 실린 루쉰의 「中國文學運動に於ける統一戰線の問題」를 발췌 번역해 1947년 6월 『문학평론』에 발표한 것도 이러한 의식의 발로였다. 루쉰은 1936년 중국문예가협회가 제창한 국방문학에 반대해 '문예공작자선언'을 발표하면서 '민족해방전쟁의 대중문학'으로 제출한다. 루쉰은 이 글에서 국방문학 아니면 모든 것을 한간漢奸문학으로 비판하는 종파주의를 반대하고 더 광범위한 문예통일전선을 주장했다. 이명선의 루쉰 번역은 루쉰만큼이나 정치적 의미를 담고 있었다. 이 글이 쓰여진 1945년 12월은 '조선 문학 건설 중앙협의회'와 '조선 프롤레타리아 동맹'이 '조선 문학가 동맹'으로 통합되던 시기였는데 이 두 단체의 대립은 통합 이후에도 계속되고 있었다. 전자는 민족문학건설을, 후자는 계급문학의 헤게모니를 견지하고 있었다. 이명선은 루쉰의 잡문을 번역함으로써 해방기 조선 문단에 새로운 출로를 모색하고자 했다.[226] 루쉰의 문학행위는 상이한 노선 내부의 문제를 단일한 대오로 통합할 수 있는 사상의 자원으로 이해되었다. 루쉰의 글을 번역하고 루쉰에 대한 글을 쓰면서 루쉰을 이해하고자 한 이명선은 루쉰 문학의 정치성을 이식하고자 했던 것이다. 그러나 냉전의 영향 속

---

226 백지운, 앞의 글, 415~416면.

에서 이러한 루쉰상은 언표불가능하게 되어 버렸다. 이명선은 전쟁 중에 사망했고, 그가 남긴 루쉰 잡문 유고 역시 출판될 수 없었던 것이다.

제3장
냉전기, 상상된 '현대중국'과 루쉰의 변주

1. 루쉰, 금지와 허용의 양상

1) 냉전 동아시아와 루쉰 수용

이번 장에서는 냉전 이후 동아시아에서 루쉰이 어떻게 수용되었는 가를 일별하고자 한다. 주지하다시피 중화 인민공화국 성립과 한국 전쟁을 거치면서 동아시아에서 냉전의 구도가 공고화된다. 베를린 위기에서 시작한 냉전의 세계적 확산은 새로운 세계체제를 만들어낸다. 무엇보다도 냉전체제는 대립과 갈등의 심화와 그리고 긴장의 완화라는 특징들을 노정한다. 동아시아 역시 미국과 소련을 중심으로 하는 두 진영의 대립이 첨예화되면서 지속적인 위기를 경험한다. 미국의 외교적·정치적·군사적 봉쇄와 이에 따른 소련의 반발 속에서 동아시아는 자유진영과 공산진영의 전략적 대립의 공간으로 변모해 갔다. 한국 전쟁을 계기로 미국이 소련과 중국에 대한 반대를 노골화하고, 일본 내 미군기지 확보, 장제스 지지 등을 표명하면서 동아시아에서 냉전의 대결구도가 만들어진다.

그런데 이 시기 동아시아 각 지역에서 가장 공통적이고 꾸준히 언급된 대표적 작가 중의 한 사람이 루쉰이다. 물론 냉전 체제하에서 각 지역이 직면했던 상황에 따라 루쉰은 상이한 담론들과 계열화된다. 가령 중국에서 마오쩌둥은 「신민주주의론」이나 「옌안문예강화」 등을 통해서 루쉰을 혁명의 주장이자 위대한 문학가·사상가·혁명가로 규정함으로써 중국 혁명 과정에서 '보편적 지식인'으로 루쉰을 규정한다. 루쉰을 중국 사회 변동과 혁명의 모델로 규정함으로써 중국지식인들을 혁명적 지식인으로 개조하고자 했다.[1] 반면 타이완의 국민당 정부는 루쉰과 좌파 작가에 대한 금지를 통해 이에 대응한다. 그러나 이때 금지는 철저한 은폐를 의미하지 않았다. 타이완에서는 루쉰을 '중화인민공화국'을 비판하는 통로로 삼았다. 루쉰은 비판의 대상이 됨으로써 타이완 사회에서 유통되었다.

일본에서 루쉰은 전체주의로 기울어져 버린 일본 근대에 대한 비판을 의미했다. 루쉰과 그의 문학은 일본 근대와 대척점에 서 있는 중국 근대의 상징으로 이해된다. 일본의 근대가 자신을 주인으로 착각한 노예의

---

1   毛澤東, 김승일 역, 「신민주주의론」, 『모택동선집』 2, 범우사, 2002.

근대, 무저항적 근대라고 한다면 이런 노예성을 자각하고 저항하는 동시에 이 노예성을 받아들일 수밖에 없었던 것이 중국의 근대라고 설정되었던 것이다.[2] 일본의 경우 중국과 근대를, 더 나아가 아시아를 어떻게 이해했고 이해하려 하는가가 루쉰 수용과 강하게 결부되어 있다.

중국이나 일본과 달리 한국에서 루쉰은 반半금기 상태로 유통되었다. 해방 후 냉전 시기를 거치면서 루쉰의 좌파적 이미지는 공론장에서 배제된다. 한국 사회에서 반공을 이념으로 하는 국가체제가 형성되면서 루쉰은 마르크시즘과 분리되어 반봉건半封建에 대한 개인적 자유와 자아의 해방에 집중한 문학자로 형상화된 것이다.[3] 한국에서도 루쉰 수용은 '중국'에 대한 이미지와 강하게 결부되어 있다. 예를 들어 해방 전후 '혁명 좌파 루쉰'과 '계몽 비평가 루쉰'의 이미지가 동시에 등장하지만, 냉전 체제의 형성과 함께 '혁명 좌파 루쉰'은 공적 담론 체계에서 그 영향력을 상실하게 되었다. 한국 전쟁 이후 '중공中共'은 가장 위협적인 적대국가의 하나로 이해되었고 루쉰은 마오쩌둥에 의해 중국혁명의 상징으로 규정되었기 때문이었다. 말하자면 각 지역이 처한 냉전의 조건 속에서 루쉰은 상이하게 허용되고 은폐되었던 것이다. 즉 루쉰의 수용 양상은 루쉰을 둘러싼 각 지역의 역사적 조건을 드러내고 있다.

이번 장에서는 냉전기 한국 사회에서 루쉰 수용의 양상을 일별한다. 그리고 이에 앞서 냉전 동아시아에서 루쉰이 금지되고 허용되는 양상을 검토함으로써 한국 루쉰 수용의 특이성을 살피기 위한 참조항으로 삼고자 한다. 이번 절에서는 냉전의 전개 속에서 각 동아시아의 개

---

2 竹內好, 서광덕·백지운 역, 『일본과 아시아』, 소명출판, 2004.
3 정종현, 「루쉰의 초상」, 『사이間SAI』 14, 국제한국문학문화학회, 2013.

별 국가에서 루쉰이 수용되는 양상과 루쉰의 위상을 살펴보고자 한다.

2) 신화화된 루쉰과 반反루쉰—중국과 타이완

1949년 중화인민공화국이 성립된 이후 루쉰은 신중국의 혁명정신의 상징으로 호명된다. 마오쩌둥의 규정을 통해 루쉰은 '신중국'의 혁명가, 문학가, 사상가로 자리 매김하며, 중국의 지식인들과 인민들이 따라야 할 모델로 규정되었다. 그러나 마오쩌둥의 루쉰 규정은 루쉰에 대한 교조적 규정은 아니었다. 마오쩌둥의 루쉰 규정은 중국혁명 과정에서 직면했던 위기에 대한 대응 전략의 일환이었다.

마오쩌둥의 루쉰론은 1937년 중일 전쟁 이후 도시 지식인과 학생들이 섬강녕 변구, 즉 옌안을 중심으로 한 공산당 근거지로 모여들기 시작한 사건과 연동되어 있다. 도시로부터 혁명에 참여한 사람들을 수용하는 동시에 새로운 중국의 비전을 명확히 하기 위해 마오쩌둥은 「신민주주의론」을 발표한다. 이를 통해 일본과의 전쟁 이후 중국사회가 나갈 방향을 제시한다. 당대 중국 변혁의 기본 임무는 사회주의 혁명의 즉각적인 실행이 아니라 반제反帝 반봉건反封建을 슬로건으로 한 '부르주아 민주주의 혁명'이었다. 다른 이념과 이데올로기 사이의 반목과 대립 대신 신중국 형성을 위해 다양한 힘들의 결집을 표명한 것이다. 마오쩌둥은 이를 1차적으로 옌안에 모여든 지식인과 학생들을 향해서 발화한다.[4] 특히 '문화'의 문제를 집중적으로 거론한다. 이때 문화는 무산계급의 문화를 의미한다. '문화인'과 '지식청년' 등의 적극적 참가가 전망되는 과정에서 이들이 따라야 할 기준으로 '무산계급의 우위성'을 제기한다. 마오쩌둥은 중국의 민주혁명에 있어 가장 먼저 각성한 계층으로 지식인을 거론하면서도 이들 지식인들에게 노동민중과의 결합을 강하게 촉구한다.[5] 이는 이후 '민족형식논쟁'으로 표현된다. 중일전쟁에 직면해 문화운동은 서양으로부터 수입된 문화의 기계적 적용이 아니라 농촌의 민중을 동원하기 위해 적합한 형식이어야 한다는 논의였다.[6] 그리고 「신민주주의론」에서 마오쩌둥은 당시 도시 지식인들에게 존경의 대상이 되었던 루쉰을 중국 문화혁명의 주장이자 혁명가 · 문학가 · 사상가로 호명함으로써 농촌이었던 '해방구'와 도시 사이의 통일전선을 위한 상징으로 활용한다.

「신민주주의론」 발표 이후 일본군의 공세 강화, 국민당군과 홍군의 대결 심화, 그리고 이에 따른 통신이나 원조물자 조달 차단 등으로 옌안 지역의 위기감이 고조된다. 게다가 도시 출신 지식인들과 농촌 출신 홍군 간부들의 다툼이 빈번히 발생한다. 이런 흐름을 타개하기 위해 마오쩌둥은 1942년 5월 옌안에서 다시 「옌안 문학 · 문화예술 좌담회에서의 강화」, 소위 '옌안문예강화'를 발표한다. 여기에서 마오쩌둥은 창작의 질보다도 보급을 우선해야 하며 창작자에게 농촌 등의 현장으로 들어가 '근거지'의 어둠보다는 광명을 우선 묘사할 것을 강조한다. 그리고 도시 출신 지식인들에게 농촌과 농촌출신 홍군에게 배우라는 사

---

4 毛澤東, 김승일 역, 「지식인을 대량으로 흡수하자」(1938.12.1), 『모택동선집』 2, 범우사, 2002.

5 毛澤東, 김승일 역, 「5 · 4운동」, 『모택동선집』 2, 범우사, 2002, 262면.

6 전형준, 「민족형식논쟁에 대한 비판적 연구」, 『중국어문학』 9, 영남중국어문학회, 1985.

상개조를 지시한다. 이때 마오쩌둥은 루쉰을 사상개조의 근거로 내세운다.[7] 적 후방에 있을 때의 태도와 근거지에서의 스타일의 변화를 촉구하며, 그러기 위해서라도 지식인들에게 '계몽자'의 위치에서 벗어나 일차적으로 농민에게서 배우는 위치로의 이동을 촉구했다. 그리고 이 방식으로 개조된 지식인의 표상이 루쉰이었다. 실제로 「옌안문예강화」는 강화가 이루어진 1년 뒤, 루쉰 서거일(1943.10.19)에 맞춰 발표된다. 이것은 루쉰이 지식인의 사상개조의 상징으로 표상된 것과 연관된다.

중화인민공화국 성립 이후 루쉰은 더욱더 확고하게 중국혁명의 상징으로 자리잡는다. 그러나 1950년대 중후반까지 마오쩌둥의 루쉰 해석이 교조적으로 중국 사회에서 통용되었던 것은 아니다. '신중국' 성립 이후 도시에 남아 있던 지식인이나 학생들에게도 혁명의 태도를 배우게 하는 문화정책이 이루어졌지만, 이데올로기화한 루쉰상이 그들에게 강요된 것은 아니었다. 1939년에 태어나 1950년대에 중학교를 다니고 있던 중국의 루쉰 연구자 첸리췬錢理群의 회상에 따르면, 1950년대 초반 혁명의 성공과 대대적인 사회의 변혁 속에서 사람들은 환희감 속에서 루쉰을 수용한다. 그는 1980년대 루쉰을 접한 이들과 달리 그

---

7 "루쉰은 암흑세력의 지배하에 살며 언론의 자유를 누리지 못했기 때문에 싸늘한 비웃음과 강렬한 풍자라는 잡문형식을 이용해 싸웠다. 루쉰은 전적으로 옳았다. 우리도 파시즘이나 중국의 반동파, 그리고 인민에게 위해를 가하는 모든 사물을 날카롭게 비웃을 필요는 있지만 혁명적 문학예술가들에게는 충분한 민주와 자유가 주어지고 있고 반혁명분자들에게만 민주와 자유가 주어지고 있지 않은 섬강녕 변구와 적 후방의 각 항일근거지에서는 잡문형식도 단순한 루쉰과 같은 것이어서는 안 된다. 우리는 목청껏 큰소리로 외칠 수 있고 인민대중이 알기 힘들게 말을 얼버무리거나 이리저리 에둘러 말할 필요도 없다. 인민의 적이 아니라 인민 자신을 다룰 때에는 잡문시대의 루쉰도 결코 혁명적 인민이나 혁명적 정당을 조소하거나 공격하지 않았고 그 잡문을 쓰는 방식도 적을 대할 때와 전연 달랐다." 毛澤東, 김승일 역, 「옌안문예좌담회에서의 강연」(1942.5), 『모택동선집』 3, 범우사, 2002, 104~105면.

들에게 루쉰은 근엄한 얼굴이 아니라 웃는 얼굴로 표상되었다고 고백한다.[8] 즉 루쉰은 혁명성공 이후의 낙관적 전망을 상징했다.

그러나 스탈린 사후, 중소분쟁 속에서 루쉰의 이미지는 변화되어 간다. 즉 '루쉰의 웃는 얼굴'을 '비굴함이나 아첨기가 없는 강인한 얼굴'이 대체한 것이다. 소련을 포함한 외부와의 교류가 폐쇄된 상황 속에서 '신중국'과 중국의 인민들은 독자적인 생존과 발전 방향을 모색해야 했다. 가령 대약진 운동은 고립된 상황에서 중국을 신속하게 개혁하려는 인민들의 절박한 요구가 결합되어 있다. 낙후된 상황을 벗어나려는 중국의 민족적 정서와 욕망이 표현되었다. 루쉰은 "노예의 얼굴과 아첨기 없는 강골의 정신"으로 이 시대적 욕망과 호응한다. 이러한 민중의 욕구가 마오쩌둥의 정치적 호명과 결합함으로써 '신중국의 인민'들은 루쉰을 '민족과 민중'의 영웅으로 인식한다. 그러나 마오쩌둥과 루쉰이 '신중국'의 정신적 지주로 받아들여지는 것과 함께 마오쩌둥의 루쉰 해석이 교조적으로 확산되어 갔다.[9] 그리고 이 해석에 대한 반대는 민중 전체에 대한 반대라는 명목으로 비가시화된다.

실제로 '후펑'의 반당사건은 신중국 성립 이후 루쉰 수용을 둘러싼 정치적 변화를 상징적으로 보여준다. 이 사건은 1955년 5월 루쉰의 제자였던 후펑과 그와 연관된 2천여 명이 체포되고 투옥된 사건이었다. 후펑은 좌련 해산 전후로 발생한 '두 개의 슬로건' 논쟁에서 상하이의 공산당 문학자가 제출한 '국방문학'이 아니라 '장정시기'의 마오쩌둥이 제기한 '민족해방전쟁의 대중문학'의 슬로건을 지지한 바 있다. 그

---

8   錢理群, 「我與魯迅」, 『心靈的探尋』, 上海文藝出版社, 1988.
9   위의 글.

런데 후펑은 중일전쟁 시기 옌안이 아니라 국민당 통치 지역인 충칭에서 활동했다. 그는 그때 마오쩌둥의 '옌안문예강화'를 국민당 통치구에서 기계적으로 적용해서는 안 된다고 주장한 바 있다. '신중국' 성립 후 6년이 지난 시점에서, 후펑은 옌안에서 활동했던 '문화관료'들에 의해 '문화주체들의 독자적인 문화적 입장'에 대한 포기를 강요받았고 이 강요에 강하게 반발했다. 이 사건은 마오쩌둥과 후펑이 루쉰을 수용하는 태도의 차이를 보여준다. 후펑은 국민당 통치구에서 그들의 압박에 대항했던 일관된 혁명문학가였다. 그리고 루쉰 문학의 계승자이기도 했다. 반면 마오쩌둥은 옌안에서 루쉰을 중국 혁명의 상징으로 삼아, 지식인 개조 문제를 전면적으로 개진한 혁명가였다. 충칭에서 활동했던 후펑은 자신의 독자적 활동에 대한 자긍심 속에서 신중국 성립 이후 사상 개조의 요구를 거부한다.[10] 이것은 루쉰 해석에 대한 태도에서도 드러난다. 후펑은 공산당 문화정책인 사회주의 리얼리즘에 대해 루쉰을 활용해 문제를 제기했다. 당대 중국에서는 혁명에 모범적인 인물을 작품에 배치하는 방식을 사회주의 리얼리즘의 체현으로 이해했는데 후펑은 혁명의 모범이 될 수 없는 인물을 배치한 루쉰의 「광인일기」나 「아Q정전」도 사회주의 리얼리즘의 범주에 들어간다고 지적했다. 이는 중국 혁명 이후 아Q는 소멸되었다는 공산당 당국의 견해와 배치되는 주장이었다. 즉 후펑은 아Q는 농민이 아니라 부패한 봉건지주계급의 이데올로기의 체현자였고, 중국 사회의 변화는 아Q의 소멸을 가져왔다는 주장을 비판했던 것이다. 말하자면 후펑은 루쉰을 경유해 중국공산

---

10 丸川哲史, 『魯迅と毛澤東』, 以文社, 2010, 170~173면.

당 문화정책의 협소함과 대결한다. 그리고 그 반목의 결과로 숙청의 운명에 처하게 된다.[11]

후평 반당사건 이후 반우파투쟁을 거치면서 루쉰에 대한 해석은 마오쩌둥으로 상징되는 공산당에 의해 독점된다. 특히 1950년대와 1960년대를 거쳐 미국과 소련의 대중국 봉쇄가 심화되는데, 이에 대응하기 위해 중국은 자국중심주의적 태도를 강화한다. 이 속에서 루쉰은 '동방의 풍격을 지닌 강골'로 형상화되었다.[12] 그리고 루쉰은 어떠한 비판도 허용되지 않는 신화적 인물이 된다.

대륙 중국에서의 루쉰 신화화와 대조적으로, 냉전기 타이완에서 루쉰은 언표 할 수 없는 금기의 인물이었다. 이러한 타이완의 루쉰에 대한 금지는 마오쩌둥의 루쉰 규정에 대한 반동의 성격이 강하다. 타이완의 국민당 정부는 반공문예정책을 추진하면서 루쉰의 작품을 금지시키고, 반反 루쉰론만을 제안적으로 허용했다.

타이완에서도 루쉰은 1920년대부터 줄곧 소개되었다. 1925년 전후로 장워쥔張我軍 등에 의해 『臺灣民報』 문예란에 「광인일기」, 「아Q정전」, 「오리의 희극」 등의 작품이 게재되었으며 1936년 루쉰 사후 양쿠이楊逵가 편집 주간으로 있던 『臺灣新文學』의 루쉰 기념호에 루쉰에 대한 추도문이 게재되었다.[13] 동시에 일본어 독서시장이 형성되어 『大魯迅全集』 등이 지식인과 문학가 사이에서 광범위하게 유통되었다.[14] 1945년 일본의

11 王富仁, 김현정 역, 『중국의 노신연구』, 세종출판사, 1997, 119~123면.

12 錢理群, 앞의 글.

13 曾健民, 「談「魯迅在台灣」－以1946年兩岸共同的魯迅熱朝爲中心」, 『臺灣社會研究季刊』 77, 2010, 261면.

14 藤井省三, 백계문 역, 『루쉰－동아시아에 살아 있는 문학』, 한울, 2014, 226~227면.

패전 이후 타이완을 국민당 정권이 장악한 후, 루쉰 관련 서적이 대량으로 유통되면서 타이완의 지식청년들에 사이에서 루쉰의 영향력이 확대된다. 예를 들면 일본에서 벗어나 중국으로 귀속된 것에 대한 흥분 속에서 1946년 루쉰서거 10주기를 맞아 타이완에서『魯迅思想研究』(何幹之), 『魯迅先生的治學方法』(王任叔),『魯迅傳』(小田岳夫, 范泉 역),『魯迅回憶錄』(馮雪峰) 등이 번역 출판되었다. 그리고『臺灣文化』와『和平日報』,『中華日報』,『自強報』 등에서 루쉰 10주기를 기념해 40여 편의 글이 한꺼번에 게재되었다. 특히 당시 타이완의 편역관編譯館관장으로 부임해 있던 루쉰의 친구 쉬서우창許壽裳은『臺灣文化』에「魯迅的精神」,「魯迅的人格和思想」 등 4편,『和平日報』에「魯迅及青年」 및「魯迅的德行」 2편, 총 6편의 글을 이 매체들에 게재한다. 그는 1947년에는『亡友魯迅印象記』을 출간하기도 했다.[15]

그러나 1946년의 열기는 1947년 이후 급속히 소멸한다. 국공내전이 격화되면서 국민당 정부의 문화 활동에 대한 통제가 강화되었기 때문이다. 통제의 영향으로 루쉰 서거 11주년에는「魯迅─中國的高爾基」만이 발표되었을 뿐이다. 이후 쉬서우창은 백색태러로 1948년 암살되는 운명을 맞았고, 타이완 프롤레타리아 문학의 리더였던 양꾸이도 12년형을 선고받고 수감되었다. 그리고 리허린 등의 연구자들 역시 대륙으로 다시 돌아가게 된다. 1949년 5월에는 국민당 정부에 의해서 계엄령이 선포되어 루쉰을 비롯한 좌익 작가의 문학이 모두 금서의 목록에 오른다. 1949년 5월 20일 국민당 정부는 타이완에 계엄령 선포와 동

---

15 曾健民, 앞의 글, 263~267면.

시에 「타이완성 계엄기간 신문잡지도서 관리 변법台灣省 戒嚴期間 新聞雜誌 圖書管理辦法」를 반포하는데, 이때 『루쉰전집』과 『루쉰서간』 등 루쉰 관련 서적이 모두 금급서가 된다. 이후 루쉰의 작품과 사상은 타이완 공론장에서 금기의 대상인 동시에 반공문인들의 날선 비판의 대상이 된다. 이들은 루쉰을 '공산독소'라고 규정하고, 타이완을 '독소'로부터 보호해야 한다고 역설한다.[16] 국민당은 타이완 사람들에게 일본어를 대신해 베이징어를 국어로 강요했지만 현대 중국어를 창출한 중국 현대 문학의 거장 루쉰을 읽지 못하게 했다. 대신 이른바 반루反魯문인들의 루쉰 비판서는 간헐적으로 간행되었다. 냉전 체제하에서 국민당의 반공문예정책은 루쉰이라는 기호를 금기했고, 루쉰에 대한 비판조차도 매우 제한적 유통되었다.

타이완에서 대표적인 '반루'문인으로 쑤쉐린蘇雪林을 들 수 있다. 쑤쉐린은 1897년 안휘성에서 태어나 베이징 고등 여자 사범대학 재학 시, 후스와 저우쭤런으로부터 가르침을 받았다. 5·4 시기부터 '蘇梅'나 '雪陸' 등의 필명으로 『晨報』, 『語絲』, 『新月』, 『現代』, 『東方雜誌』 등의 매체에 글을 발표했다. 1949년 중국 대륙을 떠나 프랑스를 거쳐 1952년 타이완으로 건너왔다.

쑤쉐린은 1930년대 후반부터 중국 공산당과 공산당의 루쉰 평가에 대해 비판을 제기했다. '루쉰' 일반을 비판하기보다 좌파에 의해 신격화된 루쉰상을 해체하기 위해 루쉰을 비판하고 공격했던 것이다. 따라서 그의 비판의 초점은 루쉰이 아니라 좌파 혹은 중국 공산당이었다.

---

16 위의 글, 273면.

타이완에 도착한 후에도 루쉰과 관련한 태도는 그대로 견지된다. 그는 내전 시기의 상흔을 떠올리면서 루쉰 비판을 지속한다. 그런데 앞서 말한 것처럼 당시 타이완에서 좌파 작가의 작품은 금지되었고 매체에서 게재할 때도 그들의 이름과 작품, 행적 등을 제기할 수 없었다. 좌파에 대한 긍정적 평가는 말할 것도 없고 부정적 평가도 쉽게 허용되지 않았던 것이다. 오직 소수의 친국민당계 문인들에게만 좌파작가를 다루는 것이 허용되었다. 쑤쉐린의 반루쉰론은 공산당과 좌파를 공격하는 동시에 국민당체제를 옹호하는 성격을 지닌다.

그는 「與共匪互相利用的魯迅」(1956)에서 루쉰의 「아Q정전」이 일본 작가의 모방에 불과하다는 말과 함께 루쉰과 좌파는 상호 이용의 관계라고 비판한다. 또 1958년에 쓴 「琵琶鮑魚之成神子—魯迅」에서 루쉰의 현재적 지위는 중국 공산당이 루쉰을 치켜세운 결과에 불과하다고 폄하했다. 쑤쉐린은 공산당의 선전문화에 대한 문화전의 승리를 위해 루쉰을 공격했다.[17] 그는 중국 공산당의 루쉰상이라고 이해된 루쉰상을 비판한다. '상상된 루쉰'과 대비해 타이완의 위상을 설정하고, '오염'된 루쉰과 좌파 문학 대신, '정화'된 타이완 문학을 건설하려 했던 것이다.

그러나 1960년대 전지구적 반전 운동의 전개와 유럽의 학생운동, 그리고 베트남전 반대의 사조 속에서 1960년대 후반 타이완에서 첸잉전陳映眞, 리쭈어청李作成 등에 의해 루쉰 등의 좌파 서적을 읽는 운동이 조직화되었다. 이에 대해 쑤쉐린은 '우상화된 루쉰'이 타이완에 들어오면 타이완의 문풍이 크게 변화되어 타이완 지식계급의 공산주의에 복종하

---

17 楊傑銘, 『冷戰時期魯迅思想的台港傳播與演繹』, 嶺南大學博士論文, 2014, 50~52면.

게 될 것이고 타이완은 결국 중국 공산당의 무력에 종속될 것이라고 전망했다. 그녀의 이러한 태도는 국민당 정부가 루쉰 작품 유통에 대해 가졌던 공포를 상징적으로 드러낸다.[18] 그러나 이러한 정부의 의도와는 달리 루쉰의 작품은 금서였기에 사람들에게 더 큰 관심을 불러일으키기도 했다. 실제로 타이완의 현대 작가 첸잉전은 그가 초등학교 6학년에 올라가던 1949~1950년 루쉰의 『외침』을 처음 접하게 된다. 그리고 '오래되고 빛바랜' 루쉰의 책 속에서 현대중국과 중국의 좌파 전통을 간파해냈다고 한다. 그는 냉전 타이완에서의 은폐된 루쉰 속에서 중국좌파의 비판적 전통을 재발견하게 된다. 이러한 은폐를 드러내는 과정 속에서 심층에 존재했던 중국의 비판적 전통과 다시 만나게 되었던 것이다. 말하자면 첸잉전은 은폐된 루쉰을 다시 재독해함으로써 타이완을 제3세계의 시야에서 바라볼 수 있게 되었다.[19]

3) 정치와 문학-일본

일본의 루쉰 수용은 냉전 시기, 중국과의 접촉이 제한된 상황에서 이루어졌다. 이때 '혁명중국'에 대한 상상은 루쉰 수용과 결합한다. 즉 일본의 루쉰 연구자들은 루쉰의 독해를 통해서 중국의 근대의 변용을 관찰하는 동시에 실패한 일본 근대를 비판적으로 해부하고 반성하고자 했다. 일본의 루쉰 수용은 자신들의 근대성을 반추하는 과정이었음을

---

18 위의 책, 53면.
19 錢理群, 「陳映眞和魯迅左翼傳統」, 『現代中國文學』 1기, 2010.1.

뜻한다. 루쉰의 사상 속에서 중국 근대를 본원적으로 탐색함으로써 일본 근대를 돌아볼 가능성을 모색한다. 실제로도 이 시기 일본에서 중국문학의 위상은 매우 컸다. 중국문학 특히 '현대 중국문학'에 대한 전망이 정치학이나 경제학적 중국 이해를 선도한 것이다. 패전으로 상징되는 일본 근대의 실패, '신중국'의 성립으로 상징되는 중국 근대의 가능성, 양자의 선명한 대비 속에서 일본에서 중국을 새롭게 이해할 필요성이 제기된다.

다케우치 요시미, 마쓰에다 시게오 등의 구 중국문학연구회 멤버들이 이 시기 루쉰과 중국 근현대에 대한 반성적 인식을 대표한다. 특히 다케우치 요시미는 전후 '현대중국'을 탐구한 대표적 문학가이자 사상가였다. 그는 1944년 『魯迅』을 발표한 이후 패전 이후에 『魯迅雜記』(1949), 『魯迅入門』(1953) 등 루쉰 관련 서적을 잇달아 출판하는 동시에, 『現代中國論』(1951), 『日本イデオロギイ』(1952)등을 발표함으로써 전후 일본 루쉰 수용의 상징적 인물이 되었다. 이 중 『루쉰』은 일본의 패전 이전에 쓰여 졌지만, 이후 일본 루쉰 수용에 있어 가장 문제적인 서적으로 평가된다. 이 책은 1949년에 성립된 중화인민공화국의 성립과 연결된 중국의 내셔널리즘의 근거를 내재적으로 파악하기 위한 강력한 참조틀로 활용된다. 중국의 근대성이 존재하지 않는다거나 중국에는 현대문학이 성립하지 않는다고 간주했던 일본의 통념에 맞서 중국에는 근대적 요소들이 이미 존재했다는 것을 제2차 세계대전부터 증명했다. 가령 1950년 전개된 '국민문학논쟁'에서 다케우치 요시미는 중국을 실례로 삼아 국민해방을 위한 문학을 제기한다. 일본 문단에서는 이토 세이 그리고, 일본공산당계의 잡지 『인민문학』의 노마 히로시 등이 다케우치에게 응답

하면서 논쟁이 이루어졌다. 이 '국민문학논쟁' 속에서 논의된 잠재적 테마가 '정치와 문학'이었다. 정치와 관련해서 문학의 자율성을 어떻게 생각할 것인가, 또 문학은 누구를 위한 것인가라는 문제에 대한 논쟁이 이루어졌다.[20]

루쉰의 문학이 중국의 근대를 상징한다고 설정한 다케우치 요시미는 중국 내셔널리즘의 핵으로 '쩡짜拘扎'를 선택했다. 일본어로 갈등, 모순, 혹은 저항이라는 다의적 언어를 다케우치는 '저항'이라고 번역했다. 즉 다케우치는 반식민지, 반봉건적 성격을 갖는 중국의 근대를 문제화하는 태도를 루쉰에게 읽어냈다. 그리고 이를 '쩡짜'라는 테마로 도출해냈다.[21] 다케우치 요시미는 루쉰을 통해 노예를 거부하는 동시에 노예임을 받아들일 수 없는 이중의 부정 상황을 이야기한다. "자유민으로서 자기를 밝혀가는" 동시에 그가 있는 상황을 그대로 받아들임으로써 어떤 초월적인 힘에 의한 구원의 가능성을 거부하는 것이다. 루쉰은 구원의 길이 밖에 있다거나 외부에서 주어질 수 있다는 생각과 판단을 거부했다. 그 결과 루쉰과 중국의 근대는 일본의 근대와 다른 방향으로 나가게 되었다고 말한다. 1950년대를 전후로 다케우치 요시미는 루쉰을 통해 일본문학과 일본근대를 비판할 시점을 도출해낸다.

1950년대 전반 일본은 급격한 사회변혁에 직면한다. 이를 '전후혁명'이라 부를 정도였다. 미점령군GHO에 의한 일련의 전후 개혁 즉 토지개혁, 여성의의 참정권 확장, 구재벌과 군의 해체 등이 진행되면서 구

---

20 竹内好, 丸川哲史・鈴木將久 편, 윤여일 역, 「국민문학론」, 『다케우치 요시미 선집』 1, 휴머니스트, 2011.
21 위의 책, 242~247면.

지배 세력이 약화되고 좌파의 영향력이 확장된다. 그러나 1949년 10월 중국공산당을 중심으로 한 인민공화국의 성립과 한국전쟁은 일본 사회에 큰 영향을 미친다. 미점령군도 신중국의 성립 이후 일본의 민주화를 우선적 과제로 설정하지 않게 된다. 그 결과 미점령군과 일본 좌파 사이의 긴장감이 고조되었다.

이러한 시기에 젊은 세대를 중심으로 마오쩌둥을 읽었고 신중국의 아이덴티티의 상징으로써 루쉰을 받아들였다. 학생이나 젊은 노동자층이 정치화된 상황 속에서 루쉰에 대한 정치적 독해가 활발하게 이루어진 것이다. 다케우치 요시미의 『魯迅』의 '정치와 문학'이라는 주제 역시 이런 상황 속에서 관심의 대상이 되었다. "전후 일본의 현대중국(특히 현대문화에 대한 이해)에 대한 관심은 바로 루쉰에 대한 관심을 핵심으로 한 것이 결코 적지 않다고 말할 수 있다. 전후 각 지역의 독서회에서 루쉰 독해가 유행했으며 이는 1970년대까지 지속되었다. 그리고 그 속에서도 다케우치 요시미의 『魯迅』은 바로 특권적인 위치를 점하고 있었다."[22]

이러한 1950년대의 문화상황에서 다케우치 요시미의 루쉰과 중국에 대한 이해는 마루야마 노부루나 이토 토라마루 등의 후속 세대에 의해서 읽혀지는 동시에 넘어서야 하는 대상이 되었다. 가령 마루야마 노보루의 경우 다케우치의 『魯迅』과 『魯迅雜記』를 통해 루쉰과 접하는 동시에 『현대중국론』의 영향하에서 연구자로서의 생활을 시작했다.[23] 『魯迅』은 다케우치 다음 세대에 의해서 읽혀지는 동시에 또한 비판을 받았

---

22 丸川哲史, 앞의 책, 247면.
23 丸山昇, 「回想－中國, 魯迅 50年」, 『中國－社會と文化』16, 中國社會文化學會, 2001.6.

고 또 넘어서야 하는 대상이 되었던 것이다. '정치와 문학'이라는 다케우치의 설정은 결국 문학자 루쉰을 중시하는 방향으로 귀결된다. 이에 비해 1950년대에 정치화한 세대에게 '혁명가 루쉰'이라는 이미지가 출현했다. 문학자의 주체성을 중시한 앞선 세대에 비해 1950년 정치 상황 속에서 성장한 세대는 루쉰에게서 혁명적 주체를 독해해낸다.

마루야마 노보루는 『魯迅－その文學と革命』(平凡社, 1965)를 저술함으로서, '중국이라는 타자성을 상실'한 일본 루쉰 연구를 비판한다. 즉 그는 기존의 루쉰 독해의 경우 루쉰이 살았던 시대와 일본의 1950~60년대의 차이를 자각하지 못했다고 지적했다. 다케우치 요시미의 방식을 답습하는 연구 습관은 루쉰이 살았던 중국의 문제를 충분히 검토하지 않고 루쉰을 독해했다고 본다. 마루야마 노보루는 이런 태도를 '문학주의'로 비판하면서 이에 대한 반성 속에 자신의 입장을 확립한다. 그는 중국과 일본의 다름에 기인하는 편견을 상대화하고자 했다. 가령 다케우치 요시미는 역사적 사실에 근거한 루쉰 독해 대신 자신의 루쉰 체험에 근거한 루쉰 독해를 전개했다. 그러나 독자적 체험에 근거한 루쉰 이해가 확산되면서 독창적 해석 대신 유아론적 해석이 범람하게 된다. 이런 해석자들은 루쉰에 대한 이해가 아니라, 루쉰을 이해한 '자신'만의 견해를 적극적으로 드러냈다. 그러나 이들의 접근법은 루쉰을 경유한 자기반성이라는 문제의식을를 잊어가고 있었다. 이런 방법으로는 루쉰과 현대중국에 대한 깊이 있는 이해가 불가능했다. 특히 이 문제는 일본 경제의 발전에 따른 정치·사회의 변화와 연관된다. 일본 자본주의가 고도화되고 일상화되면서 일본과 중국의 거리는 더욱 확대 된다. 동시에 냉전 성립 후 일본 민주주의의 약화와 함께 미국의 원조 속에

일본의 우파적 태도가 부활하기 시작한다. 1940년대 말부터 50년대 중반까지 일본도 미군의 점령하게 있었기에, 일본 침략 하의 중국인의 심정을 일본인도 어느 정도 체험할 수 있었다. 그러나 1960년 안보투쟁 이후 일본의 고도성장과 자본주의화로 인해 일본인들은 '피압박민족의 마음을 이해할 수 없게' 되어 갔다. 이러한 상황을 고려하지 않으면 일본은 중국을 정확하고 적절하게 연구할 수 없다고 마루야마 노보루는 판단했다. 따라서 루쉰의 내면세계로 들어가기 위해 일본의 루쉰 연구자는 자신의 감응만이 아니라 루쉰을 당대 역사 속에 다시 위치시켜야만 한다고 강조했다. 구체적인 시대와 시대의 맥락 속에서 루쉰을 '보편적'으로 이해할 가능성이 있다고 마루야마 노보루는 생각한다. 마루야마의 실증적인 방법론에 대해 '문학가' 루쉰을 사라지게 한다는 비판도 제기되었다. 그러나 마루야마 노보루는 실증성을 통해 역사 속에서 구체적인 루쉰을 추출하고 드러냄으로써 '직관적'인 사고에서 벗어날 수 있다고 보았다. 심정적인 공감과 직관을 통한 '문학주의'로는 루쉰과 루쉰을 낳은 '현대중국'을 소외시킬 뿐이라는 것이다. 그는 '유아론적' 접근을 경계하며 '사실'과 '실증'에 근거해 루쉰과 현대중국을 표상하고자 했다. 마루야마는 루쉰과 중국에 대한 일본의 편견을 문제화하기 위해 실증적 연구를 도입했던 것이다.[24]

그런데 냉전의 영향으로 사회주의 중국과 직접 접촉할 수 없는 상황 속에서 일본 루쉰 연구자들은 자료의 부족을 자신들의 상상력으로 보충해야만 했다. '실증적' 연구조차도 '자료의 부족'을 고민해야 했던 것

---

24 위의 글.

이 이 시대 연구의 조건이었다. 말하자면 이 시기 루쉰 연구에서 연구자의 상상 혹은 사유가 중요한 역할을 했다. 연구자들은 루쉰 독해를 통해서 중국의 근대의 변용을 관찰하는 한편 실패한 일본 근대를 반성하고자 했다. 루쉰 문학의 형성과 현대중국의 형성을 동시적으로 고찰함으로써 일본 근대에 대한 반성의 형식을 탐색했다. 다케우치 요시미의 '쩡짜'는 이러한 일본 루쉰 연구를 상징한다. 즉 외부에서 밀고 오는 모순과 자신의 내부에서 발생하는 갈등과 연동 속에서 삶을 갱신하는 것이다. 다케우치 요시미, 마루야마 노부로, 이토 토라마루 등의 일본 루쉰 연구자들은 중국의 행보를 통해 일본의 근대를 재구성하고자 했던 것이다.

그러나 다케우치 요시미는 전중戰中 세대로써 중국을 직접 체험했지만, 전후의 냉전 체제 속에서 중국을 방문하는 것도, 중국과 관련된 직접적인 자료를 찾는 것도 어려워졌다. 따라서 일본의 중국과 루쉰 연구자들은 이른바 자신의 내부에 '현대중국을 품고서' 자신의 연구를 진척시켜 나가야 했던 것이다. 이들 냉전 시기 연구자들은 한정된 자료와 자신들의 고민들 속에서 루쉰을 품고서 루쉰에게 다가가는 사상의 언어를 만들어내고자 했다.[25] 이들이 루쉰을 수용 혹은 '번역'하는 과정은 루쉰이 '경역硬譯'을 옹호하는 과정과 유사하다. 경역이란 자국어로 무난하게 번역하는 것이 아니라 오히려 자국어를 개조하기 위해, 낯설게 번역하는 방식이었다. 경역은 마치 지도를 찾아가듯이 글자 하나 하나를 따라 가면서 읽게 하는 번역법이었다. 루쉰은 낯선 번역을 통해 새

25　丸川哲史, 앞의 글, 260~263면.

로운 지도 사용법을 익힌 주체를 구성하고자 했던 것이다.[26] 일본의 루쉰 연구자들은 냉전기로 인해 일본과 직접적인 관계가 사라진 상태에서 루쉰의 언어를 계속 읽어왔다. 이것은 자신의 내부에서 문제의식을 만들어냄으로써 근대에 대한 비판적 성찰의 만들어온 계보였다. 이런 의미에서 중국근대를 고찰하는 것이란 이런 '삶'을 원점에서 검토하는 것을 의미했다. 이 원점에 대한 탐구는 냉전 체제 이후 형성된 일본의 현재의 모습을 비판적으로 재검토하고 비판적 거리를 만들어내는 것이기도 했다.

4) '혁명'의 번역-북한

냉전시기 북한과 중국관계는 군사 분야만 아니라, 정치, 경제적으로도 동맹관계를 유지했다. 중국은 한국 전쟁에 직접적인 참여국이었으며 휴전 이후에도 중공군은 북한 지역에 남아 정전 후 불안정한 군사정세에 처한 북한을 지원했다. 중공군의 북한 주둔은 1958년까지 지속되었다.[27] 물론 전후 김일성의 지도체제가 형성되어 가는 과정에서 연안파의 숙청문제로 인해 양국의 관계가 매끄럽게만 유지되지는 않았다.[28] 그럼에도 불구하고 냉전 체제하에서 두 나라 사이의 협력관계는 지속

---

26 魯迅, 이주노 역, 「'경역'과 '문학의 계급성'」, 『이심집』(루쉰전집 6), 그린비출판사, 2014.

27 이종석, 「냉전기 북한-중국관계-밀월과 갈등의 전주곡」, 『전략연구』 6(3), 한국전략문제연구소, 1999, 154~155면.

28 이정남, 「냉전기 중국의 대북정책과 북·중 동맹관계의 동학」, 『평화연구』 19(1), 평화와민주주의연구소, 2011.

되었다.

이 시기 북한에서의 중국문학 소개는 제한적인 것으로 보인다. 북한의 대표적인 문예잡지인 『조선문학』에서 중국 작가들의 비중이 그다지 높지 않다. 이 잡지는 1947년 북조선 예술 총연맹에서 창간한 『문화전선』에서 시작해 『문화예술』을 거쳐 『조선문학』에 이르기까지 지속적으로 출간된 북한의 대표적인 월간종합 문예지였는데 1950년대에 이 잡지에 소개된 중국 작가는 루쉰과 궈모뤄 두 사람뿐이었다. 궈모뤄에 대한 글은 1954년 8월 『조선문학』에 「곽말약에 대하여」(편집부)라는 제목으로 게재된다. 이 글에서는 국제 스탈린상 수상 작가로 궈모뤄를 소개하면서 궈모뤄를 '혁명적 예술작가'이자 '열렬한 평화의 투사'로 소개한다. 그리고 다음 해인 1955년 『조선문학』 7월 호에는 궈모뤄의 후펑 비판이 「호풍의 반사회주의적 강령」이라는 제목으로 번역 게재된다. 1956년 10월 루쉰 서거 20주년을 맞아 특집호에 루쉰 관련 글이 게재된다. 이 특집은 한설야의 「루쉰과 조선문학—그의 서거 20주년에 제하여」, 박만실의 「중국 현대문학과 루쉰—그의 서거 20주년에 제하여」이라는 두 개의 논문과 「좌익 작가 련맹에 대한 의견」, 「현재의 우리의 문학 운동을 론함」(안효상 역)이라는 두 개의 번역으로 구성되어 있다.

냉전 시작 이후 단행본 시장에서 어떤 중국 작가들이 소개되었는지에 대해 정보 또한 제한적이다. 1956년 평양의 국립출판사 판 『루쉰선집』 2의 '중국문예물 간행 도서' 목록을 통해 북한의 중국문학 수용에 대한 개략적인 접근을 할 수 있을 뿐이다.[29]

저자	서명	역자	내용소개	판형 쪽수	가격
루쉰	루쉰선집(1)	백억 양운한 김탁	광인일기. 약. 고향. 아Q정전. 단오절. 백광. 토끼와 고양이. 축복. 술집 2층. 행복한 가정. 조리돌림. 형제. 리혼 등등 20여 편의 소설이 실렸다.	국판 419페이지	값 126원
루쉰	루쉰선집(2)	안효상	보천. 치수. 채미. 주검. 비공. 기사 등의 옛날 이야기를 소설화한 것과 『무덤』과 『조화석습』 중에서 정론적인 명작 잡문을 수록하였다.	국판 342페지	값 125원
루쉰	루쉰선집(3)	안효상 배호	정론적인 날카로운 산문시 24편이 수록된 『야초』 전부와 『화개집』 『이이집』 『열풍』 등등…… 가운데서 발췌 수록하였다.	국판	값 미정
루쉰	루쉰선집(4)	미정	『삼한집』 『이심집』 『위자유서』 『준풍월담』 『화변문학』 등을 초하여 수록한다.	국판	값 미정
루쉰	루쉰선집(5)	미정	『차개정잡문』 3편 중에서 초한 것과 『중국소설사략』을 전부 수록하면서 루쉰선생의 자서전과 년보를 첨가한다	국판	값 미정
주립파	소설 쇳물은 흐른다	리순영	중국 해방군이 중공업 지구를 해방시키는 데서부터 소설은 시작된다. 원쑤에게 파괴된 용광로 복구사업에 궐기하여 애국적 열성을 발휘하는 로동자들의 모습을 생동하게 형상화한 명작이다.	4·6판 419페이지	값 76원
조수리	소설 리가장의 변천	백억	『리가장』에는 군벌의 뒤를 이어 일제의 군대가 접어 들어 갖은 만행을 감행하게 되자 반동지주와 군벌의 앞잡이들은 또 농민들을 계속 착취한다. 그러나 농민들은 해방군과 련계를 가지고 원쑤를 물리쳤다. 이 과정을 그림처럼 생동하게 보여준다.	4·6판 233페이지	값 50원
주립파	소설 폭풍취우(상)	김응룡	이 소설은 동북 하루삔 근방의 농촌 갓 해방되자 건달패와 지주의 앞잡이가 지방 정권에 뛰어들어 날뛰는 것을 비판적으로 신랄하게 폭로 시정하는 것을 높은 형상성으로 보여준다.	4·6판 391페이지	값 78원
주립파	폭풍취우(하)	박시준	상편의 계속으로 당의 지도원들이 내려와서 농민들을 현실로써 교양지도한다. 이 결과 반동지주들을 비록 옥에 가두지 않았지만 도망할 곳이 없게 된다. 이런 것을 형상화한 세계적인 명작이다.	4·6판 469페이지	값 94원

---

29 루쉰, 안효상 역, 『루쉰선집』 2, 국립출판사, 1956.

146 상상된 루쉰과 현대중국

저자	서명	역자	내용소개	판형 쪽수	가격
	소설 량식	종합	인민정권이 실시한 량곡정책을 반대하고 나서는 지주 녀편네를 폭로한 소설『량식』, 공명주의자인 남편은 인민 투표에서 락선되고 충실한 안해가 당선되는『선거』등등의 명작들이다.	국판절판 84페지	값 13원
왕창정	희곡 위기일발	박시준	발전소에서 근무하는 기사를 갖은 모략과 협박적 수단으로 설계도를 앗아 내려던 스파이의 정체가 폭로되는 그야말로 재미롭고 아쓸아쓸한 장면을 보여주는 단막극이다.	국판절판 56페지	값 10원
파금	희곡 황문원 동무	차범순	17세의 지원군인 황문원 동무가 조선전선에서 석의 화섬을 폭파하러 들어가다가 적기가 투하한 소이탄에 타서 죽으면서도 비상한 인내성으로 소리 한 번 지르지 않고 프로레타리아 국제주의 정신을 발휘한 모습을 예술적으로 그렸다.	국판절판 85페지	값 15원
곽말약	시집 녀신	박홍병	중국 5·4운동 이후에 중국문학 특히 시 분야에 있어서 획기적인 평가를 받은 시집이다. 이 시집에서 이미 작자는 사상적으로 프로레타리아편에 서 있었다는 것이 뚜렷하게 나타난 시집이다.	4·6판 235페지	값 90원
종합	중국문학 평론집	배호 외 4명	중국 고전문학 계승에 관한 문제 등을 비롯하여 제반 문학 쟌르에 관한 저명한 평론들이 수록되여 있다.		값 162원

　　루쉰 선집을 제외하고 1956년 이전 북한의 국립출판사에서 출간한 중국문학서적은 총 9권으로 장르별로는 다섯 권의 소설과, 두 권의 희곡, 한 권의 시집, 한 권의 평론집으로 구성되어 있다. 이 글들은 중국 사회주의 성립에 적극적으로 참여하는 이상적인 인물들을 전면에 내세운 사회주의 리얼리즘에 기반하고 있다. 가령 저우리포周立波의『폭풍취우』(1948)는 신민주주의 혁명에서 사회주의 혁명으로 넘어가는 중국 농촌 사회의 변혁 과정을 묘사하면서 토지개혁 시기에 농민들이 토지개혁 투쟁에 직극직으로 참가하는 모습을 그리고 있다. 즉 제2차 국공합작 시기 둥베이 지역의 토지개혁 투쟁을 중심으로 농민과 지주들의

싸움을 다루었다.

자오수리의 『리가장의 변천』(1945)은 마오쩌둥의 「옌안문예강화」의 영향하에 쓰여진 가장 성공적인 작품의 하나로 알려져 있다. 산시성 농촌 출신의 작가인 자오수리趙樹理는 화베이華北 지역 농민들의 생활 감정이나 언어, 민간문예에 대한 깊은 이해를 바탕으로 우수한 품성과 적극적 변혁의지를 지닌 농민들과 현실의 부정적 측면을 상징하는 지배집단과의 투쟁을 그려낸다.[30] 「리가장의 변천」 역시 마을의 대지주인 리루전李如珍과 빈농인 티에쉐鐵鎖의 갈등을 통해 지배계층의 잔혹성을 드러내고 있다. 즉 중일전쟁 시기 기득권 유지를 위한 지주계층의 연합과 생존을 위한 빈농계층의 투쟁을 대비시키고 이 과정에서 계급적 불평등이 해소되어 가는 과정을 그려낸다. 이 소설은 지주와 빈농의 계급대립을 소재로 삼아 중국 혁명의 반제反帝와 반봉건反封建의 성격을 드러냈던 것이다. 말하자면 1950년대 북한에서 유통되었던 중국문학작품은 혁명적 인물을 전면에 부각함으로써 혁명적 실천과 혁명적 주체형성의 문제를 제기한다.

이런 맥락을 반영해 1950년대 북한 역시 혁명적 문학가 루쉰에 주목한다. 특히 마오쩌둥의 루쉰규정에 의거해 루쉰을 평가한다.[31] 중국 혁명의 상징으로서 루쉰에 대한 관심은 상세하고 포괄적인 루쉰 작품의 번역으로 표현되었다. 『루쉰선집』은 전체 5권으로 출판될 예정이었는데, 한국에서 현재 확인 가능한 것은 1권에서 3권까지이다.[32]

---

30 김영기, 「조수리 소설의 영웅인물 고찰」, 『인문학지』 19, 충북대 인문학연구소, 2000.
31 박만실, 「중국 현대 문학과 루쉰」, 『조선문학』, 1956.10, 200면.
32 북한판 『루쉰선집』은 국립중앙도서관의 '북한자료센터'에 1, 3권이, 인하대학교 도서관에 1~3권이 구비되어 있다.

① 『루쉰선집』 1 목차

『납함』(원문 : 『魯迅小說集』(人民文學出版社, 1954))

　자서 (백억) / 광인일기 (김탁) / 명일 (백억) / 사소한 사건 (백억) / 머리터럭 이야기 (백억) / 풍파 (백억) / 고향 (백억) / 아큐정전 (백억) / 단오절 (안효상) / 백광 (안효상) / 토끼와 고양이 (김탁) / 오리와 희극 (김탁) / 젯놀이 (김탁)

『방황』(원문 : 『魯迅小說集』(人民文學出版社, 1954))

　축복 (양운한) / 술집에서 (양운한) / 행복한 가정 (양운한) / 비누 (양운한) / 장명등 (양운한) / 조리돌림 (양운한) / 꼬선생 (양운한) / 고독한 사람 (양운한) / 리혼 (변진풍)

② 『루쉰선집』 2 목차

『고사신편』(원문 : 『魯迅小說集』(人民文學出版社, 1954))

머리말(안효상)[33] / 보천 / 분월 / 치수 / 채미 / 주검 / 출관 / 비공 / 기사

『무덤』(원문 : 『魯迅選集第一卷』(魯迅全集出版社, 중화민국 37년 11월))

　나의 절렬관 / 우리는 지금 어떻게 아버지 노릇을 할 것인가 / 노라는 집을 떠난 후 어떻게 되었는가? / 천재가 나오기 전에 / 등하만필

『조화석습』(원문 : 『朝華夕拾』(人民文學出版社, 1953))

　머리말 / 개, 고양이, 쥐 / 아장과 산해경 / 二十四효도 / 오창희 / 무상 / 백초원으로부터 삼매서옥까지 / 아버지의 병 / 쇄기 / 후지노선생 / 범애농 / 후기

33　『루쉰선집』 2권은 모두 안효상의 번역이다. 이하 번역자는 생략한다.

③『루쉰선집』3 목차

『열풍』(박홍병)

서문 / 수상록 25 / 수상록 35 / 수상록 36 / 수상록 39 / 수상록 40 / 수상록 41 / 수상록 42 / 수상록 43 / 수상록 46 / 수상록 49 / 수상록 57 현재의 도살자 / 수상록 62 분에 못 이겨 죽는다 / 수상록 65 폭군의 신하 / 수상록 66 생명의 길 / 「로씨야 가극단」을 위하여 / 무제 / 작은 것에서 큰 것을 본다

『이이집(而已集)』(박시준)

머리말 / 혁명 시대의 문학 / 통신 / 「대의」를 사양하노라 / 「만담」을 반대하여 / 「공리」의 소재 / 미움 받는 죄 / 새 시대의 빚놓이 법 / 잡감 / 또 한번 홍콩에 대하여 / 혁명문학 / 도원정군의 회화 전람에 제하여

『야초(野草)』(배호)

표제의 말 / 가을 밤 / 그림자의 작별 / 거지 / 나의 실련 / 복수 / 복수 (二) / 희망 / 눈 / 연 / 좋은 이야기 / 과객 / 죽은 불 / 개의 반박 / 읽은 좋은 지옥 / 묘비문 / 퇴폐선의 전율 / 론리를 세우다 / 죽은 뒤 / 이와 같은 저사 / 총명한 사람과 바보와 종놈 / 연 / 붉은 피자국에서 / 한 가지 생각

『화개집(華蓋集)』(안효상)

머리말 / 교문 작자 / 청년 필독서 / 생각 나는 대로 / 통신 / 희생의 계책 / 전사와 파리 / 여름 벌레 세 가지 / 잡감 / 북경통신 / 스승 / 만리장성 / 생각 나는 대로 / 한담이 아니다 / 나의 적과 계 / 생각나는 대로 / KS군에게 주는 대답 / 이것과 저것 / 내가 본 북경 대학 / 토막 이야기

『화개집(華蓋集) 속편』(안효상)

나는 아직 「중지」 못하겠다 / 황제를 론함 / 꽃 없는 장미 / 꽃 없는 장미 (二) / 죽음의 땅 / 류화진군을 기념하여 / 공담 / 꽃 없는 장미 (三) / 새로운

장미 / 「봉급지불」기 / 상해 통신 / 아모이 통신 / 아모이 통신 (二) / 아Q정전의 유래

북한판 『루쉰선집』에는 루쉰의 모든 소설이, '전체 잡문집'에서 발췌된 일부 잡문이 번역되어 있다.[34] 1권과 2권은 1956년에, 3권은 1957년에 출판되었으며, 1권과 3권은 10,000부, 2권은 7,000부가 간행되었다. 가격은 1권이 126원, 2권이 125원, 3권은 80원이다.

해방 후 서울에서 김광주·이용규가 베이신 서국판 『납함』과 『방황』을 3권으로 나눠 『魯迅短篇小說集』으로 번역하려다 1, 2권을 발행한 것에 비해,[35] 북한의 『루쉰선집』에는 『납함』과 『방황』뿐만 아니라 『고사신편』까지 포함되어 있다. 루쉰의 모든 소설이 한국어로 완역되었다. 이 번역은 1954년 베이징의 '인민문학출판사'판 『魯迅小說集』을 저본으로 삼고 있다. 소설 번역에는 백억, 양운한, 김탁, 안효상, 변진풍이 참여했다. 안효상은 『납함』의 번역 일부와 『고사신편』 전부를, 양운한은 『방황』의 거의 대부분을 번역했으며 『루쉰선집』 2권과 『루쉰선집』 3권의 편집을 담당했다.[36] 이외에도 비교적 문학적 성격이 강한 『조화석습』과 『야초』 모두 완역되었는데, 『야초』의 번역자는 경성제국대학

---

34 『루쉰선집』 4, 5권의 존재는 아직 확인되지 않았다.

35 김광주, 「魯迅短篇小說集을 내면서」, 김광주·이용규 역, 『魯迅短篇小說集』 1, 서울출판사, 1946, 6면.

36 양운한은 『조선문단』을 통해 문학 활동을 시작해, 광복 전 평양에서 발간되던 『단층』의 동인으로 활동했다. 양운한은 1949년 11월에 결성된 「월남작가클럽」 멤버로 이름이 올라가 있는 것으로 보아 해방 전후로 남한에서 활동했음을 알 수 있다. 그리고 한국전쟁 때 다시 북한으로 돌아가, 루쉰 소설의 번역과 출판에 관여했다. 백억, 김탁, 안홍모의 경우 한국사데이터베이스를 통해서 그 신원을 확인할 수 없었다. 한국 전쟁 후 북한에서 형성된 새로운 지식인들로 보인다.

출신으로 해방 직후 남한에서 활동하다 월북한 배호로 보인다.

북한판 『루쉰선집』의 특징 중의 하나는 '잡문'을 체계적으로 번역했고, 번역할 예정이었다는 점이다.[37] 잡문은 "전투성을 띤 정론문학"으로 루쉰의 "소설작품들보다 한층 빛"을 내고 있으며 루쉰 사상의 '심오성'이나 '다양성'에 있어 "맑스-레닌주의 미학의 심화에 기여"를 한 것으로 이해되었기 때문이다.[38] 루쉰의 잡문은 "신속하고도 예리하게 적에게 타격을 줄 수 있는" 형식을 갖고 있는데, 잡문은 단순하지만 전형적인 인물들을 그려내어 이들을 "예리한 야유와 증오로" 비판한 예술성과 정치성을 띤 장르라고 표상되었다.[39] 번역은 박홍병, 박시준, 안효상에 의해서 이루어졌다. 박홍병은 1964년 출간된 『루쉰작품선』의 주요 번역자이기도 했다.

북한의 루쉰 번역은 냉전 체제가 시작된 이후 비교적 빠르게 이루어진 것으로 보인다. 그러나 북한에서 루쉰에 대한 이해가 얼마나 심화되었는지 파악하기 쉽지 않다. 앞서 거론한 『조선문학』에 게재된 글을 통해 루쉰 수용의 방향성을 개략적으로 접근할 수 있을 뿐이다. 글의 기명 발표자 중 한 사람이 한설야이다. 한설야는 한국 전쟁 이후 조선문학가총동맹 위원장을 지낸 뒤 북한의 최고인민위원회 부위원장 등을 역임했다. 즉 한설야는 당시 북한 내에서 가장 영향력 있는 리얼리즘 작가이자 정치가의 한 사람이었다. 따라서 한설야의 루쉰 이해는 당시

---

37 1964년에 간행된 『루쉰작품선』에는 『열풍』과 『화개집』, 『화개집 속편』, 『화개집 속편의 속편』 이외에 『이이집』, 『삼한집』, 『이심집』, 『남강북조집』, 『위자유서』, 『준풍월담』, 『화변문학』, 『차개정잡문』, 『차개정잡문』 2, 『차개정잡문 말편』, 『부집』의 잡문이 발췌, 번역되어 있다.

38 한설야, 「루쉰과 조선문학」, 『조선문학』, 1956.10, 191면.

39 박만실, 앞의 글, 199면.

북한에서 루쉰을 수용하는 가장 큰 틀의 하나로 이해할 수 있다고 본다.

한설야는 루쉰을 "중국이 낳은 위대한 사상이며 탁월한 문호이며 중국 현대 문학의 창시자"로 규정한다. 루쉰은 초기 인도주의에서 시작해, 1920년대 후반 맑스 레닌주의에 접근함으로써 중국 프롤레타리아 혁명문학의 중심적 작가로 표상된다. 즉 루쉰의 소설, 가령 「아Q정전」 등은 신해혁명 이후 중국 사회의 문제를 지적한 인도주의적 작품이다. 그러나 한설야는 루쉰의 문학 활동이 중국 사회를 개혁하려 했다는 점에서 초기의 혁명적 성격을 드러내고 있다고 본다. 사회개혁은 루쉰의 일관된 태도로 루쉰은 1920년 후반 사회주의로 전환했으며 그 전환의 적극적 표현이 '잡문'이었다. 한설야는 취추바이의 잡문 이해에 근거해 잡문을 "전투적인 정론 문학의 형식"으로 규정한다. 루쉰이 잡문을 통해 "중국사회에 존재하는 여러 가지 병집을 오려낼 수 있었으며 시시로 변동하는 현실적 정황을 구체적으로 또 기동성 있게 반영"했다고 보았다.[40] 즉 '맑스-레닌주의의 미학'을 심화시킨다는 차원에서 소설보다 잡문의 가치에 더 주목한다. 한설야는 최종적으로 마오쩌둥의 루쉰 이해를 근거로 루쉰을 규정한다. 중국 문화 혁명의 기수이자 주장으로써 문학가 · 사상가 · 혁명가로 루쉰을 수용한 것이다. 그는 이러한 규정이 루쉰 최후의 10년간의 투쟁과 결부되어 있다고 말한다. 즉 루쉰의 후기 활동 특히 "열렬하고 심오한 혁명 사상"이 녹아 있는 루쉰의 잡문을 북한 사회의 변혁에 필요한 사상자원이라고 설정했다.[41]

---

40 한설야, 앞의 글, 191면.
41 위의 글, 194면.

위에서 살펴본 대로 북한에서 루쉰 번역은 한국 전쟁 종전 이후 비교적 빠르게 이루어졌다. 이것은 중국을 사회주의 중국으로 변화시킬 사상원천으로 루쉰을 설정한 것과 연동되어 있다. 중국 사회 개조의 문학적·사상적 자원으로 루쉰을 설정하고, 루쉰 번역을 통해 북한 사회 변혁의 힘을 찾고자 한 것이다. 특히 1920년대 후반 이후의 루쉰의 활동, 장르적으로는 인도주의적 소설보다는 전투성을 띤 잡문이 관심의 대상이 되었다.

2. '자유중국'과 자유의 상징

한국에서 냉전 이데올로기는 '자유'와 '반공'이라는 이념을 축으로 형성된다. 소련을 위시한 '독재와 전체주의' 국가들과 자유세계와의 대결 구도가 그려지고 전자는 보편적 자유를 억압하거나 구속하는 체제로 이해되었다. 이런 이원론적 대립구도는 한국전쟁을 거치면서 보다 체제 내화된다. 특히 '중공中共'은 한국과 직접적인 교전 당사자였을 뿐만 아니라 북한보다 더 실질적인 휴전협정 대상자였기에, 종전 이후 '중공'은 '북괴'만큼이나 적대적인 대상으로 자리잡는다.[42] 전쟁 체험

---

42 김학재, 「중국의 한국 전쟁 개입과 동아시아 분단 체제의 탄생―과잉 정치에서 '탈정치의 평화로」, 『냉전 아시아의 탄생―신중국과 한국전쟁』, 백원담·임우경 편, 문화과학사, 2013.

을 냉전 반공 이념으로 전화한 체험된 반공 이데올로기 속에서 동아시아 냉전 체제가 공고화되었으며 한국 사회에서 중국은 '중공中共'이라는 적대 체제로 이해된다.

이러한 경향은 냉전 이후 한국 최초로 출판된 중국문학통사인 『중국문학사中國文學史』에서도 드러난다. 당시 서울대 교수였던 차상원車相轅, 장기근張基槿, 차주환車柱環이 각각 「고대편」, 「중세편」, 「현대편」을 맡아 집필하고 출간했다.[43] 「현대편」을 맡은 차주환은 1952년 '대만대학 문학연구소'에서 유학한 후 이듬해 귀국 1954년부터 서울대에서 강의를 시작했는데, 그의 전공분야는 '현대문학'이 아니라 '장자'를 비롯한 중국 고전 시가 분야였다.[44] 이 책의 「현대편」은 5·4를 기점으로 한 문학혁명을 중국현대문학의 시발점으로 삼아 1949년 말 '국민정부'가 "대륙을 포기하고 臺灣으로 遷都"하기까지의 문학사를 다룬다.[45] 일본의 중국 침략에 맞선 중국인들의 항전기까지의 문학사를 비교적 상세하게 쓰고 있으며, 항전 이후의 시기는 '문단의 혼란기'로 짧게 서술된다. 세부적으로는 「총설」, 「5·4 문학혁명기」, 「문학단체형성기」, 「무산문학횡행기」, 「민족주의문예사조대두기」, 「항전문학기」로 구성된다.[46] 책의 구성에서 보이듯 냉전 시기임에도 불구하고 1920년대 중후

---

43 차상원·차주환·장기근, 『중국문학사』, 동국문화사, 1958, 2면.

44 차주환, 『세월을 다듬으며』, 『화동출판사』, 1994, 31~46면.

45 위의 책, 789면.

46 이 책을 저술하는 과정에서 차주환이 참고로 삼거나 언급한 참고서적은 다음과 같다. ① 초기 현대문학 활동 : 趙家璧主編, 『中國現代文學大系 十卷』 / 王痕編, 『中國現代文學選』를 활용 이외에도 『晨報副刊』, 『現代評論』, 『文學週報』, 『文學靑年』, 『創造日』 등의 합정본도 포함. ② 문학혁명 이후의 부분 : 陳子展, 『最近三十年中國文學史』 / 陳子展, 『中國近代文學之變遷』 / 吳文祺, 『近百年來的中國文藝思潮』. ③ 전집류 : 『魯迅全集』, 『郁達夫全集』, 『冰心全集』 등을 활용. ④ 평전류 : 伏志英編, 『矛盾評傳』 / 黃人影編, 『郭沫若論

반과 1930년대 중국 무산계급문학의 영향을 중요한 주제로 다룬다. 이 책에서 저자는 1925년 5월 30일 총파업을 기점으로 노동자운동이 제기되는 한편, 1927년 4월 12일 장제스의 '청당운동'으로 국공분열이 이루어지는 과정에서 중국의 문단이 분열해갔다고 지적한다. 즉 '창조사'와 '태양사'를 위시한 프로문학, 쉬즈모·후스 등의 신월사의 우파문학, 그리고 마오둔과 루쉰 등의 중간파 문학이 등장한 것이다.

차주환은 중국의 '무산자문학'의 등장을 중요한 문학사적 사건으로 다루면서도, '무산자문학'에 대한 전형적인 비판을 통해 무산자문학에 대한 '냉전식 거리'를 확보한다. 가령 참고문헌으로 『루쉰전집』과 『욱달부전집郁達夫全集』을 언급하면서 "불행하게도 현재로서는 개인적으로 입수하기는 힘들다"거나 오노 시노부小野忍와 시마다 마사오島田政雄의 저작을 언급하면서 "중공을 떠받치는 입장에서 씌어진 것으로서 억설과 맹단盲斷이 많다"[47]고 말한 것도 이와 연관되어 있다.

무산자계급의 문학에 대한 언급도 이런 조건을 반영한다. 즉 1930년대를 전후로 중국 프로문학이 융성했음에도 불구하고 프로문학은 이론적 영향력에 걸 맞는 문학작품을 산출하지 못했다고 평가한다. 개인의 자유가 부재하는 상황에서 사회주의 문학은 '구호'에 종속되어 "유치·천박·조잡"[48]한 작품만을 내놓게 되었다고 분석한다. 반대로 '프로문학'의 밖에 활동하던 작가들의 작품에서 '걸작'을 찾는다. 예샤오

/ 賀玉波著, 『中國現代女作家』 / 素雅編, 『郁達夫評傳』 / 李長之著, 『魯迅批判』 ⑤ 일본어 저작 : 增田涉, 『世界文藝大辭典』 중 『中國文學史 현대편』(中央公論社) / 松枝茂夫, 『支那問題辭典』 중 『文學思潮』(中央公論社) / 小野忍, 『現代中國辭典』 중 『文學』(現代中國辭典刊行會) / 島田政雄, 『中國新文學入門』. 위의 책, 790~792면.

47 위의 책, 791~792면.
48 위의 책, 745~746면.

쥐葉紹鈞, 마오둔, 라오스, 바진 등의 작가가 '프로문학'이 횡행하던 시기 진정한 작품을 낸 작가로 호명된다.[49] 더 나아가 특출한 작품을 산출하지 못했던 '민족주의문학이론'에 대해서도 "좌익문학이 풍미하던 당시에 이것에 대결한 이론을 제출하여 감연히 투쟁"[50]했다는 점을 평가함으로써 '좌익문학'과의 거리를 확보하고자 노력한다.

이러한 이해는 윤영춘의 '현대 중국문학'에 대한 이해에서 보다 분명하게 표명된다. 윤영춘은 해방 직후 '오사운동' 이래의 '현대' 중국을 체계적으로 연구하고 소개했던 연구자였다. 그는 『현대 중국문학사』(1949)에서 '신문학 운동'을 기점으로 '중일전쟁' 이전까지 현대중국의 문학의 흐름을 시기와 장르로 나누어 다룬다. 그는 이 책을 통해 1920년대 후반부터 1930년대 중반에 걸친 중국의 사회주의 문학의 흐름을 균형감 있게 편성했다. 이 책은 한중 국교 단절 이후에도 중국문학계에서 광범위하게 읽힌 문학사이자 교과서[51]로 활용되었다.

흥미로운 것은 휴전협정 체결 직후인 1954년에 발간된 개정판이다. 1949년판을 9장으로 구성한 반면[52] 1954년 판은 3장이 첨가되어 전체 12장으로 구성한다. 10장 「중국의 문학전통」과 11장 「5·4 이래의 중

---

49 위의 책, 702면.

50 위의 책, 702면.

51 박진영, 「중국 근대문학 번역의 계보와 그 역사적 성격」, 『민족문학사연구』 55, 민족문학사학회, 2014, 146면.

52 『현대 중국문학사』의 목차는 다음과 같다. 서문 / 1. 신문학의 개관 / 2. 신문학의 시대적 배경 A. 사상혁명 B. 과학발달 C. 여권확장운동 D. 국어통일운동 / 3. 신문학혁명의 승리적 투쟁 / 4. 신시의 발족 A. 초창기의 계몽시인 B. 無韻詩 시기의 시인 C. 낭만파시와 단시 D. 서양율체시의 전성기 / 5. 소설문학 A. 魯迅과 아Q정전 B. 자연주의 작가군 C. 낭만주의 작가군 D. 사실주의 문학의 조감도 / 6. 대중문학의 혼란기 / 7. 혁명문학과 계급성의 논란 A. 신사실주의문학 B. 혁명문학의 작가론 / 8. 수필문학 / 9. 극예술

국문학」, 「자유중국문학의 개관」이 그것이다. 1949년판과 비교할 때, 1954년 개정판은 중국 '현대'와 '전통'의 연관성을 강조한다. 후스나 루쉰, 천두슈와 같은 오사 시기의 지식인들은 '신문학'을 '구문학'과 대비시키고 이를 통해 '전통'과의 단절을 표명했는데 윤영춘은 개정판에서 중국현대문학의 배후로 '유교의 인문주의'에 기반한 '신인문주의'를 설정하고 있다.[53] 현대 중국문학의 '진보성'을 '전통 인습의 타파'가 아니라 '과거의 좋은 전통'과 "좋은 전통의 토대 위에 새로운 것"을 쌓으려는 것으로 설정한다.[54] 윤영춘은 인문주의를 매개 삼아 '신문학운동'과 전통의 연속성을 회복하는 동시에 사회주의 즉 '적색 유물주의'와의 단절을 선고했던 것이다.[55]

냉전 이데올로기의 영향을 반영하듯, 개정판에서 윤영춘은 중국의 사회주의를 '소련의 제5열'과 연결시킨다. 소련이 민족자결이라는 슬로건을 활용해 중국에 사회주의라는 "독룡의 독액"을 뿌려 놓았다[56]고 말한다. 귀모뤄와 같은 지식인의 전향을 '문학'을 위해서가 아니라 사적인 '이익'을 위해서였다고 폄훼한다. 그리고 귀모뤄를 보편적 인간성을 다루는 문학의 본래적 속성에서 벗어나 있다고 절하한다. 대신 윤영춘은 량스추梁實秋의 「문학과 혁명」을 자신의 문학론의 전거로 삼는다. 그는 '위대한 문학'은 '보편적 인간성'에 근거하고 있으며 문학은 '개인적 행위'라고 표명했다. 윤영춘에 따르면 오사운동 이래의 문학운동을 좌익문학과 우익문학으로 나뉘었으며, "대륙문학"은 "오사운동 이래

---

53 윤영춘, 『현대 중국문학사』, 백영사, 1954, 189면.
54 위의 책, 187면.
55 위의 책,. 189면.
56 위의 책, 195면.

실패를 거듭"했다고 규정한 것도 이러한 문학관에 기인한다.[57] 이러한 실패의 결과가 국민당 정부의 '대만으로 천도'였다.

국민당 정부는 압도적인 군사적 우위에도 불구하고 중국 공산당의 문예심리전에 패배한다. 따라서 '대만'으로 옮겨간 국민당 정부는 "과거의 문예운동을 재검토하여 시정"하기 위해 새로운 문예운동을 시작해야 한다. 즉 '자유중국'의 문학은 "공비가 심어 놓은 원한과 폭력"을 대신한 "인애와 정의"의 문학으로 전환되어야 한다. 원한과 폭력의 기원을 당대의 정치적 정세 속에서, 문제의 해결처를 중국의 전통에서 찾는다. 이러한 '현재'와 '과거'의 반복 속에서 '자유중국'의 위상이 재형성된다. 그 결과 윤영춘은 '자유중국'을 '반공의식'과 '민족의식'에 기인한 새로운 문예운동의 터전이자 오사운동의 계승자로 표상한다.[58]

마오쩌둥이 오사운동을 전통과의 단절, '신민주주의 혁명'과의 연속성에서 파악한 것과 대조적으로 윤영춘은 '오사운동'과 문학혁명을 중국 유교의 인문주의 전통 속에서 이해했다. 즉 오사운동 이후의 좌파문학과 그 영향하에 이루어진 '중공'의 성립을 중국 근대의 어긋남으로 표상한 것이다. 국민당의 현실적 패배는 '전통과의 연속성'에 근거한 진보의 실패로 규정한다. 그러나 이러한 실패와 그 해결을 찾는 순환 과정 속에서 "과거의 문예운동을 재검토하여 시정"할 장소로 '자유중국'이 드러난다. 그리고 현실의 패배는 '진정한 성공'이라는 이념으로 대체된다. '자유중국'은 대륙 중국이 실패한 진정한 '현대 중국문학의 형성공간'으로 부상한다. 말하자면 유영춘은 냉전시기 중국과 중국문

---

57 위의 책, 201면.
58 위의 책, 201~201면.

학에 대한 이해가 오사운동과 전통, 오사운동과 사회주의, 그리고 문학의 본질을 둘러싸고 전개될 것임을 시사적으로 보여주고 있다.

1) 어둠의 '중공'과 반공 휴머니스트

루쉰은 1949년 중화인민공화국의 수립 이전부터 마오쩌둥에 의해서 중국혁명의 위대한 영웅으로 호명됨으로써 중공과 분리될 수 없는 위상을 획득했다. 그러나 '적대국' 중공에서의 루쉰의 위상에도 불구하고 한국 사회도 지속적으로 루쉰을 수용했다. 루쉰과 루쉰의 작품이 대중적으로 크게 알려지지는 않았지만 루쉰은 냉전 이후 한국 사회에서 꾸준하게 수용되는 지식인 이었던 것이다. 이때 루쉰과 사회주의 혁명과의 연관성은 은폐된 채 계몽주의자 루쉰의 이미지만이 통용되었던 사실은 한국 루쉰 수용의 냉전적 영향을 보여준다.[59] 예를 들면 박노태는 1958년 12월에 발간된 잡지 『지성』 3호에 「魯迅論」을 게재하는데 여기에서 그는 루쉰이 한국 사회에 잘 알려지지 않은 사실을 언급하면서 "중국 신문학을 내용에 있어서나, 형식에 있어서나, 창설한 원로 작가"[60]로서 호명한다. '신문학'의 '新'을 중국의 "봉건적인 모든 것을 직접 간접으로 부인"하는 것이며 이는 동시에 "봉건적 사회제도가 내포한 여러 가지 결점의 틈을 타고" 전개된 '열강의 제국주의적 침략'에 대

---

59 정종현, 앞의 글; 최진호, 「냉전기 중국 이해와 루쉰 수용 연구」, 『한국학연구』 39, 인하대 한국학연구소, 2015.

60 박노태, 「魯迅論」, 『지성』 3, 을유문화사, 1958.12, 182면.

한 싸움이었다고 말한다. 박노태는 루쉰의 싸움을 '반反봉건 반反제국'
과 연결한다. "「광인일기」 이후, 그는 여러 종류의 적의 배후에서 그 적
을 지지하고 있는 외침의 적, 그리고 그들과 결탁한 내부의 봉건제도와
싸"웠는데 루쉰의 이러한 투쟁을 통해 "중국문학은 봉건과 식민주의와
싸우는 문학의 진로를 주저 없이 결정"했다고 평가한다. 더 나아가 박
노태는 중국 사회의 어둠과 싸우는 작가로서 루쉰을 설정하면서 동시
에 루쉰을 '인간의 자유해방'을 위한 문학가로도 설정한다. 루쉰이 '중
국의 자유'를 위해 싸운 투사라는 것이다.[61] 이때 루쉰이 해방할 중국은
"궁핍, 비참, 비굴, 죄악, 압박"의 공간이다.[62] 그런데 이러한 중국의 이
미지는 냉전 초기에 유통되던 '중공'의 이미지와 겹친다.

냉전 초기 '중공'은 '공산독재'의 억압으로 인민들이 궁핍하고 비참
한 상황에 놓인 공간으로 재현된다. 공간이었다. 김준엽의 '중공' 관련
글들은 이러한 '중공' 이해를 상징적으로 보여준다. 차주환처럼 한국전
쟁 기간 동안 타이완의 타이완대학에서 유학생활을 시작했던 김준엽은
1955년 4년간의 유학생활을 마치고 귀국, 『사상계』의 편집위원으로
참여하면서 중국 관련 논설들을 게재하기 시작한다. 김준엽은 『사상
계』에 「중국국민정부는 이렇게 하여 몰락하였다」(상) (하), 「중공국가
체제의 성립」 그리고 「중공의 인민지배기구」(상) (하)를 잇달아 발표하
고 1958년에는 단행본 『중국 공산당사』를 간행한다. 김준엽에 따르면
중국공산당은 한국인들이 투쟁하고 싸워야할 대상이다. 즉 '중공'은
'인류 평화의 위협세력'으로서 '위협적인 괴물'의 성장 원인과 배경을

---

61 박노태, 앞의 글, 187면.
62 박노태, 「魯迅과 郁達夫」, 『신태양』 8(5), 신태양사, 1959.5, 199면.

밝혀내야지만 싸움에서 승리할 수 있다고 말한다.[63] '중공'은 자유의 위협세력으로서 자유의 부재 혹은 전제적 독재국가로 그려지게 된다. 『사상계』 논설들에서도 '중공'은 "농민을 동원하여 권력을 쟁취한 '전체주의 국가,' 정치적 독립이 없는 '소련의 위성국', 중국의 문화적 전통과는 하등의 관련성도 없을 뿐만 아니라 오히려 전통 파괴까지 서슴지 않는 '반문명적 국가', 농업 집단화를 통해 농민의 생산의욕을 억누를 뿐만 아니라 현대판 노예제도까지 실시하는 '독재국가', 평화공존과 중립주의를 내세워 반미를 통해 세계 공산주의화의 목적을 달성하려는 전투적이고 공격적이며 위협적인 '팽창주의국가' 등으로 형상화된다".[64] 마오의 독재에 의해서 지배되는 중화인민공화국은 인민대중의 물질적 궁핍과 자유의 희생 속에서 유지되는 체제에 불과하다. 그 명목상의 이름과 달리 '자유'도, '민주'도 부재하는 공간이 '중공'이다. 이러한 중공사회는 근대적 발전에서 이탈한 '아시아의 후진성'을 체현하고 있다. 즉 자유와 민주를 포함한 정상적인 근대화로부터 일탈한 공간으로 이해된다.[65]

대중 미디어에서 '중공'의 전체주의를 상징적으로 드러내는 사례의 하나가 '대륙작가들의 수난'이었다.[66] 1955년 루쉰의 애제자였던 후평의 숙청[67]이나 딩링의 인민대표자회의 축출 사건[68]은 '문학의 자율성'

---

63 김준엽, 「머리말」, 『중국공산당사』, 사상계사, 1961, 8면.
64 정문상, 「'中共'과 '中國' 사이에서」, 『동북아시아역사논총』 33, 동북아역사재단, 2011, 64면.
65 정문상, 「김준엽의 근현대 중국론과 동아시아 냉전」, 『역사비평』 87, 역사비평, 2007.
66 王平陵, 「대륙작가들의 수난」, 『자유문학』 3(3), 자유문학, 1958, 164면.
67 「중공의 문예탄압 정책 – 최근 소위 胡風사건 진상은 이러하다」, 『동아일보』, 1955.7.7, 4면.

을 침해하는 대표적인 수난의 사건으로 보도된다. '중공의 폭정' 속에서 중공은 "지난날의 전통과 이론을 송두리째 뒤집어 버리고" "문인들 간에 글을 쓴다는 것은 문학을 초월한 명분을 위해서 쓰는 일"이 되어 버렸다. 냉전 한국의 미디어에서 '중공문학'은 오직 노동자와 농민만을 문학을 강요받는 것으로 그려진다. 동시에 혁명 이전의 정신을 소유한 작가들은 이런 체제에 복종하도록 사상개조를 강요받는 것으로 표상된다.[69] 문학의 가치는 '작품 자체'가 아니라 계급적 가치의 담지 여부에 따라 결정된다는 것이다. 특히 권력이 가치를 결정한다는 점에서 중공문학은 문학의 자율성을 담지 할 수 없다. 즉 스탈린에서 마오쩌둥에 이르는 전체주의 문예노선은 근본적으로 '문학 생산자의 주관성'을 부정하고 있다. 따라서 한국의 미디어는 중공에서 문예사상이 탄생할 수 없다고 비판한다.[70]

마오쩌둥을 위시한 중국 공산당은 문학을 권력을 잡기 위한 도구로만 간주할 뿐이다. 이들은 "간계나 허위"로써 작자나 인민을 "기만하고 희롱하여 대다수를 억압할 뿐만 아니라 명예욕에 눈이 어두워진 작가들을 하나의 정치적 도구로 이용"[71]했다. '음모가' 공산당은 중국혁명 과정에서 지식인의 역량을 활용하다, "이용가치가 희박해진 오늘날에 이르러 점점 순수한 우익의 반동"으로 몰아가고 있다.[72] 따라서 냉전의

---

68 「중공작가 丁玲숙청」, 『경향신문』, 1958.11.28, 3면.

69 「중공폭정 십년 (17) 문학」, 『동아일보』, 1959.6.11, 3면.

70 穆中南, 「신시실주의 노신-진투문학으로서의 새로운 길」, 『자유문학』 3(3), 자유문학, 1958, 150~151면.

71 王平陵, 앞의 글, 164면.

72 송지영, 「자유중국의 문학적 풍토」, 『자유문학』 3(3), 자유문학, 1958, 220면.

논리 구조에 따르면 '중공'에서 문학은 불가능하다. 딩링의 『태양은 상 건하를 빛이고 있다』는 "민중사상의 마취제이며 독사 맹수보다 더욱 독한 것이며, 회색과 황색(에로) 작품보다 더 무서운 것"으로 선전되었 다.[73] '공비'의 문학은 '문예를 독화'한다는 것이다.

이무영은 1957년 '문화친선단'의 일원으로 타이완을 방문, 타이완 작가 '천지잉陳紀瀅', 왕핑링王平陵, 무중난穆中南등과 대담을 진행한 바 있 는데, 대담 과정에서 그는 한국의 카프와 중국의 좌련을 비교하며 양 단체의 발족 이후 모두 "문학의 공백기"에 들어갔다고 확언한다. 이런 '확언'은 공산주의-전체주의, 문학-개인주의라는 연결 논리 속에서 만들어졌다. 결국 문학의 가능성은 '전체성의 독소'를 제거하는 속에서 모색되어야 한다고 주장한다.[74] "중국 또한 루쉰魯迅의 「광인일기」, 「아 정전阿正傳」 이전의 프로문학에서 이어 받은 유산"이 존재하지 않는다 는 것이다.[75] 즉 루쉰은 "중국의 자유해방을 위한 문학", 그리고 "중국 인민의 자유해방"[76]을 위한 문학을 통해 "중국 역사상 금후 가장 큰 영 향력을 가진 문인"[77]이 되었지만, 루쉰의 전통은 중국 사회에서 단절되 었다고 표상된다.

서울대 중문과 교수였던 장기근張基根이 「중공의 아Q」에서 '아Q'를

---

73 馬璧, 「문예운동의 당면방향」, 『자유문학』 3(3), 자유문학, 1958, 158면.

74 이무영, 「중국작가와 文學鼎談記」, 『자유문학』 3(3), 자유문학, 1958, 211면.

75 위의 글, 211면.

76 "그들은 결국 문학을 위한 문학을 결정하고 중국의 궁핍, 비참, 비굴, 죄악, 압박을 제거 하기 위한 투쟁을 위하여 문학을 하였다. 다시 말하면 중국의 자유 해방을 위한 문학을 하였다. 그들의 이념은 중국사회에 기초를 두었고 그들의 이상은 중국인민의 자유해방 을 향했으며 이런 의미에서 그들의 문학은 역시 계몽적인 역할을 하였다고 할 수 있다." 박노태, 앞의 글, 199면.

77 위의 글, 187면.

인민에 대한 수탈이 자행되는 비저상적인 중공과 대비시킨 것도 이런 맥락에서였다. 그의 질문의 시작은 "아Q가 오늘날 중공에 살고 있다면……"이다. 그는 루쉰을 "반공의 자유 민주투사로서" 규정하고 있다.[78] "사상가라기보다는 몸소 문학을 실천하는 진짜 문학가"이자 휴머니스트로서 루쉰은 중국 민족을 구제하기 위해 철저하게 반봉건과 반제국 투쟁을 멈추지 않은 존재이다. 그는 '진화론에 기초한 부르주아 인테리'이지 공산주의자가 아니며, 오히려 "끝끝내 공산주의자 되기를 의식적으로 거절"했다. 왜냐하면 그는 독재나 봉건사상, 제국주의와 끝까지 싸운 민족주의자, 개량적 진보주의자, 자유주의자이기 때문이다.[79]

말하자면 루쉰은 사회주의나 혁명과 다른 시공간에 놓인 존재로 공산주의 '중공'에 대한 비판적 자리에 놓이게 된다. 이때 중공은 억압적 독재국가의 모습으로, 오히려 신해혁명 이후 변화가 거의 없는 혹은 오히려 일탈된 상태의 공간으로 그려지고 있다. 즉 루쉰의 산아産兒인 '아Q'가 당대 중공에 살고 있다고 했을 때, 그들은 '엄청난 어둠' 속에 살고 있다고 표상된다. 정상적인 발달 경로는 '사이비적 혁명'에 의해 비

---

[78] "아무리 현실이 어둡고 절망적이고, 또한 적막하더라도, 생존을 위한 싸움을 멈추지 않는 노신의 정신적 산아인 아Q는 비록 신해혁명에서 죽었다 하드래도 그는 다시 민족 속에 살아 그들을 억압하고 학대하고 침략하는 독재자와 침략자들을 상대로 싸우고 있는 것이다. 신해혁명, 5·4, 5·30, 반내전·항일, 제2차 세계대전을 걸쳐 반공의 자유 민주투사로서의 존재를 뚜렷하게 의식하고 있는 것이다. 그렇거늘 철두철미 독재와 싸운 魯迅을 자기 진영의 전사로 철면피하게 선전하는 중공은 또한 아Q도 그들의 인민이라고 내세울 법 하다." 장기근, 「中共의 아Q」, 『世代』 1(6), 세대사, 1963.11, 179면.

[79] "그러면서 진화론적 사상의 기초를 둔 부르죠아 인테리의 魯迅은 끝끝내 공산주의자 되기를 의식적으로 거절했고, 그의 휴머니즘은 끝끝내 어떠한 개인이나 민족의 억압에도 항거하고야 말았던 것이다. 그러기 魯迅은 좌익문인들과 아울러 독재자와 싸웠고, 봉건사상, 제국침략주의와 싸운 철저한 민족주의자요, 개량적 진보주의자요, 자유주의자였던 것이다." 위의 글, 182면.

틀려 버리게 되어 버렸다. 따라서 과거 아Q를 죽게 만든 세상과 중공은 크게 다르지 않다. 중공은 인민들을 '허수아비'로 만들어내는 어둠의 공간이다.

이 경우 중공에 있는 아Q들은 다시 행동을 취하지 않을 수 없다. 그것은 두 가지이다. 하나는 홍콩과 '자유대만'으로 상징되는 '태양 밑'으로 탈출을 도모하거나 '중공'에서 다시 새로운 「광인일기」을 다시 쓰는 것이다.[80] 사회주의 '중공'은 벗어나야 하거나, 혹은 타도해야 할 타자가 되어 버린다. 그럼 '어둠'의 공간을 빛의 공간으로 만들기 위해 요구되는 것은 무엇일까? 그것은 서구적 합리성과 민주화의 원리의 재도입이다. 그리고 루쉰과 그의 작품은 이런 정상화의 상징으로 그려졌던 것이다.

2) 자유의 모델로서의 '자유중국'

해방 후 동아시아에서 냉전 구도가 가시화되면서 한국과 '중화민국'은 '반공'을 매개로 유대관계를 형성한다. 당시 양 국가는 국토의 분단과 분열이라는 조건과 '공산주의'와의 대결하는 최전선이라는 조건을 공유하고 있다고 표상한다. '동주공제同舟共濟'와 '동병상련同病相憐'과 같은 말은 '공동의 적'에 대항하고 있던 두 나라 사이의 유대 관계를 드러

---

80 "만약 그네들이 정정당당하게, 자유롭게 창작을 원한다면 그 유일한 방법이란 용기를 내어 철막을 탈출하거나 그렇지 않으면 우리가 대륙을 광복할 때를 인내 있게 기다려야 하는 것이다." 王平陵, 앞의 글, 166면.

내는 상징적인 언어였다.[81] 즉 '중화민국'은 자유를 위협하는 전체주의 국가인 '중공'과 대결하는 아시아 냉전의 최전선에 위치한 반공 우방으로 이해되었다.

이때 '중공'과 대결하면서 '자유세계를 수호'하는 최전선으로서 '자유중국'은 '공산체제'에 대비해 '자유세계'의 우월성을 드러내는 상징이어야만 했다. 이 우월함은 '자유중국'이 '중공'에게 패배한 원인 즉 국민당의 무능과 부패와의 결별 속에서 증명된다. '자유중국'은 "법을 무시하고 대의의 이념을 유린하고 소아적 감정과 개인 야심과 사리사욕 그리고 권력만능주의에 의해서 지배되던 과거의 중국"에 대한 자기비판과 반성의 토대 위에서 구성된다. 무능과 부패와 결별함으로써 자유세계의 최후 보루로서의 '재생再生'과 '약진'의 가능하게 된다.[82] 이러한 재생과 약진을 통해 '자유중국'은 정상적인 근대화의 길로 나아가기 시작한 것으로 표상되는데 이러한 표상화 작업은 대륙을 차지한 후 '전체주의 국가'이자 '반문명 국가'라는 근대의 일탈로 표상되는 '중공'과 대비 속에서 이루어진다.

'자유중국＝정상적인 근대화'를 상징적으로 드러내기 위한 사건이 1957년 주요섭을 단장으로 '자유중국'에 파견된 문화친선방문단의 '대만' 방문이었다. 문화친선 방문단의 관찰기는 한국 사회에 변화된 타이완의 모습을 전달함으로써, 근대화된 '자유중국'의 표상을 확산하고자 하는 의도 속에서 기획되었다. 초청의 주체는 '반공아맹중국총회反共亞盟中國總會'의 구쩡캉谷正綱이었고, 일정은 1957년 12월 3일부터 18

---

81 김일평, 「蔣介石과 毛澤東」, 『신태양』 7(3), 1952.5, 60~61면.
82 허우성, 「오늘의 자유중국의 작품」, 『신천지』 9(3), 1954.3, 50~51면.

일까지였다. "중화민국이 십년 가까운 세월에 성취한 노력의 자취"[83]를 보고 듣고 전달하기 위해 소설가, 시인, 평론가 및 신문기자 12명이 타이완으로 출발했다.[84] 이들의 기행문은 『경향신문』, 『동아일보』, 『조선일보』 등 당시의 주요 일간지에 모두 게재되어 10년간의 '자유중국'의 변화상을 한국 사회에 전달한다.[85] '자유중국'을 직접 접하고 느끼고 이를 전달한다는 형식을 통해 보다 직접적으로 '자유중국' 표상의 '사실성'을 담보하고자 한 시도였다. 방문단의 '대만방문'은 '아시아민족반공연맹APACL'이라는 타이완과 한국의 정치적 결합이 약화된 상황 속에서, 이 좌절을 보완하기 위한 '문화 전략'의 일환이었다.

'반공아세아연맹'의 초청으로 '대만전토'를 여행하는 이 방문은 여행의 관찰자들에게 '반공'과 '근대화'를 상기하도록 기획되었다. 여행 기간 동안 장제스와 만나고, 진먼도金門島를 방문했던 것은 이런 기획과 깊이 관련되어 있다. 여행 체험 후에 조병화가 「송장총통頌蔣總統」에서 장제스를 "인류의 무자비한 야만 공산주의자들과 싸우고 계시는 어른"[86]으로 노래할 때, 그리고 「금문도金門島」를 "자유의 요새 / 아세아의 아성 / 극동의 창두보 / 온 자유 아세아 시민을 지켜 밤낮을 새우는 자유중국의 불면의 섬"[87]이라고 찬양하는 순간, 아시아의 냉전 체제 속에

---

83 王東原, 「서문」, 송지영 외, 『자유중국의 금일-臺灣기행』, 한길사, 1958,

84 참가자는 김동환, 김용호, 김진섭, 김철, 송지영, 오근, 이무영, 전숙희, 정비석, 주요섭, 조경희, 조병화 총 12명이다.

85 『동아일보』는 이무영, 『경향신문』은 전숙희, 『조선일보』는 송지영이 각각 기행문을 게재한다. 대표적 일간지에, 한꺼번에 대만에 대한 기행문이 실렸다는 사실이 흥미롭다. 이 방문 기획은 반공-근대화-자유중국의 이데올로기를 확산시키려는 어떤 의도성이 엿보인다.

86 조병화, 「臺灣紀行 詩畫集 속에서」, 앞의 책, 81면.

87 위의 글, 85면.

서 '반공'의 상징으로서 타이완의 위상이 드러나게 된다. 타이완은 '인류'를 위한 싸움의 최전선으로 한국 사회에 자리 매김하게 된다. 즉 '대만'은 자유를 위한 방어의 공간이자 "대륙을 향하여 정의의 화살을 겨누는 기지"인 동시에 언젠가 있을 "회천의 대업을 일거에 성숙"[88]시킬 '최전선'이다.

그런데 '자유의 최전선'에 대한 한국 사회의 '불안' 또한 항존했다. 그것은 타이완에 대한 문명론적 오해[89]나 '자유중국' 성립 전후의 정치적 불안정에 기인했다. 가령 송지영은 1947년 신우창과 함께 '대만'을 방문한 적이 있었다. 그는 당시 2·28 사건을 경험한다. 그때 그는 "아직도 진압되지 않은 민정과 사회적 현실이 빚어내는 여러 불안한 상태를 바라보며 스스로 감개무량"을 체험한 바 있다. 그리고 다시 10년이 지나서 '대만'을 방문하게 된 것인데 이번 기행문은 타이완에 대한 인식 전환을 드러내고 있다. 그러나 '자유중국' 측에서 짜놓은 코스대로의 여행은 '자유중국'을 제대로 인식하는 것이 아니라는 것이나,[90] 자유중국의 급속한 발전에 놀라면서도 "대륙의 넓은 땅을 버리고 조그마한 섬 속에 갇혀 있다시피 하는 것이 몹시 답답"해 하며 향수와 우울이 깊어지고 있다는 지적[91]은 '자유중국' 측의 의도나 기준으로부터 균열을

---

88 송지영, 「자유중국의 금일」, 앞의 책, 32면.
89 정비석은 자신의 타이완에 대한 문명론적 오류에 대해 다음과 같이 고백한다. "지금까지 우리들은 대만을 어떻게 인식하고 있었던가. 모르면 모르되 대만이라고 하면 대다수의 우리들은 「빠나나와 설탕이 많이 나는 더운 나라」 그리고 「아직도 번족(蕃族)이 많이 살고 있는 미개한 나라」라는 정도의 인식밖에 가지고 있지 못하였다. (…중략…) 다시 말하면 모든 면에서 우리와는 비교도 안 될 만큼 뒤떨어진 나라로 인식하고 있었다." 정비석, 「汚吏도, 먼지도 없어진 臺灣」, 앞의 책, 51면.
90 위의 글, 51~52면.
91 송지영, 앞의 글, 25면.

드러내는 것이기도 했다. 단순한 관람자의 시선이 아니라, 타이완을 깊이 이해하고자 하는 관찰자의 시선은 타이완을 구성하고 있는 본질적인 요소를 보고 이해하려는 태도로 드러났다. 이것은 '자유중국' 측에서 요구하는 이데올로기적 관찰과는 거리가 있었다. 역설적이지만 타인의 욕망이나 기준에 따르거나 외부의 시선을 성찰 없이 받아들일 때, 진정한 장소의 경험은 불가능하기 때문이다.

　　그러나 이러한 균열은 '자유중국'의 외적인 변화 앞에서 곧바로 봉인된다. 이무영 눈에 비친 '대만'은 '깨끗한 거리'와 '즐비한 야자수' 그리고 거리를 가득 매운 자전거 행렬로 구성되어 있다.[92] 더 나아가 '대만'에 깔린 깔끔한 공항은 이무영이 '부끄러움'을 느낄 정도로 잘 정비되어 있다. 촌락의 민가 역시 깔끔하게 지어져 있어서 부럽다 못해 '누가 아나 외국인이 볼까봐서 연선초가를 헐어버렸는지!'로 자위할 정도다.[93] 즉 "초가 없는 나라, 전력의 잉여를 가진 나라, 기차에 등급이 없는 나라, 농산품을 먹고 쓰고도 수출하는 나라, ……. 전국의 주요 간선로는 완전히 포장도 되어 있어 자꾸만 구라파 도시가 연상"[94]되는 나라가 자유중국이다. 이무영이 연신 감탄사를 자아냈던 '구라파 같은' '대만'은 성공한 그리고 한국이 따라야할 근대화의 모델로 그려졌다.

　　이때 '자유중국'의 올바른 발전의 상징의 하나가 '토지개혁의 성공'이었다. 이것은 '중국혁명'이 '농민혁명'이었고 토지분배가 중국혁명의 가장 관건이었다는 점과 비교할 때 흥미롭다. '토지혁명'을 슬로건

92　이무영, 「대만통신－제1신(상)」, 『동아일보』, 1957.12.11, 4면.
93　이무영, 「대만통신－제2신(하)」, 『동아일보』, 1957.12.17, 4면.
94　이무영, 「대만통신－제3신(상)」, 『동아일보』, 1957.12.8, 4면.

으로 제시했던 대륙의 '중공'이 인민들을 탄압하는 어둠의 공간으로 표상되는 반면, '자유중국'에서는 진정한 토지개혁이 이루어졌다고 그려진다. '잘 가꾸어진 거리'나 '극장'의 설치, 농촌의 가정마다 비치된 재봉틀과 라디오는 아세아 지역에서 "자유중국만이 농촌이 기름지다"는 것을 보여준다.[95] "대만 농촌의 부유는 토지개혁의 성공에 있었다고 밖에 볼 수 없게 된다."[96]

그리고 이러한 성공의 원동력으로 '정부의 행정면에서의 영도력'이 거론된다. 이러한 지적은 중국 대륙의 공산화가 국민당 정부의 부패에 연유하는 것으로 표상된 사실과 대조를 이룬다. 송지영은 '대만으로의 천도' 이후 정치 혁신의 결과로 공무원들의 부패가 일소되었다고 표명한다.[97] 공무원들의 생계가 보장됨으로써 '대만'은 '부패와 혼탁'을 일소하게 되었다는 것이다.[98] 오히려 '신중국' 성립 8년이 지난 시점에서 '중공'과 '자유중국'의 상황이 역전되기 시작했다. '중공'의 공산당들이 민중들을 기만하는 권위적인 형상으로 그려진 것에 비해, '자유중국'의 공무원은 청렴하고 우수하다고 언급된다. 그리고 '자유중국'은 부패가 근절된 질서 정연한 공간으로 표상된다. 물론 이러한 발전의 이면, 외적인 발전의 이면에는 '언론의 통제'라든가 '정치적 자유의 제한'에 따른 "국민생활의 큰 적막"[99]도 느껴지지만, 외형적 발달은 이런 균열을 부차적인 문제로 다루게 한다.

---

95 송지영, 앞의 글, 36면.
96 정비서, 앞이 글, 62면.
97 위의 글, 73면.
98 송지영, 앞의 글, 33면.
99 정비석, 앞의 글, 75면.

결과적으로 '자유중국의 금일'은 '汚吏도 먼지도 없는 공간'으로 상징된다. '자유중국'은 한국이 많은 것을 배워야할 근대화의 표본으로 간주된다. 과거의 부패와 단절된 '자유중국의 신면모'와 '신농촌'의 발전은 "우리도 수삼년만 노력하면 새로운 농촌을 이룩할 수 있는" 자신감을 주는 모델로 그려진다.[100] 거리도, 비용도 많이 소용되는 미국이나 유럽 대신 '자유중국'이 구체적인 시찰의 공간으로 제시되었다. 더욱이 '자유중국'은 한국과 함께 문화와 경제적으로 "혼연일치하게 철저히 반공을 실천하고 있는" 유일한 나라이다.[101] 즉 "공동의 적인 공산당과 대진하고" 있는 "완전히 일치된 운명"의 공간인 것이다.[102] "확실히 과거를 깨끗이 반성"하고 "과거의 잘못을 과감하게 개혁 실천"함으로써 '대만'에서 "중국은 되살아나게 되었"던 것이다.[103] 대륙중국을 차지했지만 오히려 전체주의적이며 정상적인 근대화에서 벗어난 '중공'을 대해 자유중국이 합법적 혹은 정통적 '중국'으로 표상되었던 것이다.[104] 즉 대륙에서 쫓겨 왔지만 '대만'에서 법과 제도 등의 체제를 정비하고 발전과 재기의 길에 들어선 '자유 중국'이 진정한 중국으로 이미지화되었던 것이다.

---

100 이무영, 「자유중국의 신면모」, 앞의 책, 129면.
101 송지영, 앞의 글, 25면,
102 정비석, 앞의 글, 77면.
103 조경화, 「자유중국의 새로운 풍토」, 앞의 책, 162면.
104 "대만의 문학이란 바로 중국의 문학을 말하는 것이다. 비록 지금 대륙 본토를 중공에게 유린당하고 있다 하더라도 대만의 자유중국정부가 중국을 대표하고 있는 거와 같다." 장기근, 「황하로 흐르는 두 개의 조류」, 『세대』 1(5), 1963.10, 238면.

3) 5·4 전통과 순수 문학가 루쉰

'자유중국'이 '반공―자유주의'와 '근대화'를 토대로 '전통중국'의 명맥을 이어 받았다면, '자유중국문학'과 중국문학의 계보는 '오사 신문화운동'과 그 역사의 전유와 연결된다.[105] 즉 '대만문학의 현대화' 과정은 '중국문학의 현대화 과정'인데, 현대화의 기원은 중국의 5·4 신문화 운동이다. '반봉건'과 '반제국주의'의 기치 아래 이루어진 신문화 운동은 중국 사회를 개조하려는 움직임이었다. 량치차오가 소설을 통해 중국의 근대화 문제를 고민했던 것처럼 루쉰 역시 소설을 통해 중국 사회를 반봉건半封建과 반식민半植民 상황에서 벗어나게 하고자 했다.

루쉰은 '오사'와 함께 '자유중국문학'의 정통성의 계보 안으로 들어온다. 사회의 어둠을 응시하고 이를 개량하고자 시도했던 것이 루쉰을 위시한 문학연구회의 목표인데,[106] 이들의 활동은 신문학운동에 함께 참가했던 창조사의 행보와 대조를 이룬다. 창조사는 초기의 중국 민족의 근대화 및 발전에 대한 추구에서 '180도'로 전향해 "거의 좌익의 선전도구의 어용도구로 전락하고" 만다. 이로 인해 창조사의 사회주의로의 전향은 문학이 그 본연의 가치를 상실해 버린 계기가 되었다. '중공'의 거짓 정권에게 몰려나 '대만'으로 옮겨온 '자유중국'의 문학은 이런 본연의 가치를 회복을 역설한다.

---

105 穆中南, 앞의 글, 149면.
106 "특히 중국현대문학의 제일작은 「광인일기」에서 노신은 중국 봉건사회, 대가족제도 내부에서의 유교적 예교주의가 바로 사람을 먹는 예교라 하고, 새래토, 중국민속이 얼마나 그 구속에 묶이여 시달렸나를 대담하게 묘사했으며 앞으로는 이런 비극이 다시 없기 위하여 "어린 아이들을 구하자!"고 외쳤다. 기타 노신의 소설은 대부분이 봉건사회에 대한 눈물어린 비판인 것이다." 장기근, 앞의 글, 243면.

'5·4신문화 운동'의 전유는 '5·4'의 전통과 '자유중국의 문학'을 연결하는 동시에, 5·4와 5·4 이후의 역사의 연속성을 재설정함으로써 이루어졌다. 윤영춘은 중국의 사회주의를 중국에 대한 소련의 기만으로 이해한다.[107] 그리고 5·4운동의 성취와 그 이후의 흐름을 분리했다. 오사운동 이후의 혼돈기에 소련의 사회주의가 침투했다고 설정한다.[108] 초기 5·4운동은 근본적으로 민주와 과학에 기반하고 있었지만 이러한 추상적인 슬로건으로 실제 문제를 해결할 수 없었다는 것이다. 그 결과 "청년들은 곧 동요하기 시작"했고, "소련사상은 곧 이러한 기회를 틈타서" 중국 사회를 장악하게 되었다.[109] '소련사상'과 '소련문학' 즉 공산당과 공산주의 문학이 중국 근대화의 미숙함을 계기 삼아 일련의 청년들을 포섭하는 동시에, 이들을 활용해 농촌과 도시를 장악해 갔다고 설정한다. 반면 국민당 정부는 문예를 탄압하거나 자신들의 입맛에 맞는 문예를 창조하려다 실패하게 된다. 중국 공산당이 '문학혁명'을 가능하게 했던 서구의 '개인주의'와 민주주의를 활용했던 것과 대조를 이룬다.[110] 그럼에도 불구하고 중국공산당 치하에서는 제대로 된 작가가 성장할 수 없었다. 딩링이나 마오둔과 같은 작가들은 모두 '비공산주의 사회에서 성장한 작가'들이었다.[111] 그리고 이들의 대부분은 "거의 좌익의 선전도구의 어용도구로 전락"하고 만다.[112] 5·4운동

---

107 윤영춘, 앞의 책, 195면.
108 穆中南, 앞의 글, 149면.
109 蔣夢麟, 한무희 역, 「중국신문예운동」, 『성균』 22, 1968.12.28, 143~144면.
110 위의 글, 146면.
111 穆中南, 앞의 글, 150~151면.
112 장기근, 앞의 글, 243면.

이후 공산당은 중국혁명을 지도해간 흐름의 하나였지만 '문학혁명'의 상징인 루쉰을 품지 못했다.[113] 5·4운동의 혼란 속에서 공산주의가 배태되었으며, 공산주의는 정상적인 근대화의 경로로부터 일탈한 것으로 표상되었다. 따라서 루쉰 이후 중국의 문학전통에 "공백기"가 생겨났다.[114] 전체주의 국가인 '중공'은 어떠한 문학적 전통을 만들어낼 수 없었기 때문이다.

'자유중국' 문학이 추구하는 목표는 "대륙수복과 공비와의 대결인 반공과 자유를 위한 투쟁 문학이요 다른 하나는 수년전부터 태두하기 시작한 문예부흥 및 서구문화와의 대결"[115]이다. 이를 통해 '대만' 문화와 문학은 서구로 상징되는 반공과 근대화 노선으로 표상된다.[116] 마오쩌둥을 위시한 '중공'과 '5·4' 전통의 계열화가 '문학작품'을 생산하지 못하는 '공백'이자 이탈로 표명되는 반면, '5·4' 전통과 '자유중국'의 계열화는 정상성의 회복이자, '반공문학'이라는 대항 담론의 의미가 주어지게 된 것이다. 정상성을 회복한 "대만의 문예작품은 개성주의와 자유주의"[117]에 의거하고 있으며, 이를 억압하는 전체주의 체제인 '공산주의'와 대결하고 있다. 루쉰은 "몸소 문학을 실천한 진짜 문학가"이자

---

113 "호적이 평생 국민당에 가입하지 않았다는 상징적 사실이나 결코 공산주의자는 아닌 노신 작품이 결국 공산주의 작품으로 몰린 사실, 더 나아가서는 장동손 등의 민주동맹으로 하여금 국민당 탄압 때문에 반사적으로 공산당 정권에 참여하게 만든 사실이 우리의 관심거리인 것이다. 그들은 호적을 받아들이기에는 너무나 근시안적이었고, 노신을 받아들이기에는 너무나 원시안적이었다." 민두기, 「아식민지와 근대화－공산 중국에의 노선묘사를 중심으로」, 『세대』 4(7), 1966.7

114 이무영, 「중국작가외 文學배談記」, 『자유문학』 3(3), 1958. 211~212면.

115 장기근, 앞의 글, 243면.

116 권희철, 「피어린 분노의 언어」, 『세대』 1(5), 1963.10.

117 蔣夢麟, 한무희 역, 앞의 글, 148면.

"휴머니스트"로써 현실에 타협하지 않은 투사이자, 전사로 그려진다.[118]

그런데 '자유중국문학'의 일원으로 루쉰을 포섭하는 일은 현실의 '자유중국'의 상황과 달랐다. '자유중국'에서 루쉰의 저서는 금서의 대상이었다. '자유중국의 문인'들이 간헐적으로 루쉰의 이름을 드러낼 때, 이들 반공문인들은 루쉰을 비판의 대상으로 삼았다. 가령 1950년대 초『臺灣新生報』등에는 익명의 저자들이 루쉰의 사상과 좌파의 사조를 공격하는 글이 게재되었고, 1960년대 초에도 루쉰과 논쟁을 주고 받았던 천시잉(『西瀅閒話』)이나 량스추(「關於魯迅」, 「魯迅與我」) 등의 비판적 회고담이 유통되었다. 이들은 루쉰을 '중공'을 비판하기 위한 문학적 소재로 활용한다.[119]

따라서 루쉰을 '자유중국'과 계열화하기 위해 루쉰의 위상을 재조정해야 했다. 루쉰의 글이 반공이 아니라 '자유'와 '순수성'에 연결 지을 필요성이 존재했던 것이다. 가령 이무영은 1957년 타이완에서 천지잉 등과의 만남에서, '중공문학'을 전체주의 문학이라고 비판한다. 그리고 '자유중국문학'의 전체주의화를 피할 방법에 대해서 논한 바 있다. 이무영은 반공을 감정이나 이데올로기적 배격, 혐오가 아니라 '문학의 본질'을 통해서 수행할 것을 주장한다. 즉 "문학이 인간본연의 자태를 깊이깊이 파고 들어감으로서 인간의 본능이 이 전체주의를 거부하고 혐

---

118 "魯迅은 사상가라기 보다는 몸소 문학을 실천한 진짜 문학가였다. (…중략…) 그의 감정은 仁者(혁명적 휴매니스트)로서 철저히 인간을 사랑도 했고, 미워도 했으며, 눈물과 피를 토하며 싸우다가 끝없는 고독과 적막에 애달프게 서정하는 시인적 자질에 나타났고, 그의 이성은 냉혹한 현실비평에 타협할 줄 모르는 세찬 투사이며, 중국민족을 봉건과 제국 침략에서 구제하고야 말겠다는 전사로 나타났다." 장기근, 「中共의 아Q」, 앞의 책, 181면.

119 楊傑銘, 『冷戰時期魯迅思想的台港傳播與演繹』, 嶺南大學博士論文, 2014, 55~56면.

오하는 방향으로 우리의 문학을 이끌어 가야한다"고 말한다.[120] '인간의 본능'에 근거한 순수문학은 개체성과 개체의 자율성에 기반 한 것이다. 따라서 이러한 문학은 개체성을 부정하는 '공산주의 문학'을 거부할 수밖에 없다.

윤영춘이 쑨원이나 량치차오, 후스 등을 '민권의 자유', '인권의 평등' '개인의 존엄'과 연결시킨 다음 루쉰을 '자유중국'의 일원으로 자리매김한 것도 이와 연관된다. 즉 윤영춘은 대만을 방문한 뒤 쓴 칼럼 「중국학문의 실체 자유중국을 다녀와서」에서 루쉰을 '학문적 연구의 대상'이라는 객관적이고 순수한 지식의 대상으로 치환함으로써 오염된 현실의 정치 영역에서 분리하고자 시도한다.[121] 이때 오염된 현실 정치는 '학문'이나 '문학'을 정치의 도구이자 수단으로 삼아 정치에 종속시키는 '중공'과 계열화된다. '중공'에서 학문의 자유가 제한된다고 할때, '순수문학가' 루쉰은 '중공'과 분리될 수 밖에 없다. 루쉰-중공의계열을 루쉰-자유중국으로 대신한다. 그리고 전자에 대한 후자의 우위는 후펑, 딩링, 라오스, 바진, 샤오쥔, 샤오홍 등의 작가가 '중공'을 탈출하거나 '중공'에서 박해 받고 있다는 사실에서 드러나게 된다. 결국 "노신과 같은 작가를 중공에서 내세운다고 해서 자유중국에서 그의 작

---

120 이무영, 앞의 글, 212면.

121 「중국학문의 실체 자유중국을 다녀와서」, 『동아일보』, 1962.6.2, 4면. "이번 대만 방문 중 필자를 위해 열어준 학계와 문필가 20여명으로 이루어진 좌담회에 참석하여 거기에서 여러 가지로 '진지한 의견을 교환한 바 있는데 노신과 같은 작가를 중공에서 내세운다고 해서 자유중국에서 그의 작품을 제거해 버린다면 자유중국으로서는 손실이 아닐까. 임어낭이나 설벽이 숭국의 수한 변만을 폭로했다고 해서도 외시하다면 이는 문학의 세계를 압축해버리는 감을 준다. (…중략…) 물론 철저한 반공관념은 자유세계에 있어서 하나의 생명임은 재언을 요치 않지만 학문과 정치이념을 혼돈시키지는 말아야 할 것이다."

품을 제거해 버린다면 자유중국의 손실"이 되어 버린다.[122] '중공'에서의 루쉰 전유가 그릇된 것이라고 할 때, 루쉰은 중공에서 전유한 것과 관계없이 '반공' / '자유중국'의 소중한 자산이 된다.

말하자면 공산주의로 표명되는 이념형의 반대 테제로서 개체성에 근거한 순수문학이 설정된다. 순수성을 전체성의 반대로 설정함으로써, 순수문학은 '공산주의 이데올로기'에 반대되는 '이데올로기'의 논리적 토대로 기능한다. 이것이 '반공항아反共抗俄' 문학이 순수문학으로 규정될 수 있는 근거다. 그리고 루쉰 문학은 '자유'와 '순수문학'의 계보 속으로 편재됨으로서 '자유중국의 문학'으로 계열화된다. '순수한 휴머니스트 문학자'로 규정됨으로써 루쉰은 '새로운 민주중국'에 귀속된다. 루쉰은 구래의 중국 사회를 지배한 과거의 인습과 대중의 몽매를 폭로하고 드러냄으로써 중국인민의 각성과 중국 사회의 근대화를 촉발한 작가이다. 그는 정치에서 독립된 '순수한 휴머니스트 작가'로 계열화됨으로써 근대화의 도정에 선 '자유중국' 더 나아가서는 '자유세계'의 일원으로 수용된다. 그리고 이를 통해 루쉰은 남한의 공식적인 담론 체계 안에 보다 효과적으로 진입하게 되었다.[123][124]

---

122 「중국학문의 실체 자유중국을 다녀와서」, 『동아일보』, 1962.6.2, 4면.

123 이것인 비단 미디어의 차원뿐만 아니라 문학의 영역에서 적용되었다. 가령 조연현, 김 광주 공편의 『세계단편문학전집(7) 동양편-중국 일본』에서 '근대 중국'과 '자유중국' 으로 이어지는 계보를 만들며 루쉰을 그 첫머리에 배치한다. 이때 루쉰의 「고향」과 같 은 작품은 감상적이고 서사시를 읽는 느낌을 주는 작품으로 거론된다. 서정성 속에서 정치적 맥락은 거세된 채 루쉰의 「고향」은 순수성-반공-'자유중국'의 맥락에서 이해 된다. 정종현, 앞의 글, 76면.

124 순수한 문학적 존재로 형상화됨으로써 루쉰의 탈맥락화도 이전 시기보다 더 자유롭게 다양한 방식으로 활성화된다. 더 나아가 루쉰은 '결혼의 지혜'를 언급하거나(김형석, 「결혼의 지혜」, 『경향신문』, 1963.3.18) 언어적 습관의 형성(「별볼일 없다」, 『동아일 보』, 1980.2.19), 인간관계의 지혜(양주동, 「나의 사우록(24) 문쇄의 벗(하)」, 『경향

3. 반독재와 좌파의 우회로

1) '두 개의 중국'과 중국의 민족혼

중국문학 연구자인 차주환은 1965년 『문학춘추』에 「민족·반항·절망—魯迅의 경우」를 게재한다. 루쉰의 『외침』 「자서」를 통해 루쉰의 일대기, 즉 루쉰이 문학에 이르게 된 길을 설명한다. 루쉰은 국민성 개조를 위해 '외침'과 '반항'의 작품을 추구했는데 루쉰에게 세계는 "음참陰慘, 암담한 분위기 속에서 비극적이고 절망적인 구할 수 없는 세계"였다. 루쉰은 당대 중국 현실이라는 자기모순을 대면하면서 작품을 창작했다. 그런데 차주환은 글 마지막 부분에 루쉰의 말년을 다루면서 '민족주의자'로서 루쉰을 규정한다. 루쉰은 좌익 혹은 우익이 아니라 '중립'을 선택하는데 그에게 중요한 것은 중국민족이었기 때문이다. 비록 국민당 정부의 탄압으로 인해 피신도 해야 했고, 잡문을 쓸 수밖에 없었지만 루쉰이 줄곧 추구한 것은 정치적 분열의 지양을 통한 국가 기초國基의 확립이었다. 그 결과 루쉰은 중국의 '민족혼'이 된다.[125] 1950년대 이후 루쉰이 주로 자유와 반공과 계열화되었다고 한다면 차주환은 루쉰을 '민족'의 문제와 결부시킨다. 이때 루쉰은 자유와 반공의 투사로서가 아니라 일본의 중국 침략에 맞서서 싸우는 중국의 민족혼으

신문』, 1967.11.2; 상부웅, 「고슴노지」, 『경향신문』, 1981.4.10)로 변수 가능하게 된 것이다. 루쉰이 '순수 작가'가 됨으로써 루쉰은 컨텍스트에서 벗어나 훨씬 용이하고 다양한 방식으로 변주되기 시작한 것이다.

[125] 차주환, 「민족·반항·절망—魯迅의 경우」, 『문학춘추』 2(1), 문학춘추사, 1965.1.

로서 이미지화된다. 루쉰은 자유중국의 상징도, 중국 혁명의 위대한 주장主將도 아니다. 오히려 양자가 합류하는 지점에서 루쉰에 대한 이해가 생겨나고 있다. 루쉰에 대한 이런 이해는 1960년대 중반 이후에 형성된 새로운 중국 이해와 연동되어 있다고 생각된다.

1950년대부터 1960년대 초중반까지 한국 지성계를 주도하던 『사상계』에는 세련된 '전통 중국'과 무지한 '중공'을 대별시키는 동양문화론이 우세했다.[126] 더 나아가 1960년대 '중공'의 영향력이 세계적으로 확대되었음에도 불구하고 중공을 여전히 세계 평화의 교란자로 파악하고 있었다. 반면 60년대 신진 지식인들 가령 잡지 『청맥』의 아시아 담론은 '중공'을 안타깝게 소멸한 문화대국의 강탈자가 아니라 소련을 제치고 세계에 혁명을 수출하는 국가로 표상한다. 이러한 변화는 '중공'을 중국 대륙의 정당한 주권자로 인정하려는 흐름과 연동되어 있다. 더 나아가 『청맥』에서는 '반제국주의 운동과 사회운동'의 결합이 '중국 민족주의의 일관된 전통'을 만들었다고 게재했다.[127] 말하자면 1960년대 중반부터는 기존의 '중국'의 이미지와 다른 중국의 이미지들이 등장하기 시작한다.

1960년대 중반부터 미국에서도 중국에 대한 정책 변화 필요성이 제기된다. 그리고 1966년 3월 8일부터 30일에 걸친 미상원 외교위원회 청문회의 참석자들은 도미노 이론에 근거한 대중 정책을 비판하며 기

---

126 김주현, 「『사상계』 동양담론 분석」, 사상계연구팀, 『냉전과 혁명의 시대 그리고 『사상계』』, 소명출판, 2012.

127 김주현, 「『청맥』지 아시아 국가 표상에 반영된 진보적 지식인 그룹의 탈냉전 지향」, 『상허학보』 39, 상허학회, 2013, 307~311면; 김건우, 「1964년의 담론지형」, 『대중서사연구』 15(2), 대중서사학회, 2009.

존의 봉쇄 정책의 전환을 제안했다. 즉 기존의 '감정에 치우친' 중공 인식에서 벗어나 '이성적이고 현실적'으로 중공을 '정시'해야 할 필요성을 제기한 것이다. 미국 사회의 중국에 대한 인식 전환의 가능성은 '반공 냉전형 중공 인식'이 압도하던 한국 사회에 영향을 미치기 시작한다. 지식인 일각에서도 기존의 중공 인식을 재고할 필요가 있다는 목소리가 조심스럽게 제기되었다.[128] 미국에 '새로운 중국관'이 등장한 것과 호응해 '두 개의 중국론'에 근거한 '중공' 이해의 필요성이 대두되었다. 이제까지 '중공'을 이념에 따라 평가했다면 앞으로 한국의 독자적 입장에서 '하나' 혹은 결여가 아닌 '두 개의 중국'을 연구해야 한다는 주장이 등장했다.[129]

민두기는 "우리네가 요즈음 화제로 삼고 있는 형태의 근대화는 중국에서 확실히 실패하였지만 공산중국의 오늘의 형세 역시 일종의 근대화"라고 말한다. 그는 국가적 독립이나 공업지향의 성과의 관점에서 어떤 근대가 더 바람직한가를 논외로 하더라도 "공산중국의 성립의 노정이 지극히 복잡다단한 것임을 우선 절감" 하지 않지 않을 수 없다고 지적한다. 결국 "공산 중국의 노정 상황마다 그때의 역사적 조건과 견주어 보고 그 배후에도 도사린 사상적 상극의 매카니즘이나 역사적 전통에 눈을 돌릴 필요"가 있다.[130] 중공의 성립이 근대의 일탈로 간주되고 '중공'을 '정시'해야 한다는 주장이 '어리석은 일'이라고 간주되던 상황에서 민두기는 '중공'의 근대화가 독자적인 근대화라는 견해를 피력한

---

128 정문상, 「'中共'과 '中國' 사이에서」, 『동북아역사논총』 36, 동북아역사재단, 2011.
129 조정자, 「두개의 중국론」, 『정경연구』 2(6), 경향신문사, 1966.6.
130 민두기, 「아식민지와 근대화─공산 중국에의 노선묘사를 중심으로」, 『세대』 4(7), 1966.7

다. 그는 이를 규명하기 위해 '중공'에 대한 역사적이고 내재적인 접근을 시도한다. 실제로 민두기는 근대 중국의 성립과 5·4신문화 운동을 결부 지으면서 5·4운동이 자유주의적 조류와 사회주의적 조류가 합류·분기하는 지점이었다고 규정한다. 그런데 '시민적 민주주의에 의한 근대화'를 추구했던 자유주의는 5·4를 계승 추진하는 행동세력이 되지 못했던 반면 사회주의는 사상의 행동화를 통해 새로운 추진세력이 되어간다. 전자를 대변했던 국민당은 농민과 농촌문제에 해결에 적극적이지 않았다. 루쉰이 「아Q정전」에서 묘사했던 무기력의 문제가 그대로 잔존했던 것이다. 게다가 국민당은 농민들 위에 군림했다. 반면 공산당은 "중국의 문제는 농민문제"임을 자각하고 농민 속으로 들어가 농민의 힘을 끌어냈다. 따라서 '중공'의 성공은 농민을 바탕으로 이루어졌으며 이것이 '중공' 근대화의 성격을 규정한다.

1960년대 이러한 중국 인식의 분기는 '문혁'에 대한 인식에서도 드러난다. 문혁은 기존의 '반공 냉전형 중공 인식'의 강화 계기인 동시에 다른 유형의 중국 인식의 계기로도 작용했다. 즉 전자는 문혁을 '비정상적이고 비합리적 권력투쟁'으로 이해한다. 문혁의 진행은 '중공 내에서 혼란과 파국'이 진행이며, 이로 인해 '중공'은 외부에 위협이 될 수 있다고 파악한다. 반면 당시 『조선일보』 주필이었던 리영희는 문혁을 '비정상적 권력투쟁'이 아니라 '새로운 인간형의 실현의 위한 노력' 즉 인간혁명으로서 이해한다.[131]

말하자면 1960년대는 한국 사회에서 반공주의가 이론적으로 체계

---

131 정문상, 앞의 글, 72~75면; 백승욱, 「한국 1960~1970년대 사유의 돌파구로서의 중국 문화대혁명 이해」, 『사이﹝間﹞SAI』 14, 국제한국문학문화학회, 2013.

화된 시기이지만,[132] 1960년대 중후반은 '중공'에 대한 새로운 이해가 제기된 시대이기도 하다. '중공'을 일탈된 근대가 아닌 다른 근대의 출현으로 이해하고 '중공'식 근대에 대한 내재적 이해의 필요성이 등장한다. 중국에 대한 반공 냉전식 적대가 아니라 이성적이고 합리적 정시가 요구된 것이다. 이 흐름 속에서 루쉰 역시 '자유중국'이 아니라 '중공'과의 연관 속에서 재문제화 된다. 즉 루쉰을 '중공' 근대화의 기원이자, '중공' 발전의 하나의 근거로서 이해하기 시작한 것이다.

2) '중공연구'와 '붉은 루쉰'의 재등장

1971년 9월 『다리』에 리영희는 「중공연구―그 초보적 시도」를 게재한다. 『다리』의 편집자는 이 특집이 "2.5그람의 핑퐁알이 던진 충격파"에 기인한다고 설명한다. 1971년 미국 탁구 선수단이 중국을 방문하면서 시작된 미중의 화해 분위기는 1970년대 냉전 해소의 시발점이었다. 당시 한국 사회는 미중 관계의 변화에 당혹스러움을 감추지 못한다. "2차 대전 이후 4반세기 동안 지속되어 온 냉전 체제는 붕괴되고 새로운 국제 질서가 형성되어 나아고 있다"[133]는 말에는 국가 이익에 의해 주도되는 세계정세에 대한 지식인들의 당혹감이 숨겨져 있다. '두 개의 중국'과 관련해 "중국 대표권 문제와 달리 국가 계승에 관한 합법성의 시비가 한국에는 없다",[134] "미국이 대만을 포기할 수 없는 이유"[135] 등

---

132 이봉범, 「검열의 내면화와 그 정치적 발현」, 『상허학보』 21, 상허학회, 2007.
133 이승, 「냉전체제 붕괴와 4강 시대」, 『세대』 9, 1971.11.

의 문구가 등장하는데 이는 역설적으로 체제 변화에 대한 위기감을 반영한 것이다. 반면 리영희는 한국 대중들이 '2.5그람'의 핑퐁알이 던지는 충격파에 의해서 이전에는 느끼지 못했던 20세기 대 변동을 자각하고 "깊은 자기기만의 최면술 속에서 눈을 뜨기 시작"[136]했다고 말한다. 냉전기 반공의식과 이에 대한 비판적 의식 사이에서 중국에 대한 새로운 인식들이 등장하기 시작한다.

리영희의 「중국연구―그 초보적 시도」는 중국에 대한 '앎' 혹은 지식의 문제가 본격적으로 등장했음을 보여준다. 즉 그는 중국을 올바로 이해하기 위해 필요한 것은 '어떤 목적'을 말하기 이전 "진실을 진실대로 이해"하는 것이라고 지적한다. '중공' 아니 중국에 대한 이해는 '학구적 이해'가 먼저 선행되어야 한다는 것이다. 리영희에게 중국은 탐구할 '앎의 대상'이다. 그런데 이 앎은 단순한 정보 혹은 지식 이상이다. 편견의 지배 속에서 '조건 반사적'으로 반응하던 맹목적 사람들에게 '객관적' 앎은 단순한 정보가 아니라 삶과 생각의 전환을 촉구하는 힘을 갖고 있다고 리영희는 이해했다.[137] 진실의 문제를 스스로 문제화함으로써 조건 반사적 반응을 벗어날 수 있다는 것이다. 냉전 이데올로기를 그대로 따르는 대신 '건전한 앎'이 무엇인지를 인식하게 될 때 무반성적 삶을 벗어나는 어떤 계기가 마련될 수 있다고 본 것이다. '중국'에 대한 연구에서 그가 중국에 관한 다양한 자료를 언급하고 다양한 자료

134 양홍모, 「두 개의 중국과 분단국의 기로」, 『다리』 2(8), 1971.9.
135 A. Doak. Barnett, 「미국이 대만을 포기할 수 없는 이유」, 『다리』 2(8), 1971.9.
136 리영희, 「중국연구―그 초보적 시도」, 『다리』 2(8), 1971.9.
137 박자영, 「동아시아에서 사회주의 인민의 표상정치」, 『중국어문학논집』 47, 중국어문학연구회, 2007.

를 제공한 것도 이러한 지식의 효과에 대한 관심에서였다.

'중공이 연구'의 대상, 앎의 대상으로 조명되면서 루쉰 역시 새로운 지식의 대상으로 떠오른다. 차주환이 1971년 10월『다리』에 게재한 「魯迅에서 중공집권까지」에서는 루쉰을 '중공'의 역사로 연결시키는 관점을 드러낸다. "문학혁명 이후 중공집권까지 중국문학은 어떤 모습을 하고 있을까?"[138] 냉전 체제 성립 이후 공적 담론 체제에서 은폐되었던 붉은 루쉰이 표면화되기 시작한 것이다. 이 글에서 차주환은 1945년 이후 국공 분열과 중국 대륙의 문학에 대해 조심스러운 접근을 한다. 그는 이 시기 '중공' 문학이 체제 선전 도구였다고 말한다. 그러나 이것이 바로 '대만' 문학에 대한 긍정을 의미하지 않았다. '대만'문학 역시 "중국 신문학의 정통을 지키는 것을 자임하면서 주로 그 나름의 정치 선전적 문학을 추진"하고 있다고 지적한다. 차주환은 학문을 매개로 루쉰과 중국문학에 대한 다른 시선들, 즉 일본과 미국의 연구를 소개하고 알림으로써 루쉰 이해에 대한 '앎의 지평'을 확장한다. 예를 들면 차주환은 일본의 주요 연구의 하나로 기쿠치 사부로菊地三郎의『중국현대문학사』[139]를 비교적 상세히 설명한다. 그런데 기쿠치의 논의는 '혁명과 문학운동'이라는 부제를 달고 있다. 즉 중일전쟁 후와 내전 시기 동안 '좌파문학'이 중공 정권수립에 어떻게 봉사했는가를 다룬다. 차주환은 '중공문학'을 비판했지만 '중공'문학과 '루쉰 문학'에 접근하는 다양한 통로를 열어 놓는다. 즉 지식과 앎의 통로를 확장함으로써

---

138 차주환, 「노신에서 중공집권까지」, 『다리』 2(9), 1971.2.
139 기쿠치 사부로의 책은 1986년 정유중과 이유여의 공역으로, '동녘출판사'에서 출판된다. 그러나 출판 후 판금도서가 된다.

루쉰에 대한 새로운 이해의 장을 열고자 한 것이다.

1970년대 중공의 변화와 관련해 루쉰의 형상은 두 개의 사건을 축으로 전개된다. 첫 번째는 린바오林彪의 실각 이후 이루어진 '정풍운동'[140]이다. 『동아일보』 기사에 따르면, 중국 내에서 공자와 루쉰의 대비가 이루어지고 '반동 공자'와 '혁명가 루쉰'이 형상화된다.[141] 중공에서는 린바오의 공자숭배에 대한 비판과 그의 쿠데타 기도에 대한 비난이 동시적으로 진행된다. 그리고 루쉰의 공자비판은 마오쩌둥의 린바오 비판과 계열화된다.[142] 동시에 루쉰의『수호지』해석과 마오쩌둥의『수호지』해석을 동일화하면서 이를 수정주의자에 대한 비판과 연결한다. 송강의 행위를 농민 반란에 대한 편승으로 해석하고 송강이 다시 황제에게 투항하는 것은 결국 노예로 돌아가 혁명을 배반하는 것이라고 '중공'에서는 언표 된다. 즉 린바오와 같은 수정주의자들은 투항파가 되어 중국 혁명의 반동화를 시도했다고 선전되고 보도되었다. 1975년 9월 2일 자『동아일보』에 실린 '수호지' 관련 기사는 '수호지의 수난'으로 명명된다. 그러나 이 기사는 역설적으로 루쉰의 중국내 위상을 가시화하고 있다.[143] 즉 1970년대를 전후해 중공의 혁명 문학가 루쉰이 표상되기 시작한다. "일반적으로 문학자로만 평가되어온 「아Q정전」, 「광인일기」의 중국작가 노신(1881~1936)이 문화혁명(문혁) 이후 중공에서는 '문학자일 뿐만 아니라 문혁의 주장이며 위대한 사상가이자 위대한 혁명가'로 떠받들고 있는데 이것은 중공이 공자를 '대악인'으로 매도하고

---

140 「중공의 새 정풍운동」, 『경향신문』, 1973.11.15, 3면.
141 『동아일보』, 1971.9.28, 4면.
142 「여적」, 『경향신문』, 1974.11.5, 1면.
143 「중공서 수난 당한 수호지」, 『동아일보』, 1975.9.2, 3면.

있는 사실에 비추어 본다면 극히 대조적이다."[144]

두 번째는 마오쩌둥과 루쉰의 분리 여부와 관련해서이다. 마오쩌둥 사후 마오쩌둥이 일종의 폭군으로 비유되고 이 폭군에 대한 비판자로서 루쉰을 언급하는 기사가 등장하면서[145] 루쉰과 마오쩌둥과의 차이가 부각된다. 문혁시기 나온 루쉰의 저작에는 마오쩌둥과 맑스-레닌의 주석이 활용되었지만, 루쉰은 마오쩌둥이나 맑스 레닌에 대해 언급한 적이 없다는 지적이 나온다. 루쉰에 대한 마오쩌둥의 해석이 존재했지, 그 반대는 아니라는 것이다.[146] 따라서 '중공'에서 마오쩌둥이 사망한 이후에는 루쉰이 새롭게 각광을 받으며 새로운 인민의 영웅으로 부각되었다는 기사 또한 등장하게 된다.[147]

그렇다면 어떻게 이 두 사람을 분리할 수 있을까? 그것은 루쉰에 대한 '중공' 내 평가를 상대화함으로써 이루어진다. 루쉰이 신해혁명과 5·4운동, 국민당 쿠데타 등 역사의 격동기에 글로 적과 싸운 혁명가이지만, 이것은 루쉰에게서 전투적인 면모를 강조하려는 저의의 발로라고 지적된다.[148] 루쉰은 예술지상주의자나 민족주의 문학자와 같은 어용 문학가를 비판했지만 창조사와 태양사의 '혁명문학가'와 격렬한

---

144 「노신을 혁명가, 사상가로 떠받드는 중공」, 『동아일보』, 1976.9.2, 5면.
145 "「폭군치하의 백성들은 대체로 폭군보다 훨씬 더 난폭할 수 있다.」 이것은 중국의 근대 작가 노신이 한 말이다. 미증유의 폭군으로 군림해 온 모택동이 죽은 이제 그의 사상으로 인간개조를 강요당하여 온 중공인민들이 과연 어떻게 나올 것인지 바야흐로 천하대란의 향방은 우리의 지대한 관심사로 주시하지 않을 수 없다." 「여적」, 『경향신문』, 1976.9.11, 3면.
146 「노신을 혁명가, 사상가로 떠받드는 중공」, 『동아일보』, 1976.9.2, 5면.
147 「노신 새로운 각광」, 『동아일보』, 1976.10.21, 3면.
148 「노신을 혁명가, 사상가로 떠받드는 중공」, 『동아일보』, 1976.9.2, 5면. "한 인물에 대한 자료의 취사 해석에 따라 얼마나 그 모습이 달라질 수 있는가 하는 예가 노신에 관한 중공의 평가이다."

논쟁을 벌인 적도 있다. 따라서 루쉰이 "죽기 얼마 전 국민당 쿠데타에 이어 지식인들에 대한 탄압과 관련하여 좌련작가연맹과 얼마동안 관계를 가졌다고 해서 오늘날 자유중국에서는 그의 작품이 금서로 되어 있는 반면 중공에서는 원래 공격의 대상이었던 그가 위대한 전사로 떠받들리고 있다는 점"은 아쉬움이 있지만 "언제나 시국을 냉철하게 보아왔던 그가 50년대 이후까지 활동을 계속했더라면 오늘날 자유중국과 중공에서의 그에 대한 평가가 어떻게 달라졌을까 충분히 짐작할 수 있을 것 같다."[149] 루쉰의 비판적 태도를 다시 중국 공산당에 대한 비판의 가능성으로 연결시키는 과정에서 자유주의적이고 비판적인 루쉰 상을 만들어 가려는 흐름 또한 이 시기에 공존한다.[150]

요컨대 1970년대 냉전구도와 변동과 해체 속에서 중국에 대한 인식의 변화와 인식의 충돌이 표면화된다. 가령 '중공'을 근대의 이탈이 아니라 근대화의 한 유형으로 파악한다거나, '중공'을 더 이상 중국의 실질적 대표권자임을 인정할 수밖에 없는 현실 속에서 대만을 더 이상 '자유중국'이라고 부를 수 없다는 인식이 확산된 것이다. 동시에 냉전적 인식 속에서 다루어지지 않았던 중국에 대한 논설들이라든가 마오쩌둥에 대한 재인식이 이루어지기 시작했던 시기였다.[151] 그럼에도 불구하고 '중공'에 대한 '이성적이고 사실적 접근'이 처벌의 대상이 된 반공 냉전형 '중공 인식'이 여전히 지배적이었던 것도 간과할 수 없다.[152]

---

149 河正玉, 「중공의 문화재생과 노신문학-순수문학에서 평가 움직임」, 『동아일보』, 1976.11.1, 5면.
150 「모습 드러내는 중공의 문학(3) 중산층 없는 오늘의 문학」, 『동아일보』, 1979.1.31, 5면.
151 정문상, 앞의 글, 77~79면.
152 리영희, 「D검사와 이교수의 하루」, 『역설의 변증』, 한길사, 2006.

'루쉰은 공산주의자였는가?'라는 질문은 이 두 흐름의 접점 속에서 만들어졌다. 중국 사회의 역사적 변화나 근대화를 이해하는 데 있어 루쉰은 중요한 통로이지만 그렇다고 루쉰을 사회주의에만 국한시켜서 이해해야 할 것인가? 전인초는 1980년 7월 『정경연구』에서 마오쩌둥과 루쉰을 분리함으로써 이 의문에 답한다.[153] 마오쩌둥이 평소 루쉰을 흠모하고 그의 작품을 애독했다고 해서 루쉰을 공산주의자로 국한할 수 없다고 그는 지적한다. 루쉰의 글을 유물사관으로 해석할 여지가 있으며, 루쉰 자신도 국민당의 문인 탄압에 맞서 '중국자유대동맹'과 '좌련'에 가입했지만 이것이 루쉰이 공산주의자라는 근거 일 수는 없다는 것이다. 오히려 전인초는 루쉰을 전통사회가 만들어낸 인습과 모순의 고발자로서 중국 사회 개량과 민족성 개조에 투신한 사람으로 이해한다. 즉 계몽가 루쉰의 표면화 속에서 공산주의자─혁명가 루쉰을 분리해낸다.

그러나 마오쩌둥이 루쉰을 '중국 민족 신문화의 새로운 방향'이라고 전유해냄으로써 '무산계급 혁명의 최선봉'으로 이용한 사실을 간과할 수 없어 보인다. 루쉰을 '이용하여 선전'했다는 표현은 역으로 '중공' 성립 이후, '중공의 변화'에 루쉰이 깊숙이 관여되어 있음을 드러낸다. '중공'의 문학이나 예술의 기본 방향이 '루쉰적 발상'에서 비롯하고 있음을 떠올릴 수 있는 것이다.[154]

말하자면 1970년대에 '죽의 장막' 저 너머에 있던 '붉은 루쉰'이 '중공의 부상'과 함께 재등장한다. 그리고 1980년대 비로소 '루쉰이 공산주의자였나?'라는 질문이 표면화될 수 있었다. 냉전 체제의 해체와 민

---

153 전인초, 「魯迅은 공산주의자였나」, 『정경연구』 185, 경향신문, 1980.7.
154 김상일, 「문화혁명전후─魯迅의 영향」, 『월간문학』 5(4), 1974.4.

주화의 진전 속에서 루쉰과 사회주의의 관계는 더 이상 은폐할 필요가 없는 상황으로 나아가고 있던 것이다. 이런 변화 속에서 1970년대의 '이상화된 중국' 이해에 대한 의문이 제기되기 시작했고, 그 순간 '붉은 루쉰'에 대한 새로운 사유들 역시 만들어져 가게 된 것으로 보인다. 더나가 더 이상 '중공'과 중국을, 중국과 '대만'을 고민할 필요가 없게 되는 순간 사람들은 루쉰이 어떤 의미를 갖는가를 다시 고민하게 되었다고 생각한다.

3) 반독재와 주체의 각성-리영희의 경우

(1) 이영희와 사상의 은사

1980년 프랑스 일간지 『르 몽드』는 리영희를 한국의 '사상의 은사'로 소개했다.[155] 1970년대 리영희의 책들을 읽고 누군가는 "너무나 두려워져서 이불을 뒤집어 쓴 채 괴로움에 떨"[156]었으며 누군가는 동료들과 집단 밀실에서 "기묘한 긴장감 속에서 벅찬 감동"[157]을 느꼈다. 즉 1970년대 이후의 리영희의 작업은 '의식화' 혹은 인식의 전환이라는 문제와 결부되어 있었다. 이 과정에서 리영희는 '사상의 은사'이자 '시

---

155 1980년 5월 광주 민주화 운동으로 인해 리영희가 투옥되었을 때 '르몽드' 동경 특파원인 퐁스가 리영희를 가리켜 '메트르 드 팡세(사상의 큰 스승)'라고 표현했다. 리영희·임헌영 대담, 『대화』, 한길사, 2005, 196면.
156 리영희, 「D검사와 이교수의 하루」, 『역설의 변증』, 한길사, 2006, 403면.
157 조희연, 「내가 읽어본 『전환시대의 논리』」, 리영희, 『새는 '좌·우'의 날개로 난다』, 두레, 1994.

대의 계몽자'로 인식된다. 그는 한국 사회의 반공 이데올로기에 대한 비판을 통해 '시대의 전환'을 요구했다. 그 첫 번째 시도가 냉전의 반공 이데올로기라는 우상의 저편을 사고한 것이다 .

리영희는 시대의 우상과 대면하기 위해 루쉰을 사상자원으로 삼았다. 그는 루쉰을 사상의 은사로 여겼다.[158] 리영희의 회고에 의하면 "어려운 시대를 살면서 생각하고 글을 써야 하는" 그에게 "많은 영향을 준 사람은 노신"이었다. 그는 '노신'으로부터 삶의 기본적 자세를 배웠다고 한다. "평론류의 글을 쓰기에 앞서 『노신선집』에서 아무 글이나 책이 펼쳐지는 대로 읽"은 후에 "글을 다 써 놓고 노신의 마음"으로 글을 음미하곤 했다.[159] "한 지식인으로서, 그리고 글을 쓰는 일로써 그 시대와 사회와 관련을 맺는 문필가의 한 사람으로써" "늘 노신을 은사"로 여겼다고 회고한다.[160]

리영희가 루쉰의 글을 인용하고 소개한 것은 1930년대의 중국현실과 1960~1970년대 한국의 현실을 대위법식으로 비유하고 비판하고자 했기 때문이다. 그가 루쉰의 글과 사상을 소개하던 시절은 "광신적 반공과 군사독재의 시대"였고 "노신의 선진적・진취적 개혁정신을 잘 못 안 우리 정보・검찰당국은 노신을 공산주의자로 규정하고 반공법의 대상"[161]으로 삼았던 시대였다. 따라서 1960년대 말부터 평론가로서 글을 쓰기 시작한 리영희도 '공산주의자 노신'을 우회적으로 활용해야 했다. 그러나 리영희는 이 작업을 소설이 아니라 잡문을 통해 추구했

---

158 리영희, 「영원한 스승, 노신(魯迅)」, 위의 책.
159 리영희, 「『우상과 이성』 일대기」, 『역설의 변증』, 한길사, 2006,
160 리영희, 「영원한 스승 노신(魯迅)」, 앞의 책.
161 위의 글, 367면.

다. "1960년대부터 내가 우리 사회에 다소나마 소개할 수 있었던 내용도 작은 부분에 지나지 않는다. 그 작은 부분이란 말하자면 순수문학적 성격의 저술보다는 사상가・비평가・평론가로서의 그의 탁월한 글"인 잡문이었다. 이 잡문 속에서 이영희는 루쉰이 지닌 하나의 태도를 끄집어낸다. 그것은 어떤 이데올로기보다 강력한 그리고 이데올로기에 선행하는 하나의 태도다.

> 내가 평론문장 쓰기에서 언제나 명심하는 교훈은, 노신의 광명 속에 앉아서 암흑을 시비하는 것이 아니라 스스로 암흑 속에서 암흑을 대상화하는 태도다. 그는 값싼 도덕론으로 문제를 논하는 자들을 혐오하고 멸시했다. 나도 그에 따라서 우리 사회의 그 현실상황에서 값싼 동정으로 미래의 행복을 민중의 눈앞에 들어 보이는 대신, 얼룩진 민중의 못남을 가혹하리만큼 밝혀 보이면서 그들과 함께 울고 웃고 괴로워하고 몸부림치는 삶을 따르고자 했다. 그의 글 한 글자 한 글자에서 우리는 억울한 민중에 대한 그의 사랑을 읽게 된다. 나는 아직도 내가 노신의 그 경지에 도달하기에는 너무도 개인주의적이고 부르주아적임을 개탄한다.[162]

다케우치 요시미는 루쉰에게 있어 인식론적 전회의 순간이 있었다고 지적한다. 이 회심 속에서 문학적인 '태도'가 길러졌다고 본다. 다케우치는 이를 "쟁짜掙扎"라고 말한다.[163] 루쉰은 사람들의 앞에 서서 지도하는 계몽가를 자임하기 보다 사람들에 대한 계몽의 불가능성에 좌절

---

162 위의 글, 367면.
163 竹內好, 서광덕 역, 『루쉰』, 문학과지성사, 2003.

한다. 그는 상대의 어둠 속에서 자신의 어둠을 보고서 그들과 시선을 나란히 해 세계를 바라보았다. 루쉰의 이러한 태도를 일관되게 유지했다. 리영희는 이를 "스스로 암흑 속에서 암흑을 대상화하는 태도"라고 불렀다.

리영희는 루쉰을 계몽가로서만 이해하지 않는다. 리영희의 '노신'을 통해 계몽이란 무엇인가에 대해 고민했다. 냉전 반공 이데올로기에 빠진 채 깊은 사유의 잠에 든 사람들을 어떻게 깨어나게 할 수 있을까? 동시에 이들을 각성시킨다는 것은 어떤 것일까? 1970~80년대 군사독대시절 대중들의 내면에서 일어난 반체제적 각성은 리영희의 루쉰 이해와 깊이 연결되어 있다.

(2) 리영희의 루쉰 독서사

1957년 서울 합동통신사에 입사해, 외신부 기자 생활을 시작했던 리영희는 1950년대 후반 치열하게 전개된 베트남의 반식민지 민족해방 투쟁과 사회혁명의 몸부림, 그리고 중국 공산당의 혁명전쟁, 아프리카의 식민지 해방 독립 과정 등과 같은 세계의 변화에 관심을 갖는다. 제국주의라는 구질서에 대응했던 구 식민지 국가들의 운동에 관심을 가지면서 그 역시 이런 역사적 전개에 열렬한 공감을 표한다. 국제관계 전문기자이자 사회과학자로서 리영희의 지적 궤적은 이러한 연대감 속에서 시작된다.[164]

---

164 "한마디로 제국·식민주의 국가들이 지배하는 구질서에 대항하는 각 대륙인민의 현상 타파 운동이 나의 주관심사였어요. 전 일류를 투쟁으로 이끌어내면서 '변혁의 시대정

리영희가 본격적으로 읽기 시작한 책들은 "영국 노동당 계통의 주관지 『뉴 스테이츠맨New Statesman』과 보수적인 『스펙테이터Spectator』, 미국의 진보적 주간지 『뉴 리퍼블릭New Republic』를 필두로" "미국의 좌파 이론지를 주로 발간하는 먼슬리 리뷰Monthly Review 출판사의 많은 저작들과 일본 이와나미 출판사에서 발행되는, 자유주의적·진보적·사회주의적 성격의 서적"들이었다. 물론 1950년대 한국에서는 엄격한 서적 검열로 인해 이런 책들을 공개적으로 구할 수 없었다. 리영희의 경우 "서울 주재 미국, 영국 등 대사관의 공보실을 통해서 입수"했다. 이 과정에서 리영희는 해럴드 J. 래스키의 『근대국가이론』 등의 정치·사회 관계 저서, J.R 힉스의 『세계경제론』, 콜의 『사회주의 경제학』, 그리고 모리스 돕의 『정치경제학과 자본주의』 등의 저서를 읽었다.[165] 이외에도 그는 다양한 진보 계열의 정치사상, 사회사상 분야의 서적을 읽었는데 대부분의 서적이 일본의 출판사인 '이와나미'의 책이었다.

리영희는 이런 기초 이론적 독서단계를 넘어선 다음 1960년대 중반 마르크스 이론 독서 단계로 나아간다. 그것은 그가 『조선일보』에 입사한 다음부터 시작되었다. 이를 통해 "중국혁명, 자본주의의 대안으로서의 공산주의 또는 사회주의의 가능성, 제3세계 좌익 혁명운동, 중소 이념분쟁 등을 심도 있게 이해"[166]하게 된다.

리영희의 1960년~1970년대의 독서사에서 흥미로운 것은 그가 한국에서 출판된 책을 거의 언급하지 않았다는 점이다. 그는 당시 남한

신'에 나는 열정적으로 공감했지." 리영희·임헌영, 앞의 책, 2005, 193면.
[165] 위의 책, 200~201면.
[166] 위의 책, 203면.

지식인 사회가 미국식 자유사상이나 민주사상의 테두리에 한정되어 있다고 생각했다. 따라서 당시 남한 지식인 사회의 길잡이가 되었던 『사상계』에 비판적 거리를 유지했다. 즉 사상계가 갖고 있던 현실분석이나 평가의 안목을 인정했지만 『사상계』가 구상했던 인간형이나 사회구조를 수용할 수 없었다.[167] 1960년대 세계의 변화와 변동을 『사상계』는 충분하게 설명하지 못하고 있다고 리영희는 진단한다. 리영희는 복잡한 국제 문제를 진단하기 위해서 문제의 맥락을 공시적이고 통시적인 맥락에서 찾아보고 조립해야 했다. 리영희의 독서의 목표는 그 시스템의 맥락을 살피고, 그 맥락을 재구성하기 위한 것이었다. 한국 내에 유통되고 있던 지식과 정보의 양이 제한된 상황 하에서 그 스스로 다양한 정보망을 취사선택해서 이를 '기계적'으로 재조합함으로써 의미의 관계망을 재맥락화 했다. 냉전체제의 모든 모순이 응결된 채 이승만과 박정희 정권에 의해 앎과 표현의 자유가 제한된 상황 속에서, 리영희는 조건반사적 반응이 아니라 기계적이고 공학적 엄밀성을 앎의 조건으로 제시했다. 그리고 그의 독서는 이런 '진실'에 대한 의지의 표현이었다.

리영희의 루쉰 독해는 1960년대 초중반 이후부터 이루어진 것으로 보인다. "이런 우리의 현실 속에서 60년대 초부터 이른바 '평론'의 글

---

167 "이 월간 잡지는 당시 남한의 평균적 지식인들에게 상당히 앞선 현실분석이나 평가의 안목을 제공한 공을 인정해야 하지. 함석헌의 민족 사랑의 정신과 범인류적 사랑과 평화의 정신에는 굉장히 동감하고 그를 존경했지만 장준하의 논지에 대해서는 성이 차질 않았어. (…중략…) 그런데 나는 조금 건방지다고 할까, 지적·사상적 오만이라고 할까, 그분들이 얘기하고 구상하고 목표로 하는 인간형이나 사회소식이나 정치이념보다 좀 더 앞서 있었다고 스스로 자처했기 때문이지. 사상계가 제시하는 미국식 사상에 대해 나는 그것이 우리가 지향해야 할 미래상이 아니라 우리가 마땅히 극복해야 할 이론이나 가치관으로 치부하고 있었어." 위의 책, 202면.

을 쓰기 시작한 나는 노신을 교사로 삼았던 것이다. 처음에는 주로 일본어 번역판으로 시작했다. 일본의 권위있는 중국문학 연구가인 다케우치 요시미의 번역선집 『筑摩叢書』, 다음에는 이마무라 요시오今村與志雄의 번역선집, 그리고 얼마 뒤에는 학습사學習社의 『루쉰전집』 등으로 읽었다. 이것은 북경의 인민문학출판사판 전 16권을 완역한 것으로 일어판은 20권으로 된 것이다."[168]

리영희의 고백에 따르면 그가 본격적으로 루쉰에 대한 연구를 시작한 것은 1960년대 초보다는 중후반기부터로 보인다. 다케우치 요시미의 루쉰 번역 선집은 1966년 『筑摩叢書』로 나온 3권짜리 『魯迅作品集』으로 보인다. 다케우치가 선별해서 번역한 『魯迅作品集』에서 첫 번째 책은 『외침』과 『방황』, 두 번째 책은 『들풀』, 『아침꽃을 저녁에 줍다』, 『새로 쓴 옛날 이야기』, 세 번째 책은 '잡문'으로 구성되어 있다.[169] 따라서 리영희가 중시했던 루쉰의 잡문에 대한 탐구는 1960년대 중반부터로 보인다.

---

168 리영희, 앞의 글.

169 竹内好가 편역한 『魯迅作品集』 3에 목차는 다음과 같다. 目次 / 子の父としていま何をするか・一九一九年 / 隨感錄(抄) / ノラは家出してからどうなったか・一九二三年 / 雷峰塔の倒壊について・一九二四年 / ふたたび雷峰塔の倒壊について・一九二五年 / 燈下漫筆 / 『象牙の塔を出て』後記 / 「フェアプレイ」は早すぎる / 花なきバラ・一九二六年 / 花なきバラの二 / 「危險地帶」 / 劉和珍君を記念して / むなしい意見 / 『墓』の後に記す / 革命時代の文學・一九二七年 / 魏晉の氣風および文章と藥および酒の關係 / どう書くか一夜記の一 / 小雜感 / 『思想・山水・人物』題記・一九二八年 / 左翼作家連盟についての意見・一九三〇年 / 上海文芸の一瞥・一九三一年 / 忘却のための記念・一九三三年 / 中國文壇の亡靈・一九三四年 / 深夜に記す・一九三六年 / 『出關』の「關」 / 徐懋庸に答え、あわせて抗日統一戰線の問題について / 死 / 半夏小集 / 後日の証據に / 日本語で書いた文章 / SHAW と SHAWを見に來た人々を見る記・一九三三年 / 上海雜感・一九三四年 / 火・王道・監獄 / 現代支那に於ける孔子樣 / 私は人をだましたい・一九三六年 / 解說 / 略年譜.

그가 일본판에서 비교적 뒤에 언급한 『學習硏究社』의 『魯迅全集』은 일본의 중국 연구자들에 의해서 번역 출간된 베이징 '런민문학출판사판' 총 16권을 1984년부터 완역한 것이다. 따라서 리영희의 일본어판 루쉰 저작집의 탐독은 1960년대 중반부터 1980년대 중후반 이후까지 지속적으로 이루어진 것으로 보인다. 중국어판은 일본어 번역판보다 조금 뒤에 입수해 읽었다. 따라서 리영희의 루쉰 독서의 기저는 일본어판 루쉰 번역서를 통해서 이루어졌다고 할 수 있다.

냉전 시기 붉은 루쉰이 금기시된 상황에서, 리영희의 루쉰 독서는 공식적인 출판시장이 아니라 외무부 외교관이나 국외 도서를 수입했던 '중학생 동기'라는 인적 네트워크에 의존해야 했다. 이렇게 입수한 '노신'을 통해 리영희는 한국 사회의 지배적인 우상과 통념의 문제를 어떻게 대면할 것인가라는 문제를 던진다. 리영희는 '노신'을 활용해 오랫동안 주입되고 키워져 굳어진 신념체계와 가치관이 무너진 사람들에게 유감을 표한다. 그러나 동시에 그것이 당시에 그가 해야만 하는 일이었음을 고백한다. "현실의 가려진 허위를 벗기는 이성의 빛과 공기가 필요한 상황"이라고 그는 생각했기 때문이다.[170]

---

[170] 리영희, 「머리말」, 『우상과 이성』, 한길사, 1977.

(3) 반독재와 주체의 각성

1970년대 한국의 지배집단은 리영희를 '의식화의 교과서'[171]를 만드는 '의식화의 원흉'이라고 불렀다. '의식화의 원흉'은 '반공주의자들'이 한국 사회가 공고하게 쌓아올린 '반공사상'을 그가 허물어버렸다는 비난을 내포하고 있다.[172] 군사독재시절 당국이나 언론에서 공안사건에 연루된 학생들을 지칭할 때 '의식화'라는 말을 사용했던 것을 생각할 때, '의식화'는 체제에 대한 비판의 의미를 함축하고 있다. 젊은 세대가 리영희를 '사상의 은사' 혹은 사유의 스승이라고 불렀던 것은 이런 조건 속에서였다. 그리고 리영희가 자신의 '영원한 스승'으로 삼았던 이는 '노신'이다.[173] 리영희는 '노신'에게서 사사 받았던 경험을 1970~1980년대 젊은 세대에게 전수하고자 했다. 이런 의미에서 냉전체제 속에서 1970년대부터 리영희가 행한 역할은 그가 만난 '노신'과 그 모습이 겹친다.

앞에서 지적한 것처럼 리영희는 사람들을 의식화, 즉 생각하게 만들고자 했다. 이를 위해 리영희는 루쉰의 글쓰기를 참조한다. 그에 따르면 루쉰은 당대 중국 사회의 조건에 따라 "쉬운 말을 가지고 알기" 쉽게, "복잡하고 어려운 사물·관계를 평이하게 풀어 썼다". 동시에 루쉰은 추상적 용어 대신 구체적인 언어를 사용하면서 이론이 아니라 구체

---

171 리영희, 「머리말」, 『자유인』, 한길사, 2006, 16면. "나의 책들은 지난 한 시기, 광신적 극우 반공주의자들에 의한 어용용어로 '의식화의 교과서'라는 도장이 찍혔다."

172 리영희, 「D검사와 이교수의 하루」, 『역설의 변증』, 한길사, 2006, 406면.

173 리영희 자신은 '魯迅'을 루쉰이라고 할 때보다, 그가 작품을 처음 접했을 때 익힌 '노신'이라고 할 때 그의 정서와 심상 안에 인간노신이 떠오른다고 말한 바 있다. 리영희·임헌영, 앞의 글, 86면.

적 증거와 자료를 풍부하게 동원했다.[174] 독서광이자 자료 수집을 중시했던 리영희도 "글쓰기 작업은 자료수집이 90퍼센트"라고 할 정도로, 공학자적 엄밀성을 위해 자료의 축적과 배열을 중시했다.[175] 가령 「베트남 전쟁(I)」과 같은 글은 자료들의 인용과 번역 그리고 자료의 배열로 구성되어 있다. 또 중국 현대사를 입증하기 위해서 그 스스로 미국 국무성이 펴낸 『중국백서』를 한글로 번역하고 각주를 달았다. 이것은 문화대혁명에 대한 자료집인 『8억인과의 대화』로도 이어진다. 현실을 "있는 사실 그대로" 전달하는 것을 전제로 "서방세계 저명인사들의 현지 체험과 기행문을 모아 번역하고 편집"한 사실을 내세운 것은[176] 리영희 그 자신의 글쓰기 전략과 관련된다. 루쉰이 그의 시대적 조건 속에서 글쓰기의 방법을 선택했던 것처럼, 리영희의 글쓰기 역시 시대적 조건을 반영하고 있다. 자료와 사실을 중시했던 리영희의 글쓰기는 개인적 특성[177]이자 억압적 권력의 탄압을 벗어나기 위한 우회 전략의 일환이었다.

그러나 방대한 지식이나 정보의 엄밀함과 다른 차원의 문제에 리영희

---

174 리영희, 「『우상과 이성』의 일대기」, 앞의 책, 367면.
175 위의 글, 363면.
176 리영희, 「읽는 이를 위하여」, 『8억인과의 대화』, 창작과비평사, 1977, 3면.
177 "연구를 하거나 학문을 추구하는 데는 각기 자기 장점을 알아야 하는 건데, 나는 형이상학적 사변에 의한 이론조작을 하는 측면은 아주 둔해요. 그런데 어떤 의미에서는 치밀하게 짜나가는 것, 아니면 막연하게 있는 것처럼 보이는 것의 구조를 분석해 나가는 것, 그런 것을 통계를 가지고 한다거나 문서를 가지고 하는 것이 즐겁다고요. 이리저리 맞추어 보다가 딱 맞아 떨어질 때 쾌재를 부르게 됩니다. 뭔가 여기에 서까래가 들어가야 어떤 국제관계의 구노가 구성되는데 이 서까래가 어디에 있을 텐데 하고 찾다보면 서까래 비슷한 것이 나와서 끼워보면 구성이 된단 말이에요. 그러면 전체의 구조가 해석돼요." 리영희 · 서중석(대담), 「버리지 못하는 이기주의와 버릴 수 없는 사회주의적 휴머니즘」, 리영희, 『새는 '좌우'의 날개로 난다』, 두레, 1994, 218면.

는 주목한다. 지식의 유무나 정확함에 '의식'이 수반되지 않는다면, 그것은 죽은 지식에 불과하기 때문이다.[178] 리영희에게 의식화는 새로운 지식이 늘어난다거나 모르고 있던 정보를 알게 되는 문제가 아니다. 냉전 체제하에서 의식화된다는 것은 '가치관이나 신념체계'가 무너져 내리는 것, '가치의식'의 총체적인 해체를 의미했던 것이다.[179] 이런 의미에서 의식화는 '반체제'로 주체가 전환되는 것을 의미한다. 리영희의 『전환시대의 논리』나 『우상과 이성』을 읽고 자신의 신념 체제가 내면에서 무너져 내리면서 세계를 '있는 그대로' 보게 되었다는 고백은 주체의 전환이 자신의 상황에 대한 자각에서 출발하는 것임을 보여준다.[180]

리영희는 『우상과 이성』의 첫부분에서 루쉰의 『외침』의 「자서」를 활용하는데, 이를 통해 주체적 자각을 문제화한다.

잘 알려진 노신(魯迅)의 글 가운데, 빛도 공기도 들어오지 않는 단단한 방 속에 간혀서 죽음의 시간을 기다리는 사람에게 벽에 구멍을 뚫어 밝은 빛과 맑은 공기를 넣어주는 것이 옳은 일인지 아닌지를 궁리하면서 고민하는 상황의 이야기가 있다. 방 속의 사람은 감각과 의식이 마비되어 있는 까닭에 그 상태를 고통으로 느끼지 않을뿐더러 자연스럽게까지 생각하면서 살아(죽어)가고 있다. 그런 상태의 사람에게 진실을 보는 시력과 생각할 수 있는 힘을 되살려줄 신선한 공기를 주는 것은 차라리 죄악스러운 일일 수 있지 않느냐 하는 말이다. 노신은 물론 당시의 중국의 사회와 중국인의 상태를 안타까워해서

---

178 리영희·임헌영, 앞의 책, 717면.
179 위의 책, 461면.
180 고병권, 「사유란 감옥에서 상고이유서를 쓰는 것」, 『리영희 함께 읽기』, 창비학당 강좌 강의안, 2016.4.13.

쓴 것이다.[181]

루쉰은 일본 유학시절 잡지 『신생』의 출간 직전, 잡지의 발행을 실패한 후 일종의 적막을 느끼게 되었다고 토로했다. 그는 문학을 통해 민족 계몽의 꿈을 꾸었지만, 그의 외침에 어떤 응답도 받지 못한다. "마치 끝없는 벌판에 홀로 버려진 듯 자신을 어찌해야 좋을지 모르게"되는 상황 속에서, 적막과 비애를 떨쳐내기 위해 옛날 비문을 베끼며 교육부 관리로 삶을 꾸려 나갔다. 그때 잡지 『신청년』에 참여했던 친구가 찾아와 창문도 없고 부술 수도 없는 쇠철방에 갇힌 이들을 끄집어 낼 것을 제안했다. 물론 루쉰은 "몇 사람이 일어난다면 그 쇠로 된 방을 부술 희망이 전혀 없다고 할 수 없"다는 친구 진신이金心異의 말에 동의할 수 없었다. 루쉰 그 자신은 친구가 말한 '희망'에 동의할 수 없었지만, 그렇다고 희망이 없다는 자신의 확신을 통해, 희망이 있다는 주장을 꺾을 수 없었다고 회고한다. 루쉰은 '희망'을 믿지 않았다. 루쉰이 글을 쓰기로 했던 것은 어떤 미래의 희망 때문이 아니었다. 그는 자신이 경험했던 적막감, 즉 누구도 응답하지 않는 경험을 젊은 세대에게 전염시키고 싶지 않았기 때문에 글을 쓰게 된다.[182] 이런 의미에서 본다면 루쉰은 글쓰기를 통해 누군가를 쇠철방에서 끄집어낼 수 있었다고 생각하지 않았다.

리영희 역시 자신의 작업을 "현실의 가려진 허위를 벗기는 이성의 빛과 공기"를 주입하는 것이라고 설정한다.[183] 이때 의식의 깊은 중독

---

181 리영희, 「읽는 이에게」, 『우상과 이성』, 한길사, 1989, 7~8면.
182 魯迅, 김시준 역, 「자서」, 『루쉰소설전집』, 서울대 출판부, 2005.

에서 깨어나는 것은 어떤 것이었을까? 리영희에게 각성은 '조건반사적 반응'에서 벗어나는 것이다. 즉 냉전 체제 속에서 한국인들은 냉전 이데올로기를 체화함으로써 '조건반사적 토끼'처럼 되어 버렸다고 리영희는 지적한다. 가령 '중공'을 떠올리는 순간 바로 '야만', '침략' '호전' 등 적대적 반응과 관념을 떠올리게 된 것이다.[184] 그것은 일체의 사상을 흑과 백, 천사와 악마와 같은 '이치관념二治觀念'으로 파악하는 태도였다. 따라서 깨어나는 것은 냉전 체제하에 만들어진 이데올로기로적 태도에서 벗어나는 것을 의미했다. 이를 위해 리영희는 한국 사회와 대조적인 다른 나라의 경험을 번역했다. 리영희는 중국의 문제를 '중국의 관점'이라는 '내재적 접근'으로 다가갔다. 그러나 리영희가 취한 내재적 접근은 자신의 관점을 접고 다른 사회의 내부의 논리에 따라 해석하는 것이 아니다. 그것은 '인민적' 혹은 '민중적'이라는 보편적 시점의 도입을 의미했다. 가령 중국의 문화대혁명을 내재적으로 이해하는 것은 이런 보편적 시점을 확보함으로써 다시 폐쇄된 한국 사회의 폐쇄성을 해체하려는 시도였다.[185]

한국 사회의 조건반사적 앎의 해체를 리영희는 '상식이 지배하는 사회'라고 말한 바 있는데, 사실 이 '상식'의 회복[186]은 누군가에게는 "중독증에서 깨어나는 괴로움"의 체험이기도 했다.[187] 우상의 해체와 관련

---

183 리영희, 앞의 글, 8면.

184 리영희, 「조건반사적 토끼」, 『전환시대의 논리』, 창작과비평사, 1971, 165~66면.

185 백승욱, 「한국 1960~1970년대 사유의 돌파구로서의 중국의 문화대혁명 이해」, 『사이 間SAI』 14, 국제한국문학문화학회, 2013, 127~129면.

186 리영희, 「언제부터인지, 어째서인지」, 『우상과 이성』, 한길사, 1989, 78면.

187 리영희, 「D검사와 이교수의 하루」, 위의 책, 403면.

해 리영희는 깨어남의 문제를 제기한다. 리영희 자신도 루쉰의 쇠철방의 비유를 읽는 순간이 삶의 전환점이라고 이야기한다. '노신'의 글을 읽고, 자신이 해야 할 일을 각성하고 결심하게 되었다는 것이다.[188] 리영희에게 있어 루쉰은 그 자신이 광명 속에서 앉아서 어둠을 비판하는 스승 즉 계몽가가 아니다. 그에게 루쉰은 "스스로 암흑 속에서 암흑을 대상상화"하는 존재다. 리영희는 루쉰을 '희망'에 찬 전망을 제시하는 것이 아니라 오히려 내부의 모순을 끊임없이 문제화하는 존재로 이해한다.[189] 이것은 그 자신이 그 문제의 일부분이라는 자각과 연동되어 있다. 루쉰은 스스로 젊은 세대라든가 동시대 중국인들에게 어떤 미래적 희망을 제시할 수 없었다. 대신 그는 "학자·전문가·교수·박사 따위의 자화자찬의 높은 자리에서 가르쳐준다는 교만한 자세가 아니라 함께 고민하고 함께 생각해보자는 친절함"을 보여준다.[190] 즉 리영희에게 루쉰은 그 자신을 계몽하거나 평가하는 위치에 두지 않고 '함께 괴로워하는' 존재다. 루쉰은 인생에서 가장 고통스러운 일은 꿈에서 깨어났는데 갈 수 있는 길이 없다는 자각에서 온다고 말한다.[191] 리영희를 읽고 받아들였던 세대에게도 자각은 해방이자 고통이었다. 그리고 리영희는 그 세대의 문제에 공명했던 것이다.

---

188 "모든 면에서 장개석 치하 중국을 방불케 했던 박정희 대통령 치하에서 고민하던 나는 이 구절을 읽는 순간 무덤에서 노신이 나에게 타이르는 소리처럼 들렸다. 나는 눈을 뜨고 정신을 번쩍 차렸다. 나는 내가 할 일이 무엇인가를 깨달았다. 그리고 결심했다. 그 순간, 나의 삶의 내용과 방향과 목적은 결정되었다." 리영희, 「노신과 나」, 『自由人, 자유인』, 한길사, 2006, 321면.

189 리영희, 「영원한 스승 누신(魯迅)」, 앞의 책, 367면.

190 리영희, 「『우상과 이성』의 연대기」, 앞의 책.

191 魯迅, 홍석표 역, 「노라는 떠난 후 어떻게 되었는가?」, 『루쉰전집』 1, 그린비, 2010, 244 ~245면.

리영희는 루쉰을 원용해 '조건반사적 토끼'에서 벗어날 것을 천명한다. 냉전 한국 사회에서 벗어나는 것은 자신의 노예성에 대해 느끼는 부끄러움, 갇혀 있는 존재로서 느끼는 답답함을 초래했다. 리영희와 공명했던 세대들이 느끼는 두려움과 고통은 그들이 체제 순응적인 앎을 부끄러워하기 시작했다는 것을 의미했다. 리영희가 부끄러움이나 답답함, 그에 따른 고통을 소중히 여긴 것은 이 때문이다. 리영희가 반공법 위반으로 기소될 때, 중요한 증거가 「모택동의 교육사상」이었는데, 이 글은 주체의 자각이라는 문제와 연동되어 있다. 그는 중국 혁명을 "인간의 의식혁명·사상개조를 교육의 궁극적 목적"으로 삼고 있다고 받아들였다.[192] 리영희는 마오쩌둥이 정규학교의 제도와 교육내용으로는 구폐를 일소할 수 없는 조건에서 문화혁명을 도입했다고 본다. 그리고 그 근저에는 '제도적 혁명'만으로 이를 수 없는 주체전환의 문제가 놓여 있다.

1970년대 한국 사회에서 의식화 혹은 주체적 자각은 "개인의 권리, 사회적 바람직한 형태, 민족의 진정한 행복 등에 관해서 진지하게 생각하는 생활태도는 몹시 불편한 일"[193]이 되어버린 조건을 문제화하는 것이었다. 생각한다는 것은 '정치적 감각'과 '사회에 관한 문제의식'을 가지는 것이다. 즉 "생각한다는 것은, 더욱이 생각한 결과를 행한다는 것은 이 사회에서는 자신에게 형벌"을 가하는 일이었다. 그러나 그 형벌은 개별 존재를 구성했던 냉전 체제의 앎을 상대화하는 것이었다. 리영희는 예속 상태에서 자신보다 더 약한 자를 찾아내 자신의 분노를 폭발

192 리영희, 「모택동의 교육사상」, 『우상과 이성』, 한길사, 1989, 134면.
193 리영희, 「언제서부터인지, 어째서인지」, 위의 책, 88면.

시키고 '정신 승리'를 하거나, 예속된 채 우상의 그늘 아래 살아가는 대신, 예속 상태를 자각하고 그것이 초래하는 고통을 소중하게 여길 것을 촉구했다. 이렇게 느끼는 것이 깨어났음을 말해주는 표식이라고 생각한 것이다. 리영희에 의하면 해방은 철방에서 벗어나기 이전에 일어난 것일 수 있다. 그것은 쇠철방 속에서 '잠'들었던 이가 자신의 상태를 자각하고 느끼게 되었기 때문이다. 리영희는 그 자신이 루쉰에게 받았던 촉발을 다시 젊은 세대에게 돌려주는 동시에 그들과 "함께 고민하고 함께 생각"했던 것이다.

제4장
탈냉전기, '현대중국'의 재등장과
비판적 루쉰 독해

---

1. 냉전과 신화, 해체의 비동시성

1) 탈냉전과 문혁 이후의 중국

마오쩌둥이 루쉰을 '신중국'의 상징으로 호명한 이후 루쉰 해석은 중국 사회를 이끌어가는 이데올로기의 하나가 되었다. 마오쩌둥이 중국 혁명의 과정 속에서 루쉰 정신을 어떻게 활용했고, 어떤 효과를 낳았는가는 그가 루쉰을 호명한 항일전쟁과 국민국가형성의 시점에서 드러난다. 이러한 효과는 루쉰에 대한 해석의 독점, 그리고 이를 통한 루쉰의 정전화로 나타났다. 이런 의미에서 루쉰을 마오쩌둥식 통념에서 분리해 새롭게 이해하는 것은 중국을 새롭게 이해하는 통로가 된다. 즉 루쉰에 대한 새로운 이해는 기존의 사상에 대한 '반성의 형식'이자 새로운 사유의 출발선이 되었다. 실제로 개혁개방이 이루어진 1970년대 말부터 중국 지식계는 루쉰에 대한 새로운 연구를 산출해낸다.[1] 이것은 1976년 마오쩌둥의 사망을 기점으로 한 중국 사회의 변화와 연동된다. 마오쩌둥이 지도하던 근대 중국의 변화가 한계에 이른 시점에서 다른 발전 경로를 모색하려는 공감대가 형성된다. 마오쩌둥 사후의 '新時期' 란 과거를 반성하고 새로운 가능성을 찾으려던 모색을 의미했다.[2]

문혁에 대한 정치적 반성은 '장칭'을 포함한 '사인방'의 체포로 나타난다. 이들의 체포와 함께 10여 년간 지속되었던 '문혁'의 종결이 선언된다. 그리고 정치체제의 단절과 함께 경제를 포함한 사회 제도가 변화하기 시작한다. 흔히 개혁개방으로 표현되던 중국 사회의 방향 설정은 경제적으로 농작물 판매 자유화로 나타났다. 중국혁명이 '농촌이 도시를 포위農村包圍城市'함으로써 가능해진 것처럼, 1978년 중국 최초의 개혁은 농촌에서 시작된다. 중국정부는 농촌개혁의 성공을 시발점 삼아 개혁의 동력을 도시로 확장하고자 했다. 그런데 '문혁'의 정치적 혼란과 중공업 위주의 경직된 계획경제가 야기한 경제의 피폐화와 농민의 빈곤화를 최소한의 시장 자유화를 통해 해소하고자 한다. 당시 전체 노동자의 임금은 20년동안 오르지 않았고 노동자의 70% 이상이 최저 생계 수준에 처해 있었다. 농민의 상황이 더 심각해서 1978년 8억의 농

---

1 汪暉, 송인재 역, 「루쉰연구사 비판」, 『절망에 반항하라』, 글항아리, 2014.
2 이철승, 「문화혁명 이후 중국 사상계의 인식과 이론 논쟁의 의미」, 『시대와 철학』 14(1), 한국철학사상연구회, 2003.

민 중에서 2억 5천만 명이 의식주를 해결하지 못하는 절대 빈곤 상태에 빠져 있었다.[3] 따라서 농민의 먹거리 문제를 해결하는 것이 최우선 과제로 설정되었다. 화궈펑華國鋒이나 덩샤오핑鄧小平등의 새로운 지도집단에게 과거 문혁 시대의 역사청산과 새로운 사회통합과 함께 '민생문제 해결과 경제발전'이 시급한 과제로 주어졌던 것이다.[4]

사상과 문화에 있어 1979년 3월 덩샤오핑이 제출한 '4개 기본원칙'은 80년대 문화상황의 규범으로 작동한다. 이 네 가지 기본원칙은 '사회주의 노선, 프롤레타리아 독재, 중국공산당의 지도, 마르크스·레닌주의·마오쩌둥 사상의 고수'였다. 사상 해방을 말했던 1978년 중공 공작회의와 기존 사상의 고수를 말한 4개 기본원칙 사이에는 웨이징성을 중심으로 한 민주화 운동이 자리잡고 있다. 하방下方되었던 지식청년과 문혁에서 고통당했던 시민들 1770만 명이 도시에서 다양한 정치적·경제적 요구를 제기하고 있었다. 베이징 시단을 중심으로 대자보가 거리에 붙여졌고, 전국적으로 60여 종의 민간 간행물이 쏟아지고 있었다. 그리고 민간 간행물 편집 조직을 중심으로 민간단체 활동이 이루어졌다. 즉 1978년 '베이징의 봄' 이후 중국사회에서는 마르크스-레닌주의와 마오쩌둥 사상 외에도 다양한 서양 사상이 등장하고 각축을 벌이게 된다.[5] 이에 대해 중국 공산당은 1979년 비공식적 잡지와 조직을 금지하고 민주화운동의 지도자를 체포하는 것으로 대응한다. 예를 들면 잡지 『탐색』의 편집장이었던 웨이징성과 같은 이들은 다양한 서

---

3 안치영, 『덩샤오핑 시대의 탄생』, 창비, 2013, 57~68면.
4 조영남, 『덩샤오핑 시대의 중국』 1, 민음사, 2016, 55~64면.
5 위의 책, 405~407면.

양사상을 무기로 현 체제를 뛰어넘는 대안을 요구했다. 일부는 마르크스-레닌주의 관점에서, 일부는 자유주의와 민주주의 관점에서 공산당에 대한 비판과 정치 개혁의 필요성을 제기했던 것이다.[6]

대학 등으로 해방과 근대화라는 이름의 새로운 사상의 조류가 밀려들어가기 시작한다. 문혁이 초래한 비극을 근대적 개체의 미성숙과 정치적 집단주의에서 찾으려는 해석이 지식인을 중심으로 확산되었다. 문예계에서는 문혁에 대한 반테제로서 '상흔문학傷痕文學'이 등장해 문혁의 종언과 새 시대의 시작을 선언한다.[7] 철학과 사상 연구에서 제기되었던 중국의 맑스주의적 인도주의는 '인간', '인간성' 개념을 통해 국가 이데올로기를 개조하려는 시도였다. 마오쩌둥의 사회주의가 맑스의 인간의 자유와 해방에 대한 사상을 방기하고 인민 민주주의 독재의 이름 아래 잔혹한 전제를 초래했다는 비판이 확산된다.[8] 이런 인간과 인간의 권리에 대한 관심 속에서 대량의 번역서가 유통되고 이와 관련한 민주화 요구 시위도 활발히 일어난다. 표면적으로 '민주'와 '과학'을 이야기했던 5·4 신문화 운동처럼 서구의 문예와 사상 등이 찬양되었던 것이다. 그리고 대부분의 지식인들도 경제의 개방과 생산력의 향상, 그리고 인간개성의 해방이라는 근대적 과제가 전면적으로 실행될 것이라는 낙관적인 전망을 제시한다.

그러나 과거 문혁에 대한 반성과 인간 중심의 사회주의를 건설하자는 목소리에 대해 당내 보수파 지식인들의 대대적인 반격도 지속되었

---

6   모리스 마이너, 김수영 역, 『마오의 중국과 그 이후』 2, 이산, 2004, 611~615면.
7   김진공, 「현대중국의 상흔문학의 성격에 대한 재검토」, 『현대중국문학』 47, 한국중국현대문학학회, 2008.
8   汪暉, 김택규 역, 『죽은 불 다시 살아나』, 삼인, 2005, 364~365면.

다. 즉 1979년 4월 『十月』에 발표된 바이화白樺의 「苦戀」이 1980년대 말 「太陽與人」이라는 영화로 제작되는데, 덩샤오핑은 작가의 동기와 관계없이 이 작품이 공산당과 사회주의 제도가 나쁘다는 인상을 준다고 비판했다.[9] 즉 이 작품이 '부르주아 자유화 경향'을 선전한다고 판단했던 것이다. 그리고 인간적 사회주의를 주장한 왕뤄수이王若水에 대한 후차오무胡喬木에 비판에서 보이듯 중국 공산당은 당시 '자유화'를 막기 위해 개혁적 지식인에 대한 비판운동을 전당차원에서 전개한다. 이것은 '정신오염제거'를 슬로건으로 한 '정풍'운동이었다. 덩샤오핑은 인도주의와 소외론의 확산을 '정신오염의 현상'이라 부르고 이에 대한 청산을 주장했다.[10]

그 결과 덩샤오핑의 '반反 정신오염'운동에 반대해 지식인들을 보호하는 과정에서 후야오방胡耀邦은 덩샤오핑과 대립하게 된다. 이후 많은 지식인과 학생들이 존경했던 후야오방이 결국 1987년 사임하게 되고, 그를 대신해 자오쯔양趙紫陽이 총서기의 자리에 오른다. 그는 농업과 공업을 자본주의적으로 개혁하고 대외무역과 외국의 투자에 중국을 개방하는 정책을 가장 잘 추진할 인물로서 자신의 위치를 다져 가면서 덩샤오핑의 '4개 기본원칙'에 저촉되지 않는 한도 안에서 '정치개혁계획'을 진행하고자 한다. 더 나아가 1988년부터 연해전략을 기초로 북쪽으로는 둥베이와 산둥에서부터 남쪽으로는 광둥에 이르기까지 태평양 연안을 따라 대규모의 외국인 투자와 대외무역을 추진하기에 이른다. 그리고 제7기 제1회 전인대에서 토지 사용권의 전매와 사영경제를 허용하

---

9 「중공 제2의 문혁조짐」, 『경향신문』, 1981.5.11, 5면.
10 조영남, 『덩샤오핑 시대의 중국』 2, 민음사, 2016, 102~110면.

는 '헌법개정'이 결정된다.

그 결과 1989년 6·4 천안문 사건으로 상징되는 대규모 사회충돌이 발생했다. 그러나 이런 충돌의 현장에서 학생이나 지식인들의 요구와 도시 노동자들의 요구 사항은 조금 달랐고 동맹 역시 잘 이루어지지 않았다. 지식인들의 노동자들에 대한 오해, 가령 노동자들은 규율도 잘 지키지 않고 폭력적이라는 계급적 편견이 만연했다. 사실 전자의 범 지식인 계층이 서구의 민주화 개념에 의거해 정치체제 개혁을 요구한 반면, 도시 노동자층들의 불만은 경제문제에 있었다. 특히 토지사용권의 전매, 사영경제의 허용에 의해 국영 자산이 부당하게 공산당 간부에 의해 사유화된 사태가 확산되었고 또 종래 국가가 관리했던 급여·소비의 기준과, 새로운 도시 내부에 출현한 사영경제를 중심으로 한 급여·소비의 시스템이 이중화됨으로써 인플레와 경제부진이 초래되었기 때문이다. 흥미로운 것은 당시 학생과 지식인들은 개혁파인 자오쯔양을 지지했는데, 노동자의 불만 증대는 자오쯔양의 개혁 노선의 부패와 실패에 기인했다는 점이다. 학생들과 지식인들에 비해 도시 노동자들에게 정치적 불만은 2차적인 것이었다. 예를 들면 도시노동자들은 농민에게 토지를 나누어준 것처럼 국영자산을 노동자가 분하받기를 희망했지만, 일부 당 간부의 부패로 국유자산이 사유화되어 갔다. 학생이나 지식인들도 이런 부패 문제를 비판했지만 이 부패를 초래한 자오쯔양을 지지하는 모순을 범했던 것이다.

그렇지만 당시의 학생과 지식인들의 자오쯔양 지지는 경제 정책만으로 평가할 수 없다. 자오쯔양은 중국의 공산주의의 인간적인 요소의 재평가 통해 당시 학생과 지식인들의 요구에 호응했다. 당시의 문맥에 따르면 소련·동구에서 전개된 '인간의 얼굴을 한 사회주의'와 연결되어 있다. 그러나 그의 시도는 자본주의적 요소의 도입과 함께 대규모의 부패의 문제로 귀결되어 버린다. 이러한 현상을 낳은 지도부를 학생·지식인이 지지했던 것은 서구 사회의 시스템을 도입하면 사회주의 중국의 모순이 해소되리라는 '근대주의'의 좌절을 의미하는 것이기도 했다.

2) '인간 루쉰'으로의 회귀–중국

'문혁' 종결 이후 중국 사회는 '문혁'의 폐해를 반성하는 동시에 새로운 진로를 탐색한다. 그리고 반성과 진로 탐사는 사상해방운동과 연결된다. "국가적으로나 사회적으로 문화대혁명을 비판하고 부정하게 되면서 역사적인 사건과 인물에 대한 재평가, 각종 문혁 시대의 비극 발굴 등이 이 시대의 분위기를 이룬다."[11] 문혁 시기 성장했던 젊은 세대들은 문혁의 종결에 일종의 해방감을 느낀다. "모든 우상은 파괴될 수 있으며 모든 성전은 거짓이다. 사회주의는 잘못되었고, 맑스주의는 가짜 과학이다"는 식으로 기존 관념과 가치체계의 급속한 붕괴를 체험한다. 물론 '신시기' 중국에서 사회주의에 대한 비판은 제한적일 수밖에 없었다. 비록 문혁에서 벗어나 사상해방이 추구되었음에도, 중화인민공화국의 근간인 '사회주의' 그 자체를 회의의 대상으로 삼을 수는 없었기 때문이다. '문혁'을 낳은 중국 사회주의 역사 전반에 대한 전면

---

11 汪暉, 이욱연 외역, 「지적편력」, 『새로운 아시아를 상상한다』, 창비, 2003, 16면.

적인 반성은 개혁 개방의 길로 들어선 새로운 체제의 해체와 연결될 위험을 내포하고 있었다. 따라서 중국의 역사적 경험에 대한 반성과 분석은 사회주의 역사 경험이 아니라 '문혁'이라는 특수한 경험만을 주된 반성의 대상으로 설정한다.

중국 사회주의 역사가 전체적 맥락에서 평가되지 않았다. 대신 중국인들은 정상적인 상태로부터의 극단적 '이탈'로 문혁을 평가하고 문혁 당시의 활동을 반성했다.[12] 이 시기 루쉰 연구 역시 기존 연구가 이념과 제도를 통해 새로운 연구를 제약했다는 반성에서 출발한다. '문혁'으로 상징되는 극도의 이념적 폐색 상태에 대한 도전이라는 문제를 중심으로 루쉰에 대한 연구가 이루어진 것이다. 그런데 문화대혁명 시기 루쉰의 글들은 마오쩌둥의 저작과 어록 이외에 가장 많이 인용된 작품이었다.[13] "문화대혁명은 문학이 없는 시대"였지만 "루쉰의 소설과 산문 및 잡문, 그리고 마오쩌둥의 시사"만은 허용되었던 것이다.[14] 그리고 '문혁'에 대한 반성이 이루어지던 시기 루쉰에 대한 연구는 '신화화된 루쉰'를 회의하고 '루쉰 성전'를 해체하는 방향으로 나갔다.[15]

신화화된 루쉰을 회의함으로써 중국 사회의 새로운 전망을 모색하려는 흐름 속에서 1985년 왕푸런王富仁은 『反封建思想革命的一面鏡子』를 발표하고 '루쉰으로 돌아가자'는 구호를 제시한다. 과도하게 정치화되고 이데올로기화된 루쉰 연구를 대신해 '루쉰'의 본래적 가치로 돌아갈 것을 촉구했던 것이다. 문혁 시기 유일하게 그 권위를 인정받았던 문학

---

12 이정훈, 「90년대 중국문학담론의 확장과 전변」, 서울대 박사논문, 2005, 12~13면.
13 汪暉, 앞의 글, 16면.
14 余華, 김태성 역, 『사람의 목소리는 빛보다 멀리간다』, 문학동네, 2015, 165~167면.
15 汪暉, 송인재 역, 「루쉰연구의 역사비판」, 『절망에 반항하라』, 글항아리, 2014.

가 루쉰은 문혁 당시 유일하게 열독하고 인용할 수 있는 작가였다. 이로 인해 루쉰은 마오쩌둥 시대를 반성하는 데 있어서도, 가장 익숙하게 활용 가능한 사상 자원이었다.[16]

왕후이汪暉는 문혁 기간 실질적으로 붕괴된 초중등 교육 체제를 거친 뒤 1978년에 부활한 대학에서 제도적으로 육성된 첫 번째 세대다. 그는 "불우했던 선배 지식인들과 달리 자신과 타인에 대한 내면적 체험을 더 많이 함으로써 생활을 이해"하는 생활 즉 '다원화된 사상'의 영향을 받는다. 이들 세대는 이데올로기화되고 과잉 의미화 되었던 루쉰 연구에서 벗어나려고 시도한다.[17] 왕후이 자신도 1900년대 문화적 격변 속에서 루쉰이 경험했던 정신적 분열과 영혼의 고통에 대한 탐구 즉 루쉰의 내면의 지도를 그려내는 것을 논문의 목표로 삼았다. 1980년대 중국사회에서 '인간의 얼굴을 한 사회주의'가 관심의 대상이 되었던 것처럼, 왕후이 역시 주체화 문제로 시선을 돌린다. 문화대혁명 종결 이후 정신 해방과 개혁개방이라는 시대 조건 속에서 다양한 사상들이 중국으로 이입된다. 왕후이는 변화의 경험을 바탕으로 루쉰이 살아냈던 문화적 격변을 탐색한다. 시대와 관계 안에서 루쉰에게 형성된 감정과 정서의 양식들을 규명함으로써 역설적으로 개혁개방 이후 지식 청년들의

---

16 문혁기간 동안 귀저우로 하방되어 있던 첸리췬은 '민간사상촌락' 운동의 흐름 속에 있었다. 문혁 후기 린뱌오 사건 이후 현실과 대면하는 과정에서 새로운 세대들이 맑스와 루쉰 등의 학습을 통해 중국의 새로운 방향을 탐색하고자 했다. 錢理群, 김영문 역, 『내 정신의 자서전』, 글항아리, 2012, 124~127면.

17 "사실 루쉰을 연구하는 것은 나에게 일종의 내면적 요구이기도 하다. 나는 루쉰의 복잡한 정신세계를 인식하고 깨닫는 가운데 나 자신을 이해하고 자신과 세계의 관계를 이해하기를 갈망했다. 지식인의 영혼과 현대 문화의 변천은 내가 항상 관심을 기울이는 문제. 나는 지식인의 심리와 운명에 대한 이해를 통해 중국 사회의 현실 문제를 이해하고 투시하기를 시도했다." 汪暉, 송인재 역, 「후기」, 앞의 책.

내면세계와 중국 사회의 근대화의 문제를 고민했던 것이다.

그러나 '문혁'에 기반한 루쉰 이해에서 벗어나 새로운 루쉰을 탐구하기 위해서는 상당한 시간이 필요했다. 이 당시 중국 내 연구를 대표하는 첸리췬錢理群의 루쉰 연구는 이런 곤혹스러움에서 출발한다.[18] 1980년대 첸리췬은 자신이 문혁시기의 사고 즉 정치적 편향성에서 자유로울 수 없다는 것을 자각한다.[19] 즉 루쉰을 강건한 민족의 영웅이라고 설정하는 계몽주의적 루쉰관에서 첸리췬은 자유로울 수 없었다고 고백하다. 첸리췬은 세대적 한계를 자각하는 과정에서 '저우쭤어런周作人'이라는 우회로를 발견한다.[20] 루쉰이 중국혁명의 상징으로 고평되었던 것과 달리, 중화인민공화국 성립 이후 저우쭤어런은 일본의 '간첩'으로 비판받았고 문혁시기 금기의 대상이 되었다. 첸리췬은 망각된 저우쭤어런 글을 발굴함으로써 "개성독립·해방·자유·민주와 휴머니즘을 지향해온 자아"[21]를 발견한다. 그리고 루쉰에게서 "기존 관념 가운데 선험적인 전제로 인정되어온 것들을 모두 뒤집어 보는 길"을 찾게 된다.

첸리췬은 자신이 대면한 역사적 곤혹과 내적 모순을 '역사적 중간물'

---

18 唐永澤, 「錢理群的魯迅研究思想述評」, 『曲靖師範學院學報』, 2007.2; 王吉鵬王, 「回到魯迅那里去」, 大連遼寧師大學, 1989; 陳迪文, 「思考仍在繼續」, 『理論月刊』, 2003.12.
19 문혁 종결 후 1970년대 말과 1980년대 초 50~60년대 지식인이 겪은 정신 상태에 대해 첸리췬은 다음과 같이 말한다. "여기에는 문혁 중 극단으로까지 치달은 노예적 정치문화의 속박, 그 굴레에서 벗해방되려는 강렬한 욕구가 배어 있지만, 그것과 그처럼 간단하고 가볍게 이별을 고할 수가 없었다. 왜냐하면 나도 그 속에 섞여 살았기 때문이다." 錢理群, 김영문 역, 앞의 책, 22면.
20 첸리췬은 『心靈的探尋』과 『周作人傳』을 1980년대 자신의 대표저작이라고 말한다. 錢理群, 연광석·이홍규 편, 『전리군과의 대화』, 한울, 2014.
21 錢理群, 김영문 역, 앞의 책, 24~25면.

이라고 말한다. 이것은 1980년대 대표적인 루쉰 연구서 『心靈的探尋』의 핵심 개념이다.[22] 첸리췬은 루쉰이 「무덤 뒤에 쓰다」에서 사용한 '중간물' 개념을 계승하여 개인주의의 문제와 공동체의 문제를 탐구한다. 개인적 루쉰과 민족적 루쉰의 모순을 역사적 중간물을 통해 처리하고자 한다. 즉 첸리췬은 루쉰 사상을 민족주의적 입장에서 출발한 '입국立國' 의식과 개성을 존중하고 정신의 자유를 확장하는 '입인立人' 사이의 모순을 통해 이해한다. 그에 따르면 루쉰은 명제를 언제나 고립적으로 고찰하지 않고 테제와 안티테제의 대립 속에서 사고하는데 이 두 테제를 모두 절대화하지 않는다고 한다. 루쉰은 절대화된 명제를 긍정하는 동시에 계속해서 의문을 제기한다. 따라서 이러한 역사적 중간물은 자신의 자리를 자신에 대한 반성의 계기로 삼는다. "소멸해야 할 의식이 잔존하는 것에 저항"하는 것으로 이것은 '자전' 혹은 '자아해부'의 방향을 지향하게 된다.[23]

첸리췬처럼 루쉰을 사상의 근거로 삼았고 첸리췬의 '역사적 중간물' 의식에 누구보다 빨리 주목했던 사람이 왕후이였다.[24] 왕후이의 박사논문인 「反抗絶望－魯迅與他的文學世界」은 루쉰 사유의 심층에 내재되어 있는 구조에 주목한다. 그는 루쉰이 니체와 아르찌바세프 등의 영향 아래 어떻게 주체 문제를 탐구했는지를 다룬다. 마오쩌둥처럼 반봉건적 혁명정신에 주목하는 대신 오히려 루쉰 내부의 분열과 모순, 그리고 심리적 복잡성에 주목했던 것이다. 왕후이는 이러한 루쉰의 정신구조를

---

22 王月燕, 「論錢理群魯迅研究」, 上海師範大學碩士, 2013.
23 류준필, 「困惑과 悖論－첸리췬의 중국사회주의 인식에 대하여」, 『한국학 연구』 27, 인하대 한국학연구소, 2012, 197면.
24 汪暉, 「錢理群與他的心靈的探尋」, 『讀書』 1988.12.

'역사적 중간물'이라는 개념으로 파악했다. 구사회와 신사회, 동양과 서양, 전통과 근대 대립 속에서 어떤 하나의 구조에 몸을 맡기는 대신, 분열과 대립의 세계 속에서 존재하지만 귀속되지 않은 태도로서 루쉰의 역사적 중간물의 위상을 설정한다. 루쉰이 지닌 실존적 태도를 문제화함으로써, 20세기 세계와 중국 그리고 그 상호간의 복잡한 관계를 드러내려고자 한다.[25] 물론 왕후이의 역사적 중간물은 첸리췬과 달리 현실이 중간물로 규정된다. 즉 "루쉰이나 첸리췬이 '중간물 주체(자아)'를 고민했다면, 왕후이는 그보다 '중간물 현실(대상)'에 주목했다고 할 수 있다".[26] 첸리췬이 '노예적 자신'에 대한 반성과 속죄의식을 통해 비판성을 획득했다면 왕후이는 대상=중간물 의식 속에서 중국 사회에 도래한 자본주의 및 시장화의 폭력적 양상에 대한 비판을 통해 그 가치를 획득했다. 이러한 역사적 중간물에 대한 해석의 차이에도 불구하고 문혁시대의 계몽적 루쉰 이해 대신, 루쉰 내면세계의 모순과 분열에 기초해 '루쉰으로 돌아간다'는 공통점을 지닌다.

마오쩌둥 시대의 영웅적 루쉰을 거부하는 동시에 루쉰의 내면세계에 자리잡은 모순에 주목했던 것은 개혁개방 시기 루쉰 연구의 특징이다. 즉 인간화된 사회주의라는 사상사의 흐름과 함께, 계몽주의적 루쉰만이 아니라 루쉰의 섬세한 심리 묘사가 관심이 대상이 된다. 마오쩌둥시대의 '전혀 노예의 얼굴과 아첨기 없는 강골의 정신'의 소유자를 대신해 모순투성이의 섬세한 인간 루쉰[27]이 등장했던 것이다. 루쉰은 전

---

25 汪暉, 송인재 역, 『절망에 반항하라』, 글항아리, 2014.
26 류준필, 앞의 글, 196면.
27 王曉明, 이윤희 역, 『인간 루쉰』, 동과서, 1997.

투적 사회주의 영웅이기 이전에 복잡한 내면과 심리 구조를 지닌 인간으로 형성화된다.

3) 루쉰과 탈정치화─일본

1980년대 중엽 일본에서 가쿠슈겐큐사学智院研究社판 『루쉰전집』 전 20권이 간행된다. 이 전집은 일본의 루쉰 수용, 루쉰 연구의 총결산이라고 이야기된다. 루쉰 탄생 100주년을 기념해 중국의 국가적 사업으로 간행된 베이징 런민문학출판사판 전집을 아이우라 다카시, 이쿠라 쇼헤이, 이토 토라마루, 다케우치 미노루, 마루야마 노보루 등 일본 루쉰 연구자들이 편집위원을 맡아 완역한 전집이다. 연구자의 측면에서 전후 루쉰 연구의 1세대부터 신진 연구자까지를 포함했고 연구시각과 방법론의 측면에서는 그 때까지 나온 다양한 관점과 연구방법론을 담았다는 의미에서 일본 루쉰 연구사를 일단락 짓는 의미가 있다.[28]

냉전 시기 일본의 루쉰 수용은 중국과의 접촉이 제한된 상태에서 '이상화된 중국'을 상상함으로써 구성되었다. 제국주의 국가로 변해 버린 일본 근대에 대한 반성의 가능성을 중국 근대 속에서 찾고자 했던 것이다. 중국 근대라는 이상화된 모델을 설정하고 일본에 대한 반성의 형식을 탐구하는 과정에서 '루쉰'을 발견한다. 그러나 이상화된 혁명으로 상상되었던 문혁의 실상이 드러나면서 '문혁'에 대한 지지는 오히려 문

---

28 서광덕, 「동아시아 근대성과 노신」, 연세대 박사논문, 2003, 193면.

혁에 대한 비판으로 변모해간다. 그와 동시에 루쉰에 대한 해석 역시 변화해 간다.

1970년대 와세다 대학에서 현대 중국문학을 강의했던 니이지마 아츠요시新島淳良는 당시 학원투쟁에 주체적으로 합류하면서 중국의 문혁을 통해 일본의 '문혁'실현을 목표로 평론 활동을 진행한다. 그러나 1971년 린바오 사건 이후로 니이지마는 현실의 '문혁'에 대해 비판적 태도로 전환한다. 그는 현대중국의 혁명이란 무엇이가를 질문하기 위해 루쉰 텍스트를 읽기 시작한다. 니이지마의 『魯迅を読む』(晶文社, 1979)는 개혁개방 원년에 출판되는데 문혁이 중국 공산당에 의해서 전면적으로 거부된 상황에서 중국혁명을 모델 삼아 일본 사회의 방향성을 탐색하려는 시도였다. 마루카와 데츠시丸川哲史에 따르면 니이지마의 이 책은 초기 소설집 『외침』을 대상으로 삼고 있다. 이 텍스트를 철저하기 읽는 과정에서 니이지마는 다케우치 요시미가 번역한 『외침』에 대한 비판을 제기한다. 다케우치 요시미 식의 독해가 오히려 일본인의 사고 습관을 타성적으로 루쉰에게 적용한 것이 아닌가라고 질문한 것이다.[29] 흥미로운 것은 니이지마의 독해가 중국적인 사고에 동화되는 것을 목표로 하지 않았다는 데 있다. 그는 자신이 일본인임을 받아들이면서 루쉰론을 만들어내기 위해 노력한다.[30] 특히 니이지마는 「아Q정전」의 독해를 통해 루쉰과 혁명에 대한 문제를 제기했다. 니이지마는 개체 혹은 주체의 변신에서 혁명과 연대의 가능성을 찾았는데, 이것은 중국의 좌절한 영구혁명을 일본에 재등장시키려는 시도였다.[31]

---

29 丸川哲史, 『魯迅と毛澤東』, 以文社, 2010, 249면.
30 新島淳良, 「후기」, 『魯迅を讀む』, 晶文社, 1979.

동시기에 학원투쟁의 곤혹스러움 속에서 이토 토라마루伊藤虎丸는 루쉰을 읽으면서 자신들에게 제기된 전후 민주주의에 대한 비판을 반성적으로 성찰한다. 제2차 세계대전 패전 이후 전쟁 이전의 학문과 고등교육의 존재방식에 대한 반성이 시작되었지만 진정한 개혁은 이루어지지 않았고 오히려 20여 년 동안 민주주의가 계속 퇴행되어 왔다는 자각이 전공투의 문제제기였다. 이것은 '일본 공산당을 중심으로 만들어 온 전후 민주주의 및 진보주의 운동'을 전면 부정하는 것이라고 이토 토라마루는 생각한다.[32] 전공투에 참여한 학생들은 기존의 보수정당보다도 공산당에 대해서 더 격렬한 반응을 보인다. 당시 대학개혁위원회의 학생위원과 홍보위원을 겸하고 있던 이토 토라마루는 학생들이 전후 민주주의 형성을 새로운 운동이 아니라 기성의 체제로 받아들이고 있음을 알게 된다. 그는 일본의 학생운동의 해체 속에서 이들이 제기한 전후 일본 민주주의의 위기의 문제를 고민한다. 이것은 젊은 세대의 '비판'과 '윤리적 질문'에 대한 응답의 윤리에서 출발한 태도이다. 그는 그들에 대한 응답으로 '個의 사상'을 제기한다.[33]

이토의 세상에 대한 질문과 응답이 바로 『魯迅と終末論-近代リアリ

---

31 "혁명이라는 말로부터, 개인들과 계급들이 있다고 모든 공상을 하고, 그 사상 그대로 행하는, 그 총체로서 '혁명'을 생각했다. 루쉰 자신의 '혁명'에 대한 이미지조차, 별개의 '올바른 것'이라고는 생각하지 않았다. '중국이 혁명하지 않는다면 아Q도 하지 않는다'라는 것은 그런 의미이다. 4억의 대중이 있다면 4억의 '혁명'이 있는 것이다. 그러나 아Q의 운동은 그 밖의 것은 아니다. '금후에도 또 개혁하지 않으면 아Q와 같은 혁명당(즉 지도자가 기대하는 혁명당이 아닌 혁명당)은 반드시 출현한다'고 루쉰은 믿었다." 新島淳良, 『魯迅を讀む』, 晶文社, 1979, 282면.

32 伊藤虎丸, 「『魯迅と終末論』再說」, 『東京女子大學校硏究所紀要』62, 東京女子大學校比較文化硏究, 2001.

33 위의 글, 20~22면.

ズムの成立』(龍溪書舍, 1979)이다. 그는 루쉰의 고뇌가 바로 후발근대의 '개의 확립 문제성'이라고 보았다. 일본 유학시기를 포함해 전기 루쉰은 유럽의 종말론적 색채를 띠고 있다. 즉 루쉰은 니체 독해 이후 유럽의 종말론의 영향을 받고 진화론을 상대화하게 된다. 그에게 종말은 세계의 마지막으로 예감되는 사건이 아니다. 오히려 세계를 구성하는 근저에 종말론적 요소가 있다고 본다. 그는 개체의 자각에 종말론적인 것이 있다고 본다. 개체의 자각은 추상적인 의식이 아니라 매 순간 종말이 임재하는 것처럼 자신을 바꾸어 가는 것이라는 의미에서 말이다. 주체는 국가나 사회에 대한 책임을 지기도 하지만 사상은 전체(집단)에 대한 부분의 관계 속에서 형성되지 않는다. 사상은 원래 개인에게 속하는 것이며 이 개체로서의 인간의 존엄 내지 자유에 관계된다고 말한다.[34] 종말론이란 "삶에서 죽음을 생각하는 것이 아니라 죽음에서 삶을 생각한다"는 것이며 인간은 "죽을 수 없다"는 것에 의해서 처음으로 '개체'가 된다고 말한다. 「광인일기」에서 주인공, 즉 작가 자신은 자신의 주어진 상황(식인)을 문제화하고 그 속에서 공허와 적막을 체험한다. 그리고 이런 생의 위기 속에서 맞이한 '근원적 자각'을 통해 새로운 주체로 다시 태어나게 된다. 이러한 속죄의 문학 속에서 근대적 리얼리즘과 주체가 성립할 수 있다고 이토는 지적한다.

이토는 진화론과 관련된 종말론을 도입함으로써 '個의 자율성'은 그 내부의 운동을 통해서 구성될 수밖에 없음을 이야기한다. '個의 자율성'은 수입될 수도 없으며 자연발생적으로 생겨나는 것도 아니다. 일본

---

34 위의 글, 28~31면.

근대의 상징인 일본 문학은 이런 자기탈각의 경험이 부재하다고 비판하고 있다. 외부로부터 촉발 받아 근대화했지만, 근대를 무자각적으로 수입할 수 있다고 생각하는 한 '個의 자유'는 생겨나지 않는다고 지적한다. 그렇다면 후발적 근대는 어떤 선택지가 존재하게 되는 것일까? 이토는 종말론적 시간 의식에서 드러나 있다고 보았다. 즉 시간의 논리 구조 속에 시작은 끝과 함께 존재한다. 근대의 시작과 함께 기존의 현실적인 것의 몰락하겠지만, 이는 몰락 = 재생이라는 혁명의 역동성을 표현하고 있다고 보았다. 이런 혁명의 역동성을 반영하고 있는 것이 루쉰이다. 이토의 견해는 1980년대 개혁개방 시기의 중국의 루쉰 연구자들과 지식인들에게 강한 인상을 주었다. 그는 주체의 변신과 공동체의 갱신의 문제를 제기했기 때문이다.

이토 토라마루에게 루쉰이 근대적 개個와 민족적 인간성이 결합한 실존적 인간형이라고 할 때, 후지이 쇼조는 영웅적 행위가 아니라 내면의 발견에 초점을 맞춘다. 그리고 그 계기를 루쉰에 대한 안드레예프 문학의 영향에서 발견한다.[35] 마오쩌둥이 루쉰을 중국 혁명의 상징으로 호명한 다음, 루쉰에 대한 안드레예프의 영향은 간과되어야 했다. 왜냐하면 안드레예프의 비관적 태도는 혁명가 루쉰과 맞지 않기 때문이다. 그러나 냉전 체제와 중일 관계의 변화 속에서 후지이 쇼조는 루쉰과 안드레예프의 문제에 접근하게 된다. 그것은 후지이 쇼조의 유학경험과 관련되어 있다. 1972년 중일 국교 정상화가 이루어진 뒤 후지이 쇼조는 1979년 중국으로 유학을 떠난 첫 번째 연구자였다. 후지이 쇼조에

---

35 서광덕, 앞의 글, 197면.

따르면, 그는 나츠메 소세키의 『나는 고양이로소이다』을 읽으면서 느낀 불안과 광기를 상하이 유학시절 루쉰의 작품을 통해 느끼게 된다. 이러한 불안과 광기와 체험 후, 『그 후』의 주인공 다이스케가 말하는 '러시아의 그림자' 즉 안드레예프 문학의 영향을 발견했다. 안드레예프는 루쉰이 『역외소설집』에서 번역했던 대표적인 러시아 작가였다.[36]

서광덕은 1970년대까지의 일본의 루쉰 연구가 일본의 근대에 대한 비판을 주제로 이루어졌다고 지적한 바 있다. 이런 일본적 루쉰 이해에 반발해 후지이 쇼조는 '중국현실에서 출발한 루쉰'으로 방향을 전환한다. 루쉰 연구를 일본 사회에 대한 비판이 아니라 현대 중국문학이라는 아카데미즘에 입각해 수행했다. 이것은 중국의 현실을 자료에 근거해 객관적으로 진행하겠다는 의지의 표명이었다.[37] 즉 후지이 쇼조는 중국과 루쉰을 이상화해서 일본을 비판할 필요성에 의문을 제기하며 루쉰연구의 방향을 전환한다. 특히 그가 벗어나고자 했던 것은 낭만화되고 신화화된 루쉰 이해였다. 기존의 관점에 따르면 루쉰의 일생은 혁명가의 일생이었고 혁명가로서의 삶을 살아야 했다. 이는 결국 "중국의 지배구조 자체를 비판한 루쉰 문학의 본질을 은폐하는 작용"을 초래했다.[38] 루쉰이 혁명의 이데올로기가 됨으로써 그에 대한 해석을 이데올로기가 선험적으로 규정하게 되었다. 따라서 루쉰이 갖고 있던 비판성은 체제 유지 이데올로기로 고정되어 버린다. 일본의 새로운 루쉰 연구는 이런 의미에서 탈정치화를 통한 정치성의 재획득의 의미를 갖고 있다.

---

36 藤井省三, 『ロシアの影－夏目漱石と魯迅』, 平凡社書籍, 1985, 3~4면.
37 서광덕, 앞의 글, 194면.
38 藤井省三, 앞의 책, 5면.

후지이 쇼조는 다케우치의 루쉰 이해를 대립항으로 설정한다. "일본에서 다케우치씨 이래 루쉰 연구사는 정치와 문학의 대립, 혹은 그 지양이라는 퍼스펙티브로 루쉰을 포착하려고 했기 때문에, 근대 정신사를 무대로 약동한 루쉰 문학의 사상적 핵심을 잃게 되었다"고 지적한다.[39] 즉 정치에 무력한 문학을 설정하고 이 무력함 속에서 어떤 가능성을 찾고자 했던 다케우치의 루쉰 이해가 전후 일본 루쉰 연구의 중핵을 이루었는데 이로 인해 근대 정신사 속에서 형성되어온 루쉰 문학 사상의 지평이 제약받게 되었다는 것이다. 후지이 쇼조는 실증적 작업을 통해 낭만화된 다케우치 요시미의 중국 이해를 비판한다. 다케우치 요시미는 중국을 혁명의 모델로 이상화하고 이를 통해 일본 근대를 비판했지만 다케우치 요시미의 중국에 대한 이해와 현실의 중국과 달랐기 때문이다. 다케우치 요시미의 루쉰 이해에 1949년 중화인민공화국 건국 내지 인민혁명의 성공이 큰 영향을 미쳤다. 전후 패전국으로 미군 점령하의 일본과 달리 중국은 사회주의 국가를 건설했다. 전전 '선진 일본, 후진 중국'이라는 구도는 역전되었고 다케우치를 포함한 일본의 지식인들은 사회주의 중국을 찬미했다. 이것은 과거 침략의 세기에 대한 일본의 반성이었다. 그리고 '문학과 정치'의 대립 속에서 고뇌하는 루쉰상이 일본 독서계에서 일반화된다. 그러나 이런 접근법의 확산은 루쉰이 지닌 독특성의 상실을 야기했다.[40] 루쉰은 혁명가·문학가 혹은 혁명적 문학가야만 했다. 후지이 쇼조는 이러한 중국과 루쉰에 대한 시각 교정을 염두에 두었다.[41]

---

39 위의 책, 5면.
40 藤井省三, 백계문 역, 『루쉰-동아시아에 살아 있는 문학』, 한울, 2014, 200~201면.

후지이 쇼조는 『신생』과 『역외소설집』 실패 이후 고립된 루쉰에게서 루쉰의 내면세계를 발견한다. 그리고 안드레예프가 「嘘」나 「침묵沈黙」에서 묘사한 불안과 공포가 루쉰의 폐색된 내면세계라고 진단한다. 중국으로 돌아간 뒤 10여 년 동안 루쉰이 침묵한 것은 이런 적막의 영향이었으며, 「광인일기」는 적막함의 표현이자 이 적막 속에서 새로운 길을 찾는 모색이었다고 진단한다. 「광인일기」에서 루쉰은 광인에게 식인의 죄를 짊어지게 함으로써 그를 고독하게 만들었다. 그리고 광인이 고독 속에서 외치는 것은 광인 자신만의 고독이 아니라 중국인 전체의 고독이라고 지적한다. 이 속에서 책임의 연대가 가능하게 된다. 이것은 안드레예프의 작중 인물들이 불안과 공포 속에서 고립되어 있는 것과는 방향을 달리한다. 해방자로부터 광인으로의 전도를 통해 루쉰은 안드레예프적 주체의 폐색으로부터 자아를 구출한다. 이것은 자아를 사회적 관계망 속으로 개방하는 것이었다.[42] 안드레예프적 폐색된 자아에게서 새어나오는 고독한 비명을 루쉰은 '아이를 구하자'라는 외침으로 전환함으로써 타자와 연대하는 단서를 찾았던 것이다.

안드레예프는 러시아 10월 혁명 후 핀란드로 망명 후 거기에서 죽었다. 이러한 '반혁명적' 만년은 그 작품과 더불어 루쉰 신화와 어울리지

---

[41] "본서는 안드레예프의 수용을 중간항으로 삼아, 소세키와 루쉰의 문학적 영위를 비교 연구하는 것을 통해, 지금까지 신화의 베일에 덮여온 그 사상의 핵심에 육박하고자 하는 시도이다. 자본주의와 사회주의가 다르지 않는 현대세계는 '근대의 영락'의 상황에 있어 출구 없는 모색의 과정이다. 그리고 사상의 혼미, 문학의 쇠퇴가 오랫동안 지적되어 온 현재, 소세키와 루쉰을 덮고 있는 베일을 제거하고 러일전쟁에 있어 두 사람의 문학 사상의 영위의 진상을 인식하는 것은 우리들에게 불가시의 폐색상황을 넘어는 실마리를 줄 수 있지 않을까? 본서가 여기에 일조하기를 나는 희망한다." 藤井省三, 『ロシアの影－ 夏目漱石と魯迅』, 平凡社書籍, 1985, 5면.

[42] 藤井省三, 앞의 책, 174면.

않는 것으로 중국 연구자들은 생각했다. 이들은 루쉰과 같은 혁명적 작가가 반혁명적 작가로부터 연원할 수는 없다고 보았다. 이후 중국에서 성립된 루쉰 신화는 전후 일본 연구자들에게도 감염된다. 그리고 일본에서도 안드레예프는 흥미로운 연구의 대상이 아니었다. 그러나 후지이 쇼조는 안드레예프의 문학을 루쉰 이해의 하나의 축으로 끌고 들어옴으로써 사회주의 혁명 이후 루쉰 속에서 거세되었던 일종의 정치성을 복원한다. 은폐되고 왜곡되었던 안드레예프 문학의 영향력을 재조명함으로써 사상가 또는 혁명가라는 영웅적 루쉰을 문학가 루쉰으로 대체한다.[43] 그러나 이러한 연구는 일본의 중국문학의 테두리 안으로 루쉰의 위상을 한정하는 것이었다. 그리고 이는 일본의 경제적 발전과 중국에 대한 환상의 해체 속에서 루쉰 연구가 가졌던 사회적·지적 영향력이 해체되는 것을 의미했다.

이러한 사실을 보여주는 사건이 84년부터 1986년 사이에 번역된 『魯迅全集』에 대한 일본 사회의 태도 변화다. 이 전집에 대해 30세 이하의 젊은 세대의 반응은 그다지 크지 않은 반면, 그 이상의 세대에게는 비교적 환영을 받았다. 이 전집의 대부분은 공공도서관 등에서 구입했다. 그러나 이후 일본에서 루쉰에 대한 관심은 지속적으로 하강했고 서점에서도 루쉰 소설은 팔지도, 사지도 않게 되어 버린다. 다케우치 요시미에 대한 관심도 마찬가지였다. 1980~1990년대 다케우치 요시미가 일본 문화계에서 소실되는 것과 동시에 루쉰 역시 일본 문화계에서 소멸해 버린 것이다.[44]

---

43 서광덕, 앞의 글, 201면.
44 尾崎文昭·薛羽, 「前後日本魯迅硏究」, 『現代中文學刊』, 2010.3기, 55~56면.

2. '현대중국'과 사회주의 사상의 거점

1) 출판되지 못한 유고

서울대 국문과 출신으로 루쉰에 관심을 가졌던 박병태가 루쉰과 쉬광핑 사이의 편지 모음집인 『兩地書』를 번역한 것은 그가 군대에서 복무중일 때였다. 그러나 이 번역서를 박병태는 출판하지 못한다. 1981년 그가 돌연히 사망했기 때문이다. 박병태는 사망 전날 까지 『兩地書』1집의 번역 작업에 매달렸지만 번역을 끝내지는 못한 채 사망한 것으로 알려져 있다. 그의 책은 국문학과의 동기인 박희병과 중국문학자 박종한ㆍ한병곤의 도움으로 1983년 유고의 형태로 출판된다. 『兩地書』1집이 박희병의 「魯迅小說論」, 김하림의 서문, 김종철의 연보, 그리고 박희병의 후기와 묶여 『노신선생님』을 구성한다[45] 그런데 박병태는 『兩地書』 번역 이전에 이미 『三閑集』과 『二心集』의 번역을 끝마친 상태였다고 한다. 애초 이 두 잡문집을 묶어서 출판하려 했지만 "사정이 여의치 않아" 『노신선생님』만을 독립적으로 간행한다. 편자가 "사정이 여의치 않"다거나 미출간 된 잡문집이 "언젠가"를 기다린다는 말은 1980년대를 둘러쌌던 시대적 조건을 상기시킨다. 『삼한집』과 『이심집』은 1927년부터 1931년 사이에 루쉰이 쓴 잡문집인데, 『노신선생님』 부록인 「魯迅年譜」에서는 루쉰이 창조사ㆍ태양사와 논쟁을 벌이면서 마르크스

---

45 박희병, 「후기」, 魯迅, 박병태 역, 『魯迅선생님』, 靑史, 1983, 184~185면.

주의를 학습하고, 그 후 좌련에 가입한 정황 등을 비교적 상세하게 다루고 있다. 국민당 정부의 사회주의와 사회주의자에 대한 탄압과 살육의 시대를 관통하면서, 혁명문학자들과 논쟁을 통해 좌련의 좌장이 된 루쉰의 활동과 창작이『삼한집』과『이심집』을 구성하고 있다. 즉 박희병 등이 우회적으로 드러낸 '여의치 않음'이란 루쉰이 글이 대면했던 시대와의 불화를 포함하고 있지 않았을까? 루쉰은 자신의 글이 의미를 갖지 않는 시대를 원했다. 루쉰 자신의 겪은 시대와의 불화가 소멸되기를 바란 것이다. 그런데 1980년대 한국 사회에서 루쉰의 글은 매우 선별적으로 존재할 수밖에 없었다. 억압적인 국가 기구는 루쉰의 글을 출판 금지했다. 세상에 나오지 못한 루쉰의 글은 소멸되지 않고 다가올 '언제가'를 기다리며 망자의 형태로 한국 사회에 떠돌게 되었다.

「魯迅은 공산주의자였나?」라는 반문은 루쉰을 공산주의와 변별하고 루쉰을 계몽주의적 비평가로 규정했던 한국 루쉰 수용의 전형을 잇고 있다.[46] 중국문학자 전인초는 1980년 7월『정경연구』에서 마오쩌둥이 평소 루쉰을 흠모하고 그의 작품을 애독했다고 해서 루쉰을 공산주의자로 국한할 수 없다고 지적한다. 루쉰의 글을 유물사관으로 해석할 여지가 있으며, 그가 국민당의 문인 탄압에 맞서 '중국자유대동맹'과 '좌련'에 가입했지만 이것이 루쉰이 공산주의자인 근거 일 수는 없다고 말한다. 오히려 전인초는 루쉰을 전통사회가 만들어낸 인습과 모순의 고발자로서 중국 사회 개량과 민족성의 개조에 투신한 사람으로 이해한다. "노신문학의 이해는 구중국의 사회개량이란 대명제"에 초점을 두

---

[46] 전인초, 「魯迅은 공산주의자였나」,『정경연구』185, 경향신문, 1980.7.

어야 하며 "중공에서 신격화" 되어 "공산주의 이데올로기의 선전도구화한" 공산주의자 루쉰이 루쉰의 핵심일 수 없다는 것이다.[47] 루쉰과 공산주의와의 연관성에 반문을 던지면서 루쉰이 공산주의자가 아니라는 지적은 1980년대 냉전 이데올로기와 호응한다. 나와 다른 '적'을 만들고 적을 배제해간 냉전 체제는 말하는 주체를 선별해 말할 수 있는 권리를 부여했었다. 이 속에서 루쉰은 중국 근대의 계몽 문학가로 규정되었다.

루쉰과 관련된 일상적 기사들도 여전히 냉전적 자유주의와 연관되어 있었다. 가령 루쉰의 손자 '주령비'의 타이완 망명을 둘러싸고 이것이 '중공의 지도자들에게 당혹감'을 안겨주었으며,[48] 이런 망명이 "사랑과 민주주의, 그리고 자유"[49]를 위한 것이라는 기사는 루쉰을 냉전 자유주의로 포섭하려는 에피소드의 하나였다. 게다가 권력에 반대하는 이들을 '아Q'라고 지적하는 기사들도 눈에 뜨인다. 한국 사회의 변화와 변혁 운동에 적극적으로 참여한 이들을 신해혁명 시기의 혁명에 참여한 아Q로 치환시켜 그들의 행동을 '혼란' 가운데 이루어진 아Q적 인간들의 행동이라고 설명한다. 즉 "사회혼란에 편승하여 사적인 감정풀이를 하는 인간형"으로서 아Q를 규정한 것이다.[50]

그러나 1980년대 한국 사회를 둘러싼 냉전 지형이 변화 되면서, 루쉰과 관련된 중국 이해, 즉 1980년대 현실인식과 세계에 대한 대응 속에서 '중공'에 대한 시선 교정의 요구 또한 계속된다. 사회주의 중국 즉

---

47 위의 글, 290면.
48 『중앙일보』, 1982.10.26, 3면.
49 「노신 손자 대만 망명 신청」, 『경향신문』, 1982.9.20, 2면.
50 「횡설수설」, 『동아일보』, 1986.7.16, 1면; 「한국판 아Q」, 『경향신문』, 1987.6.23, 1면.

'중공'에 대한 관심 속에서 중국 관련 서적의 판매가 늘어난다거나[51] 대학가에서 '中國을 알자'는 중국 연구붐이 일어난다.[52] 젊은 대학생들과 연구자들을 중심으로 냉전식의 조건반사적 중국이해에서 벗어나기 위한 시도가 이루어진다. "중공 연구가 제대로 되기 위해서 중공에서 나오는 잡지 서적 등을 자유롭게 사볼 수 있어야 한다"는 지적과 함께 중국 연구자들은 현실에 급급한 중국 연구가 아니라 학문적 · 예술적 중국 연구의 필요성을 역설한다. 현대 중국작가에 대한 해금의 필요성도 이때 함께 등장한다.[53] 실제로 당시 '중공'에서 출판 중이던 전문 연구지조차 "불온서적 간행물실로 넘겨"지는 상황에서도 앞으로 있을 "중공과의 학술 교류를 위해 해금"의 필요성이 이야기 되었다.[54]

그러나 억압적인 독재정부는 서적에 대한 판매금지와 압수 등을 지속했고 체제가 허용하지 않는 지식을 출판하는 행위 자체를 범죄로 간주했다. 따라서 박병태의 『노신선생님』이 보여주듯 '말한 것' 속에는 '말해지지 않은 것'이 항상 내포되어 있었다. 1980년대는 사회주의 중국에 대한 이해의 필요성이 거론되는 동시에, 사회주의 중국을 말하는 것이 금지되고 탄압받던 모순의 시대다. 이 글에서는 1980년대 판매금지된 중국 관련 도서를 통해 1980년대 체제가 허용하지 않았던 중국지의 임계점들을 살펴보면서 이 모순과 루쉰 수용이 가졌던 함의를 살펴보고자 한다.

---

51 「서점가 해금서적 불티」, 『동아일보』, 1985.7.1, 9면.

52 「中國을 알자-대학가에 연구붐」, 『경향신문』, 1985.3.6, 6면.

53 「휴게실」, 『동아일보』, 1985.3.8, 6면. 당시 미국 버클리 대학에서 2년간 연구를 하고 돌아온 허세욱은 80년대 미국외 중공올 제대로 이해하기 위해서 정치와 경제뿐만 아니라 1930~1940년대 중국작가들의 연구의 필요성을 주장하면서 이들 작가에 대한 해금의 필요성을 말했다.

54 「연구목적 中共서적 해금시급」, 『동아일보』, 1995.1.10, 7면.

2) 금서의 시대, 금지된 중국

1980년대 한국에서 중국에 대한 연구가 활성화되기 시작한다. 국내외 정세 변화와 민주화 운동의 열기 속에서 해방 이후 협소한 이데올로기 지형에 한정되어 있던 중국 이해의 장이 확대되었기 때문이다. "중국 대륙을 중공 대륙으로, 그 대륙에 사는 사람을 중공인으로 부름으로써 반공정신을 표현한다는 경직된 사고"[55]를 벗어나려는 일련의 흐름이 만들어진다. '중공'이 금기와 적대의 대상에서 벗어나 한국인들의 일상의 공간으로 밀고 들어오기 시작한 것이다. '중공'은 직접 갈 수 없지만 '우회'해서 도달할 수 있는 공간으로 표상된다. '그곳' 역시 자연스럽게 사람들이 살아가는 일상의 공간으로 들어온다.[56] 공식적인 외교 관계가 형성되지 않았음에도 중국과 인적·물적 교류 속에서 '중공'으로부터 낯선 사람들이 오기 시작했다. 역으로 낯선 공간이 호명되면서 새로운 볼거리 대상으로 가시화된다.[57]

한국에서 중국에 대한 관심과 함께 현대중국에 대한 연구도 본격화된다. 한국에서 현대문학 연구가 본격적으로 시작되고 대학의 중국문학과가 하나의 전공 분야로 실질적으로 인정받기 시작한 것은 1980년대 중반부터였다.[58] 중국현대문학과 관련된 연구 성과도 이 시점부터

---

55 민두기, 「중국을 어떻게 부를 것인가」, 『누가 승자인가』, 지식산업사, 1985, 125면.
56 민두기, 『중국탐색 '88~94'』, 지식산업사, 1994. 이 글의 첫편인 「1988년 중국 하남성 사회과학원을 방문하는 길」은 『조선일보』에 「달려오는 중국―동양사학자 민두기 교수의 중국현장 학술기행」이라는 제목으로 게재된다. 1988년을 기점으로 중국과의 교류가 확대 속에서 개혁개방 이후 중국인의 삶을 다루고 있다.
57 「공산권예술인3년간 2백 31명 래한」, 『동아일보』, 1988.7.20.
58 전형준, 「현대문학」, 차주한 외, 『한국의 학술연구―중문학』, 대한민국학술원, 2001,

현저히 증가한다. 1960년대 전반기 8편, 후반기 12편, 1970년대 전반기 34편, 후반기 29편이던 현대문학 관련 논문은 1980년대 전반기 140편, 후반기는 250편으로 대폭 늘어난다.[59] 연구의 방향도 다각화된다. 즉 1980년대 사회구성체 논쟁 및 민족문학 논쟁의 영향으로 중국 좌파문학의 전통에 대한 관심이 확대된다.[60] 1985년에 한국중국현대문학학회가 창립되면서 각 대학별로 연구되던 과제들이 학회라는 제도를 통해 결합되기도 했다.[61]

그러나 현대중국 이해와 관련된 학술장의 형성과 별개로 중국을 '중공'으로 불러야 했다. 홍콩의 싼리엔서점三聯書店을 경유해 들여왔던[62] 중국서적조차도 1980년대 중반까지 해금되지 않았다. 서적의 통관을 둘러싸고 세관과 연구자 사이의 분쟁이 빈번했고, 통관되지 못한 책의 경우 대학도서관의 불온서적간행물로 보내지곤 했다.[63] 그렇다면 당대 한국의 지배 권력은 당시 '현대중국'에 대한 이해를 어떤 수준에서 제한하고자 했을까? 그리고 그 제약을 넘어서려는 시도는 어떻게 이루어졌을까? 이와 관련해서 이루어진 중국 관련 금서 목록을 살펴보는 것

114면.

59 안종원, 「대구경북 지역의 중국어문학 연구사」, 『중국어문학』 41, 영남중국어문학회, 531면.

60 임춘성, 「한국에서의 중국 근현대문학 연구의 현황과 과제」, 『중국학보』 38, 한국중국학회, 1998, 153면.

61 김시준, 「한국에서의 중국현대문학연구 개황과 전망」, 『중국어문학지』 4(1), 중국어문학회, 1997, 6면.

62 「공산권 서적 도입 기준 완화를」, 『경향신문』, 1988.1.26, 6면. 공산권 서적들은 산공부의 대외무역법관리 규정, 문공부 외국간행물 수입배포에 관한 법률, 관세청의 관세법 수입 금지 규정에 따라 수입되었다. 서울구게ㅇ체류이 통권을 충궐했나. '중공' 간행불은 홍콩의 三聯서점(北京三聯서점 홍콩분점)을, 소련의 경우 일본 나우카서점(소련 나우카 일본총판)을 통하여 발주되었다.

63 「연구목적 中共서적 해금시급」, 『동아일보』, 1995.1.10, 7면.

저자 / 편자	도서명	번역자	출판사	한국출판문화운동협의회	1987년 10월 19일 해금 해제	미해
중국사연구회	중국혁명의 전개과정		거름	○		
가드원 C. 츄 외	중국혁명기의 대중매체	강영희	공동체	○		
堀江義人 外	중공 유학기	김동규·최금선	녹두	○	○	
菊地三郎	중국현대문학사	정유중·이유여	동녘	○	○	
에드가 스노	중국의 붉은 별	신홍범	두레	○		
아그네스 스메들리	한 알의 불씨가 광야를 불사르다	홍수원	두레	○		
尾崎莊太郎 外	모택동사상 연구	정민	미래사	○		
松村一人	모순론 해설	김동춘	미래사	○		
	중국민족해방운동과 통일전선의 역사(1)(2)	김계일	백산서당	○		○
彦火 外	현대 중국작가평전	박재연	백산서당	○		○
피터 반니스	혁명과 중국의 대외정책	신일섭	사계절	○		
엘리자베스 크롤	중국 여성해방운동	김미경 외	사계절	○	○	
	문학의 이론과 실천	이득재·조성	사계절		○	
브루노 쇼 편	중국혁명과 모택동 사상(1)(2)	석탑출판부	석탑	○		○
中嶋嶺雄	중국혁명사	윤영만	세계	○		
巴金	家	강계철	세계	○		○
조영명	중국현대사의 재조명		연구사	○		
黃南翔 外	중국현대작가론	박재연	온누리	○	○	
동경대 출판부	중국혁명의 해부	윤석인	이삭	○		○
巴金	家		이삭	○		
池田誠 外	중국혁명의 전략과 노선	동양사연구회	이성과현실	○		
다나카 마사도시	중국근대 경제사 연구서설	배손근	인간사	○	○	
丸山松幸	5·4운동의 사상사	김정화	일조각	○	○	
편집부	중국근현대 경제사		일조각	○	○	
한수인	모택동 전기 / 대지의 별	김자동	일조각	○		
姬田光義	중국근현대사		일조각	○		
파금	애정삼부곡	박수인	일월서각	○		○
白樺 外	중국현대 대표시선(1)(2)	허세욱	전예원	○		

저자 / 편자	도서명	번역자	출판사	한국출판 문화운동 협의회	1987년 10월 19일 해금 도서	
					해제	미해제
웨일즈	중국노동운동사	편집부	청사	○		
誠	중국현대혁명사	한선모	청사	○	○	
어뱅크 외	중국혁명운동문헌사(1)(2)	김성한	풀빛	○		
윌엄 헌튼	번신(1)(2)	강칠성	풀빛	○	○	
웨일즈	아리랑	편집실	학민사	○	○	
세로	중국농민운동사	김효 외	한마당	○		
청	중국의 땅에 눈이 내리고	성민엽	한마당	○		○
直樹	5·4운동연구서설	양민호	한울	○		
定生	중국사 입문	편집부	한울	○		
둔	자야(1)(2)	김하림	한울	○		○
미르 아민	모택동주의의 미래	한울림	한울림	○	○	
女性史研究會(일)	중국여성해방의 선구자들	임정후	한울림	○		
린·현봉학	중공의 한인들		범양사	○		
령	중국역사		사서원	○		
惠	내영혼 대륙에 묻어	이승민	백산서당	○		○
和子	현대 중국여성사	이동윤	정우사	○	○	
수기	중공교육학	김동규	주류	○		
희	전환시대의 논리		창작과비평사	○		
희	8억인과의 대화		창작과비평사	○		
금	가		청람	○		
之	인간 공자	조명준	한겨레	○		
희	오늘의 중국대륙		한길사	○		
東	모순의 화		미상	○		
스허커	중국문화사	박지훈외	한길사	○		
윌슨	주은래―중국혁명을 이끈 한 인간의 일대기	한영탁	한길사	○		
卂	노신소설집				○	
定生	중국사 입문	편집부	한운		○	
캐 콜비츠	캐태 콜비츠와 노신	정하은	열화당		○	

저자 / 편자	도서명	번역자	출판사	한국출판 문화운동 협의회	1987년 10 19일 해금 5	
					해제	미해
艾青	기뻐웃는 불꽃이여	박재연	한겨례			○
艾青	들판에 불을 놓아	유성준	한울			○
노신화 외	상흔-중국대륙 현대단편소설집	박재연	세계			○
老舍	루어투어시앙쯔	최영애	통나무			○
白樺 외	짝사랑 외	권덕주	문조사			○
張賢亮	남자의 절반은 여자	정성호	태광			○
巴金	巴金수필집	편영우	중화문화연구원			○
장공양	형상과 전형	김일평	사계절			○

도 의미 있어 보인다. 1987년 6월 항쟁 이후 미해제·해제된 판금도서와 한국 출판문화운동협회의 판금도서 목록을 살펴보자.

위의 목록은 '한국출판문화운동협의회'가 1987년 9월 8일에 발표한 『판금도서목록』과 1987년 10월 19일 정부에서 발표한 판금서적과 미해제 목록에서 찾아낸 중국관련 판금도서목록이다. 한국출판문화운동협의회에 따르면, 이 당시 판금도서 수는 1160종이었는데 이중 중국관련 도서는 58종이다. 그리고 정부가 발표한 해금 도서 431종 중 17종, 미해금 도서는 18종이었다. 이 판금된 중국관련 도서 중 일본어 번역본이 비교적 많았다. 중국서적의 반입이 제한적인 상황에서 일본어 책을 구하는 것이 비교적 용이했으며, 동시에 1980년 한국의 청년지식인들에게 일본어가 새로운 지식을 습득하기 위한 가장 용이한 언어였다는 것과 연관된다.[64] 다른 한편 1985년 중국 관련 압수 서적[65]에 비해

---

64 유경순 편, 『1980년대, 변혁의 시간 전환의 기록』, 봄날의 박씨, 2015, 414면. 심명화는 1980년 중앙대 문예창작과에 입학한 다음 1983년부터 노동운동에 참가한 학출활동가이다. 심명화는 자신의 의식화 과정에 대해 다음과 같이 회상한다. "세미나를 거의

서 1987년에 판금 서적 수가 크게 증가했음을 알 수 있다. 이것은 1985년을 전후로 해직기자, 해직교수, 그리고 학원사태로 야기된 지식인군의 축출로 인해 출판계에 지식인이 대거 유입되고 이들에 의해 사회에 비판적인 서적이 대량으로 유통됨으로써 만들어진 결과였다.[66]

1987년 중국관련 판금도서 목록에서 중국 혁명의 전개 과정이나 중국의 여성, 농민 등의 운동을 다룬 책들이 많다. 가령 다나카 마사토시田中正俊의 『중국근대경제사연구서설』은 아시아 사회의 근대화를 외부적·우연적 계기에서가 아니라 내재적 요인에서 찾으려고 시도하는 동시에 근대화를 저해 했던 요인으로 제국주의 열강의 침탈을 제시한다. 제국주의의 침탈로 인해 중국민중의 빈곤화가 창출되었고 이것이 중국 농민의 저항을 불러 왔다고 본다. 이러한 중국 농민이 예속 상태에서 벗어나는 것이 중국 혁명이라고 규정한다. 오노 카즈코小野和子의 『현대중국여성사』는 태평천국 운동 이후 중국 여성의 자립과 해방을 다루면서 문화대혁명에 이르러서야 중국에 완전한 남녀평등권이 확보되었다고 말한다. 근현대중국의 근본문제로 계급투쟁의 문제가 존재하며, 사

매주 했는데 『러시아 혁명사』, 『서양경제사』, 모택동의 『실천론』 같은 걸 읽으려고 일어강독도 했어요. 그거 정말 유효하더라고. 일어강독 1주일 만에 마스터해서 일본학자들 책 보는데, 정말 해석이 다 되더라구요. 우리는 워낙 한자 세대잖아요?(그렇죠) 강독은 해도 일본말은 한마디도 못했지만. 그때는 출판된 책이 별로 없었으니까 일본책이라도 봐야 했어요."

65 85년 5월 9일 서적과 유인물 313종의 압수 수색영장이 발부되는데 그 중 중국 관련 서적은 『아리랑』(님 웨일즈, 동녘), 『5·4운동의 사상사』(丸山松幸, 일월서각), 『중공교육학』(유수기, 주류), 『중국의 붉은 별』(에드가 스노, 두레), 『중국혁명의 해부』(동경대 출판부, 이삭), 『중국근대경제사 서설』(디니키 마사토시, 인간사)이었나. '압수 수색영장이 발부된 서적과 유인물」, 『동아일보』, 1985.5.9, 11면.

66 정종현, 「투쟁하는 청춘, 번역된 저항」, 『한국학연구』 36, 인하대 한국학연구소, 2015, 95면.

회주의 중국의 성립이 이런 운동의 귀결점이다.[67] 중국의 반봉건사회와 반식민지적 상태가 중국 사회의 모순에 결합되어 있고, 이 모순의 해체는 사회주의 중국을 통해 지향되게 된다는 것이 전체적 얼개를 이룬다. 이 속에서 혁명중국의 정통성과 정당성이 반복적으로 증명된다.

중국혁명에 접근하기 위한 통로로서 마오쩌둥의 사상을 다룬 글들도 번역 출간된다. 『모택동사상연구』나 『모순론 해설』처럼 마오쩌둥의 사상에 대한 해설서뿐만 아니라, 브르노 쇼Bruno Shaw의 『중국혁명과 毛澤東사상』처럼 영어로 번역된 마오쩌둥의 글이 다시 중역되기도 했다. 페어뱅크의 『중국혁명운동문헌사』에는 중국 공산주의 운동에 관련된 각종 선언문들이 게재되어 있다. 중국어 문헌의 번역이 쉽지 않은 조건에서 다른 언어를 경유한 우회 전략을 통해 중국 공산당의 사상이 소개되었다.

중국 혁명에 관련한 다양한 르포나 전기류 역시 중국 혁명에 접근하기 위한 하나의 통로로 활용되었다. 그 대표적인 저작이 에드가 스노의 『중국의 붉은 별』이다. 해방 직후 남한에서 세 종의 『중국의 붉은 별』이 출간되었는데, 냉전의 대립이 고조되면서 사라졌다가 30여 년의 흐름 뒤 한국 사회에서 재유통되기 시작한다. 1985년 1월에 출간된 후[68] 이 책에 대한 판매금지와 해금이 반복적으로 이루어진다. 책 출간 이후 이 책에 대한 관심이 높아서 1월 출간 직후 교보문고에서 1주당 50~60부씩 나가다 6월 해금 이후 30~40부 정도가 팔려나갔다는 기사도 등장한다.[69]

---

67 小野和子, 이동윤 역, 『현대 중국여성사』, 정우사, 1985, 260면.
68 「중국의 붉은 별 완역」, 『동아일보』, 1985.2.4, 6면.
69 「서점가 해금 서적 불티」, 『동아일보』, 1985.7.1, 9면.

에드가 스노는 중국의 소비에트 지구를 직접 방문해 마오쩌둥과 인터뷰한 뒤 중국공산당의 형성 과정과 그 사상을 소개한다. 이 르포르타쥬는 중국사회주의 탄생과 관련된 가장 중요한 책의 하나로 알려져 있다. 이 외에도 아그네스 스메들리가 홍군 사령관 주더朱德를 인터뷰한『위대한 길─한 알의 불씨가 광야를 불사르다』가 번역·유통되었다. 아그네스 스메들리는 '빈농의 얼굴'과 '혁명가의 눈빛'을 가진 주더의 일대기를 그려냄으로써 중국혁명을 중국농민의 혁신과 결부시켰다. 주더에게 혁명은 중국농민의 해방이며 이것은 그 자신의 해방이기도 했던 것이다. 이 글은 1946년 국민당 정부가 옌안을 공격하기 위해 집결하고 주더와 마오쩌둥 등의 중국 공산당이 도시를 떠나는 것으로 끝을 맺는다.

미국 작가 한수인의 마오쩌둥 전기인『대지의 별』, 딕 윌슨의『주은래』와 같은 비교적 잘 알려진 현대중국의 혁명가의 전기 외에도 덩중시아鄧中夏처럼 요절한 초기 중국혁명지도자에 관한 소설도 중국혁명가와 관련된 금서였다. 첸샤훼錢小惠의 논픽션『내 영혼 대륙에 묻어』의 주인공 덩중시아는 베이징대학의 문학전공자에서 5·4운동을 거쳐 노동운동가이자 초기 공산주의자로 바뀌어간다. 그는 철도노동조합의 결성과 파업부터 광저우, 홍콩파업까지 수많은 대중 활동을 주도하다, 국민당 정부에 체포되어 비극적 최후를 맞이한다. 덩중시아는 중국의 초기 사회주의자 한 사람으로써 중국혁명의 밑거름이 된 혁명가로 그려진다. 님 웨일즈의『아리랑』은 웨일즈가 옌안에서 만나 조선인 혁명가 김산의 생애를 그린다.『아리랑』역시 해방공간에서 신재돈이『신천지』에 연재하다 냉전의 자장이 약화되는 시점에서 다시 한국 사회에 등장한다. 한국인으로서 중국 혁명에 참여한 김산은 비록 성공하거나 이름 있는 혁명가는 아니었지만, 이 혁명에 참여함으로써 많은 것을 이루었고 여전히 필생의 혁명 사업에 열성적으로 활동하는 인물로 이야기된다.

중국혁명은 혁명가들의 삶만이 아니라 중국 농민의 삶 또한 바꾸어놓았다. 리영희가 『8억인과의 대화』에서 일부 번역 게재했던 윌리엄 힌튼의 『번신』(1), (2)은 힌튼 자신이 1946년부터 1948년까지 샨시성의 장주앙張莊에서 중국 농민의 삶을 관찰한 르포르타쥬이다. '혁명은 중국의 한 농촌을 어떻게 변화시켰는가'라는 부제처럼, 이름 없는 농민들이 혁명에 직면해 어떻게 변화해 가는가를 다룬다. 농민들은 혁명 앞에 때로는 갈등하고 주저한다. 이들에게 이러한 변화는 희망이자 공포였다. 이 책은 혁명 앞에선 농민들의 변화를 통해 중국사회의 진정한 변화를 다루고 있다. 이러한 중국 혁명을 다루는 다수의 르포르타쥬나 논픽션은 1980년대 중국혁명에 대한 관심을 드러낸 것으로 보인다. 혁명적 인간의 태도라든가 혁명이 만들어내는 인간에 대한 관심이 높았다.

이 책들의 대부분이 과거의 중국을 다루었다면, '아사이신문사' 기자였던 호리에 요시토堀江義人와 가토 지히로加藤千洋의 『중공유학기』는 개혁개방 이후의 중국을 다룬다. 저자들은 1980년 1년동안 텐친天津과 션양瀋陽에서 유학하고 이 경험을 '아사이신문'에 연재한다. 개혁개방 이후의 중국의 변화를 가급적 중국 서민들의 눈을 통해서 드러내고 있다.

그러나 여전히 대다수의 책들은 개혁개방 이전의 중국혁명에 대한 관심 속에서 출간된다. 그런데 대다수의 책들은 중국 근현대를 도식적으로 다루고 있다. 농민운동이나 여성운동 등은 중국혁명의 성공을 통해서 비로소 그 본래적 목표, 즉 농민의 행복이나 남녀평등이라는 목표에 도달하게 된다고 설정했다. 발전의 지체로 표상된 혁명 이전의 중국 경제도 마찬가지이다. 즉 사회주의 혁명은 지체를 해소할 가능성을 만들어낸다는 것이다. 그러나 이러한 도식적 혁명 이해는 중국의 변혁운동을 모델로 한국 사회를 변화시킬 가능성을 찾고자 한 욕구의 표현이었다. '혁명중국'은 '이상화·도식화'되어야 했다.

1985년 이전에 현대 중국문학작품 중 판금도서는 존재하지 않았다. 이것은 냉전 시기 '중공' 작가의 책이 번역되지 않은 것과 연관되어 있다. 이 시기 세계문학전집류에 실린 현대 중국작가 중 루쉰을 제외하고 '중공' 관련 작가는 존재하지 않았다. 냉전시기 한국 사회에서 현대 중국문학은 '대만문학'으로 등치되곤 했다.[70] 그러나 1985년 이후는 현대 중국문학을 둘러싼 지형이 변화한다. 바진巴金의 『家』와 『애정삼부곡』, 『巴金수필집』, 마오둔의 『子夜』, 라오서老舍의 『루어투어시앙즈』, 아이칭艾靑의 시집들, 그리고 『중공대표시선』 등이 금서의 목록에 오른다. 바진은 식민지 시절 그리고 해방 전후로 루쉰과 함께 현대 중국문학의 대표적인 작가로 국내에 소개되었었다. 특히 루쉰을 사회주의로부터 분리해 계몽주의 문학가로 분류했던 정내동은 바진을 루쉰 문학의 진정한 계승자로 고평한 바 있다. 정내동 등이 고평한 시기의 바진이 쓴 작품들이 『家』와 『애정삼부곡』이었다. 바진의 『家』는 1931년 상하이의 『시보』에 「격류」라는 제목으로 연재된 작품으로, 5·4운동 직

---

[70] 루쉰을 제외하고 1945~1980년까지 세계문학 전집류에 실린 작가는 陳紀瀅, 謝冰瑩, 王藍, 徐速, 童眞, 琦君, 艾雯, 魏希文, 彭歌, 趙滋蕃, 白先勇이다. 이들은 대부분 대만의 작가였지만, 일부(徐速, 彭歌, 趙滋蕃)는 홍콩에서 작품 활동을 했다. 민국시기 작가 徐志摩(2번)와 郁達夫(4번)의 글도 번역되었지만, 둘 모두 '중공'과의 관련성 속에서 다루어지지 않았다. 王康寧, 「한국에서의 장아이링 문학에 대한 수용·번역 양상 연구—The Rice-sprout song / 秧歌를 중심으로」, 고려대 석사논문, 2015 참조.

후인 1920년과 1921년 사이 청두成都의 가오씨 집안을 배경으로 봉건 가정을 젊은 세대의 이상과 행복을 억압하는 무덤으로 인식한 젊은 세대가 자신의 할아버지 세대와 결별하면서 대가정이 몰락해 가는 과정을 그린 작품이다. 바진의 소설은 시기나 주제 모두 사회주의 혁명과는 거리가 있다. 그러나 바진이 당대 '중공'에서 중국작가협회 회장으로 활동한 경력으로 인해 금서 목록에 오른다.

마오둔이나 라오서의 소설 역시 소설 자체가 갖고 있는 혁명성 혹은 사회주의 지향성에 때문에 금서에 오른 것이 아니라 그들이 사회주의 중국의 작가라는 사실 때문에 금서가 된다. 장시엔량의 『남자의 절반은 여자』는 중국혁명과정에서 우파로 몰렸던 저자가 사랑과 성, 영혼과 육체의 문제를 주제로 쓴 자전적 소설이다. 마오쩌둥 시기의 사회주의에 대한 비판에서 나온 '상흔문학'의 일종인데, 한국 사회에서 판금도서에 오를 만큼, 이념적으로 반체제성이 두드러지지 않았다. 1970년대 중반부터 중국에서 등장한 '상흔문학'은 1978년 루신화盧新華의 단편 「傷痕」에서 출발한 문학으로 중국 사회의 타락상과 비리를 고발하는 작품들이었다. 이들은 오히려 혁명보다는 인간의 이해에 초점을 맞춘 작품들이다.[71] 타이완에서 미국으로, 그리고 다시 '중공'으로 귀화한 바이화의 「짝사랑」 역시 중국의 사회주의에 대한 비판을 담고 있다. 바이화는 1957년 우파 기회주의자로 몰려 숙청의 수난을 겪은 바 있다. 1980년대 '중공'에서 바이화의 「짝사랑」은 마오쩌둥 시대에 대한 비판과 함께 역설적으로 혁명 이전 시대에 대한 회상을 불러일으키는 작

---

[71] 「중국문학작품출판 활기」, 『동아일보』, 1985.10.15, 12면.

품으로 비판받기도 했다.[72] 따라서 내용상으로는 판금도서에 오를 특별한 이유가 없다. 판금도서에 오른 중국관련 문학작품들은 작가들이 '중공작가'라는 것 이외에 특별한 공통점을 보이지 않는다.

전체적으로 1980년대 중국 관련 판금도서의 특성은 다음과 같다. 첫째 역사와 사상 관련 서적은 혁명을 판단근거로 삼아, 혁명중국의 정당성을 도식적으로 설명하는 서적이 많았다. 둘째 중국혁명의 사상자원으로 마오쩌둥의 사상과 실천에 대한 관심을 표명한 금서가 많다. 셋째 공산당 혁명가, 혁명적 지식인, 그리고 혁명화 된 농민을 통해 중국혁명과 의식화, 혹은 혁명적 인간으로의 개조가 문제화되었다. 네 번째 중국문학작품의 경우 시기나 주제와 상관없이 '중공' 작가라는 조건으로 인해 금서의 목록에 올랐다. 즉 1987년 이전까지 '중공'이라는 조건이 작품의 판금 여부를 결정하는 중요 항목이었다.

3) 의식화와 사유의 돌파구로서의 루쉰

1982년 리영희는 「왔다!」를 쓴다.[73] 이 글에서 다루는 한국 사회의 정황은 루쉰이 「왔다來了!」에서 소개한 중국의 상황과 겹쳐진다. 루쉰은 이 글을 통해 당시 군벌 정권과 언론이 '과격주의가 왔다'며 대중에게 공포감을 조장하는 것을 비판했다. 인민들은 온 것이 어떤 것인지도 파악하지 못하고, 언론과 정부당국에서 외치는 '왔다'는 말에 허둥지둥

---

72 「중공 제2의 문혁조짐」,『경향신문』, 1981.5.11, 5면.
73 리영희, 『분단을 넘어서』, 한길사, 1984.

할 뿐이었다. 루쉰은 이런 현실을 빗대어 중국에는 '왔다가 왔다'라고 떠들 뿐이라고 지적한다. 무엇이 온 것인지 사유하지 않은 채 그저 주어진 대로 사고하고 사고하게 하는 체계에 대해 물음을 던졌던 것이다. 리영희 역시 한국 정부가 "의식화가 왔다"고 떠들어 대고 있다고 말한다. 『전환시대의 논리』와 『우상과 이성』을 금서[74]로 올리고 '의식화의 원흉'이라고 말한 한국의 지배 집단에 대해 비판의 시선을 돌린다. 자신의 책이 젊은 학생들과 지식인, 노동자를 오염시키는 무엇이며 이런 무서운 것이 곧 도래할 것처럼 떠들어대는 당국과 언론, 그리고 이에 호응하는 대중들을 리영희는 '조건반사적 토끼'라고 말한다.[75] 냉전의 구도 속에서 일체의 것을 흑백의 두 논리로 나누고 인식의 기능을 정지시켜 버린 것에 대한 비판이다.

리영희는 루쉰이 말하려 한 바는 "현대적 표현을 빌면 의식화"[76]라고 표명한다. '의식화'되지 않은 사람들은 잠을 자는 것과 유사하다고 보았다. "중국민중은 겁에 질린 얼굴로 다시 그 자리에 드러누우려고 움츠렸다. (…중략…) 그리고 잠을 자는 것이다."[77] 이것은 고통스러운 현실에서 고개를 돌린 '정신적 무기력'과 '지적 몽매'로의 도피였다. 중국민중 혹은 당시 한국 사회의 잠은 의식화에 대한 거부였던 것이다. 이는 군사정권의 고도의 전략의 일환이기도 했다. 의식을 체제 내화하고 순치시키는 전략의 하나가 체제 밖의 삶을 검열하고 통제하는 것이었

---

74 유신 시대 중국 관련 금서는 모두 리영희의 저서들 뿐이다. 『전환시대의 논리』; 『우상과 이성』; 『8억인과의 대화』.

75 리영희, 「조건반사적 토끼」, 『전환시대의 논리』, 창작과비평, 1974, 163면.

76 리영희, 「왔다!」, 『분단을 넘어서』, 한길사, 1984, 225면.

77 위의 글, 218면.

다. '길들여진 인간' 즉 아Q는 잠이 든 상태다. 박정희체제가 끝나고 쿠데타에 의해 만들어진 정권은 지식의 흐름을 통제하고자 시도했다. 그러나 냉전의 해체가 가시화되면서 한국 사회 역시 더 이상 폐색된 상태를 유지할 수 없었고, 어느 정도의 자유화를 허용해야 했다. 따라서 자유와 통제 속에 판매금지 서적이 존재하게 되었다. 이것이 박정희의 유신 시대에 비해 이 시기는 금서가 대폭 확대된 이유다.

리영희는 '왔다'라는 루쉰의 언어를 통해 파블로프의 개처럼 주건반사적으로, 사물과 세계를 바라보며 기계적으로 판단하는 것을 비판한다. 리영희는 의식화를 순리적이고 상식전인 원리의 회복이라고 말한다. 그것은 '일사분란'이나 '만장일치'를 당연시 여기고 '내부의 비판을 사갈시'하는 태도에 대한 비판이다.[78] 즉 리영희는 루쉰을 경유해서 상식과 순리의 회복을 의식화의 결과로 이야기했다. 루쉰을 통해 독재에 대한 저항을 인류보편의 자유를 위한 투쟁의 서사와 연결시켰던 것이다. 리영희에게 있어 루쉰은 인간의 가치를 위한 투쟁과 저항의 보편성을 확인하는 매개였다.

그러나 1980년대 사회주의적 원리를 인식의 지도적 이념으로 받아들인 시대이기도 했다. 루쉰에 대한 수용도 이를 반영하고 있다. 1987년 해금된 도서 중에 『魯迅소설집』이 포함되어 있다. 1980년대까지도 루쉰 관련 번역에 있어 주도적인 흐름은 계몽적 비평가로서의 루쉰의 소설들 즉 「아Q정전」, 「광인일기」, 「고향」, 「풍파」와 같은 소설의 번역이었다.[79] 그러나 『魯迅소설집』에 실린 소설이 이전에 번역된 루쉰 소설

---

[78] 위의 글, 223~225면.
[79] 1980~1987년 사이에 루쉰 관련 서적 번역.

들과 비교해 특별한 경향성을 드러낸다고 보기 어렵다. 그럼에도 불구하고 이 책이 금서에 오른 것은 루쉰의 해석을 둘러싼 조건의 변화를 반영하고 있다. 실제로 1980년대 이후 한국에서 중국현대문학 연구 중 가장 큰 비중을 차지한 것은 좌익문학에 대한 연구였다. 주로 1927년부터 1936년까지의 좌련 시기와 그 이후의 해방구시기에 벌어졌던 논쟁 등 중국의 사회주의 형성과 사회주의 문학과 관련된 연구가 지속적으로 이루어진다. 그리고 루쉰은 이 연구의 중요한 연구대상의 한 사람이었다.[80] 따라서 1980년대 한국의 중국현대 문학 연구에서 루쉰과 중국 마르크스주의 사이의 연관성을 밝히는 작업도 중요 연구주제였다.

이러한 문학사 연구와 중국 현대사의 중첩 지점에서 루쉰은 어떤 의미를 지녔던 것일까? 1982년 일월서각에서는 한무희의 번역으로『魯迅評傳－문학과 사상』을 출판한다. 마루야마 노보루丸山昇가 1965년에 출판한『魯迅評傳』은 애초 '일월서각'에서 기획했던 '중국총서'의 일환으로 번역된다.[81] 1982년에 번역된 이 책의 표지에 의하면,『중국총서』목록은 다음과 같다.

1980 :「아Q정전 / 침륜」(장기근 / 이석호, 대양서적),「魯迅作品」(성원근, 태극출판사).
1981 :「아Q정전 / 낙타상자」(김하중, 금성출판사)

80 전형준,「현대문학」, 차주한 외,『한국의 학술연구－중문학』, 대한민국학술원, 2001, 130~136면.

81 번역자인 한무희 선생은 인터뷰에서 일월서각 출판사에서 이 책을 소개하고, 번역을 적극적으로 추천했다고 술회했다. 한무희 선생은 루쉰은 마르크스주의자가 아니라 철저하게 중국의 민족과 국가를 위한 애국애족사상가라고 말한다. 철두철미하게 민족과 국가를 위한 계몽가로 봐야 하는 것이지, 그를 맑스주의라는 이데올로기에 가두어서는 안된다고 지적했다. 마루야마가 중국 공산당에 대해 호의적 평가 속에서 '혁명가 루쉰'을 이야기했다는 점에서 루쉰과 중국 사회주의에 대한 입장 차이가 존재했다. 인터뷰 시 마루야마 노보루의 저작은 번역자의 의지보다는 출판사의 적극적은 출판 기획 속에서 한국에 번역 소개되었다고 회고했다.

① 川合貞吉, 표문태 역, 『중국민란사』, 1979.

② 長野廣生, 천이두 역, 『서안사변』, 1982.

③ 오토 브라운, 천이두 역, 『대장정의 내막』,[82] 1984.

④ 丸山昇, 한무희 역, 『魯迅評傳－문학과 사상』, 1982.

⑤ 丸山松幸, 김정화 역, 『신해혁명과 5·4운동』,[83] 1983.

⑥ 宇野重昭, 『중국공산당사』.[84]

⑦ 중국근대경제사연구회편, 편집부 역, 『중국 근대경제사』[85]

일월서각에서 기획했던 『중국총서』는 일본어 저작으로 이루어졌는데, 이것은 중국서적이 자유롭게 유통될 수 없었던 상황을 반영하고 있다. 그런데 『중국총서』는 하나의 방향성을 드러내고 있다. 총서의 첫 번째 기획물인 카가이 테이키치川合貞吉의 『중국민란사』는 부제가 '삼국지에서 모택동'까지로 중국혁명의 특성을 "비적화한 농민반란"[86]으로 설정한다. 이 책은 러시아 혁명의 규범을 사회주의 중국의 성공에 그대로 적용하지 않는다. 대신 마오쩌둥의 주장대로 중국 농민과의 관계에서 혁명을 계열화한다. 즉 중국농민 운동의 계보 속에 중국혁명을 위치 지운다. 마오쩌둥의 「지구전론」도 농민반란과 연관성 속에서 다루어진다. 즉 마오쩌둥의 지구전 전략은 중국 고대의 농민들의 게릴라전을 모방한 것으로 결국 '농촌으로 도시를 포위함'으로써 중국혁명이 성공했

---

82 출판 시 번역자는 출판부로, 서명은 『코민테른과 대장정』으로 정정되었다.
83 출판은 『5·4운동의 사상사』로 번역되었다.
84 김정화의 번역으로 1984년에 출판되었다.
85 『중국근현대경제사』라는 제목으로 1986년 출판되었다.
86 川合貞吉, 표문태 역, 『중국민란사』, 일월서각, 1979, 12면.

다고 말한다.

　나가노 히로무의 『西安事變』 역시 시안사변을 통해 제2차 국공합작이 이루어지고 이를 시발점 삼아 일본과의 전투에서 승리, 사회주의 중국의 등장하게 되었다고 주장한다. 『중국 근현대경제사』의 경우, 1840년 아편전쟁을 중국 근대경제사의 기점으로 삼아 장제스 정권이 붕괴한 1949년까지의 경제적 변화를 다루고 있다. 마오쩌둥이 지적한 중국 사회의 성격, 즉 반식민지半植民地, 반봉건적半封建的 상황에서 벗어나 '신민주주의' 경제의 전면적 승리를 중국 근대 경제 이해의 기본적인 관점으로 설정한다. 100여 년에 걸친 중국의 경제제도의 변화 과정을 "중국 민중의 혁명의 투쟁과정"으로 이해하고, 사회주의 중국의 성립이 중국의 경제와 중국인의 삶을 얽어 맺던 모순의 해소로 파악한다. 일월서각 『중국총서』는 중국의 사회주의 혁명과, 중국 공산당을 어떻게 이해할 것인가에 문제의 초점을 두었던 것이다. 이것은 5 · 4 신문화 운동을 해명하는 『신해혁명과 5 · 4운동』 즉 『5 · 4운동의 사상사』에서도 드러난다. 마루야마 마츠유키丸山松幸는 5 · 4 신문화 운동이 새로운 지식을 자각한 지식청년들의 정신과 중국 현실의 격차 속에서 자연발생적으로 생겨났다고 말한다. 외부의 추종을 받지 않고, 기존 질서를 근본적으로 부정하는 힘은 이후 중국 공산당의 형성으로까지 나가게 된다고 지적한다. 이 자각에 근거한 '스튜던트 파워'는 중국 혁명의 선두에 서게 되었고, 이들이 노동자 · 농민과 결합해 중국 사회의 변화를 만들어냈다. 마루야마 마츠유키가 5 · 4 신문화 운동의 가치를 평가하는 척도는 마오쩌둥의 '5 · 4'에 대한 규정이다. 마오쩌둥은 '5 · 4'를 반제국주의와 반봉건 운동으로 파악하는데, 5 · 4운동은 초보적인 공산주의 지식인과 혁명적 소부르주아 지식인 그리고 부르주아 지식인의 연합을 통해 만들어졌다고 규정한다.[87] 일월서각의『중국총서』는 이러한 운동이해의 근거로서 마오쩌둥의 중국혁명에 대한 사유를 도입하고자 한 것이다.[88]

한국에 소개된 최초의 루쉰 전기였던『魯迅評傳』역시 이러한 문제의식과 맞닿아 있다. 마루야마 노보루는 전후 혁명에 대한 바람이 일본 사회에 퍼져 있을 때 루쉰 연구를 시작하고 도쿄대학에서 현대 중국문학으로 교편을 잡고 있었다. 김근金槿은『魯迅評傳』에 대한 서평에서, 마루야마의 루쉰 이해가 역사적 사실에 근거한 실증주의적 루쉰 이해에 기반하고 있으며 이는 다케우치 요시미의 문학가 루쉰 이해에 대한 비판에서 생겨났다고 지적한다. 즉 다케우치 요시미의 루쉰 이해는 실증적인 사실에 근거하는 대신 자신들 속의 '노신 형상의 골격' 즉 자기 자신의 경험에 근거한 루쉰 이해에서 출발했다. 이를 비판한 마루야마가 1차 자료에 근거한 루쉰 이해를 제안한다고 평가한다.[89] 김근의 서평은 일본에서의 루쉰 수용을 개괄적으로 다룬다.

그런데 앞서 지적한 것처럼 다케우치 요시미는 루쉰과 관련해 '정치와 문학'이라는 주제를 제기함으로써 제2차 세계대전 이후 정치화된 세대에게 가장 큰 영향력을 행사했다.[90] 다케우치는 문학은 항상 정치

---

87 毛澤東, 김승일 역, 「신민주주의론」,『모택동선집』2, 범우사, 2002, 411~412면.
88 당시 일월서각의 편집진의 일원이었던 백명수 씨는 인터뷰에서 1980년대 중국관련 서적은 마오쩌둥을 이해하기 위한 일련의 시도였다고 말했다. 마오쩌둥을 직접 한국에 도입하기 어려운 조건하에서 이를 위한 우회 전략으로서 일본의 마오쩌둥 이해를 번역했다고 술회했다.
89 김근, 「魯迅評傳-문학과 사상」,『중국어문학』7(1), 영남중국어문학회, 1984, 276면.
90 다케우치 요시미가 루쉰과 관련해 제기했던 정치와 문학이라는 주제가 1950년대 일본

에 둘러싸여서 있으며, 이것이 문학이 탄생하기 위한 조건이라고 생각한다. 즉 정치가 어떤 행동이라고 했을 때, 문학 역시 하나의 행동이며, 이 행동은 자신을 부정함으로써 이루어지는 출구의 탐색이라고 보았다.[91] 이러한 다케우치의 루쉰 이해를 비판하면서 마루야마 노보루는 '혁명가 루쉰'의 이미지를 제기한다. 문학자의 주체성을 강조한 다케우치에 비해 마루야마는 혁명가로써, 혁명을 위해 살아간 인물로 루쉰을 그려낸다. 이것은 마루야마가 전후, 특히 1950년 전후 혁명에 대한 갈망이 만연한 일본 사회에서 루쉰 연구를 시작한 것과 관련된다. 마루야마는 루쉰이 신해혁명 좌절의 경험을 바탕으로, 5・4운동 이후 현대중국의 혁명을 담당할 주체형성을 추구했다고 말한다. 마루야마가 말하는 '혁명가'는 그 당시 일본인들이 생각하듯 사회주의 혁명가만을 지칭하는 것이 아니었다. 그는 루쉰에게 혁명은 중국의 혁명, 중국의 변혁이라고 지적한다. 이런 의미에서 루쉰은 중국의 정치와 혁명의 테두리에서 단 한 번도 벗어난 적이 없다고 본 것이다.[92]

마루야마 노보루는 혁명가 루쉰을 다루면서 중국 혁명의 근본 문제를 새로운 주체형성과 관련해서 다룬다. 루쉰은 중국혁명의 좌절을 정

에서 문학의 정치에 대한 자율성을 어떻게 생각할 것인가 즉 문학은 누구를 위해 있는 것인가라는 문제의식 속에서 전개되었다. 당시 일본에서 문단 이외에도 문학서클 운동이 활성화되는 상황에서 다케우치는 중국에서 문학이 정치에 관계된 상태이고, 문학자는 문학자의 길드를 넘어선 국민상을 형성하는 책임이 있다고 주장했다. 그의 주장은 많은 학생과 노동자를 촉발시켰고 이들이 스스로 많은 문학작품을 생산하기에 이른다. 이 속에서 일본에서 루쉰의 독서회라든가 중국 항전기의 문예나 판화 등도 성황리에 소개되었다. 일본에서의 다케우치 요시미의 루쉰 연구에 대해서는 서광덕, 「동아시아 근대성과 노신-일본 노신 연구를 중심으로」, 연세대 박사논문, 2003.

91 孫歌, 윤여일 역, 『다케우치 요시미라는 물음』, 그린비, 2007.
92 서광덕, 앞의 글, 129~132면.

치체의 형성의 실패 이전 새로운 주체의 탄생의 실패라고 이해했으며 이 실패를 전환하기 위해 주체화의 문제를 고민했다고 본 것이다. 그런데 루쉰은 새로운 주체가 외부의 힘에 의해서 조형될 수가 없다고 본다. 즉 루쉰이 중국 혁명에서 고민한 문제는 먼저 각성한 존재들의 외침이 가르침만으로 전락하지 않게 하기 위한 것이었다. 그와 대조적으로 후스나 천두슈 그리고 '혁명문학가'들은 외침을 가르침으로 착각하는 계몽주의로 전락해 버린다. 마루야마에 따르면 루쉰은 계속 외침으로써 전락하지 않았으며, 이러한 태도가 중국 개혁의 근본 원리라고 밝히고 있다.[93]

루쉰을 경유한 지식인의 외침 혹은 지식인 문제는 1980년 한국에서 금기시되었던 마오쩌둥의 혁명에 대한 태도와 연관되어 있다. 가령 1930년대 루쉰은 문화대중화론을 통해 문예의 대중화와 중국화의 문제를 논했는데, 이는 다시 1940년 중일 전쟁 시기 '민족형식논쟁'으로 재현된다. 마오쩌둥은 중국사회가 농민을 중심으로 이루어진 반식민지半植民地 반봉건半封建 사회이기에 마르크스・레닌의 이론을 그대로 들여올 수 없다고 주장한다. 따라서 중국에 맞는 새로운 변혁의 형식이 모색되어야 한다는 것이다. 이는 마르크스주의의 중국화로 나타났다.[94] 즉 항일전쟁 시기, 농촌을 중심으로 한 민중동원에 적합한 문화형식을 구성하는 데 있어 서양으로부터의 수입문화를 기계적으로 적용하는 태도는 수정되지 않으면 안 된다는 것이다. 그것은 「신민주주의론」에 있어 "신민주의의 문화는 민족적이다", "민족적 특징과 결합한 일정한 민

---

93 丸山昇, 한무희 역, 『魯迅評傳─문학과 사상』, 일월서각, 1982, 217~218면.
94 전형준, 「민족형식논쟁에 대한 비판적 연구」, 『중국어문학』 9, 영남중국어문학회, 1985.

족적 형식을 통하는 것이야말로 도움이 된다"라는 것에 반영되어 있다. 이것은 마르크스-레닌 주의를 포함해서 도시 지식인들이 받아들인 직수입형의 이론이 중국 사회에 효과가 없다고 지적한 것이다.

마오쩌둥의 혁명과 지식인에 대한 견해는 1980년대 한국 지식인들과 운동세대에게 일종의 사회 변혁의 모델로 받아들여진다. 한국 사회와 가깝지만 먼 '중공'과 '중국 혁명' 그리고 마오쩌둥의 사상은 1980년대 남한 사회의 지식인들에게 삶의 에너지를 운동의 방향으로 전환하는 문제와 결합한다. 마오쩌둥이 중국 사회의 변혁을 위해서 제시한 전략은 불의한 권력에 대항하는 투쟁전략의 하나로 읽혔다.[95] 1970년대 리영희 등이 제기한 후 형성된 중국혁명 및 혁명가에 대한 관심이 1980년대에도 지속된다. 중국혁명이라는 세계사적 사건을 이끌어낸 마오쩌둥에 대한 '이상화된 관점'이 당대 지식인들과 운동 세대들에게 존재했던 것이다. 에드가 스노우의 『중국의 붉은 별』과 같은 르포르타주는 이상적 인간형으로서 마오쩌둥을 이미지화했다. 그러나 마오쩌둥 관련 저서는 1980년대 후반 이전까지 금서의 대상이었다. 루쉰과 루쉰을 경과한 혁명의 이미지는 공식적 담론 체제 안에서 은폐된 마오쩌둥에 다가가는 하나의 통로였다.

마오쩌둥에 대한 서적들이 금서의 형태로 유통되면서 루쉰을 이해하는 하나의 문턱으로 전환하기도 했다. 1987년 판매금서목록에 올라

---

[95] 1980년 중앙대 문창과에 입학한 이후 1983년부터 노동운동에 참여했던 심명화는 자신들이 80년대에 꿈꾸었던 사회주의가 러시아 혁명과 중국혁명에 대한 이미지 이상을 그려볼 수 없었다고 말한다. 80년대 운동의 상상력의 임계점으로써 마오쩌둥과 중국혁명이 존재했던 것이다. 물론 이후 1980년대를 지나면서 이러한 상이 철저히 해체되었지만 말이다. 유경순 편저, 「심명화의 구술 생애사」, 앞의 책.

있던 기쿠치 사부로菊地三郞의 『중국현대문학사』는 루쉰의 입장, 정확하게는 마오쩌둥이 정의한 루쉰을 통해 중국현대 문학사에 접근한다. 이 책은 루쉰의 정신을 반제와 반봉건과의 대결로 설정하고, 이러한 루쉰 정신의 전개·발전의 역사가 중국 근현대 문학의 역사라고 말한다.[96] 이는 마오쩌둥의 루쉰 규정, 즉 루쉰의 방향이 중화민족의 새로운 방향이라는 규정에 의거하고 있다. 해방 직후 중국혁명에 대한 관심 속에서 유통되었던 마오쩌둥의 루쉰 규정이 1980년대 한국 사회에서 다시 유통 되기 시작한 것이다. 즉 '혁명문학논쟁에 대한 논쟁',[97] '문예대중화론',[98] '민족형식논쟁'[99] 등 1980년대 한국 사회에서 유통되기 시작했던 좌익문학에 대한 연구는 마오쩌둥의 루쉰 규정에 근거하고 있다.

1980년대 한국 사회에서 마오쩌둥의 「옌안문예강화」가 실린 금서의 하나가 『문학의 이론과 실천』이다.[100] 이 책에서 편자들은 '제도로서의 문학'과 '운동으로서의 문학'을 대조시키면서 새로운 문학운동의

---

96 菊地三郞, 정유중·이유여 역, 『중국현대문학사―혁명과 문학운동』, 동녘, 1986, 14면.
97 이와 관련해서 김시준, 「中國現代文學에서의 『革命文學運動』研究」, 『중국문학』14, 한국중국어문학회, 1986; 「중국현대문학에서의 혁명문예논쟁연구」, 『중국문학』15, 한국중국어문학회, 1987; 김양수, 「중국의 혁명문학논쟁 연구」, 성균관대 석사논문, 1987.
98 유중하, 「문예대중화논쟁 연구」, 연세대 석사논문, 1986.
99 전형준, 「민족형식논쟁에 대한 비판적 연구」, 『중국어문학』9, 영남중국어문학회, 1985; 김회준, 「중국항일전쟁시기 문학의 민족형식 논쟁 연구」, 고려대 석사논문, 1987.
100 『문학의 이론과 실천』은 서구, 중국, 한국편으로 구성되어 있다. 서구편은 루카치의 문학이론과 미학이론에 관한 네 편의 논문으로 이루어져 있다. 중국편은 천두슈의 「문학혁명론」, 이추리의 「혁명문학을 어떻게 건설할 것인가」, 취추바이의 「대중문예의 문제」, 저우양의 「리얼리즘 시론」, 이샤(藝莎)의 「국방문학과 민족혁명전쟁 중의 대중문학 논쟁」, 궈모뤄의 「민족형식논의」, 마오쩌둥의 「강화」, 마루야나 노보루의 「혁명문학 논전 중의 노신」으로 구성되어 있다. 한국편은 윤원석의 「식민지시대 프로문학이론의 전개과정」이다. 이득재·조성, 『문학의 이론과 실천』, 사계절, 1986.

경험으로 중국의 사회주의 문예이론을 소개하고 있다. 중국의 문학운동이 역사적 현상태에 대한 분석과 연동되어 있으며 중국 사회의 역사적 모순에 대응하기 위해 논쟁적 성격과 실천적 성격을 동시에 갖는다고 말한다.[101] 그런데 마오쩌둥의 루쉰에 대한 규정은 단순히 루쉰을 중국 사상과 문학의 원점으로 규정하려는 것만이 아니었다. 마오쩌둥의 루쉰론은 1937년 중일전쟁 이후 이루어진 지식인의 움직임과 관련되어 있다. 제2차 국공합작 이후 공산당의 근거지였던 옌안 지역으로 도시 출신의 지식인과 학생들이 모여들기 시작한다. 마오는 중국의 민주혁명에서 가장 먼저 각성한 계층으로 지식인을 거론하고 이들 지식인에게 노동민중과의 결합을 강하게 촉구했다.[102] 중국 사회의 변혁의 일원으로 '지식인을 대량으로 흡수'할 것을 발표함으로써 지식인을 혁명의 대열로 끌어들이려 했던 것이다.[103] 지식인을 변혁운동에 흡수하는 흐름에서 1942년 5월 옌안에서 「옌안 문학·문화예술 좌담회에서의 강화」 소위 '옌안문예강화'가 발표된다. 마오쩌둥은 강화에서 창작의 질보다는 문예보급의 우선성을 강조하면서, 창작자들이 솔선해서 농촌 등의 현장으로 들어갈 것, 혁명의 어둠을 폭로하기 보다는 광명을 우선 묘사할 것 등을 강조한다. 그러나 이 시기 문예의 대중성에 대한 강조는 농민 출신 홍군과 도시 출신 지식인들 사이의 불협화음에 대한 마오쩌둥의 대응이기도 했다. 마오쩌둥은 도시 출신 지식인들에게 농민과 노동자들의 삶으로부터 배울 것을 촉구함으로써 지식인들을 '의식화'

---

101 이득재·조성, 앞의 책, 3면.
102 毛澤東, 김승일 역, 「5·4운동」, 『모택동선집』 2, 범우사, 2002, 262면.
103 毛澤東, 김승일 역, 「지식인을 대량으로 흡수하자」(1938.12.1), 위의 책, 2002.

하고자 했다. 특히 루쉰을 끌어들여서 도시출신 지식인의 스타일의 개조를 희망했던 것이다.[104] 국민당 지배 지역에 있을 때의 스타일과 옌안에서의 스타일 차이를 강조하면서 지식인들에게 '가르치는 위치'에서 벗어나 오히려 농민으로부터 배우는 위치로의 이동, 농민과의 동화를 촉구했던 것이다.

요컨대 1940년대 중국혁명의 과제가 1980년대 한국 사회에서 루쉰과 마오쩌둥을 둘러싸고 한국 사회에 유통된다. 지식인의 의식화라는 중국혁명의 과제를 전유함으로서 1980년대 당대 한국 지식인과 청년들에게 새로운 사회적 실천 감각을 형성하고자 했다. 대장정이라든가 마오쩌둥의 실천, 그리고 루쉰식 혁명의 이미지는 세계에 대한 태도 혹은 상식을 해체하는 하나의 통로로 이해되었던 것이다. 물론 루쉰과 마오쩌둥의 주위를 둘러싼 1980년대 한국 사회의 지적 풍토는 중국・일본과 달랐다. 이들의 1980년대는 루쉰을 마오쩌둥의 이데올로기로부터 분리하는 시간이었다. 반면 한국 사회에서는 마오쩌둥을 이해하기 위한 통로로 루쉰을 활용했다. 그러나 이때 한국 사회에 지적 자극을 주었던 '마오쩌둥'은 현실의 마오쩌둥 보다는 이상화된 혁명가 마오쩌둥이다. 루쉰에 대한 이해 역시 혁명가 루쉰이 핵심 주제였다. 그리고 루쉰을 둘러싼 지식인 개조와 의식화는 당시의 한국 사회의 정치적 지형 속에서 만들어진 루쉰 수용의 임계점을 이룬다.

해방 직후 이명선은 루쉰의 잡문 번역을 통해 루쉰이 가진 혁명적이고 전투적 정신을 한국 사회에 유통시기고자 했다. 그러나 한국 전쟁

---

104 毛澤東, 김승일 역, 「옌안문예좌담회에서의 강연」(1942.5), 『모택동선집』 3, 범우사, 2002, 104~105면.

시기 이명선의 죽음과 냉전의 공고화로 인해 루쉰 수용은 제약적일 수밖에 없었다. 1980년대 냉전체제에 대한 반성과 군사 정권에 대한 저항과 투쟁 속에서 루쉰의 체계적인 잡문이 번역되기 시작한다. 다케우치 요시미가 1974년부터 집필을 시작해 1977년 병사하기 직전까지 번역과 역주를 붙였던 『魯迅文集』이 중역되어 한국 사회에 소개된다. '혁명문학논쟁', '문예대중화' 그리고 '자유인과 제3종인' 등 중국혁명을 둘러싼 루쉰의 목소리가 비로소 읽을거리로 자리잡게 된다. 1985년 1권이 번역된 뒤 1987년에 마지막 6권이 번역된다. 『魯迅文集』에서 1권을 제외한 모든 문집의 첫머리에 다케우치 요시미의 부인인 마루야마 데루코竹内照子가 쓴 한국어판 서문이 붙어 있다. 다케우치 요시미가 루쉰 속에 현대세계의 본질적인 문제가 있다고 믿었다고 술회한다. 그리고 다케우치가 "魯迅 속에는 예상치 못했던 '未來性'이 감추어져 있어서, 많은 발굴 작업이 행해지기를 기대"했다고 말한다.

다케우치 요시미의 육성을 통해 한국에 전해진 루쉰의 미래성이란 어떤 것이었을까? 다케우치 요시미의 『魯迅文集』이 번역되었을 때, 한국에서 언표될 수 없었던 혁명적 루쉰에 대한 이해일 수도 있다.[105] 그러나 『魯迅文集』 마지막 권이 번역되던 1987년 이후 한국 사회는 급속하게 변화한다. 책의 번역과 유통도 비교적 자유스럽게 되었으며, '중국'을 더 이상 '중공'으로 부를 필요가 없게 되었다.

---

105 유중하는 『魯迅文集』 5권에 실린 『이심집』 서언에서 루쉰이 "후에 사실을 알고 신흥 프롤레타리 계급이야말로 장래성이 있다는 사실을 깨달았다는 점은 부정할 수 없다"는 루쉰의 술회를 사람들이 꼼꼼히 읽고 거기에 주목했다면 이 책에 대한 대접이 달라졌을 것이라고 말한 바 있다. 루쉰이 가진 미래성의 한 모습이 한국에 언표될 수 없었던 '혁명가 루쉰'의 발굴일 수 있었을 것이다. 유중하, 「우리가 '끌어다 쓴' 루쉰상에 대한 점묘」, 『문학과 사회』 14, 문학과지성사, 1998, 787~788면.

이런 조건의 변화 속에서 루쉰의 미래성이란 어떤 것이었을까? 루쉰의 미래성이 루쉰과 함께 어떤 출구를 찾아내는 것이었다고 한다면, 마오쩌둥 식의 혁명에 대한 이해가 루쉰의 급진성을 표현했던 시대가 해체된 이후에 루쉰은 어떤 의미를 띠게 된 것일까? 1980년대 한국 사회에서 루쉰은 지식인의 의식화라는 출구탐색과 결합한다. 그러나 1980년대 후반의 변화와 함께 지식인의 의식화라는 문제틀 역시 해체된다. 루쉰은 더 이상 '혁명'에 잡혀 있지 않게 되었다. 그리고 루쉰 역시 비로소 '루쉰'으로 되돌아감으로써 루쉰 속에서 다른 출구를 찾는 문제가 제기될 수 있었다.

3. 동아시아 담론과 동아시아적 지성

1) 탈냉전과 중국붐

1987년 6월은 한국 사회의 변화를 알리는 출발선이었다. 민주화 운동에 따른 국내의 정세 변화 속에서 협소한 반공 이데올로기가 해체된다. 그리고 '중공'과 '좌경화한 루쉰'은 금지와 비판의 대상이 아니라 수용과 탐구의 대상이 된다. 1980년대 후반 냉전체제의 약화와 내부 민주화의 진전은 한국에서 루쉰을 둘러싼 제약성을 해체한다. 권력에 의한 금기 혹은 제한된 정보에 의해 상상되고 사유되었던 루쉰에 대한 이해의 폭 또한 확대된다. 이러한 이해 폭의 확대는 '중국붐'의 일환이 었다. "중국 대륙을 중공 대륙으로, 그 대륙에 사는 사람을 중공인으로 부름으로써 반공정신을 표현한다는 경직된 사고"[106]에 대한 반성이 한국 사회에서 확대되었다. '중공'에 대한 금기가 해체되고 중국이 한국 인들의 일상으로 들어오기 시작한 것이다.

루쉰을 포함한 중국문학에 대한 수요는 중국에 대한 지적성찰과 관심을 표현한다.[107] 중국을 이해하기 위한 가장 친근하고 대중적인 수단으로 "49년 공산정권수립과 함께 단절되었던 중국현대문학"이 관심의 대상이 된다.[108] 1987년 이전의 판금 도서들이 유통되기 시작했고,[109] '중앙일보'는 중국현대문학 시리즈를 출판한다. 루쉰이나 예성타오, 위다푸 등 중국의 사회주의 혁명 이전의 작가들뿐만 아니라, 자오수리나 저우리보, 우원도우 같은 사회주의 혁명 이후의 작가들 그리고 당시 문화부 부장이었던 왕멍의 작품을 번역·출판하는데 이 시리즈는 1949년 이후 한국과 중국 사이의 단절을 해소하려는 시도의 일환이었다.[110]

---

106 민두기, 「중국을 어떻게 부를 것인가」, 『누가 승자인가』, 지식산업사, 1985, 125면.
107 「중국문학작품 잘 팔린다」, 『동아일보』, 1991.6.3, 13면.
108 「중국현대문학 국내상륙」, 『매일경제』, 1989.3.1, 7면
109 「공산권예술인 3년간 231명 내한」, 『동아일보』, 1988.7.20.
110 중앙일보사에서 1989년 출간한 『중국현대문학전집』은 총 20권으로 구성되어 있다. 1. 『루쉰소설집』(루쉰, 김시준) 2. 예환지 / 침륜 외(예성타오 / 마오둔 외, 이영구.전인초) 3. 새벽이 오는 깊은 밤(마오둔 / 김하림) 4. 팔월의 향촌 / 삶과 죽음의 자리(샤오쥔 / 샤오훙, 서의영 / 원종례) 5. 낙타상자(라오서, 유성준) 6. 변방의 도시 / 이가장의 변천 외(선충원 / 자오수리, 심혜영 / 김시준) 7. 추운 밤 / 동터오는 강변 외(바진 / 췬칭, 김하림) 8. 태양은 상건하에 비친다(딩링 / 노경희) 9. 홍암(귀쾅빈·양이옌, 박운석) 10. 한 노동자의 수기 외(우윈두오 외 / 유중하) 11. 산향거변 상(저우리포, 조관희·이우정) 12. 산향거변 하(저우리포, 조관희·이우정) 13. 여지견 작품집 / 중년이 되어 / 천운산 전기(루즈지엔 / 천룽 / 루옌조우, 이영자 / 김용운 / 김의진) 14. 허무와 그의 딸들(조우커친, 김광영) 15. 변신하는 인형(왕멍, 성민엽) 16. 반하류사회 / 대북 사람들(자오즈판 / 바이시옌융, 허세욱) 17. 야행화차 외(천잉전 외 / 유중하) 18. 뇌

이외에도 다이허우잉의 소설 등이 번역되어 '당대' 중국과 중국인의 고민이 한국에 소개된다.[111] 즉 근대 이후의 중국과 중국인의 삶을 구체적으로 실감하고 이를 전체적으로 드러내는 시도들이 이루어진다.

루쉰의 경우 소설 이외에도 잡문이나 루쉰 전기 등이 한국 사회에서 관심의 대상이 된다. 가령 이욱연이 번역한『아침 꽃을 저녁에 줍다』는 루쉰 산문 문학 중 63편을 가려 뽑은 것으로 일월서각에서 출판된 6권짜리『魯迅文集』이 다케우치 요시미의 중역본인 것에 비해 이 책은 루쉰 작품을 직접 중국어에서 한국어로 번역한 책이다.[112] 다케우치 요시미의 중역본이 문집이 주는 고풍스러운 이미지라든가 루쉰에 대한 기본적인 이해의 부재로 대중화에 실패했다고 한다면,[113] 이욱연이 번역한『아침 꽃을 저녁에 줍다』는 발매 2개월 만에 3만 부가 팔려나갈 정도로 인기를 끈다.[114]

루쉰에 대한 관심은 한국과 중국 사이의 인적·물적 네트워크의 활성화를 반영한다. 이는 냉전 시기 인접했지만 적대해야 했던 두 공간이 서로 교통해야 하는 조건 속에서 루쉰이 문제화되었음을 의미한다. 이때 두 국가의 소통은 냉전 시기에 비해 보다 직접적이고 실제적이며 더 강한 효과를 발휘한다. 중국이 직접적인 실감의 대상이 되면서 루쉰 집

우 / 찻집(차오위 / 라오서, 김종현 / 오수경) 19. 현대대표시인선집(아이칭 외, 허세욱·유성준·성민엽) 20. 문학과 정치(궈모뤄 외, 김의진·심혜영·성민엽).

111 「한중문화교류의 시금석」,『동아일보』, 1992.9.19, 3면; 「중국을 바로 알자」,『한겨레』, 1992.9.23, 3면.

112 「루쉰 독특한 산문문학 담뿍『아침 꽃을 저녁에 줍다』직역 출간」,『한겨레』, 1991.3.20, 9면

113 유중하, 「우리가 '끌어다 쓴' 루쉰상에 대한 점묘」,『문학과 사회』 14, 문학과지성사, 1998.

114 「중국을 바로 알자」,『한겨레』, 1992.9.23.

을 방문한 기사라든가[115] 루쉰의 고가를 방문한 기행문이 실린 것도 이러한 맥락에서이다. 1991년 여름 상하이와 항저우를 거쳐 루쉰의 고향인 샤오싱에 도착한 전인초는 루쉰의 생가와 기념관, 삼미서옥, 그리고 함형주점을 방문한다. 루쉰의 사진과 국보급 문화재로 지정된 샤오싱의 루쉰 생가를 배경으로 찍은 칼라 사진은 루쉰이 실감의 대상임을 드러낸다. 냉전 시기 루쉰에 대한 이해가 중국에 대한 상상력에 의존해야 했다면, 1990년대 중국과 루쉰은 실감의 대상이 되었다.

냉전체제 속에서 루쉰을 계몽적 비판가 혹은 사회주의 리얼리스트로 이야기할 때, 양자 모두 루쉰을 보편적 지식인이라는 관점에서 접근해 왔다. 이것은 '중국'을 '중공'으로 호명하고 이를 "'기아', '괴뢰', '피골상접', '야만', '무과학', '정권타도', '침략', '호전' 등의 냉전 용어와 그것이 담고 있는 관념"[116]과 결부시킨 조건과 연관되어 있다. 냉전 체재하에서 루쉰은 자유주의 이념 혹은 사회주의의 이념의 체현자로 현현했는데 둘 모두 서구적 보편성을 근거로 삼고 있다. 그러나 1987년 이후 중국은 한국의 인접한 국가로서 적대가 아니라 소통해야 할 공간으로 다가왔다. 그리고 루쉰은 이러한 교통의 상징으로 표상되었다. 냉전이 약화되고 지역내 교류가 활성화되면서 루쉰이 '지역'의 차원에서 담론화 되기 시작했다. 한국사회의 변화가 '지역'의 문제와 밀접하게 결부되어 있다는 의식이 확산되고, 이것이 동아시아론을 통해서 제기된 것이다. 냉전 이데올로기에 따라 중국을 '중공'으로 규정했던 독단적 이해에서 벗어나 어떻게 중국을 타자로 받아들이고 소통할 수 있

---

115 「국내 관광업계 '중국열풍'」, 『한겨레』, 1988.10.2, 11면.
116 리영희, 「왔다」, 『분단을 넘어서』, 한길사, 1984.

을까, 동시에 한국과 다른 근대화의 경로를 밟은 중국에 대해 냉전의 통념에 갇히지 않고 어떻게 접근할 수 있을까가 문제화 된다. '동아시아'라는 사유는 이러한 문제 제기에 대한 응답이었다.

2) 동아시아적 시각의 등장

루쉰은 중국에서만이 아니라 20세기 동아시아, 즉 한국, 일본, 타이완, 홍콩 등등에서 꾸준히 읽히고 연구되어왔다.[117] 각 지역에서는 루쉰을 통해 자신이 발 딛고 선 현실을 해석하는 동시에 자신이 위치한 역사와 현실에 개입할 방법을 찾아내려 했던 것이다. 루쉰이 중국 근대문학사만이 아니라 근대 동아시아에서 문제적 인물로 자리매김한 까닭도 여기에 있다. 루쉰의 수용과 해석 속에서 루쉰이 위치한 현실 역사와 자신의 위상을 비교 검토한 동시에 루쉰이 헤쳐 나간 방향 속에서 자국의 근대와 역사에 대한 시각을 얻고자 했던 것이다.

루쉰이 동아시아 공통의 사상자원으로 한국에서 유통될 수 있던 것은 1980년대 후반의 체제 변화의 영향이 컸다. 1989년 베를린 장벽의 해체와 연이은 소련의 몰락 속에서 냉전의 동요가 가시화된다. 냉전의 약화는 중국을 '중공'으로 규정했던 사유의 제약으로부터 벗어나는 계기였다. 한국 내부 민주화의 진전 속에서 이루어진 중국과의 학적 교류의 증가와 출판 유통 시장의 자유화를 통해 중국에 대한 한국 사회의 경직

---

117 藤井省三, 백계문 역, 『루쉰—동아시아에 살아 있는 문학』, 한울, 2014.

된 시선을 상대화할 수 있었다. 1992년 8월 24일 한중 국교정상화가 발표된 이후 중국과의 학술 교류가 본격화되었는데, 1993년 11월에는 서울에서 한국 최초로 중국 대륙 학자들과 일본 학자들이 함께 모여 「魯迅 문학과 사상」을 주제로 국제학술대회를 개최한다. 중국에서 중국현대문학 연구회 회장인 베이징 대학의 엔지아옌嚴家炎, 비서장인 첸리췬錢理 群, 그리고 왕푸런王富仁 등이, 일본에서는 마루오 쯔네키丸尾常喜, 마쯔나가 마사요시松永正義등이 참석한다. 중국현대문학회 주최로 열린 이 국제학술 대회의 구성은 루쉰이 동아시아에서 갖는 지위를 상징적으로 드러내었다. 냉전 속에서 분할되어 있던 동아시아 각 지역에서 루쉰은 각기 독자적으로 수용되었다. 이 학술대회를 계기로 중국과 일본의 현대문학 연구학회와 상호간의 지적 교류가 활발하게 진행되게 된다.[118]

다른 한편 이러한 변화는 루쉰이 1980년대 이전에 한국의 공적 담론에서 소개되듯 단순한 중국문학가로만 규정될 수 없음을 이해하는 계기였다. 사실 루쉰의 전체 글에서 소설은 일부에 해당한다. 그의 대부분의 글은 '잡문' 혹은 '잡감'이라고 불리는 논쟁적인 글이다. 그는 이런 글쓰기 형식을 통해서 전통과 근대의 모순, 자본과 국가의 억압, 그리고 노예화된 지식인과 민중의 욕망을 지속적으로 비판한다. 사실상 루쉰의 문단 생활의 대부분이 이러한 논쟁과 비판의 연속 이었다. 문단 생활의 대부분을 논쟁으로 소모한 루쉰은 사후에도 중국에서 가장 논쟁적인 지식인으로 남게 된다.[119]

---

118 김시준, 「초기 중국현대문학 연구와 학회창립 회고」, 『중국현대문학』 74, 한국중국현대문학학회, 2015.
119 竹內好, 한무희 역, 「노신의 논쟁태도」, 『魯迅文集』 VI, 일월서각, 1987.

중국 사회에서 루쉰의 수용과 해석은 중국 사회를 어떻게 구성할 것인가 그리고 어떻게 변화시켜 갈 것인가와 깊이 관련되어 있다. 그것은 루쉰을 중국 사회의 변동과 혁명의 모델로 규정하고 이를 통해 지식인 개조를 시도했던 마오쩌둥의 시대에만 국한된 인식이 아니었다.[120] 이것은 마오쩌둥의 시대가 종결되고 '개혁개방'이 시작된 이후에도 마찬가지이다. '신시기' 문학연구로 불렸던 개혁개방 시기의 루쉰 연구는 문학의 영역에 국한되는 것이 아니라 중국의 개혁개방의 방향성과 중국의 미래의 방향성에 대한 탐색의 일환이었다.[121] 중국의 비판적 지식인과 사상가들이 자본과 국가 체제, 민중과의 관련 속에서 실천적인 지식인의 형상으로 루쉰을 해석해야 한다는 시점이 형성된 것도 이 시기다. 즉 중국 근현대라는 시공간에서 펼쳐진 역사 전개에 대한 비판적 응전이 중국 루쉰 연구사라는 인식이 한국 사회에서 형성되었던 것이다.

다른 한편에 루쉰은 한국 사회에서 일본 정신사를 이해하는 통로가 되기도 했다.[122] 루쉰은 일본에서 일본 정신사를 끊임없이 새롭게 구성하는 힘으로 사람들에게 각인되어 왔다.[123] 루쉰은 죽어간 제자들이나 '여조'·'무상'과 같은 '구이鬼'와의 마주침 속에서 과거의 기억을 끄집어 올려 새로운 의미를 부여하곤 했다. 루쉰의 일상적인 시간의 이음매가 이 '구이'들의 출현 속에서 흔들렸던 것처럼,[124] 일본의 정신사 역시

---

120 錢理群, 「我與魯迅－『心靈的探尋』後記」, 『拒絕遺亡』, 中國大百科全書出版社, 2009.
121 汪暉, 이욱연 외역, 『새로운 아시아를 상상한다』, 창비, 2003.
122 일본 루쉰 연구사와 관련해서 서광덕, 『서광덕, 『동아시아의 근대성과 노신』, 연세대 박사논문, 2003.
123 伊藤虎丸, 앞의 글.
124 동시에 루쉰의 글은 항상 유령의 모습을 떠오르게 하기도 한다. 이와 관련해서 汪暉, 김택규 역, 「죽은 불 다시 살아나」, 『죽은 불 다시 살아나』, 삼인, 20005.

'루쉰'이라는 '구이'의 출현 속에서 새로운 사상의 시공간을 대면하곤 했다. 마르크스의 유령들처럼 루쉰은 일본 사상계와 정신계를 배회했던 것이다.[125] 냉전 시기 일본의 루쉰 이해는 전체주의로 기울어져 버린 일본 근대에 대한 비판을 의미한다. 루쉰과 그의 문학은 일본 근대와 대척점에 서 있는 중국 근대의 상징이었다. 다케우치 요시미가 논파했듯 일본의 근대가 자신을 주인으로 착각한 노예의 근대, 즉 무저항적 근대였다고 한다면, 이런 노예성을 자각하고 저항하는 동시에 이 노예성을 받아들일 수밖에 없었던 것이 중국의 근대였다.[126] 일본이 중국과 근대를, 더 나아가 아시아를 어떻게 이해했고 이해하려 했던가가 루쉰 수용과 강하게 결부되어 있다.

중국이나 일본과 달리 한국에서 루쉰은 반^半금기 상태였다. 해방 후 냉전 시기를 거치면서 루쉰의 좌파적 이미지는 공론장에서 배제되었다. 한국 사회에서 반공을 이념으로 하는 국가체제가 형성되면서 루쉰을 반봉건의 개인적 자유와 자아의 해방에 집중한 문학자로 이해했다.[127] 그러나 1980년대 후반 민주화의 확대와 1990년대 초 냉전체제의 해체 속에서 루쉰의 책들이 공적인 담론장에 등장한다. 이와 동시에 서구적 근대와 다른 '동아시아적 근대'를 상징하는 지식인으로 루쉰이 재형상화 된 것이다.

말하자면 중국과 일본, 한국 등 동아시아에서 루쉰에 대한 연구는 루쉰 개인에 국한된 것이 아니라 지식인이란 어떤 존재이고 무엇을, 어떻

---

125 데리다, 진태원, 『마르크스의 유령들』, 이제이북스, 2007.
126 竹內好, 서광덕·백지운 역, 『일본과 아시아』, 소명출판, 2004.
127 정종현, 「루쉰의 초상」, 『사이間SAI』 14, 국제한국문학문화학회, 2013.

게 실천할 것인가라는 질문과 닿아 있다는 의식이 한국 사회에서 형성된 것이다. 루쉰의 수용과 해석은 객관적 루쉰을 그리는 것이 아니라 루쉰을 통해 그 자신이 처해 있던 상황과 조건을 질문하는 것이었기 때문이다. 이것은 자신이 처한 한계상황에 대한 질문인 동시에 그 한계상황을 상대화하는 문제이기도 했다. 따라서 루쉰에 대한 연구는 강한 실천적 의미를 가질 수밖에 없다. 루쉰을 언급하고 활용하는 것은 실천의 태도와 방법의 문제와 연결되어 있었기 때문이다.

루쉰은 일본과 중국뿐만 아니라 동아시아 각국에서 꾸준히 읽혀 왔다. 심지어 타이완이나 한국의 경우처럼 냉전체제의 성립 이후 루쉰의 대부분의 저작이 금서의 목록에 오른 지역에서도 루쉰은 비판적 지성의 상징으로 암암리에 읽혀왔다.[128] 이런 의미에서 루쉰은 중국에도, 또 근대라는 시기에만도 국한될 수 없다는 인식이 한국사회에서 형성되어 간다. 첸리췬은 루쉰의 이러한 특성과 관련해 '루쉰 좌익魯迅左翼'이라는 말을 사용한 바 있다.[129] 왕후이 식으로 말하면 '반근대적 근대성'이라고 명명할 수 있는데 이것은 '근대'라는 표상을 만들어내지만 근대로는

---

[128] 曾健民, 「談「魯迅在臺灣」」, 『臺灣社會研究季刊』 77期, 2010.3. 曾健民에 따르면 일본의 패전 이후 대만에서 역시 루쉰의 붐이 생겨 루쉰 관련 서적과 잡지 등이 크게 증가한다. 그러나 1949년 중화인민공화국이 성립 이후 대만으로 국민당이 물러 나면서 루쉰의 서적은 전면 금지되게 된다. 그럼에도 불구하고 루쉰은 대만의 지식인들에게 자신들을 돌아보는 반성의 표상으로 이해되었다. 이와 관련해, 錢理群, 「陳映眞和魯迅左翼傳統」, 『現代中國文學』 2010.1기.

[129] 錢理群, 「「魯迅左翼」傳統」, 『臺灣社會研究季刊』 第77期, 2010.3. 원래는 왕더허우가 처음 사용한 개념으로 그는 중국 좌익을 루쉰좌익과 당좌익으로 구분한다. 30년대 하나의 흐름이었던 이 좌익의 전통은 인민공화국이 성립된 이후 분리되어 간다. 당의 지도나 명령을 행동의 가장 큰 원리로 설정한 당좌익에 반해 루쉰좌익은 현상에 대한 불만족을 바탕으로 한 지속적인 비판자의 함의를 갖고 있다. 첸리췬과 왕더허우는 현상에 영원히 불만족하는 비판적 지식인을 '진정한 지식인'으로 설정하고 있다.

포섭되지 않는 루쉰의 잠재성과 비판성에 주목한 것이다. 이들은 루쉰에게서 비서구의 근대성 속에 내포된 반근대성反近代性의 상징성을 찾고 있다. 루쉰을 통해 서구적 근대성이 아니라 다른 근대성을 모색한다는 점에서 루쉰은 새로운 출구의 구성과 연결되었다.

루쉰에게서 문제를 만들어내는 힘을 '역사에 진입하는 것'으로 표현한 유중하의 이해도 이와 연관되어 있다. 유중하는 김수영과 루쉰의 사유의 본질을 찾기 위해서 루쉰과 김수영을 일종의 거울상으로 설정한다. 루쉰에게서 김수영을, 그리고 김수영에게서 루쉰의 모습을 도출해냄으로써 '동아시아적' 것을 탐색하고자 했다. 루쉰의 소설 「과객過客」에서 과객과, 그리고 김수영의 「원효대사」에서 원효가 보인 서방으로의 행보를 동일한 의미를 찾아가는 과정이라고 생각한다. 즉 동아시아의 근대는 '가져오기주의拿來主義'에서 '주의'가 아니라 '가져오기拿來'만 있었던 모방주의에 불과했다고 지적한다. 따라서 과제는 "서방으로부터 '가져拿來'온 것을 자신의 내부인 동방의 독자적인 그 무엇으로 싸안아 그를 새로운 것으로 만든 다음 그것을 서방으로 되돌려"[130] 주는 것이다. 서구적 보편문학 대신 중국과 한국의 '동보적同步的' 움직임에 기반 한 것이 바로 제3세계 문학이라고 전망한다. 체제의 전환 속에서 유동적인 상황을 마주하고 그 사건에 개입하기 위해서는 기존의 직관적 사유의 적용이 아니라 기존의 사유의 해체가 선행되어야 하는데 이런 태도를 루쉰에게서 발견한다.[131]

---

130 유중하, 「金洙暎과 魯迅 ─ 方法으로서의 동아시아」, 『중국현대문학』 16, 한국중국현대문학학회, 1999.
131 孫歌, 윤여일 역, 『사상이 살아가는 법』, 돌베개, 2014.

루쉰 자체뿐만 아니라 루쉰에 대한 수용과 해석이 문제적인 것은 연구자들이 갖고 있는 고유한 태도와 관련되어 있다. 연구자는 자신이 대면한 현실적이고 구체적인 장에서 연구를 시작할 수밖에 없다. 개별 연구는 각각의 연구가 놓은 시공간적 제약을 반영하고 있기 때문이다. 침략과 반식민지 경험을 통해 만들어진 중국의 루쉰 연구와, 제국주의와 파시즘의 경험을 지닌 일본의 루쉰 연구, 그리고 식민지와 냉전체제, 민주화 경험을 지닌 한국과 대만의 루쉰 연구는 각기 다른 지향성과 의미를 지닐 수밖에 없다. 그리고 이런 시공간의 한계와 대면하는 과정에서 만들어진 루쉰의 의미도 각기 다르다. 이는 루쉰의 지닌 의미의 다양성을 보여주는 것이기도 하다. 루쉰을 수용하고 해석하는 것 그 자체가 동아시아 지식인의 다양한 입장을 살필 수 있는 계기가 되었던 것이다. 이런 의미에서 루쉰 수용과 해석의 한계 조건이 '루쉰'을 매개로 한 비교 지성사의 가능성을 만들어낸다.[132]

이와 더불어 루쉰의 수용과 해석이 개별 국가에서 갖는 위상의 변화가 부각된다. 루쉰에 대한 이해가 시공간의 차이에 따라 달라진 동시에 개별 시공간에서 차지하는 위상 또한 변화해 왔기 때문이다. 중국의 경우 국가 이데올로기화된 루쉰 이해에서 1980년대 개혁 개방 이후 크게 변화해, 국가 이데올로기에서 벗어난 탈신화화된 루쉰상이 만들어진

---

132 이와 관련해 유중하, 「魯迅과 김수영(1)」, 『중국현대문학』 9, 한국중국현대문학학회, 1995; 유중하, 「중간물로 찍은 동아시아의 두 점 – 魯迅 · 횡보의 경우」, 『중국어문학지』 4, 중국어문학회, 1997; 김하림, 「魯迅과 신채호에 있어서 사회진화론의 영향 연구」, 『외국문학연구』 2(2), 조선대 인문학연구소, 1997; 성근제, 「기억과 현실과 희망 – 魯迅, 베야민, 백무산을 읽으며」, 『중국현대문학』 13, 한국중국현대문학학회, 1997; 유세종, 「근대정신과 반항의 길 – 루쉰, 카뮈, 한용운의 길」, 『중국현대문학』 13, 한국중국현대문학학회, 1997; 엄영욱, 「魯迅과 이광수 문학의 페미니즘 비교연구」, 『중국현대문학』 14, 한국중국현대문학학회, 1998.

다. 그리고 국가로부터 독립된 지식인의 위상을 모색하는 방향으로 루쉰 이해가 전화된다. 이 시기 루쉰에 대한 이해는 중국 지식계의 방향성을 형성해간 것으로 논의되곤 한다. 그러나 중국에서 개혁개방이후 급속한 경제 성장 속에서 독립적이고 비판적인 지식인의 위상은 상대적으로 약화되어 갔다. 그리고 문학이 아닌 여타의 미디어의 영향력이 확대되면서 루쉰 연구가 갖는 사회적 위상 역시 제한적으로 변화했다.

일본의 경우 전후 일본 사회에 대한 비판 속에서 루쉰 연구의 의의가 확산되었다. 그러나 한국 전쟁 등을 거치면서 경제의 부활과 함께 전후 일본 파시즘과 근대에 대한 비판은 '친미반공' 이념으로 대체되어 간다. 일본 사회의 내부 비판이 약화되어 가면서 다른 근대의 참조틀로서 루쉰의 사회적 위상 역시 약화되어 간 것이다. 특히 문화대혁명의 전체성과 폭력성에 대한 반발로 중국 사회에 대한 환멸감이 확산되면서 루쉰의 사회적 영향력은 더 약화되어 갔다. 문학이나 사상의 영역에서 루쉰 연구가 전문화되고 활성화되었지만 사회적 확산성은 오히려 제약되는 양상을 보인 것도 사실이다.

냉전시기 한국에서 루쉰은 공적 담론의 장에서 제한적으로 유통되었지만 냉전이 해체된 1990년대 아시아의 발견이라는 새로운 지적 모색 속에서 본격적으로 주목받기 시작했다. 루쉰 연구의 후발 주자로서 일본과 중국의 연구를 수용하는 과정 속에서 한국에서 루쉰에 대한 수용이 본격화된다. 한국의 경우 루쉰에 대한 적극적인 수용 자체가 서구에 편중되어 있던 지적 관심을 아시아의 지적 사회적 상황에 대한 관심으로 다변화하는 과정이었다.

이것은 루쉰에 대한 직접적인 연구에 그치지 않고 루쉰이 해석되고 수용되는 방식을 상대화함으로써, 루쉰을 이해하는 다양한 해석의 틀들이 비교되기 시작한 것을 의미한다. 루쉰이 근대 지식인으로서 중국, 일본, 한국 등 동아시아 개별 국가에서 수용되는 양상을 역사적 맥락과 조건과의 관련 속에서 이해되기 시작한 것이다. 근대적 지식인으로서 루쉰의 상이 어떻게 나타나는지, 이것이 사회에서, 지식인에게서 어떤 방식으로 나타나고 무엇을 의미했는지를 살피는 동시에, 한 지역에서 등장하는 루쉰의 형상이 다른 지역에서는 어떻게 생성, 변주, 소멸되는가를 탐색함으로서 루쉰에 대한 동아시아적 시점을 모색하게 되었다.

3) 동아시아와 지역적 지식인

동아시아에서 루쉰 수용과 해석은 개별 국가의 정치, 사회, 문화적 조건 등이 반영되어 있다. 중국의 경우 마오쩌둥의 루쉰 규정이 개혁개방 이전 루쉰수용의 흐름을 규정했다. 일종의 관방화되고 신화화된 루쉰상에서 벗어난 것은 1980년 개혁개방 이후였다. 이것은 당과 국가로부터 독립된 지식인의 위상을 모색하는 방향 전환 속에서 진행되었다.[133] 일본의 경우 전전과 전후 일본 사회에 대한 방성 속에서 루쉰의 이미지가 형성된다. 일본의 서구 근대에 대한 맹신 혹은 무정항적 근대에 착목해 일본 근대에 대한 반성을 촉구하는 맥락에서 였다. 그러나 전후 일본의 경제의 부활 과정 속에서 친미와 반공이라는 주류 이념이

---

133 王富人, 김현정 역, 『중국의 노신 연구』, 세종출판사, 1997; 汪暉, 송인재 역, 「루쉰 연구사 비판」, 『절망에 반항하라』, 글항아리, 2014.

확산되는 동시에 문화대혁명에 대한 비판이 증대되면서 중국과 루쉰에 대한 인식 변화가 일본 사회에서 이루어진다. 즉 전후 일본 근대를 반성하는 통로로 중국 사회주의와 루쉰이 존재했는데, 문화대혁명을 거치면서 일본 사회는 사회주의 중국을 비판적으로 이해하게 된다. 이로 인해 다케우치 요시미를 위시한 연구자들이 제기한 아시아주의는 오랫동안 일본 사회에서 망각되었다. 그러나 1990년대 쑨거 등의 연구자들이 다케우치 요시미의 사상을 재평가하면서 루쉰에 대한 이해 역시 재고 된다

한국은 1970, 80년대 민주화 담론과 비판 이론에 대한 반성 속에서 1990년대 동아시아의 발견이라는 새로운 지적 탐색과 조우한다. 이 과정에서 루쉰 번역과 루쉰론에 대한 수용이 이루어진다. 냉전체제 속에서 강력한 국가 권력이 학술과 일상의 앎을 제약하던 조건 속에서 루쉰 수용은 국가권력이 설정한 테두리에 머물거나 거꾸로 이에 대한 반체제의 형식으로 존재할 수밖에 없었다. 냉전 해체와 역내 교류의 확산 속에서 일본 및 중국연구에 대한 수용이 이루어지면서 한국의 지식인들은 루쉰을 이해하는 새로운 참조틀을 모색할 수 있었다. 이때 한국 루쉰 수용 자체는 서구에 편중되어 있던 지적 관심을 일본 및 중국의 지식담론 · 사회사상에 대한 관심으로 다변화하는 과정과 맞물려 진행되었다.

한국에서 '동아시아론'은 냉전체제의 해체와 전지구적 자본주의의 확산이라는 시대의 전환에 대한 대응이었다. 미국과 소련의 적대 관계 해체와 그리고 이 대립에 편승해 발전했던 일본의 행보의 변화, 한중 수교와 타이완과의 단교 등, "탈냉전 시대에 즈음하여 동아시아 각국

사이에는 냉전시대에는 상상할 수도 없었던 새로운 합종연횡이 복잡다기하게 전개"[134]되고 있었다. 사실 1980년대의 비판적 지식 사회에 제기되었던 '지역'이라는 설정은 대중적인 시선을 끌지는 못했다.[135] 그러다 1990년대 탈냉전의 국면에 접어들면서 한국 지식계의 화두로 부상했다. 냉전 종언과 함께 소련과 중국이라는 사회주의와, 미국과 일본으로 이어지는 자본주의의 대립이 해체되면서 동아시아 역내의 국가들을 하나의 단위로 묶어서 사고하는 것이 용이하게 되었기 때문이다. "쏘비에트 사회주의도, 아메리카 자본주의도 그리고 동아시아의 민족해방형 사회주의도 낡은 모델로 떨어져버린 이 시기에 우리는 그동안의 역사적 실험을 충분히 존중하면서 협량한 민족주의를 넘어선 동아시아의 연대의 전진 속에서 진정한 동아시아 모델을 창조적으로 모색해야 할 때"[136]가 도래하게 된 것이다. 지금 이곳에 필요한 것은 '동시대적 현장성'을 포착해내는 시각인데 이것은 지식인들에게 '지역'이라는 관점을 통해 현실의 시공간의 방향을 탐구하도록 촉구하는 작업이었다.[137]

탈냉전의 도래와 함께 동아시아 국가 간 질서의 유동성뿐만 아니라 각 개별국가의 구성원들의 일상적 삶의 양식이 변화하기 시작하면서 기존의 지배적 관점에 대한 반성적 성찰이 요구된다. 자본주의의 발전,

---

134 최원식, 「탈냉전시대와 동아시아적 시각의 모색」, 『창작과 비평』, 1993.봄, 211면.
135 유중하, 「다시 한번 르네쌍스를 조직하기 위하여」, 『민족문학사연구』 9, 민족문학사학회, 1996; 윤여일, 「탈냉전기 동아시아 담론의 형성과 이행에 관한 지식사회학적 연구」, 서울대 박사논문, 2015, 33면.
136 최원식, 앞의 글, 212면.
137 이정훈, 「최원식과 한국발 동아시아 담론」, 백영서·김명인 편, 『민족문학론에서 동아시아론까지』, 창비, 2015, 254~255면.

산업화, 도시화, 민족국가 등장, 개인적 자아의 존중, 시민사회와 같은 자명해 보였던 의미들이 새로운 문제로 재구성된다. 이것은 한국 사회의 경제, 정치, 사상의 관계망을 포괄하는 표상들이 서구적 근대성에 기반하고 있다는 반성이었다. 한국에서 서구적 근대를 근대의 일반으로 여기는 태도에 대한 비판은 1970년대부터 제기된 바 있다. 이식과 모방으로 근대를 설명하려는 것에 대한 반성은 이미 '내재적 발전론'으로 드러났다. 그러나 민족적 근대와 자생적 근대가 서구적 근대 일반의 가치를 해체하는 것은 아니었다. '외부로부터의 파괴'가 '안으로부터의 해체'로 전환된다고 해서 '근대' 지향이라는 단선적 발전 경로가 해체되는 것은 아니었기 때문이다. 물론 한국 근대는 서구와 일본의 영향을 수동적으로 수용하지 않았다. 한국 근대 역시 외부의 자극을 새롭게 번역해 내고자 했던 것이다. 그러나 외래적 요소의 수용과 대응에 있어 한국의 독특성 혹은 특수라는 것이 자족적 질서일 수는 없다. 없었던 것이 새롭게 만들어진 것이기 보다는 기존의 것들과 들어온 것들과 어떻게 연결되는가를 통해서만 특수한 성격이 형성되기 때문이다. 이런 점에서 한국만의 차이와 특수성이 아니라 다른 특수들과 어떤 공통점과 차이를 갖고 있는지, 그리고 한국의 특수성이 다른 특수성과 어떤 관계를 맺고 있는지 이해해야 한다는 인식이 확산되어 간다. 동일한 것이 다르게 나타나는 양상은 가까운 지역과의 비교에서 찾으려는 시도로 나타난다. 중국이나 일본과의 공통점과 차이를 통해 한국의 근대를 반추하자는 시각이 등장하게 된 것이다. 1990년대 한국 사회에서는 '동아시아'라는 지역의 틀을 통해 서구적 근대성과 서구적 보편성을 반성하고자 한다.

이러한 문제 의식의 결합의 결과, 한국의 루쉰 연구나 수용이 일본과 중국에 비해 질적으로나 양적으로 적지만 오히려 1990년대 가장 먼저 동아시아 담론과 결합하게 된다. 한국에서는 근대화에 대한 내적 고민해 근거해 루쉰이라는 근대 중국의 지적 모델을 재전유했다. 그리고 이 과정을 통해 한국의 현실에 맞는 새로운 길을 모색하고자 했다. 이 때 루쉰에게서 두 개의 지식인의 형상이 중첩되었다.

첫째는 자본주의적 모순과 민족의 모순에 직면한 실천적 지식인으로서의 루쉰이다. 1980년대 한국 사회와 관련된 마오쩌둥의 루쉰 이해는 금기의 영역을 환기시키는 동시에 운동의 의미를 지니고 있었다.[138] 마오쩌둥은 「신민주주의론」과 「옌안문예강화」를 통해 루쉰의 사회적 위상을 규정한 바 있다. 이 글들에서는 자본주의에 대한 비판과 민중에 대한 연대를 구상하고 실천하는 지식인, 즉 '사회적 위상'과 관련해 지식인으로 루쉰을 호명한다. 중국 사회의 변화와 관련해 루쉰에게 변화의 상징의 역할을 부여했다. 따라서 루쉰의 방향은 중국의 변화의 방향을 의미했다. 물론 냉전의 반공 이데올로기 하에서도 루쉰은 여전히 사회비판이라는 실천과 결부되어 있다. 식민지 시기 정내동이 좌경화한 루쉰을 루쉰의 본질로부터 배제했을 때조차도, 사회의 암흑에 대한 루쉰의 비판적 태도는 긍정되었다.

---

138 임형택·최원식·서은혜·성민엽, 「좌담─한국문학연구와 동아시아문학」, 『민족문학사연구』 4, 민족문학사학회, 1993, 10면, 대담에 참가했던 중국문학 연구자 성민엽에 의하면 80년대 현대 중국문학은 한국의 민중 운동에 대한 고찰 속에서 연구가 이루어졌다. "이런 상황이 근본적으로 달라지는 때가 1980년대 중반입니다. 넓게는 민중운동의, 좁게는 민중문화운동 내지 민족문학운동의 발선 속에서 젊은 연구자들에 의해 중국현대문학 연구는 급속히 확산됩니다. 이들 젊은 연구자들은 우리 문학운동으로부터 중국현대문학을 보는 시각과 방법을 얻었고, 중국현대문학에 대한 고찰로부터 우리 문학운동에 필요한 자양분을 추출하고자 했습니다."

둘째는 루쉰이 1990년대 들어 비로소 '지역적' 지식인으로 호명되기 시작한다. 1985년 임형택·최원식 편의 『전환기 동아시아 문학』에서 루쉰을 지역적 지식인으로서 언급한 바 있다.[139] 한국 사회의 모순이 세계체제와 연동되어 있다는 자각 속에서 냉전의 구도가 체제에 내화된 상태를 해체하기 위해 동아시아론을 제기한 것이다.[140] 이 때 함께 실린 글 중의 하나가 하정옥의 「중국 신문학운동과 루쉰」이다. 전환기의 루쉰은 '전통'과 '창신'의 부단한 운동 속에서 존재하는 인물로 그려진다. 루쉰이 살았던 '신중국'은 중화체제의 해체를 상징하는데, 루쉰은 이 해체 속에서 새로운 방향을 탐색했다고 이해된다. 그러나 루쉰의 노선은 후스와 천두슈로 대표되는 5·4 시기의 개혁파들의 노선과는 달랐다. 루쉰은 서구적 지식으로 무장한 5·4 정신의 허약함을 파악하고 있던 것이다. '민주'와 '과학'이라는 서구적 관념이 유교로 상징되는 구도덕만큼 공허하다고 루쉰이 비판했다고 하정옥은 지적한다. 즉 루쉰은 구사회의 전통을 부정한 동시에, 전통을 부정하는 대신 서구라는 '빛'에 의탁하는 지식인들도 신뢰하지 않은 인물로 그려진다. 중국의 암흑을 규탄하는 것이 또 암흑의 일부인 자기를 부정하는 것이라고 여긴 루쉰은 끊이지 않는 자기부정 속에서 진실한 인간을 산출하는 문제를 고민한다. 루쉰이 살아갔던 근대라는 시간은 서구의 충격을 통해서 시작되었다. 이때 하정옥은 루쉰은 자신이 처한 '위치'와 '위상'을 문제화했다고 본다.

---

139 임형택·최원식 편, 『전환기의 동아시아 문학』, 창작과비평사, 1985.
140 임형택·한기형·홍석률, 「대화−한국학의 역정과 동아시아 문명론」, 『창작과 비평』 2009.겨울, 창작과비평사, 2009, 339면.

1990년대 한국 사회가 다케우치 요시미의 루쉰을 주목한 것은 서구
적 근대성에 대한 비판과 관련되어 있다. 지역적 지식인, 즉 비서구적
지식인의 등장을 통해 '자아'와 '타자', 지배자와 피지배자를 규정하는
일련의 이분법을 비판하고자 한 것이다. 이것은 루쉰이 살아냈던 중국
의 반식민지라는 역사적 조건을 문제화하는 것이다. 주인과 노예의 변
증법에 대한 부정 속에서 획일적이고 동질적인 근대가 아닌 다른 근대
의 가능성이 어떻게 존재할 수 있을까? 냉전의 해체 속에서 한국사회
는 명확한 적이 존재하던 과거와는 달리 비판의 대상이 불명확하고 유
동적인 상황 속에서 새로운 방향을 모색해야 했다. 냉전의 해체와 이
대립에 편승해 발전했던 일본의 행보 전환, 그리고 한중 수교와 타이완
과의 단교 등, "탈냉전 시대에 즈음하여 동아시아 각국 사이에는 냉전
시대에는 상상할 수도 없었던 새로운 합종연횡이 복잡다기하게 전
개"[141]되었다. 그리고 '탈냉전 시대'에 대응하기 위해 '동아시아적 시각
의 모색'되었다. 이때 지역적 지식인의 상징적 인물이 루쉰이었다. 따
라서 루쉰은 서구적 근대화와 대비되는 아시아적 근대의 상징으로 간
주되었다.

서구적 근대와 비서구적 근대에 대한 문제의식은 1990년대 포스트
콜로니얼 담론으로 전개된다.[142] 포스트 콜로니얼리즘의 가장 큰 특징
은 적 / 우리편, 지배 / 피지배, 제국 / 식민지, 서구화 / 토착화 등의 단
순한 이분법을 더 이상 전제로 하지 않는다는 데에 있다. 일본은 가시
적인 근대화에 성공했음에도 불구하고 타자를 억압하는 국가로 변질되

---

141 최원식, 「탈냉전시대와 동아시아적 시각의 모색」, 『창작과 비평』 1993.봄, 211면.
142 小林陽一, 송태욱 역, 『포스트 콜로니얼』, 삼인, 2002.

어 버렸다. 즉 유럽인에서 일본인으로 주인이 바뀔 뿐, 권력구조나 권력 주체의 존재 양태는 전혀 변하지 않았다는 반성이 포스트콜로니얼을 잉태하게 했다.[143] 루쉰 수용은 보편적 지식인에 대비되는 '지역적 지식인'으로서 자리매김했지만 국민국가 자체에 대한 부정으로 나가지 않았다. 이것은 국민국가를 다시 문제의 자장으로 삼아서 건설적인 사상의 자원으로 끌어내려는 시도와 연관되어 있었다.[144][145] 국민 국가를 고정된 실체로 보지 않고 다양한 모순들이 결합으로 다룸으로써 다른 가능성을 추출할 수 있다는 일련의 시도였다. 이를 통해 역사나 사회와 같은 유동적인 상황과 대면하고 이를 사유하는 태도가 문제화된다.

4) 루쉰과 동아시아론

1990년대 중후반 동아시아론은 한국 사회에서 가장 영향력 있는 담론으로 소개되기 시작한다. 서양 중심적 근대성에 대한 반성적 성찰이라거나 동양적 문명을 대안 문명으로 조망하기 위한 문제의식에서부터, 지역협력이나 동북아 다자주의에 이르기까지 다양한 영역의 주도

---

143 이연숙, 「피지배에서 벗어나기 위해 합리화된 지배」, 『당대비평』 21, 생각의 나무, 2003.
144 竹内好, 윤여일 역, 「국민문학의 문제점」, 『다케우치 요시미 선집』 1, 휴머니스트, 2011.
145 "다케우치는 메이지내셔널리즘을 네이션 형성의 실패 사례로 간주하고 메이지유신으로 거슬러 올라가 다른 가능성을 탐구하며 거기서 미래로 이어질 '건전한 네이션'을 구하려 했다. 오늘날 이 테제는 위험하게 들리지만 긍정인가 부정인가라는 구도를 돌파하지 않는 한 다케우치의 진의를 제대로 이해할 수 없다." 孫歌, 윤여일 역, 「왜 지금 다케우치 요시미인가?」, 위의 책, 9면.

담론으로 변용·확산되어 간다.[146] 그리고 이 과정에서 중국은 '한자문명'을 매개로 한 문명공간이라든가 동아시아 지역 협력의 가능성 속에서 정치 경제적 협력의 대상으로 드러나기 시작한다. 그러나 동아시아 담론의 확장이 중국을 위시한 일본과의 지역내 교류와 연대를 활성화한 반면, '동아시아론'의 가능성에 대한 근본적인 문제제기도 동시에 촉발했다. 특히 중국의 급속한 경제 성장과 세계적 영향력 확대 속에서 중국에 대한 위협론, 즉 패권주의 중국이라는 이미지가 부각된다. 이것은 동아시아에 규모와 위상을 달리하는 다양한 정치체와 체제들이 중첩되어 있는 것과 연관된다. 일국주의라든가 세계주의와 같은 자기 폐쇄적 편향성을 문제화하지 않는 한 동아시아적 지평을 획득할 수 없다. 동아시아의 중첩성을 고려한다면 상대 국가에 대한 오해는 불가피하다. 따라서 실제 혹은 현실의 중국을 고려한 상황에서 동아시아의 성립 여부가 중요한 의제로 부각된다.

동아시아에 대한 사유는 역내 개별 국가의 근대적 역사 경험이나 현재의 정치 경제적 조건과 결합되어 있다. 따라서 동아시아를 생각할 때 현실 속에서 복잡하게 연결된 상황을 회피할 수 없다. 가령 한국의 관점에서 중국은 수평적 관계를 맺고 연대해야할 대상이기도 하지만 동아시아라는 설정 자체를 해체할 수 있는 패권주의 국가로 인식되기도 한다. 한국이 중국에 과잉의 의미를 부여하는 반면, 중국은 아이러니하게 동아시아에 큰 흥미를 보이지 않는다. 물론 "동아시아를 고정된 경계나 실체로 간주하지 않고 항상 자기 성찰 속에서 유동하는 것으로 파

---

146 윤여일, 앞의 글.

악하려는 사고와 그의 입각한 실천의 과정"[147] 즉 '지적 실험으로서 동아시아'에 접근하는 경우, 중국의 아시아에 대한 관심을 만들어낼 수 있을지 모른다. 그러나 중국에 아시아가 있는가라는 질문은 량치차오나 량수밍 등의 '문명으로서 아시아'나 쑨원의 '지역연대로서의 아시아', 그리고 민간 차원의 아시아 연대 구상이 '국민국가'를 형성하고 강화하는 과정에서 활용된 후 배제되어 버렸다는 인식을 반영하고 있다. 중국의 아시아주의는 연대의 가능성이기도 하지만 중국의 국민 국가적 상상력 속에서 포섭되어 있기도 하다. 역사적으로 아시아에 대한 수평적 사고가 중국의 경험 속에서 실현되지 못했다. 즉 중국의 시선에 아시아는 부재한다. 따라서 중국에 아시아가 있는가라는 물음은 아시아에 대한 사상의 필요성에 대한 자각을 요청하는 것이다. 말하자면 '복합국가론'이라든가 '비판적 지역주의' 그리고 '주변으로부터의 시선'이라는 담론은 중국에 동아시아를 사유할 감수성 계발을 촉구하고 있다. 그러나 한국적 시각을 중국의 시각으로 바로 이전할 수는 없다. 아시아에 대한 중국의 '관용적 태도' 이전에 상호간 힘의 비대칭성에 기인한 오해가 먼저 작동하기 때문이다.

오히려 생산적인 대화의 가능성은 중국의 아시아 부재를 받아들일 때 가능하다. 즉 서로에 대한 오해가 드러나는 과정에서 한국의 아시아 상상과 중국의 아시아 상상의 차이를 파악할 수 있을 것이다.[148] 그렇다면 힘의 비대칭성과 상호 간에 오해 속에서 '동아시아'를 상상하는 것이 어떻게 가능할까? 일본의 중국문학자 다케우치 요시미를 경유한

---

147 백영서, 「중국에 '아시아'는 있는가?」, 『동아시아로의 귀환』, 문학과지성사, 2000, 50면.
148 류준필, 「우리에게 '중국'이란 무엇인가?」, 『문학과 사회』 18(1), 문학과지성사, 2005.

'루쉰'의 위상이 본격적으로 문제화되었던 것은 이런 딜레마 속에서이다. 그가 일본의 사상계를 넘어서 중국을 대면하고 다시 일본에 대한 지적 통찰과 아시아를 상상할 수 있었던 것은 루쉰을 통해서다.[149] 이와 유사하게 동아시아 담론의 딜레마 속에서 다케우치 요시미가 루쉰 수용 과정에서 만들어낸 고민들이 한국 지식계에 재수용되었다.

　다케우치 요시미는 루쉰에게서 '저항'과 '절망'을 함께 읽어낸다. 쇠철방에 갇혀 있는 인물, 즉 노예 상태에 있던 사람이 깨어났을 때, 직면하는 것은 여전히 그 자신이 쇠철방에 갇혀 있다는 것이다. 다케우치 요시미는 '꿈에서 깨어나 가야 할 길이 없는' '인생에서 가장 고통스러운' 상태에 관해서, 도망하고 싶은 현실에서 도망하는 것이 불가능한 고통 속에서 루쉰의 절망을 읽어낸다. 노예가 구제를 바랄 때 그는 '완전한 노예'가 된다. 노예는 불려 깨어날 때 가야할 길 없는, 인생의 가장 고통스러운 상태, 자신이 노예라는 자각 상태를 체험하고 이를 견디어 나가야 한다. 따라서 "노예가 노예임을 거부하고 동시에 해방의 환상을 거부하는 것, 자신이 노예라는 자각을 포함해서 노예인 것, 그것이 인생에서 가장 고통스러운 꿈에서 깨어났을 때이다". 이때 "절망은 길이 없는 길을 가는 저항에서 나타나고 저항은 절망의 행동화로 드러난다".[150] 이것은 해방의 사회적 조건을 주어진 것에서 구하지 않는 것이다. 외부에서 주어진 것은 해방이 이전에도, 지금도, 이후에도 주어

149　다케우치 요시미가 일본과 중국에서 재조명된 것은 1990년대 이후 쑨거의 연구를 통해서 였다. 쑨거는 다케우치 요시미로부터 기성의 관념과 형식에 제한받지 않으면서 동시에 이론과 현실을 분리시키지 않은 감각을 배웠다고 지적한다. 이러한 유동성의 감각을 통해 그녀는 '임계점'이라는 경계에서 사고하는 방법을 터득했다. 이와 관련해 서광덕, 「동아시아 지성사에서 루쉰의 의미」, 『중국어문학지』 14, 중국어문학회, 2003.

150　竹内好, 서광덕·백지운 역, 「근대란 무엇인가」, 『일본과 아시아』, 소명출판, 2004, 47면.

지지 않을 것이라는 자각에서 온다. 유동적인 상황을 외부의 시선이나 관점에서 포착하려 하지만 고정되고 실체화된 사고로 유동적 상황을 포착할 수 없다. 실체화할 수 없는 '실감'은 외부의 시선으로 포착되지 않기 때문이다. 이는 동아시아적 관점으로 타자를 포섭하려 할 때 주의해야 할 조건이다.

사람들은 대상을 실체화하기 때문에 자유롭지 못한 존재가 된다. 부자유조차 자각하지 못한 채 '실체화'된 사고에 갇혀 버린다. 모든 현상을 추상화하고 대립시키는 사고가 패턴화될 때, 개별 현상들의 복잡한 존재 방식은 은폐되고 만다. 사실 동아시아론은 국민국가적 사유방식이 아니라 어떤 경계에 머무는 사고법이다. 1990년 '국민국가'가 '상상된 공동체'로 문제화되었을 때, '국민국가'는 인식론적으로 '픽션'과 유사한 것이 되었다. 그러나 역사적 경험의 축적 속에서 국민국가적 상상력은 실감의 차원에서 작동한다. 한국과 일본의 만남 속에서 식민지적 기억은 늘 상대를 규정하는 척도로 작동하기 때문이다. 따라서 내부에 있는 거주자와 '실감'을 공유하면서도 외부와의 소통을 지속해서 허구화된 이미지가 고정화되는 것을 부단히 해체해가는 감각이 요구되었다. "국가 단위의 경계를 강조하거나 그것을 간단히 부정하는 것 모두 진정한 문제에 대한 회피를 조장할 수 있다는 점을 깨닫는 데 아시아담론의 관건이 있다는 것이다."[151] 한국에서 출발한 동아시아론은 타자와 만나는 순간, 어떻게 대상과의 거리감을 문제화할 수 있을까와 관련될 수밖에 없다.

---

151 孫歌, 류준필 외역, 『아시아라는 사유공간』, 창비, 2003, 8면.

말하자면 루쉰은 우리가 살고 있는 세상은 기본적으로 불평등하고 차별과 억압의 구조로 파악한다. 그렇다면 이것을 어떻게 바꿀 것인가? 사회적 약자, 소수자, 패배자든 노예든, 그 위치에서 그런 존재들에게 세상의 차별과 억압의 구조를 극복할 수 있는 계기와 출발점이 그들에게 있다는 점에서 시작한다. 그 계기가 긍정적으로 작동할 때 지금 문제가 바뀔 수 있다고 생각하고, 따라서 우선 그 자리가 무엇인가를 계속 묻는다. 이것은 '동아시아론'의 가능 근거에 대한 질문이기도 하다. 즉 동아시아론 속에서 루쉰은 한국의 중국에 대한 이해를 드러내기 보다는 '중국에 대한 탐구'를 촉구하고 있다. 다케우치 요시미를 경유한 루쉰은 중국을 벗어나 경계에 선 존재로 수용되고 있다. 내부 이미지의 누적을 통한 사유의 고정화를 부단하게 해체할 것을 촉구한다. 따라서 루쉰은 중국에 속하지만 동시에 중국을 넘어서 유동적인 상황 속에 서 있다. 상황을 바깥에서 보고 이해하는 관찰자의 시선이 아니라 상황 안에서 존재하면서 상황의 문제성 자체를 비판하는 시각의 필요성을 던진다. 이것이 다케우치를 경유한 동아시아적 지식인 루쉰의 시선이다.

요컨대 중국이 실감의 대상으로 등장하던 이 시기는 한국 사회도, 그리고 세계도 큰 변동을 겪고 있었다. 1989년 베를린 장벽의 해체와 소련의 해체는 강고하게 유지될 것 같던 냉전 체제 해체를 의미했기 때문이다. 이런 세계의 변화와 함께 한국과 중국은 본격적인 교류를 시작했다. 루쉰 수용도 이러한 추세를 반영했다. 루쉰에 관한 중국과 일본의 다양한 연구가 소개되었고 한국 내에서 루쉰 관련 연구가 본격화되기 시작했다. 중국의 개혁개방의 확대 속에서 루쉰에 관한 정보는 더 이상 금기의 대상이 아니었다. 냉전 시기 정확한 정보 대신 상상을 통해서

구성되어야 했던 루쉰상을 대신하여 루쉰의 실재의 삶이 가시적으로 그려지기 시작한 것도 이 시기였다.

 루쉰에 대한 열풍은 중국을 어떻게 이해할 것인가라는 문제와 결부되어 있다. 중국의 이해는 한국의 지정학적 위상에 대한 질문과 함께 본격화된다. 즉 한국사회의 변화가 '지역'의 문제와 밀접하게 결부되어 있다는 의식이 확산되었고, 이것이 동아시아론을 통해 제기된 것이다. 중국은 직접적인 교류의 대상이자 동아시아라는 공동체를 구성하는 일원으로 호명되었다. 이러한 중국의 위상 변화 속에서 루쉰은 서구적 근대가 아니라 동아시아적 근대를 상징하는 인물로 수용되었다. 이때 루쉰은 제3세계의 보편성을 드러내는 동아시아 지역의 지성인으로 이해된다. 보편적인 지식인의 형상이 아니라 비서구적 지식인 혹은 동아시아 지식인으로 이해되었다. 말하자면 한국은 1970~1980년대의 민주화담론과 좌익담론에 대한 내부적 반성 속에서 1990년대 아시아의 발견이라는 새로운 지적 모색이 이루어지는 속에서 루쉰이 수용되었다.

 그러나 1990년대 이후 동아시아론의 전개 속에서 이론과 실감의 차이가 보다 선명하게 부각되기 시작했다. 특히 중국의 급격한 성장과 변화 속에서 동아시아 내부의 불균등성이 가시화되었다. 사실 동아시아는 힘과 규모를 달리하는 다양한 힘들이 중첩되어 있다. 따라서 일국주의라든가 세계주의와 같은 자폐적 태도를 문제 삼지 않는 한 동아시아적 지평은 획득될 수 없다. 다케우치 요시미를 경유한 루쉰이 문제화되었던 것도 이런 딜레마 때문이다. 초월적인 외부의 시선을 통해 대상에 접근함으로써 내적 논리를 강화하는 대신, 상황의 유동성과 힘의 비대칭성을 인정함으로써 문제적 상황을 만들어가는 과정에서 루쉰은 동아시아적 지식인으로 형상화된다. 이것은 '동아시아론'의 가능 근거를 질문하는 것이기도 하다. 루쉰을 경유할 때 동아시아는 새롭게 재사유되어야 할 대상이 된다. 그것은 동아시아에 주어진 근대 극복과 근대 수용이라는 과제에 대면하는 것이자, 동아시아의 이질적인 공간들에서 '핵심 현장'을 발견해내는 것이기도 하다. 동시에 흔들리고 있는 동아시아 속에서 동아시아적 주체를 탐색하는 문제이기도 할 것이다. 루쉰은 서구적 보편적 지식인이 아니라 동아시아의 지역적 지식인으로서 새로운 주체 형성과 관련된 하나의 준거점이라 할 수 있다.

제5장
결론

———

  이 책은 한국 루쉰 수용을 연구 대상으로 삼았다. 한국에서 가장 지속적이고 광범위하게 알려진 중국문학가 루쉰의 한국 내 위상을 밝히는 작업이다. 한국에서 루쉰이 의미화되는 과정을 밝힘으로써 한국의 근대성을 가늠해 보는 작업이기도 하다. 사실 한국에서 루쉰은 중국을 대표하는 근대문학가로 알려져 있지만, 『루쉰전집』의 번역은 비교적 최근에 이루어졌다. 루쉰의 소개에 비해 루쉰의 진면목이 번역되지 않았었다는 것은 한국 근대성 형성과 관련해 시사하는 바가 크다. 한국의 근대성이 새로운 지식과 사상의 전파와 참조를 통해 형성되었다고 할 때, 근대성의 기원에 대한 탐색은 서구와 일본이라는 수직적 체계를 거슬러 올라가는 방향 속에서 모색되었다. 근대의 물적·정신적 토대를 서구와 일본 그리고 한국으로 이어지는 연쇄과정으로 파악한 것이다.

서구와 일본을 경유한 수직적 근대에 대한 관심이 우세한 상황 속에서 식민과 냉전이라는 공통의 경험에 기반한 수평적 참조체계는 상대적으로 등한시 되었다.

루쉰이 뿌리 내린 근대 중국 역시 반식민半植民 상태를 벗어나 새로운 공동체 형성을 자신들의 목표로 삼았다. 한국의 루쉰 수용자들은 루쉰과 중국이 대면했던 이러한 역사적 경험을 공유함으로써 한국의 정치적·역사적 조건을 반추하고자 했다. 그런 점에서 한국에서 루쉰의 사상적·문학적 위상에 대한 관심은 동아시아의 지평에서 수평적 참조체계를 형성하려는 노력의 일환으로 보인다. 그러나 한국의 경우 루쉰에 대해 일관된 연구의 흐름이 형성될 수 없었다. 한국의 정치적·역사적 조건이 루쉰의 전면적인 수용을 제한했기 때문이다. 특히 루쉰 수용의 폭과 양상을 결정했던 것은 한국과 중국과의 관계였다. 가령 동아시아 냉전체제 형성으로 인해 한국 사회에서 '루쉰과 사회주의'의 연관성은 금기의 대상이었다. 한국과 '중공'은 적대적 관계였고, 루쉰은 마오쩌둥에 의해 '중국혁명'의 상징으로 규정되었기 때문이다.

그런데 이러한 제약성에도 불구하고, 루쉰은 단편적 형태로나마 현대중국의 상징으로 한국에서 지속적으로 수용된다. 즉 루쉰이 한국의 지식인들에게 전면적으로 사유되지 않았다고 해서 루쉰과 현대중국이 갖는 의미를 과소평가할 수 없다. 루쉰에 대한 단편적 논평들 속에 현대중국의 역사적 경험에 대한 한국 지식인들의 관심과 지지가 놓여 있기 때문이다. 이런 지점에서 본다면 한국의 루쉰 수용은 한국 근대 형성 과정에서 중국이라는 참조항이 갖는 의미를 탐색하는 과정이기도 하다.

이런 관점에서 이 책은 식민-해방기, 냉전기, 탈냉전기로 나누어 루쉰 수용을 재맥락화했다. 먼저 식민지 시기 한국 지적 담론에서 5 · 4 운동과 사회주의와 관련한 루쉰의 위상을 다뤘다. 정내동이나 김태준, 이육사 등의 중국 연구자들은 '루쉰전변'을 축으로 루쉰의 사상과 문학의 본질을 논했다. 특히 정내동은 1930년 좌련 성립을 참조점 삼아 '분열하는 중국과 루쉰'을 문제화한다. 그는 리허린李何林의 『루쉰론魯迅論』를 비판적으로 독해함으로써 루쉰을 '현실을 있는 그대로' 그리는 자연주의자이자, 혁명이나 이념에 종속되지 않은 휴머니스트 그리고 순수문학자로 규정했다. 이를 위해 정내동은 5 · 4 시기의 루쉰과 사회주의화한 루쉰을 분리한다. 이러한 분리는 냉전시기 한국 루쉰 수용의 중요 근거가 된다. 반면 가라시마 다케시와 김태준과 같은 경성제대 지나문학과 관련 연구자들은 창조사와 태양사의 입장에서 루쉰을 비판적으로 바라본다. 반면 이육사는 정내동과 경성제대 연구자들의 이념적 루쉰 독해와 달리 루쉰의 창작 태도에 주목한다. 이육사는 루쉰 문학의 핵심을 사상이나 주의가 아니라 '모랄'로 파악하고 이념에 종속되지 않는 루쉰 독해의 가능성에 착목했던 것이다. 루쉰이 살아갔던 당대 중국 사회의 분기를 '계몽'과 '혁명'의 관점에서 파악하는 동시에, 이에 기반해 현대중국의 정전 문제가 다루어졌다. 식민지 한국에서 현대중국과 루쉰은 혁명과 계몽, 그리고 비판을 중심으로 형성되었다. 이런 이해 방식이 한국 루쉰 수용의 원점을 형성했다.

해방기 한국 사회에서 '중국혁명'에 대한 관심이 증대함에 따라 루쉰에 대한 이해가 다각화된다. '계몽'의 관점을 넘어 중국 사회주의에 대해 중층적으로 이해하기 시작했다. 현대중국에 대한 이해 속에서 중국은 지체된 근대의 상징이 아니라 한국 사회 변화의 참조틀로 부각되었다. 더 나아가 해방 직후 좌우 연대와 합작이라는 이념지형 속에서 현대중국에 대한 공동 탐구의 가능성이 존재했다. 이는 루쉰 연구에서도 마찬가지였다. 이명선과 배호는 루쉰과 중국 사회주의의 혁명의 상관성에 주목해 '혁명좌파' 루쉰을, 정내동과 김광주는 루쉰을 자연주의 문학가이자 휴머니스트로 그려내려 했다. 그러나 이들은 정치적·이념적 차이에도 불구하고 중국의 신문화운동과 사회주의 혁명을 한국 현대사의 현장으로 불러들여 새로운 현실감각을 획득하려 했다는 점에서 양자가 공유하는 영역은 넓었다. 그러나 냉전의 대립 구도의 강화 속에서 '혁명좌파 루쉰'의 형상은 은폐되고 자연주의적 휴머니스트 루쉰의 형상만이 언표 가능해 진다. 이는 한국 루쉰 수용과 현대 중국지의 임계점의 가시화를 의미했다.

둘째, 냉전 시기의 경우 '중국에 대한 상상'이 루쉰에 대한 금기와 허용을 결정했다. 반공을 이념으로 하는 체제의 영향으로 루쉰과 마르크스주의와의 관련성이 분리된다. 그리고 루쉰을 사회적 통념을 강화하는 방식으로 수용한다. 즉 루쉰은 반봉건의 개인적 자유와 자아 해방에 집중한 문학자로 형상화된다. '중공'을 전체주의 국가이자 근대의 이탈로, '자유중국'을 '자유진영'의 수호자이자 근대화의 모범으로 상상하게 됨에 따라 루쉰을 '중공'에 적대적 사상가·문학가로 호명했다. '민주'와 '과학'으로 상징되는 오사운동의 전통이 '자유중국'으로 이어진다고 설정함으로써 '자유중국'을 진정한 현대중국의 계승자로 설정할수 있었다. '자유중국'의 문학은 개체의 자유에 근거한 순수문학으로 설정되고, 개체성을 거부하는 공산주의 문학과는 대결구도를 형성한다. 이때 순수문학은 공산주의 이데올로기에 대항하는 '이데올로기'의 이념적 토대가 된다. 따라서 순수문학은 '반공항아反共抗俄' 문학이 된다. 그리고 루쉰을 '자유'와 '순수문학'의 계보 속으로 편재함으로써 그를 '자유중국의 일원'으로 계열화한다. 즉 루쉰은 중국 인민의 각성과 중국 근대화에 매진한 순수 문학가이자 계몽작가로서 '자유중국' 더 나아가 '자유세계'의 문학가로 설정된다.

그러나 1970년대 냉전체제의 완화와 함께 '중공'을 '중국'으로 고쳐 부르는 흐름이 형성된다. 그리고 공적 담론 체계에서 은폐되었던 '붉은 루쉰'이 재등장했다. 현대중국에 대한 이해의 필요성 속에서 루쉰의 '중공'내의 위상이 표면화된다. 리영희의 경우 냉전 세계 체제의 변화를 인식하고 루쉰과 현대중국의 재인식을 통해 이 변화에 대응하고자 했다. 그는 한국인들이 냉전 반공 이데올로기를 체화해 조건반사적인 토끼처럼 되어 버렸다고 비판한다. 루쉰을 사유의 지반으로 삼고 현대중국에 '내재적'으로 접근함으로써 한국 사회의 폐쇄성을 해체하고자 했다. 이것은 냉전적 사고를 체화했던 조건반사적 앎에 대한 도전과 해체를 의미했다. 리영희는 폐색된 한국 사회에서 젊은 세대들이 느끼는 두려움과 고통과 공명함으로써 체제의 외부를 상상했던 것이다. 그리고 그에게 이상화된 '중공'은 한국 사회를 반추하는 거울로서 활용되었다. 말하자면 리영희는 '붉은 루쉰'의 우회적 형상화를 통해 냉전의 임계점을 돌파하고자 했던 것이다.

셋째, 냉전 해체기에서는 '현대중국'에 대한 지적 관심이 재고되었다. 그리고 루쉰과 중국 사회주의 혁명의 관련성이 관심의 대상이 되었다. 물론1980년대 중반까지도 한국의 지배권력은 여전히 냉전 반공 이데올로기를 강요했다. '중국혁명'에 대한 지적 관심은 이런 독재체제에 대한 비판 속에서 이루어졌다. 이는 '중국혁명'을 한국 사회의 변화의 동력으로 번역하려는 흐름으로 나타난다. 그러나 중국혁명에 대한 직접적 소개가 제한된 상황에서 의식화된 지식인들은 루쉰과 '현대중국'을 우회적 통로로 활용했다. 해방기에 번역되고 유통되었던 비판적이고 전투적인 '중국이해'가 냉전의 해체 과정 속에서 한국 사회에서 공식적으로 재유통되기 시작한 것이다. 이런 지적 흐름 속에서 루쉰은 현대중국에 대한 이해의 통로이자 중국 사회주의 사상의 원점으로 표상되었다.

1980년대 후반 냉전해체와 동아시아 지역간 교류가 활성화되면서, 한국 사회에서 '지역'이 지닌 비판성이 의제화된다. 한국 사회의 변화가 '지역'의 문제와 결부되어 있다는 의식 속에서 '동아시아론'이 부각되었다. 중국은 직접 소통하는 동아시아의 일원으로 호명된다. 중국의 위상 변화 속에서 한국에서는 루쉰을 동아시아 근대를 상징하는 인물로 수용한다. 즉 루쉰은 보편적인 지식인이 아니라 비서구적 지식인 혹은 동아시아 지식인으로 형상화된다. 말하자면 1970~80년대의 민주화담론과 좌파담론에 대한 내부적 반성과 1990년대 아시아의 발견이라는 새로운 지적 모색 속에서 루쉰이 수용되었던 것이다.

요컨대 한국에서의 루쉰 수용의 폭과 형태는 한국의 중국에 대한 이해와 결합되어 결정되었다. 즉 한국에서는 루쉰을 '현대중국'의 상징으로 수용했다. 현대중국은 지속적인 체제 전환의 과정 속에 놓여 있으며, 이러한 현대중국을 한국 사회에 접목시키는 사상 자원이 루쉰이었던 것이다. 한국에서 루쉰은 중국 사회의 변화에 대응하기 위한 가장 포괄적인 통로였다고 할 수 있다. 반봉건反封建과 반제反帝의 휴머니스트이자 사회주의자, 그리고 주체적 자각의 상징에 이르기까지 루쉰은 복합적 형상으로 존재했다. 그리고 '현대중국'을 한국 사회에 포섭하려는 역사적·정치적 조건 속에서 루쉰의 면모가 드러나게 되었다.

이 책에서 한국의 루쉰 수용이 현대중국의 사상과 문학의 수용만이 아니라, 현대중국을 한국의 사상자원으로 재구성하는 과정이었음을 밝혔다. 루쉰이 지닌 상징성을 규명하는 것은 현대중국이 한국 지성계에 가졌던 비판적 의의를 드러내는 작업이라고 생각한다. 서구-일본이라는 제국의 창이 아니라 중국이라는 비서구와의 소통을 통해 당대 한국의 근대성과 전망을 문제화하고자 했다. 한국의 근대성에 대한 탐구는 서구를 출발점, 일본을 경유지로 하는 경향이 강한 반면, 루쉰 수용은 한국 근대성에 내포되어 있는 중국 근대의 의미를 드러내는 작업이었기 때문이다. 중국은 한국처럼 서구로부터 근대를 요구 받았으며, 이 속에서 중서, 신구, 전통과 근대라는 모순과 대면해야 했다. 루쉰은 이러한 모순과 대결하는 현대중국의 상징이었다. 따라서 한국에 있어 현대중국과 루쉰의 수용은 비서구와의 연대 혹은 교통을 의미했다. 이는 동시에 한국 사회에서 비판적 담론을 형성하는 과정이기도 했다.

이러한 루쉰 수용의 역사성과 현장성을 밝히는 것은 루쉰을 둘러싼 인식론적 틀을 재구성하는 작업이다. 이는 동아시아적 관점에서 루쉰을 연구하는 것과 연동되어 있다. 동아시아적 관점에서 루쉰을 바라본다는 것은 각 지역과 시대의 루쉰 연구가 지역, 시대의 어떤 요구와 맞물려 전개되었는지에 주목하여 루쉰을 재맥락화하는 작업이다. 근대 동아시아, 즉 중국과 일본, 타이완 등지에서 루쉰은 일정한 지적 권위를 지닌 지속적인 참조의 대상이었다. 루쉰은 동아시아에서 동시적으로 수용되었다. 그러나 해당 지역마다 루쉰이 갖는 위상은 상이하게 달랐다. 가령 냉전 시기 우호적 관계에 있던 한국과 타이완의 경우, 한국에서 루쉰이 자유의 표상이었다고 한다면, 타이완에서는 억압의 상징이었다. 이런 의미에서 루쉰은 공통성이 아니라 각 개별 공간들 사이의 차이를 드러내고 있다. 루쉰을 경유할 때, '동아시아'는 공통성의 공간이 아니라 차이의 공간이다. 루쉰의 수용은 개별 공간 사이의 균열을 드러내는 동시에 그 균열의 근거를 사고하게 만든다. 동아시아의 개별 국가들은 루쉰을 거의 동시적으로 수용했지만, 그 수용 양상은 상이했다. 그럼에도 불구하고 루쉰이라는 문제적 인물을 둘러싸고 다양한 균열점들이 교차하고 있는 것도 사실이다. 이런 의미에서 동아시아에서 루쉰은 논쟁적 작가임에 틀림없다.

그러나 동아시아 개별 국가의 경제발전과 근대화의 진전 속에서 루쉰의 위상에 대한 회의가 등장하기도 했다. 즉 중국에서도 루쉰 소설의 교과서 퇴출에 대한 논란[1]이 있으며, 일본의 젊은 세대들 역시 루쉰을 거의 읽지 않게 되었다.[2] 이에 대해 일본의 루쉰 연구자 오자키 후미아키尾崎文昭는 루쉰은 기본적으로 근대성의 문제에 집중했으며, 이런 의미에서 21세기 동아시아에서 루쉰의 사회적 가치는 약화될 수 없다고 말한 바 있다.[3] 루쉰이 개별 국가에서 정전적 작가로서의 위상을 상실

---

1 「중 교과서 '루쉰 지고 위화 뜨다」, 『한겨레신문』, 2010.9.8.

2 尾崎文昭・薛羽, 「前後日本魯迅研究」, 『現代中文學刊』 2010.3기, 2010, 55~56면.

3 尾崎文昭, 「二十一世紀里魯迅是否還値得継續讀」, 제1회 한중중어중문학회 국제학술발표회의 발언, 2002.5.3~4. http://www.xys.org/xys/classics/Lu-Xun/criticism/21shijiluxun.txt.

해가는 현상이 동아시아에서 루쉰 수용의 의미를 퇴식시키는 것은 아니다. 오히려 루쉰을 둘러싼 조건의 변화를 통해 연구자들은 루쉰이 읽히지 않은 조건을 탐색할 수 있다. 이를 통해 루쉰과 결합된 개별 국가의 역사적·정치적 조건을 다시 문제화할 수 있다고 본다. 즉 우리는 루쉰의 영향력 약화라는 사건을 통해 동아시아 내부에 존재하는 균열과 그 근거를 다시 사고할 수 있다. 이런 의미에서 루쉰은 여전히 21세기 동아시아에서 유효한 사상자원이라고 생각한다.

참고문헌

1. 자료편

1) 신문
『경향신문』, 『동아일보』, 『조선일보』, 『한겨레신문』

2) 잡지
『건설』, 『다리』, 『대조』, 『대중』, 『동광』, 『동명』, 『민성』, 『백민』, 『상아탑』, 『사상계』, 『세대』, 『신인문학』, 『신천지』, 『자유문학』, 『조선문학』, 『朝鮮及滿洲』, 『청탑』, 『한중문화』, 『협동』

3) 전집류

魯迅, 『루쉰전집』 1~13, 그린비출판사, 2010.
____, 『루쉰선집』 1~3, 국립출판사, 1956.
____, 竹內好 訳, 한무희 외역, 『魯迅文集』 I~VI, 일월서각, 1986.
____, 『魯迅全集』, 人民文学出版社, 2005.
____, 丸山昇 외 訳, 『魯迅全集』, 学習研究社, 1984.
中国社会科学院文学研究所魯迅研究室編, 『1913~1983 魯迅研究学術論著資料匯編』, 中国文聯出版公司, 1985.
리영희, 『리영희전작집』, 한길사, 2006.
이명선, 『이명선전집』, 보고사, 2007.
정내동, 『정내동전집』, 금성출판사, 1971.

2. 단행본

1) 국내저자

고병권 외, 『리영희 프리즘』, 사계절, 2010.
권보드래, 『한국 근대소설의 기원』, 소명출판, 2000.
권보드래·천정환, 『1960년을 묻다』, 천년의 상상, 2012.
김광주·이용규 역, 『魯迅短篇小説集』 II, 서울출판사, 1946.

김성칠, 전병준 해제, 『역사 앞에서』, 창비, 2009.

김준엽, 『중국공산당사』, 사상계사, 1961.

김희곤, 『새로 쓰는 이육사 평전』, 지영사, 2000.

리영희, 『전환시대의 논리』, 창작과비평사, 1974.

_____, 『8억인과의 대화』, 창작과비평사, 1977.

_____, 『우상과 이성』, 한길사, 1977.

_____, 『분단을 넘어서』, 한길사, 1984.

_____, 『새는 '좌·우'의 날개로 난다』, 두레, 1994.

리영희·임헌형 대담, 『대화』, 한길사, 2005.

민두기, 『누가 승자인가』, 지식산업사, 1985.

박난영, 『바진(巴金)―혁명과 문학의 경계에 선 아나키스트』, 한울아카데미, 2006.

박병태, 『魯迅선생님』, 靑史, 1983.

박홍규, 『자유인 루쉰』, 우물이있는집, 2002.

백영서, 『동아시아의 귀환』, 창작과비평사, 2000.

_____, 『핵심현장에서 동아시아를 다시 묻다』, 창비, 2013.

백영서·김명인 엮음, 『민족문학론에서 동아시아론까지』, 창비, 2015.

백원담·임우경 엮음, 『냉전 아시아의 탄생―신중국과 한국전쟁』, 문화과학사, 2013.

사상계연구팀, 『냉전과 혁명의 시대 그리고 『사상계』』, 소명출판, 2012.

송지영 외, 『자유중국의 금일―台湾기행』, 춘조사, 1958.

안치영, 『덩샤오핑 시대의 탄생』, 창비, 2013.

엄영욱, 『정신계의 전사, 노신』, 국학자료원, 2003.

오영식 편저, 『해방기 간행도서 총목록 1945~1950』, 소명출판, 2009.

유경순 편, 『1980년대, 변혁의 시간 전환의 기록』, 봄날의 박씨, 2015.

유기석, 임원빈 역, 『삼십년 방랑기―유기석회고록』, 국가보훈처, 2010.

윤영춘, 『현대 중국시선』, 청년사, 1947.

_____, 『현대 중국문학사』, 계림사, 1949.

윤해동 외편, 『근대를 다시 읽는다』 1·2, 역사비평사, 2007.

이남주 편, 『이중과제론』, 창비, 2009.

이득재·조성, 『문학의 이론과 실천』, 사계절, 1986.

이명선, 『중국단편소설선』, 청년사, 1947.

이육사, 김용직·손병희 편저, 「계절의 오행」, 『이육사전집』, 깊은샘, 2004.

이진경, 『철학의 외부』, 그린비, 2006.

이호룡, 『한국의 아나키즘―운동편』, 지식산업사. 2015.

임형택·최원식 편, 『전환기의 동아시아 문학』, 창작과비평사, 1985.

임형택·한기형 외편,『흔들리는 언어들』, 성균관대 대동문화연구원, 2008.

전우익,『혼자만 잘 살믄 무슨 재민겨』, 현암사, 1993.

진인초·유중하·송영배 외,『민족혼으로 살다』, 학고재, 1999.

전형준 편,『루쉰』, 문학과지성사, 1997.

전형준,『동아시아적 시각으로 보는 중국문학』, 서울대 출판부, 2004.

정문길·최원식·백영서·전형준 편,『발견으로서의 동아시아』, 문학과지성사, 2000.

정병준,『현앨리스와 그의 시대』, 돌베개, 2015.

조영남,『덩샤오핑 시대의 중국』 1~3, 민음사, 2016.

중국현대문학학회,『노신의 문학과 사상』, 백산서당, 1996.

최원식,『제국 이후의 동아시아』, 창비, 2009.

한기형,『한국 근대소설사의 시각』, 소명출판, 1999.

한기형 외,『근대·근대어·근대문학』, 성균관대 대동문화연구원, 2006.

2) 외국저자

가와이 사다키치, 표문태 역,『중국민란사』, 일월서각, 1979.

고마고메 다케시, 오성철·이명실·권경희 역,『식민지 제국 일본의 문화통합』, 역사비평
         사, 2007.

고모리 요이치, 송태욱 역,『포스트 콜로니얼』, 삼인, 2002.

기쿠치 사부로오, 정유중·이유여 역,『중국현대문학사』, 동녘, 1986.

나가노 히로무, 천이두 역,『서안사변』, 일월서각, 1982.

님 웨일즈, 편집실 역,『아리랑』, 학민사, 1985.

다나카 마사토시, 배손근 역,『중국근대경제사연구서설』, 인간사, 1983.

다케우치 요시미, 서광덕 역,『루쉰』, 문학과지성사, 2003.

다케우치 요시미, 서광덕·백지훈 역,『일본과 아시아』, 소명출판, 2004.

다케우치 요시미, 윤여일 역,『다케우치 요시미 선집』 1, 휴머니스트, 2011.

루쉰, 이욱연 역,『아침 꽃을 저녁에 줍다』, 창, 1991.

루쉰, 김시준 역,「자서」,『루쉰소설전집』, 서울대 출판부, 2005.

리디아 리우, 민정기 역,『언어횡단적 실천』, 소명출판, 2005.

마루야마 노보루,『노신평전』, 일월서각, 1982.

마루야마 마사오, 김석근 역,『현대정치의 사상과 행동』, 한길사, 1997.

마루야마 마쓰유키, 김정화 역,『5·4운동의 사상사』, 일조각, 1983.

마루오 쯔네키, 유병태 역,『魯迅』, 제이엔씨, 2006.

마오쩌둥, 진리사 역,『신민주주의론』, 우리서원출판부, 1949.

마오쩌둥, 김승일 역,『모택동선집』 1~4, 범우사, 2002.

모리스 마이너, 김수영 역, 『마오의 중국과 그 이후』 2, 이산, 2004.

미셸 푸코, 홍성민 역, 『임상의학의 탄생』, 인간사랑, 1996.

미셸 푸코, 이광래 역, 『말과 사물』, 민음사, 1996.

브르노 쇼, 편집부 역, 『중국혁명과 毛沢東사상』, 석탑, 1986.

로이드 E. 이스트만, 민두기 역, 『蔣介石은 왜 패하였는가』, 지식산업사, 1993.

린시엔즈, 김진공 역, 『인간루쉰 상, 하』, 사회평론, 2007.

쑨거, 류준필 외역, 『아시아라는 사유공간』, 창비, 2003.

쑨거, 윤여일 역, 『다케우치 요시미라는 물음』, 그린비, 2007.

_____, 『사상이 살아가는 법』, 돌베개, 2014.

쑨위, 김영문 · 이시활 역, 『루쉰과 저우쭤런』, 소명출판, 2005.

스테판 다나카, 박영재 · 함동주 역, 『일본 동양학의 구조』, 문학과지성사, 2004.

아그네스 스메들리, 홍수원 역, 『위대한 길─한알의 불씨가 광야를 불사르다』, 두레, 1986.

에드가 스노, 신홍범 역, 『중국의 붉은 별』, 두레, 1985.

오노 가즈코, 이동윤 역, 『현대 중국여성사』, 정우사, 1985.

오토 브라운, 천이두 역, 『코민테른과 대장정』, 일월서각, 1984.

우노 시게아키, 김정화 역, 『중국공산당사』, 일월서각, 1984.

왕샤오밍, 이윤희 역, 『인간 루쉰』, 동과서, 1997.

왕푸런, 김현정 역, 『중국의 노신 연구』, 세종출판사, 1997.

왕후이, 이욱연 외역, 『새로운 아시아를 상상한다』, 창비, 2003.

왕후이, 김택규 역, 『죽은 불 다시 살아나』, 삼인, 2005.

왕후이, 송인재 역, 『절망에 반항하라』, 글항아리, 2014.

위화, 김태성 역, 『사람의 목소리는 빛보다 멀리간다』, 문학동네, 2015.

윌리엄 힌튼, 강칠성 역, 『번신─혁명은 중국의 한 농촌을 어떻게 변화시켰는가』, 풀빛, 1986.

임마뉴엘 월러스틴, 강문구 역, 『자유주의 이후』, 당대, 1996.

조너선 스펜스, 정영무 역, 『천안문』, 이산, 1999.

중국근대경제사연구회편, 편집부 역, 『중국 근현대경제사』, 일월서각, 1986.

첸리췬, 김영문 역, 『내 정신의 자서전』, 글항아리, 2012.

첸리췬, 연광석 · 이홍규 편, 『전리군과의 대화』, 한울아카데미, 2014.

첸샤훼, 이승민 역, 『내 영혼 대륙에 묻어』, 백산서당, 1986.

프라센지트 두아라, 손승회 · 문명기 역, 『민족으로부터 역사를 구출하기』, 삼인, 2004.

한수인, 김자동 역, 『모태동 전기 / 대지의 별』, 일조각, 1987.

호리에 요시토 외, 김동규 · 최금선 역, 『중공유학기』, 녹두, 1985.

황난시앙 외, 박재연 역, 『중국현대작가론』, 백산서당, 1985.

후지이 쇼조, 백계문 역, 『루쉰-동아시아에 살아있는 문학』, 한울, 2014.

히야마 히사오, 정선태 역, 『동양적 근대의 창출』, 소명출판, 2000.

汪暉·錢理群 等, 『魯迅研究的歷史批判-論魯迅(二)』, 河北教育出版社, 2000.

李何林, 『魯迅論』, 陝西人民出版社, 1984.

張夢陽, 『中国魯迅学通史-宏観反思巻』, 広東教育出版社, 2001.

錢理群, 『心霊的探尋』, 上海文芸出版社, 1988.

_____, 『拒絶遺亡』, 中国大百科全書出版社, 2009.

陳夢熊, 『『魯迅全集』中的人和事-魯迅佚文佚事考釈』, 上海社会科学院出版社, 2004.

許寿裳, 『摯友的懐念』, 河北教育出版社, 2000.

竹内好, 『現代中国論』, 勁草書房, 1975.

_____, 『新編 魯迅雑記』, 勁草書房, 1976.

丸山昇, 『魯迅-その文学と革命』, 平凡社, 1965.

_____, 王俊文 訳, 『魯迅·革命·歴史』, 北京大学出版社, 2005.

藤井省三, 『ロシアの影-夏目漱石と魯迅』, 平凡社書籍, 1985.

_____, 『魯迅"故郷"の読書史-近代中国の文学空間』, 東京 創文社, 1997.

丸川哲史, 『魯迅と毛沢東-中国革命とモダニティ』, 以文社, 2010.

_____, 『魯迅出門』, インストラリフト, 2014.

3. 논문

1) 국내저자

고병권, 「사유란 감옥에서 상고이유서를 쓰는 것」, 『리영희 함께 읽기』, 창비학당 강좌 강의
　　　안, 2016.4.13.

권보드래, 「중립의 꿈 1945~1948」, 『상허학보』 34, 상허학회, 2012.

_____, 「林語堂, '동양'과 '정치'의 지혜성」, 『한국학논집』 51, 계명대 한국학연구원,
　　　2013.

권희철, 「피어린 분노의 언어」, 『세대』 1(5), 세대사, 1963.10.

김건우, 「1964년의 담론지형」, 『대중서사연구』 15(2), 대중서사학회, 2009.

김광주, 「魯迅과 그의 作品」, 『白民』 4(1), 白民文化社, 1948.1.

김근, 「魯迅評伝-문학과 사상」, 『중국어문학』 7(1), 영남중국어문학회, 1984.

김상일, 「문화혁명전후-魯迅의 영향」, 『월간문학』 5(4), 1974.4.

김시준, 「중국현대문학에서의 혁명문예논쟁연구」, 『중국문학』 15, 한국중국어문학회,
　　　1987.

_____, 「한국에서의 중국현대문학연구 개황과 전망」, 『중국어문학지』 4(1), 중국어문학회,

　　　　1997.

_____, 「광복이전 한국에서의 魯迅문학과 魯迅」, 『중국문학』 29, 한국중국어문학회, 1998.

_____, 「초기 중국현대문학 연구와 학회창립 회고」, 『중국현대문학』 74, 한국중국현대문학
　　　　회, 2015.

김원, 「리영희의 공화국」, 『역사문제연구』 27, 역사문제연구소, 2012.

김일평, 「蔣介石과 毛沢東」, 『신태양』 7(3), 신태양사, 1952.5.

김정한, 「1980년대 운동사회의 감성」, 『한국학연구』 33, 인하대 한국학연구소, 2014.

김진공, 「현대 중국의 상흔문학의 성격에 대한 재검토」, 『현대중국문학』 47, 한국중국현대
　　　　문학학회, 2008.

김주현, 「『사상계』 동양담본 분석」, 『냉전과 혁명의 시대 그리고 『사상계』』(사상계연구팀),
　　　　소명출판, 2012.

_____, 「『청맥』지 아시아 국가 표상에 반영된 진보적 지식인 그룹의 탈냉전 지향」, 『상허학
　　　　보』 39, 상허학회, 2013.

김준엽, 「중공의 인민지배체제 (하)」, 『사상계』 5(12), 1957.12.

김창규, 「蔣介石의 『中国之命運』과 중국공산당」, 『중국근현대사연구』 22, 중국근현대사학
　　　　회, 2004.

김하림, 「韓国에서의 魯迅文学 受容様相」, 『중국인문과학』 12, 중국인문학회, 1993.

김현주, 「1960년대 후반 자유의 인식론적, 정치적 전망」, 『현대문학의 연구』 48, 한국문학
　　　　연구학회, 2012.

김회준, 「중국항일전쟁시기 문학의 민족형식 논쟁 연구」, 고려대 석사논문, 1987.

류준필, 「우리에게 '중국'이란 무엇인가?」, 『문학과 사회』 18(1), 문학과지성사, 2005.

_____, 「망각의 거부 생존자의 글쓰기」, 『창작과 비평』 40(2), 창작과비평사, 2012.

_____, 「困惑과 悖論－첸리췬의 중국사회주의 인식에 대하여」, 『한국학 연구』 27, 2012.

리영희, 「중국연구－그 초보적 시도」, 『다리』 2(8), 1971.9.

문선규, 「담(談) 『노신』」(하), 『자유문학』 6(2), 자유문학협회, 1961.

민두기, 「아식민지와 근대화－공산 중국에의 노선묘사를 중심으로」, 『세대』 4(7), 1966.7.

박난영, 「巴金과 한국인 아나키스트」, 『중국어문논총』 25, 중국어문연구회, 2003.

_____, 「巴金의 항전삼부작 『불』과 한국인」 『중국어문학지』 14, 중국어문학회, 2003.

박노태, 「魯迅과 郁達夫의 世界」, 『신태양』 8(5), 신태양사, 1959.

박성창, 「이육사의 문학적 모색과 루쉰」, 『비교한국학』 23(2), 비교한국학회, 2015.

박영순·황성혜, 「신세기 루쉰논쟁 연구」, 『중국어문학논집』 84, 중국어문학연구회, 2014.

박자영, 「동아시아에서 사회주의 인민의 표상정치」, 『중국어문학논집』 47, 중국어문학연구
　　　　회, 2007.

_____, 「혁명, 노동, 지식－1920년대 상하이의 혁명문학 논쟁 재론」, 『사이間SAI』 16, 국제

한국문학문화학회, 2014.

박재우, 「解放後魯迅研究在韓国(1945~1996)」, 『중국현대문학』 11, 한국중국현대문학
　　　회, 1996.

박진영, 「중국 근대문학 번역의 계보와 역사적 성격」, 『민족문학사연구』 55, 민족문학사학
　　　회, 2014.

백승욱, 「중국지식인은 중국굴기를 어떻게 말하는가」, 『황해문화』, 2011.9.

_____, 「한국 1960~1970년대 사유의 돌파구로서의 중국 문화대혁명 이해」, 『사이間SAI』
　　　14, 국제한국문학문화학회, 2013.

백지운, 「한국의 1세대 중국문학 연구의 두 얼굴」, 『대동문화연구』 68, 성균관대 대동문화
　　　연구원, 2009.

_____, 「동아시아 속의 향토문학」, 『중국현대문학』 58, 한국중국현대문학회, 2011.

서광덕, 「동아시아의 근대성과 노신」, 연세대 박사논문, 2003.

_____, 「동아시아 지성사에서 루쉰의 의미」, 『중국어문학지』 14, 중국어문학회, 2003.

_____, 「동아시아 담론과 루쉰 연구」, 『중어중문』 34, 한국중어중문학회, 2004.

서은주, 「1930년대 외국문학 수용의 좌표」, 『민족문학사연구』 28, 민족문학사학회, 2005.

성근제, 「첸리췬—지식인과 자유주의」, 『동아시아 브리프』 7(2), 성균관대 성균중국연구소,
　　　2012.

_____, 「5·4와 문혁」, 『중국현대문학』 75, 한국중국현대문학회, 2015.

송인재, 「1920, 30년대 한국지식인의 중국신문화운동 수용」, 『동아시아문화연구』 63, 한양
　　　대 동아시아문화연구소, 2015.

송지영, 『중국의 운명』, 신세대사, 1946.

식석초, 「이육사의 추억」, 『현대문학』 96, 현대문학, 1962.12.

안중원, 「대구경북 지역의 중국어문학 연구사」, 『중국어문학』 41, 영남중국어문학회, 2005.

양홍모, 「두 개의 중국과 분단국의 기로」, 『다리』 2(8), 1971.9.

오창화, 「劇으로 본 『阿Q正伝』」, 『중국어문학논집』 4, 중국어문학연구회, 1992.

王康寧, 「한국에서의 장아이링 문학에 대한 수용·번역 양상 연구—The Rice-sprout song
　　　/ 秧歌를 중심으로」, 고려대 석사논문, 2015.

유세종, 「루쉰(魯迅)과 한용운(韓龍雲) 혁명의 현재적 가치」, 『중국현대문학』 22, 한국중국
　　　현대문학회, 2002.

_____, 「한용운(韓龍雲)과 루쉰(魯迅)의 저항적 민족주의와 '초민족적' 전망」, 『중국현대
　　　문학』 32, 한국중국현대문학회, 2005.

유중하, 「우리가 '끌어다 쓴' 루쉰상(像)에 대한 점묘」, 『문학과 사회』 11, 문학과지성사,
　　　1998.

_____, 「魯迅과 김수영(1)—작가란 어떤 존재인가」, 『중국현대문학』 9, 한국중국현대문학

회, 1995.

_____, 「金洙暎과 魯迅 (2)-'리얼리즘적'인 것을 찾아서」, 『중국현대문학』 13, 한국중국현대문학회, 1997.

_____, 「金洙暎과 魯迅(3)-'方法으로서의 東아시아'」, 『중국현대문학』 16, 한국중국현대문학회, 1999.

_____, 「김수영과 4·19-사랑을 만드는 기술」, 『당대비평』 10, 생각의나무, 2000.

_____, 「革命의 다이나미즘 혹은 이미지즘-金洙暎과 魯迅」, 『중국현대문학』 27, 한국중국현대문학회, 2003

윤대석, 「가라시마 다케시의 중국현대문학 연구와 조선」, 『구보학보』 13, 구보학회, 2015.

윤여일, 「탈냉전기 동아시아 담론의 형성과 이행에 관한 지식사회학적 연구」, 서울대 박사논문, 2015.

이봉범, 「검열의 내면화와 그 정치적 발현」, 『상허학보』 21, 상허학보, 2007.

_____, 「잡지 『신천지』의 매체 전략과 문학」, 『한국문학연구』 39, 동국대 한국문학연구소, 2010.

이승, 「냉전체제 붕괴와 4강 시대」, 『세대』 9, 1971.11.

이시활, 「근대성의 궤적-이육사의 중국문학 수용과 변용」, 『동북아문학연구』 30, 동북아이사문화학회, 2012.

이연숙, 「피지배에서 벗어나기 위해 합리화된 지배」, 『당대비평』 21, 생각의나무, 2003.

이욱연, 「중국 비판적 지식인 사회의 새로운 분화」, 『동아연구』 64, 서강대 동아연구소, 2013.

이정남, 「냉전기 중국의 대북정책과 북·중 동맹관계의 동학」, 『평화연구』 19(1), 평화와민주주의연구소, 2011.

이정훈, 『90년대 중국문학담론의 확장과 전변』, 서울대 박사논문, 2005.

이종석, 「냉전기 북한-중국관계-밀월과 갈등의 전주곡」, 『전략연구』 6(3), 한국전략문제연구소, 1999.

이철승, 「문화혁명 이후 중국 사상계의 인식과 이론 논쟁의 의미」, 『시대와 철학』 14(1), 한국철학사상연구회, 2003.

이혜령, 「『동아일보』와 외국문학, 해외문학파와 미디어」, 『한국문학연구』 34, 동국대 한국문학연구소, 2008.

_____, 「지식인의 자기정위와 계급」, 『상허학보』 22, 상허학회, 2008.

임대식, 「1960년대 초반 지식인의 현실인식」, 『역사비평』 65, 역사비평사, 2003.

임명신, 「한국 근대정신사 속의 魯迅-李光洙, 金史良 그리고 魯迅」, 『중국현대문학』 30, 한국중국현대문학회, 2004

_____, 「일본의 중국현대문학 최근 경향 20년-루쉰 연구를 중심으로」, 『중국현대문학』

37, 한국중국현대문학회, 2006.

임우경, 「비판적 지역주의로서 한국 동아시아론의 전개」, 『중국현대문학』 40, 한국중국현대
　　　문학회, 2007.

임춘성, 「한국에서의 중국 근현대문학 연구의 현황과 과제」, 『중국학보』 38, 한국중국학회,
　　　1998.

임형택·최원식·서은혜·성민엽, 「좌담-한국문학연구와 동아시아문학」, 『민족문학사연
　　　구』 4, 민족문학사학회, 1993.

임형택·한기형·홍석률, 「대화-한국학의 역정과 동아시아 문명론」, 『창작과 비평』 146,
　　　창작과비평사, 2009.

장기근, 「中共의 아Q」, 『世代』, 1963.11.

＿＿＿, 「황하로 흐르는 두 개의 조류」, 『세대』 1(5), 1963.10.

전인초, 「魯迅은 공산주의자였나」, 『정경연구』 185, 경향신문, 1980.

전형준, 「민족형식논쟁에 대한 비판적 연구」, 『중국어문학』 9, 영남중국어문학회, 1985.

＿＿＿, 「세 개의 「고향」-치리코프, 노신, 현진건」, 『중국문학』 34, 한국중국어문학회,
　　　2000.

＿＿＿, 「현대문학」, 차주한 외, 『한국의 학술연구-중문학』, 대한민국학술원, 2001,

정내동, 「중국문학상의 魯迅과 巴金」, 『건설』 1(2), 1945.12.15.

정문상, 「김준엽의 근현대 중국론과 동아시아 냉전」, 『역사비평』 87, 역사비평, 2007.

＿＿＿, 「'中共'과 '中国'사이에서」, 『동북아역사논총』 33, 동북아역사재단, 2011.

＿＿＿, 「냉전기 한국인의 대만인식」, 『중국근현대사연구』 58, 중국근현대사학회, 2013

정종현, 「루쉰의 초상」, 『사이間SAI』 14, 국제한국문학문화학회, 2013.

＿＿＿, 「투쟁하는 청춘, 번역된 저항」, 『한국학연구』 36, 인하대 한국학연구소, 2015,

＿＿＿, 「노동자의 책읽기」, 『대동문화연구』 86, 성균관대 대동문화연구원, 2014.

조경란, 「냉전시기(1950~1960년대) 일본지식인의 중국인식」, 『사회와 철학』 28, 사회와
　　　철학연구회, 2014.

조정자, 「두개의 중국론」, 『정경연구』 2(6), 경향신문, 1966.6.

차주환, 「민족·반항·절망-魯迅의 경우」, 『문학춘추』 2(1), 문학춘추사, 1965.1.

＿＿＿, 「노신에서 중공집권까지」, 『다리』 2(9), 1971.2.

천정환, 「1980년대 문학·문화사 연구를 위한 시론(1)」, 『민족문학사연구』 56, 민족문학사
　　　학회, 2014.

천진, 「식민지 조선의 지나문학과의 운명」, 『중국현대문학』 54, 한국중국현대문학회, 2010.

＿＿＿, 「1920년대 초 동아시아의 성찰하는 주체와 현대 중국의 표상」, 『중국문학』 72, 한국
　　　중국어문학회, 2012.

최기형, 「1920~30년대 柳基石의 재중독립운동과 아나키즘」, 『한국근현대사연구』 55, 한

국근현대사학회, 2010.

최원식, 「탈냉전시대와 동아시아적 시각의 모색」, 『창작과 비평』 1993.봄, 창작과비평사, 1993.

최진호, 「냉전기 중국 이해와 루쉰 수용 연구」, 『한국학연구』 39, 한국학연구소, 2015.

_____. 「아Q의 죽음과 부활」, 『아세아연구』 59, 고려대 아세아문제연구소, 2016.

한기형, 「오기영의 해방 직후 사회비평활동」, 『창작과 비평』 30(4), 창작과비평사, 2002.

_____. 「동아시아 근대 지성의 동아시아 인식」, 『대동문화연구』 50, 성균관대 대동문화연구원, 2005.

_____. 「중역되는 사상, 직역되는 문학」, 『아세아 연구』 54(4), 고려대 아세아문제연구소, 2011.

허우성, 「오늘의 자유중국의 작풍」, 『신천지』 9(3), 1954.3.

홍석표, 「시인 이육사와 중국 현대문학」, 『중국현대문학』 55, 한국중국현대문학회, 2010.

_____. 「루쉰, 신언준, 그리고 카라시마 다케시」, 『중국문학』 69, 한국중국어문학회, 2011.

_____. 「역술의 번역관습과 근대적 번역관습의 충돌」, 『중국현대문학』 77, 한국중국현대문학회, 2015.

홍종욱, 「東京大学 明治新聞雑誌文庫 소장 한국자료조사-별첨2-a」, 『일본소재한국사 자료 조사보고』 III, 국사편찬위원회, 2007.

2) 외국저자

리펑・안노 마사히데, 「다케우치 요시미와 루쉰」, 『세계문학비교연구』 36, 세계문학비교학회, 2011.

왕샤오밍, 박자영 역, 「그들에게 소리치는 것이 급선무이다」, 『문화과학』 2014.겨울, 문학과학사, 2014.

이토 토라마루, 최문영 역, 「초기 노신의 종교관-과학과 미신」, 『중국학논총』 23, 고려대 중국학연구소, 2008.

장멍린, 한무희 역, 「중국신문예운동」, 『성균』 22, 성균관대, 1968.

후지이 쇼조, 「魯迅의 소설 「故郷」의 読書史와 中華民国 公共圈의 성숙」, 『대동문화연구』 33, 성균관대 대동문화연구원, 1998.

唐永沢, 「銭理群的魯迅研究思想述評」, 『曲靖師範学院学報』, 2007.

郎損, 「論四五六月的創作」, 『小説月報』 12(8), 1921.

方璧, 「魯迅論」, 『小説月報』 18(11), 1927.

白浩, 「魯迅与無政府主義」, 『魯迅研究月刊』, 2004.12.

王吉鵬王, 「回到魯迅那里去」, 『中国現代文学研究』, 中国現代文学官, 1989.3.

汪暉, 「銭理群与他的心霊的探尋」, 『読書』, 1988.

成仿吾,「『吶喊』的評論」,『創造』第2巻 2期, 1924.

楊傑銘,「冷戰時期魯迅思想的台港伝播与演繹」, 嶺南大学博士論文, 2014.

端墨炎,「怎樣評論魯迅研究中的観点分岐」, 2010年 3月 1期.

薛毅,「魯迅与1980年代思潮論綱」,『上海師範大学学報』, 2011年 3期.

王得厚,「魯迅文学与左翼文学異同論」,『魯迅研究月刊』, 2006年 2期.

王月燕,「論銭理群魯迅研究」, 上海師範大学碩士, 2013.

銭理群,「陳映真和魯迅左翼伝統」,『現代中国文学』2010年 1期.

銭杏邨,「死去了阿Q的時代」,『太陽月刊』3月号, 1928.

_____,「魯迅」,『拓荒者』第1巻 2期, 1930.

趙景深,「魯迅与柴霍甫」,『文学周報』第8巻 19期, 1929.

陳迪文,「思考仍在継続」,『理論月刊』, 2003.12.

中国社会科学院文学研究所魯迅研究室編,『1913~1983 魯迅研究学術論著資料匯編 第一卷』. 北京－中国文聯出版公司, 1985.

曾健民,「談"魯迅在台湾": 以1946年両岸共同的魯迅熱潮為中心」,『台湾社会研究季刊』第77期, 2010.

畫室,「革命与知識階級」,『無軌列車』2, 1928.

姫学友,「論李何林先生的編輯思想」,『魯迅研究月刊』, 2010年 4期.

R.M Bartlett, 石学 訳,「新中国的思想界領袖魯迅」,『当代』1(1), 1927.10.

金世中,「朝鮮半島における「魯迅」の受容」,『新潟産業大学人文学部紀要』11, 2000.

藤井省三,「魯迅文学 永遠活在日本人心底」,『中国社会科学報』224기.

勝山稔,「改造社版『魯迅全集』をめぐる井上紅梅の評価について」,『東北大学中国語学論文集』16, 2011.

辛島驍,「支那の新しい文芸に就て(一)」,『朝鮮及満洲』266号, 1930.1.

_____,「日本文学より支那文学へ」,『朝鮮及満洲』291号, 1932.2.

_____,「周作人氏と現代支那」,『朝鮮及満洲』322号, 1934.9.

_____,「現代支那の文壇」,『朝鮮及満洲』378号, 1939.5.

伊藤虎丸,「『魯迅と終末論』再説」,『東京女子大学校研究所紀要』62.

井山泰山,「増田渉と辛島驍」,『関西大東西学術研究所紀要』, 2012.

丸山昇,「回想－中国,魯迅 50年」,『中国－社会と文化』16号, 中国社会文化学会, 2001.6.

_____,「日本的魯迅研究」,『魯迅研究月刊』, 2000.11.

藤井省三,「魯迅文学永遠活在日本人心底」,『中国社会科学報』224期.

Eva Shan Chou, *The learning to read Luxun, 1918~1923, The Emergence of a Leadership*, The China Quarterly, Cambridge Press, 2002.

간행사_ 동아시아 심포지아·메모리아 총서를 펴내며

'동아시아 심포지아'와 '동아시아 메모리아'는 한국연구원과 성균관대학교 비교문화연구소가 공동으로 기획하여 출산하는 총서다. 향연을 뜻하는 라틴어에서 딴 심포지아는 플라톤의 『심포지온』에서 비롯되었으며, 오늘날 학술토론회를 뜻하는 심포지엄의 어원이자 복수형이기도 하다. 메모리아는 과거의 것을 기억하고 기념하기 위해 현재의 기록으로 남겨 미래에 물려주어야 할 값진 자원을 의미한다. 한국연구원과 성균관대학교 비교문화연구소는 지금까지 축적된 한국학의 역량을 바탕으로 새로운 동아시아 인문학의 제창에 뜻을 함께하며, 참신하고 도전적인 문제의식으로 학계를 선도하고 있는 신예 연구자의 저술을 적극적으로 지원하기 위해 학술 총서 '동아시아 심포지아'와 자료 총서 '동아시아 메모리아'를 펴낸다.

한국연구원은 학술의 불모 상태나 다름없는 1950년대에 최초의 한국학 도서관이자 인문사회 연구 기관으로 출범하여 기초 학문의 토대를 닦는 데 기여해 왔다. 급속도로 달라지고 있는 학술 환경 속에서 신진 학자와 미래 세대에 대한 후원에 공을 들이고 있는 한국연구원은 한국학의 질적인 쇄신과 도약을 향한 교두보로 성장했다. 성균관대학교 비교문화연구소는 2000년대 들어 인문학 연구의 일국적 경계와 폐쇄적인 분과 체제를 극복하기 위해 분투해 왔다. 제도화된 시각과 방법론의 틀을 벗어나기 위해서는 서로 다른 영역이 끊임없이 대화하고 소통하면서 실천적인 동력을 찾아내야 한다는 것이

성균관대학교 비교문화연구소가 지닌 문제의식이자 지향점이다. 대학의 안과 밖에서 선구적인 학술 풍토를 개척해 온 두 기관이 힘을 모음으로써 새로운 학문적 지평을 여는 뜻깊은 계기가 마련되리라 믿는다.

최근 들어 한국학을 비롯한 인문학 전반에 심각한 위기의식이 엄습했지만 마땅한 타개책을 찾지 못하고 있다. 한편으로는 낡은 대학 제도가 의욕과 재량이 넘치는 후속 세대를 감당하지 못한 채 활력을 고갈시킨 데에서 비롯되었고, 또 다른 한편으로는 시대의 변화를 선도하는 학문 정신과 기틀을 모색하지 못했기 때문이라는 것이 우리의 진단이자 자기반성이다. 의자 빼앗기나 다름없는 경쟁 체제, 정부 주도의 학술 지원 사업, 계량화된 관리와 통제 시스템이 학문 생태계를 피폐화시킨 주범임이 분명하지만 무엇보다 학계가 투철한 사명감으로 대응하지 못했을 뿐 아니라 오히려 자발적으로 길들여져 온 것이 엄연한 현실이다.

지금 우리에게 절실한 과제는 새로운 학문적 상상력과 성찰을 통해 자유롭고 혁신적인 학술 모델을 창출해 내는 일이다. 이를 위해서는 다음 시대의 학문을 고민하는 젊은 연구자에게 지원을 망설이지 않아야 하며, 한국학의 내포와 외연을 과감하게 넓혀 동아시아 인문학의 네트워크 속으로 뛰어들기를 두려워하지 말아야 한다. 그 첫걸음을 '동아시아 심포지아'와 '동아시아 메모리아'가 기꺼이 떠맡고자 한다. 우리가 함께 내놓는 학문적 실험에 아낌없는 지지와 성원, 그리고 따끔한 비판과 충고를 기다린다.

한국연구원·성균관대학교 비교문화연구소

동아시아 총서 기획위원회